HERMES

在古希腊神话中,赫耳墨斯是宙斯和迈亚的儿子,奥林波斯神们的信使,道路与边界之神,睡眠与梦想之神,亡灵的引导者,演说者、商人、小偷、旅者和牧人的保护神……

西方传统 经典与解释 **HERMES**
Classici et Commentarii

莎士比亚绎读
Readings of Shakespeare

刘小枫 甘阳 ● 主编

莎士比亚的政治智慧

Shakespeare's Political Wisdom

[美] 伯恩斯 Timothy W. Burns ｜ 著

袁鹏 ｜ 译

张霄 ｜ 校

华夏出版社

古典教育基金·"传德"资助项目

"莎士比亚绎读"出版说明

据译界前辈戈宝权查考，1856年，英籍传教士慕威廉翻译出版《大英国志》(上海墨海书院印行)，国人首次得知西域有个名叫"舌克斯毕"的伊丽莎白皇朝文人——"莎士比亚"这个译名则最早见于梁启超的《饮冰室诗话》。中国甲午战败之后不久，英籍传教士艾约瑟编译的《西学略述》(1896年，上海著易堂书局版)详细介绍了莎士比亚——其时中国已经面临巨大的改制压力。清末新政时期，林纾与魏易合译的莎士比亚故事集《英国诗人吟边燕语》出版(1904，收入"说部丛书"第一集)；革命党人推翻帝制行民主共和之后不久，初版的《辞源》(1915)已列入"莎士比"词条；随后不久，林纾出版了以文言小说体翻译的莎剧四卷(1916)……"五四"新文化运动之后，翻译莎剧成为我国新派文人的最爱，1930年，经胡适之倡议，中华教育文化基金董事会编辑委员会成立了"莎剧全集翻译会"……据统计，自三十年代以来，莎士比亚在汉译西方文学经典中一直位居榜首，有的剧作译本达上百种之多——第二共和前期(1949—1960)出版的莎剧译本已达44种，印数44万余册。

不过，我国学界对莎士比亚的认识基本上还停留在"绝世名优，长于诗词"的层次，距离林纾所谓莎氏"立义遣辞往往托象于神怪"的看法相去并不太远。莎士比亚不仅是最伟大的英语诗人，也是西方思想大传统中伟大的政治哲人之一。在西方文教传统谱系中，不断有学人将莎士比亚与柏拉图并举：莎士比亚戏剧以历史舞台为背景，深涉人世政治问题的底蕴，尤其是王者问题，一再激发后人掂量人性和人世的幽微，为后世探究何谓优良政制、审慎思考政制变革奠定了思想基础——不仅如此，与柏拉图的戏剧作品一样，作为政治哲人的莎士比亚没有学说，他的政治哲学思考无不隐含在笔下的戏剧人物和戏剧谋篇之中。百年来，我们一直在经历前所未有的从帝制到民主共和的政制转变，却鲜有人看到，莎剧为我们提供了一笔巨大的政治哲学财富。晚近三十年，我们的莎剧全译本有了令人欣喜的臻进，但我们对莎剧的政治哲学理解仍然没有起步。

西方学界对莎剧的政治哲学解读很多，绝非无书可译。"莎士比亚绎读"系列或采译西人专著和相关文集，或委托青年才俊编译专题文萃，以期增进汉语学界对莎剧的政治哲学品质的认识。

古典文明研究工作坊
西方经典编译部甲组
2010 年 6 月

致伊尔萨(Ilsa)

目 录

"重启政治哲学"丛书编者序 ·· 1
序　言 ··· 3

第一章　《尤里乌斯·凯撒》：古典共和的难题 ···················· 1
第一幕 ··· 1
第二幕 ·· 17
第三幕 ·· 34
第四幕 ·· 58
第五幕 ·· 68

第二章　《麦克白》：驶入黑暗的雄心 ······························ 79
第一幕 ·· 79
第二幕 ··· 101
第三幕 ··· 113
第四幕 ··· 124
第五幕 ··· 133

第三章　《威尼斯商人》：基督教商业共和国中的罗马德性 ······ 142
1.1　安东尼奥与巴珊尼 ·· 143
1.2　鲍西娅 ·· 146
1.3　夏洛克 ·· 149

2.1　鲍西娅与摩洛哥亲王 …………………………………… 153
  2.2　朗西洛 …………………………………………………… 154
  2.3-2.5　基督徒之中的杰西卡 …………………………… 155
  3.1　夏洛克期待上帝的报复 ……………………………… 160
  3.2　鲍西娅与巴珊尼 ……………………………………… 162
  3.3　商业共和国里的德性 ………………………………… 165
  3.4　鲍西娅行动了 ………………………………………… 167
  3.5　罗伦佐照看的贝尔蒙 ………………………………… 168
  4.1　法庭上的鲍西娅 ……………………………………… 170
  5.1　鲍西娅如愿以偿 ……………………………………… 183

第四章　《李尔王》：神圣正义问题 ……………………… 192
  第一幕 ……………………………………………………… 192
  第二幕 ……………………………………………………… 213
  第三幕 ……………………………………………………… 220
  第四幕 ……………………………………………………… 231
  第五幕 ……………………………………………………… 244

第五章　《暴风雨》：一位哲学家－诗人对公民的教化 …… 266
  第一幕 ……………………………………………………… 267
  第二幕 ……………………………………………………… 281
  第三幕 ……………………………………………………… 286
  第四幕 ……………………………………………………… 295
  第五幕 ……………………………………………………… 303

"重启政治哲学"丛书编者序

理性能否成为我们政治生活的基础,能否指导我们的政治生活,后现代思想对这种可能性构成了挑战。着眼于这一挑战,帕尔格雷夫出版社(Palgrave)推出了"重返政治哲学"丛书。后现代思想的挑战令人振奋,它促使人们重新深入阅读古典文本。这些古典文本的作者不仅有政治哲人,还包括诗人、画家、神学家、科学家以及其他通常不被认作政治理论家的思想者。本丛书所出版的著作勇于重新阅读这些文本,因而有助于恢复公民理性的古典基础。同时,本丛书也推出了那些明辨近代政治理性主义之短长的论著。本丛书各著作的诠释尤其关注历史背景和语言,关注审查迫害和道德问题在具有巨大差异的不同文化之中,如何迫使明智的思想者采取种种不同的写作策略——这些策略使他们能够针对不同的听众、在不同层次上提出那些非同寻常的思考。本丛书对古代、中世纪、近代早期和晚期的著作加以细读。这些著作试图回答关于人类最为深刻和持久的问题,进而阐释人所处的境况,并且(在现代)为当今政治、社会和经济生活奠定基础。

本书有关莎士比亚五部剧作的研读,虽然隐含着对当今与传统的莎士比亚学术研究的广泛了解,但它不同寻常地直接面向政治学、哲学、心理学和宗教学的师生,以及喜爱莎士比亚的普通大众言说。作者对这些剧作的解读博大精深,颇具哲思,将会对文学研究者有所教导并构成挑战。但这种方法并非学术性的,甚至不很合于"文学"。相反,纵使并非初读,作者仍从一个有思想的读者的角度,从头开始阅读这些剧作,且怀揣着新读者对知识的渴求。这种渴求来自对这些剧作触动人心的深刻,以及对人性的那率直而并不世故的着迷。在序言中,作者提供了这些剧作在历史、哲学、心理学和宗教方面的广阔背景;此后各章[x]展示出莎士比亚如何努力解决关于存在的广泛而深刻的问题。这些问题的根基将人们拉回古代经典著作,其意涵则永恒不变。本书认为,莎士比亚的智慧在于,他对充斥在公民、宗教、爱欲和家庭生活中的那些令人痛苦的矛盾冲突,做出了真正具有启发性的分析——这些矛盾冲突仍然是我们生活的基础所在,尽管当今社会以那些肤浅的娱乐(是的,还有蒙蔽了诸多学术写作的抽象概念)吸引我们,多多少少掩盖了这些矛盾冲突。因此,这部研读莎士比亚的著作是一篇有关公民—文化复兴的文字。就此而言,它对我们当今公民文化的批评既具洞察力,亦富建设性。

序　言

　　本书解读五部莎剧,以期待这些剧作可以为人类政治生活提供永恒的指导。我选择研习的这几部剧作的主题都在于其政治性。也就是说,这五部剧作不仅描绘社会活动,也刻画政治行为。由此,它们超脱了现代小说作家们大为偏爱的纯然私人的或内在的生活——特别是爱情故事。我之所以选择这些剧作,是因为它们始终不停地关注着某些曾经作为政治之核心与灵魂的问题——也许在将来的某一天,这些问题会再次成为,或至少被认作政治的核心和灵魂。这些问题就是:谁应当统治?什么是正义?什么是高尚?什么德性使人配统治,而何种败坏使人不配统治?何为公民或臣民的德性?这些德性和败坏与人的幸福有何关系?这些德性是否为理性所支持?这些德性是否来自对人类生活的某种一贯的理解?正义或任何别的某种德性是否具有神圣的或宇宙性的支持?

　　莎士比亚的剧作会以一种让细致的研读获得回报的方式探讨上述这些问题,这不该让人感到奇怪。正如尼采所言,我们是"两颊绯红的走兽"(《查拉图斯特拉如是说》卷二"论同情")。我们若没能按照自己关于何为正义、高贵和崇高的意见,也即依照自己的道德意见去生活,就会感到羞愧和内疚。而政治生活一度正是人们争论并实践这些意见的平台。在近代政治哲学出现之前,政治生活远比当今更是一个善恶得以呈现的舞台——在这舞台上,职位会将人彰显。具体来说,在这舞台上,那些唯有在公共意见的明亮、有德的光线中才能完全发展起来的人的能力，能得以发展起来，并且作为人之存在的精神核心而获得运用。莎士比亚把曾经过上那种完整政治生活的人变成自己很多剧作的主题，因此，他的剧作得以塑造一代代政治家和公民的品味和明智。从这些剧作中，置身于政治中的男男女女找到了伟大政治品格的鲜活例证——这些例子有的健全，有的带着缺陷。比如，马尔巴罗公爵（Marlborough）告诉我们，他对英国历史的理解完全来自莎士比亚，①而林肯则发现，《麦克白》完美地描绘了僭政和谋杀。②

[2] 如果说，莎士比亚的剧作已不再成为教育从事政治事务的男男女女的重要组成部分，那么对我们来说，情况可能更糟。当阅读这些剧作时，我们甚至会感到，当今政治生活纵使在最好的状况下，也都缺乏我们在剧作每一页所能见到的那种丰富、高超的反思。我们感受到这个时代在政治上的贫乏，因此，我们较之过去一代代的公民更为需要，也已开始意识到自己更需要阅读莎士比亚的剧作。这些剧作能够给予我们在日常生活中不太能见到的教益：那是关于僭主命运的动人而完整的图景，是关于好的统治者和好的政制之特征、关于朋友间关系、关于公民和臣民之义务的全面展现。当然，我们在剧作中所见到的角色各有其独特的处境、习俗和信念：布鲁图斯（Brutus）是罗马人，而麦克白（Macbeth）是苏格兰

---

① ［译注］指第一代马尔巴罗公爵约翰·丘吉尔（John Churchill, 1650—1722）。据说他曾说过"我从莎士比亚那里学习历史"（I take my history from Shakespeare）。

② ［译注］1865年4月，林肯在访问弗吉尼亚州点城（Point City）军队指挥部后，同参议员哈兰（Harlan）、萨姆纳（Charles Sumner）及法国贵族德·钱布仑等乘坐"河流皇后"号（River Queen）轮船返回华盛顿。据钱布仑回忆，林肯在船上曾朗读了《麦克白》"与其我们食不安心……再也不能奈何他了"（3.2.17-26）一段。他随后向船上诸人解释说，这是"对谋杀者逼真的描述；阴暗的行为完成了，它折磨着罪犯去嫉妒受害者的睡眠"。可参 David Herbert Donald, *Lincoln*, New York: Touchstone, 1996, p.580。

人。但莎士比亚由这些角色的言行表现出的智慧则是永恒而普适的。他笔下的人物竭力应对的,是任何严肃的人都可能面对的最为深刻的道德和政治问题。随着我们的心智逐渐为这些剧作所打开,我们便会认识到,这些问题尽管有时以其退化的当代形式呈现出来,却仍然伴随着我们;这些问题永恒不灭。当我们开始进入这些剧作中,为它们所打动时,便不得不去思考这些问题。当我们充分意识到这些问题时——按照莎士比亚本人所提出的问题那样——这种充分的意识就能够开始帮助我们理解自己时代的政治和道德生活。

不过,为了能够利用好莎士比亚给我们提供的机会,从而更好地理解我们自己以及我们的政治生活,我们还得接受某些非同寻常的要求。我们要克制自己,勿以当今的想法强加于这些剧作之上;我们必须试着像剧中人物理解其自身那样去理解他们。这些对于我们来说并非易事。正如任何地方的人一样,我们被自己生活于其中的政制深刻地塑造。因此,想要摆脱自身政制特有的限制,我们必须付出巨大的努力。我们今日的政制,恰巧在相当程度上由现代政治哲学和当代社会科学所构建。这两种力量充斥并形塑着我们的意见和思想。我们经常使用诸如"自我"(ego)、"身份"、"文化"、"权利"、"自身"(self)、"功能失调"(dysfunctional)、"角色模型"(role model)等词汇,而对其现代源头一无所知,也没有质疑这些词语是否充分符合其所要描述的现象。这些可能成为好事情的来源,也可能妨碍我们去接近莎士比亚这样的思想者的作品,使他的剧作没能成为我们的向导;相反,它们要么被我们自己的词汇和术语所困所限,要么被我们凭借如下信念而自信地加以拒绝:我们身处已被启蒙的时代,这个时代会不假思索地迅速贬斥任何明显倒退回过去的思想。因此,我打算只是单纯地(naively)贴近莎士比亚的剧作,而不会利用[3]当代社会科学、现代政治哲学,以及被后现代哲学思想深刻塑造的当代文本批判理论给我们的思想借来的那些智术之辞（sophistication）。在适当的时候，我在解读中引入了莎士比亚显然熟悉的一些古代和中世纪文本。

换个有些不同的说法，现代政治哲学学说将我们与莎士比亚的这些剧作隔离开来。因而，我们要理解这些剧作，就需要将此类学说置于一边，或者加上括号。举例来说，我想到了认为或宣称我们针对彼此拥有个人权利的学说；认为人类是所谓"权力"的追求者的学说；认为政府是被统治者为保护自身权利，通过社会契约或同意而构建的学说；认为政治机构要刻意相互制衡的学说；认为技术是征服所谓无序的自然的工具，能提供丰饶物产以资消费，减轻人类的痛苦和劳作的学说，等等。这些学说纵然毫无疑问有益于自由民主国家里男男女女的生活，却与过去所谓的政治生活大相径庭，然而，莎士比亚能够帮助我们复原那种政治生活。

正如我们在《尤里乌斯·凯撒》（*Julius Caesar*）中所见，真正意义上的政治生活非常接近亚里士多德在《政治学》中的描述：其特征不在于服从君王的命令，不在于不假思索地忠诚于国家或祖国，亦不在于保护并增进自身权利的个人关切；毋宁说，其特质在于对善与恶、正义与不义、高贵与卑贱的共同思考，即在于我们对严肃道德问题的道德判断，在于我们确实共同尊敬那些自己认为值得尊崇和献身之事，并对那些我们认为卑贱可鄙之事感到轻蔑。因此，真正意义上的政治生活需要由拥有某些特定德性的公民来精心施以教化，它不是达致其他目的的手段，它本身就是目的所在。政治生活还在于选择具有此种德性的人，并予以支持，使他们领导和统治共同体。政治生活包括了明智、慎思、修辞和灵魂的技艺。在其剧作《尤里乌斯·凯撒》中——此外也包括其他剧作，例如《暴风雨》（*Tempest*）开场的国家之舟一场，以及《麦克白》中玛尔康

（Malcolm）与麦克德夫（Macduff）之间的谈话——莎士比亚尤其充分而清楚地展现了政治生活的核心问题。这问题就是：谁应当统治？谁配统治？什么德性使一个人有资格领导他人？何种败坏使一个人没有资格居于领导之位，甚至没有资格活着？谁最能引导我们共同实现我们作为公民的目的，而什么人因此在道德上使其他所有人负有服从的义务？

学习政治哲学的学生都非常熟悉，现代政治哲学以何种方式将政治生活——随之也一同将莎士比亚的解释者们用来观看莎士比亚剧作的透镜——逐出上述[4]问题之外。不过，普通读者可能发现，下文对此种变化进程的最突出特征所做的简要概述，对他们会有所帮助。

* * * * *

随着关于前政治的、不可剥夺的自然权利的现代学说的出现，"谁应当统治"这一问题便从政治生活中消失了，关于价值与应得以及分配正义的更大问题也被隐去。这一学说的缔造者霍布斯让我们认识到，这种效果正是他的意图所在，因为他宣称，"在单纯的自然状态下，'谁是更好的人'这一问题根本没有位置"。他主张所有人在政治上一切重要的方面都生而平等，此后又作了一个足够重要的补充，"或者，即便自然已经使人变得不平等……也必须承认这种平等"。① 他清楚地表明，之所以要如此假称平等，是为了终结战争，而一切宣称有资格统治的名号（titles to rule）通常都会引致战争。必须把宣称有资格统治的名号理解为"虚荣的"东西。它并

---

① 《利维坦》第15章，关于第九自然法。强调部分为我所加。

未道出一个人有何真正配统治之处（worthiness），相反，它只是表达了纯粹的虚荣，即表达了人类所特有而又非理性的、以显赫之物为乐的特征。① 为了取代所有这类对统治的诉求，并找到根除此类诉求的生活方式，霍布斯为我们提供了自然权利的新学说。这种学说限制了"统治"（government）的目的或意图，由此带来了某些全新的东西。

要理解这种新学说对政治生活的重要影响，关键要看看霍布斯如何为自然权利学说奠基，以及看看遵循此类权利会造成怎样的社会。霍布斯主张，在驱使着我们的诸多主观激情之中，有一种对暴死的恐惧。因为这种恐惧不可抗拒，所以我们会不自禁地受其驱使以保全自身。既然我们不可避免会有这种恐惧，并且受其驱使而行动，那么我们的这些行为就不应受到谴责。因为正义不能要求我们做不可能之事。于是，我们在进入文明社会以前，就凭自然而拥有一种正确／权利（right），可以去做出于对暴死的恐惧而做的所有的事。② 也就是说，我们每个人都能自私但正当地宣称自己有着拥有一切的权利。当我们努力要摆脱每个人都拥有如此无限权利而导致的糟糕状态时，我们就进入了公民社会。我们同意放弃对万物的自然权利，以确保我们能够得到我们共同需要的某些东西，并免于他人的威胁。我们在这些"权利"或诉求上达成妥协，以便我们所有人都能在和平中得以保全。

---

① 见《利维坦》第 17 章的"为什么某些没有理性和语言的生物，却能在没有强制力的情况下保持群居生活"一节（麦克弗森［MacPherson］本，页 225-226）。可参照第 13 章（页 185）及第 14 章的"誓言的终结"（页 200）。

［译注］麦克弗森本指麦克弗森（C. B. MacPherson）编辑的《利维坦》，1982 年由企鹅出版社出版。此书页边附有概述相关段落的简短文字。本文所引各章下的文字，就是这类文字。

② 《利维坦》第 18 章（麦克弗森本，页 234），可参照第 13 章（页 184-185）。

公民社会以确保公民不可剥夺的权利为基础形成，这意味着我们并非认为自己想要设立一名"统治者"。相反，我们会签订协议，设立一名主权者，向我们自己来代表我们（represent us to ourselves）。这个主权者会使我们想起自己对暴死的恐惧，提醒我们为了避免死亡需要和平行事，而不是爱慕虚荣。由我们拥立来代表我们自己的那个人——或那群人——可能拥有无限的权力，但在目的或意图方面则彻底受到制约：是为了保护权利，从而确保和平，或者说，[5]是为了保证公民能够舒适地自我保全。主权者治理（governs），而非统治（rule）。他就像轿车或卡车的变速器（governor），并不引导我们转向目的，而只是让我们个人的、主观的、任意的、激情的追求处于合理限度之内。事实上，只要法无禁止，我们皆可自由（liber）行事；法律既没有，也不能正当地命令我们献身于所谓的共善（common good），或致力于培育德性或卓越品质。正如克劳特（Richard Kraut）所言，个人权利的目的在于保护我们不受他人需要的影响，或者说，在于"开辟出一块地方，使人们在其中可以免除不得不为共善作贡献的义务"。① 不可抗拒的恐惧被认为授予了心怀恐惧者无可指责的权利，这种权利在自然状态下普遍有效，不受限制，而唯有恐惧所引起的精于算计的理性所假想的结论，也就是法律，才能对其有所制约。霍布斯想要以其"勿施于人"（do not do unto others）这一所谓人的法则取代福音书"施

---

① Richard Kraut, "Are There Natural Rights in Aristotle?", *Review of Metaphysics* XLIX.4（June 1996）, 763。关于统治与治理的差异，可见 Harvey C. Mansfield, Jr., "Hobbes and the Science of Indirect Government," *APSR* 65（March, 1971）97-110; Clifford Orwin, "On the Sovereign Authorization," *Political Theory* III.1（February 1975）, 26-52; Francis Slade, "Rule as Sovereignty: The Universal and Homogeneous State," *The Truthful and the Good. Essays in Honor of Robert Sokolowsiki*, John J. Drummond and James G. Hart, eds.（Dordrecht: Kluwer Academic Publishers, 1995）, 159-180。

于人"（do unto others）的原则。为同属自身所属之整体一部分的他人的善而奉献的行为，让位于对他人的冷漠。

我们被强大而冷漠的主权者置于舞台之上，追求各自不同的欲求。这个舞台被称作"社会"。在这里，人们追求各自想要的职业，并无尊卑高下之分，因为任何活动或使命都不具有真正的、本质的价值。相反，在社会中，"价值"决定于商业市场中的自私所驱动的力量。霍布斯嘲讽说，战争时期将军最重要，和平年代最重要的则是法官。① 因此，价值或应得取决于一群不可预测的他人想要什么，以及他们碰巧相信什么。自由政制的指导原则，就是对价值或应得、对统治头衔的问题公然地漠然以对；自由政制拒绝假称它知道对人类而言什么是至善。自由政制认为不需要引导公民遵循至善，也否认有权威可以这么做。不受妨碍、自我治理的"自身"——如今人们使用的是这个称呼——创造了与自身相配的意义。② 这个"自身"

---

① 《利维坦》第10章"论价值"（麦克弗森本，页151-152）。

② 想一想在计划生育中心诉凯西案（Casey vs. Planned Parenthood）中的多数意见："自由的关键在于个人对生命的存在、生命的意义、宇宙万物以及人类生命的神秘性等概念做出自我界定的权利。如果这些权利在国家强制之下才能形成，那么，有关这些权利的信念并不能界定为人性本身的属性。"比较莱因哈特（Reinhardt）法官在第九巡回法院对"临终关怀"组织诉华盛顿州案（1996年3月6日）的意见，以及第二巡回法院法官迈纳（Minor）对瓦科诉奎尔案（Quill v. Vacco）（1996年4月2日）的意见。

［译注］这三起诉讼案都与美国宪法第十四条修正案有关。1866年通过的该修正案第一款规定任何一州"不经正当法律程序，不得剥夺任何人的生命、自由和财产"，"在州管辖范围内，也不得拒绝给予任何人以平等法律保护"。这两条被称为正当程序条款和平等保护条款。

计划生育中心诉凯西案，全称为宾夕法尼亚州东南部计划生育中心等诉罗伯特·P.凯西等案（罗伯特·P.凯西时任宾夕法尼亚州州长）。1982年，宾夕法尼亚州颁布《堕胎控制法令》（Abortion Control Act），对医生实施堕胎手术加以多项限制规定，例如未满18岁女性堕胎需要得到父母一方同意，已婚女性堕胎需要得到丈夫同意等。五家堕胎诊所和一名医生认为该法令违宪，向地方法院提起诉讼。地方法院判定该法令违宪，但巡回法院认为，只有已婚妇女堕胎需得到丈夫同意一条违宪。1992年6月，就是现代"自然权利"学说的最新而又绝非无意而得的结果。然而，这"自身"及其压倒一切的关切并不存在于莎士比亚的剧作之中。

"单纯地"（naively）走近莎士比亚的剧作，意味着在阅读时，首先不要想当然地将这些现代学说作为真理接受，尽管我们的成长始终伴随着这些学说——不管其形式怎样变化。相反，我们要有意识地尽力避免强行运用这些学说及其推论来解读莎剧。这要求我们以开放的态度来对待这些剧作本身所呈现的样子，直面剧本向我们自己关于政治生活的种种预想和假设所发出的令人振奋的挑战。

* * * * *

在一本有关莎士比亚的政治智慧的论著中谈论《尤里乌斯·凯撒》、《李尔王》（King Lear）或《麦克白》，很少有人会表示质疑，

美国最高法院作出判决，维持了巡回法院的判决结果。最高法院认为宪法第十四条修正案的正当程序条款所保护的自由包括人的基本自由和权利，因为这关乎人的自尊和自主。作者此处引文就出现在这一主张之后。

"临终关怀"组织诉华盛顿州案发生在1994年。四名医生、三名重症晚期病人和"临终关怀"组织认为华盛顿州颁行的禁止医生协助病人自杀的法律违宪，向地方法院提起诉讼。地方法院判决该法违宪。1996年3月，第九巡回法院支持了地方法院的判决。巡回法院法官斯蒂芬·莱因哈特根据最高法院在"计划生育中心诉凯西案"中的意见，认为"像妇女有权决定是否堕胎的判决一样，决定何时以何种方式死亡是一生中最隐私的个人决定，其核心是个人尊严和自主权利"。但1997年6月最高法院一致票决推翻了第九巡回法院的判决，裁定华盛顿州不违宪。

瓦科诉奎尔案同样是关于安乐死合法性的诉讼。奎尔等认为纽约州禁止医生协助病人自杀的法律违宪，向地方法院提起诉讼（瓦科时任纽约州司法部长）。地方法院驳回了奎尔等的诉讼请求，但1996年4月，第二巡回法院判决纽约州违宪。巡回法院法官罗杰·迈纳认为"纽约州没有同等对待类似情况的人：有维持生命治疗设备的晚期病人被允许直接撤除该系统加速死亡，而不允许医生为其他晚期病人开出处方药品加速其死亡……这就没有同等对待这两类病人"，违反了宪法第十四条修正案的平等保护条款。1997年6月，最高法院一致票决推翻了第二巡回法院的判决，裁定纽约州不违宪。

但谈论《威尼斯商人》（The Merchant of Venice）[6]和《暴风雨》，看起来却可能是怪异的选择。何以不去解读历史剧呢？既然就我在前文所述的政治意涵而言，英格兰历史剧显然正好提供了此类素材？（英国历史剧）呈现了一段漫长的情节，这段情节开启了权势人物之间一系列的先后更迭，由此也开启了"谁应当统治？"这一政治问题。那么，就一系列涉及何为权威，什么构成了人类的善，以及何为社会的正当秩序等问题的观念（conceptions）而言，这些历史剧不正向我们展示了上述这些相互对立的观念争夺统治地位的场景吗？这是个严肃的问题，对此，我不得不至少简要地给予回应。

历史剧使莎士比亚得以展现他对政治现象的理解，比如基督教如何改变了不列颠群岛上原有的政治生活，以及种种勇毅之辈如何试图摆脱基督教政治神学的束缚。但正因为如此，历史剧呈现给我们的，并非完全、自然而富有活力的政治生活，而是在不同程度上遭受基督教压抑或扭曲的政治生活状态。这一点在第二个四联剧的第一部，即《理查二世》（Richard II）中开始清晰起来——人们可能会说，剧中甚至公开表明了这一点。审视该剧的开场，我们会震惊于那些怪异的古代人物：我们看到一位正在履行职责的国王，听到人们向他表白爱与忠心；我们看到人们正在准备一场骑在马上的长矛决斗——通过这场决斗将完成一次审判，其间充斥着国王的军官和传令官程式化的言辞，还有决斗者之间同样程式化的骑士宣言。这些场景异乎寻常地循规蹈矩，就像挂在墙上的中世纪壁毯。其所表现的压倒性感觉就是因袭陈腐、死气沉沉。我们在此所见到的英国，到19世纪时成了浪漫憧憬的对象，而在15世纪则让马洛礼（Thomas Malory）重述了亚瑟王传说。[①] 这是巨蟒团（Monty

---

① ［译注］托马斯·马洛礼爵士（约1415—1471）根据有关亚瑟王传说的

Python）所擅长模仿并恶搞的英国。①对于莎士比亚同时代的人而言，这是一个已然古老的英国。莎士比亚让观众亲眼看到了中世纪晚期之初的英国——比如，我们看到最近一场通过决斗而进行的内部审判，在英国即将开始。

然而，从另一个角度来说，这一开场同样怪异：一场审判由理查国王召集，并且即将开始。贵族波林勃洛克（Bullingbrook）指控另一贵族毛勃莱（Mowbray）谋反。然后呢？什么也没发生。双方都极力指控对方谋逆，然而令人惊讶的是，根本没有举行审判，没有审查证据，没有起诉，也没有辩护或驳证。如果将这场落空的审判与诸如《威尼斯商人》中的审判，或者与《尤里乌斯·凯撒》中凯撒死后所进行的那场等同于审判的争论（在这场争论中，布鲁图斯和安东尼通过各自的演讲来争夺罗马公民的民心）相比较，我们就会对此处政治审慎的完全缺失感到震惊。[7]理查国王在听到臣属的激烈控诉之后，只是相当荒谬地要求两方和解，而相互攻击对方的好名声，这是两方不可能容忍的事情。于是，理查不得不同意以一场决斗来代替审判。这就是骑在马上的长矛决斗。获胜的一方将被宣布为正确，失败的一方则将被判为错误。这就像用折磨的手段审判，证明谁对谁错的不是人类的理性，而是神明的介入——那个公正而全能的基督教上帝的介入。确实，类似的审判在《李尔

世纪法语故事和一些中世纪英语故事，写作了八卷本的《亚瑟王及其高贵的圆桌武士全书》（*The hoole booke of kyng Arthur & of his noble knyghtes of the rounde table*）。1485年此书出版时，由出版商改名为《亚瑟王之死》（*Le Morte d'Arthur*）。此书是英国最为知名的亚瑟王传说文学作品之一。

① ［译注］巨蟒团是20世纪60年代后期由查普曼（Graham Chapman）等六名来自剑桥、牛津大学的毕业生组成的喜剧剧团。此处指该剧团1975年上映的喜剧电影《巨蟒团与圣杯》（*Monty Python and The Holy Grail*）。影片以搞笑风格重述了亚瑟王故事，在欧美影响甚大。

王》最后一幕中也出现了。不过，在那一幕中，审判至少举行了，其结果也必须从政治上加以解读；但在《理查二世》中则相反。在第三场中，这场事先决定的决斗审判在即将开始的最后一刻被制止。理查转而将两人逐出国境。他只是表示，这样做是为了王国的和平，此外没有任何合理的说明。于是，我们所得的全部印象，就是恰当的政治活动令人惊讶地缺席。显然，这一缺席无助于我们理解政治生活。甚至可以说，由于我们在此处考察的剧作缺乏对政治生活的描述，我们甚至无法看到政治生活是什么。

更有甚者，由于人类的审慎被神明的意愿所篡夺，《理查二世》不仅在开场，而且在全剧中都将真正的政治生活驱逐出了英国。理查在遭到波林勃洛克的威胁时，希望上帝及其所派之天使会前来帮助自己，因为自己是神所膏立的（divinely anointed）国王。然而这一切并没有出现，于是他对世界彻底绝望，准备像个僧侣一样死去，死后墓碑上什么也不留下。他要么是上帝膏立的国王，要么什么都不是，中间状态并不存在。而中间状态正是政治的领域，是政治行动即以共善之名采取的公正或高尚行为的场所。理查的对手波林勃洛克同样也不能完全抛弃君权神授之说，尽管这并没有阻止他废黜国王并最终要求杀死理查。波林勃洛克被负罪感所毁灭，正如他自己所言，他从未完全忘却自己犯下了该隐（Cain）之罪，就像他始终想要得到这桩罪恶的结果，也就是王位一样。他发誓要向圣地发起一次艰辛的远征，以此来赎罪——也就是说，要放弃自己的王位。此时，他没能成功地将君权神授之说移用到自己身上，尽管他必须这么做。（莎士比亚暗示，因为在奉行基督教的英国，王位可以公开篡夺，但其神圣性却不能。）因此，废黜上帝选中的国王理查二世，就撕裂了社会结构，也撕裂了波林勃洛克的灵魂；正是波林勃洛克的野心使王国的道德权威遭受了严重损害。在《理查二世》将近终场之时，格罗斯特（Gloucestershire）武装叛乱的消息传来，我们发现，这位新国王的政权并不稳固。

[8]在《理查二世》中，基督教是政治生活遭到压制的原因所在。这一点在冈特的约翰（John of Gaunt）的言行中尤为清晰地表现出来。因为不愿动手反对上帝所膏立的国王，他没有为被杀的兄弟伍德斯托克（Woodstock）报仇。理查的统治头衔明显基于这样的学说，而冈特的话也得到卡莱尔主教约克（York）的明确回应，理查本人当然也这样回答：国王依上帝的意旨统治，因而人们必须无条件服从。由于君权神授之说的存在，政治生活的核心问题——谁应当统治？——就不再成为问题，或者变成了单纯的技术性问题（可以通过谱系图来解决）。这是由上帝而非人来处理的问题。

我已经说过，历史剧中政治生活的相对缺乏缘于基督教。国王相信自己的名号得自神赐，因而不可侵犯，这种信念出自基督教。对此，我们可以尽可能简要地列出以下几点理由。圣经几乎没有提供什么政治教诲，甚至也没有法律指导。众所周知，耶稣告诉向他提问的人，凯撒的物当归凯撒，上帝的物当归上帝；他告诉彼拉多（Pilate），自己的国不属于此岸世界；他又告诉自己的门徒，他们不能既侍奉上帝，又侍奉玛门（mammon）[译注：即钱财]。圣保罗将耶稣的教诲传授给异教徒。在《罗马书》第十三章，他告诉读者，必须服从统治者——让我们回想一下，他们此时正生活在暴君尼禄（Nero）的统治之下。圣奥古斯丁（St. Augustine）这样的基督教神学家也不得不费心琢磨保罗这么说的理由（比如，见他在书信第138号①所作的解释）。按照圣奥古斯丁的解释，保罗之所以

---

① [译注] 这是412年奥古斯丁给好友马塞利诺斯（Flavius Marcellinus）的一封回信。马塞利诺斯在前信中提出了基督教禁止以恶报恶的教义是否与罗马公民的权利义务相悖，以及为什么诸多灾难都在信奉基督教的皇帝统治时期发生等问题。奥古

这样告诫世人，就是因为基督福音告诉我们，此世只不过是通向另一个可能更美好的世界的朝圣之旅。我们所生活的尘世之城是流泪谷，是天上之城的试验场——此世唯一可能的善就是为了天上的上帝之城放弃或牺牲此世之物。奥古斯丁由此提出，希腊、罗马思想家和政治家们所谓的道德德性根本不是真正的美德，不过是辉煌的罪恶而已，因为这些德性服务于个人的荣誉和光荣，而非服务于上帝的荣耀。奥古斯丁及其他一些基督教神学家和牧师都认为，人类应有的品质不是异教徒引以为傲的恢宏大度，而是谦卑。圣经劝告基督徒遵循耶稣的命令，有人打自己的右脸，就把左脸也转过来由他打，要耐心地忍受不义。这样就可以满怀爱意地向逼迫他们的人表明，同一个正直灵魂所具有的真正的善以及与此相配的天上的回报相比，他们以不义之举去追求的现世利益毫无价值可言。他们从"登山宝训"（the Sermon on the Mount）中得知，虚心的人、哀恸的人、清心的人、温柔的人、饥渴慕义的人都有福了，因为他们将在天国获得巨大的福报。所以他们认为，此世统治的［9］目标不在于高贵的行为，也不在于对异教徒道德德性的公共教化，而在于维护和平，培育神圣的德性；一个人即使在修道院离群索居，或者独居于沙漠之中，也能成为最好的基督徒。严格意义上的政治生活，行为高贵的生活，实则被视作充斥着自负的生活。上帝出于自己的意图决定将何人置于王位之上，王位就属于这人。既然他应该作为一名好的基督徒尽职尽责，那么政治上的高位本身就完全来自神意的赐予，而

斯丁——予以回应。在信中，他提出，要如保罗在《罗马书》中提出的"要以善胜恶"（12:21），"我们就要忍受一时利益的损失，以向恶人表明，在我们看来，与信仰和正义相比，这些利益毫无价值"，从而使他"从他所虐待的人那里认识到"真相。唯有末日审判之时，报应才是正当的（因为恶人已没有机会改过）。在此之前，"如果我们无法改变这个城邦，那么只要我们在前往天国的途中，我们就应当容忍那些想要共同体不去惩处恶行的人"。

非其本质所有。

　　这种基督教信念的第二种影响在于，为了遵循基督教诲，人们抛弃了自然的政治判断力和情感。这就使正直的人变成了单纯的老好人（neutral），亦或像《理查二世》中约克所自称的阉货（neuters）。（相反，在《李尔王》中，可能成为老好人的阿尔巴尼［Albany］并没有走那么远。）像约克这样的老好人最终完全不可能投身政治，因为那些为被压迫者伸张正义的人必然大声谴责他们：你们为什么不帮助我们？

　　第三种影响在于女性地位的提升。较之居于统治地位的虔诚男性，女性对于事件的反应更多出于自然，基于其自然的情感。但在历史剧中，在自然情感的左右下，女性走向了彻底的绝望。约克公爵夫人哭求丈夫饶恕自己的儿子，反对丈夫狂热地效忠上帝膏立的新任国王，但毫无效果。类似地，格罗斯特公爵夫人哭求复仇，却由于缺乏任何有血气的、男子汉英勇的行动，最终绝望而死。冈特告诉她，理查的罪恶是上帝在尘世的代理人的罪过，因此她应该离开，并向上帝喊冤。公爵夫人痛苦地答道，"那好吧，我就这么办"①，随后死去。有思想的、想要从事政治的女人不可能简单地接受或容忍"愿你的旨意行在地上"这种祷告的结果。上帝要求人耐心地容忍冤屈，还要人将所有荣耀归给他。女性在如此世间更想死去，而不是活着。

　　此外，在随后的历史剧中，基督教仍然压抑着政治生活，并使

---

①　［译注］作者使用的莎士比亚剧作版本为：*The Riverside Shakespeare*, Houghton Mifflin（T），1973。该版在行数上与国内通行的一些版本（如阿登版）有所差异。本书中莎士比亚原文的译文，主要利用了方平主编《莎士比亚全集》（上海译文出版社，2017）中的译文，同时参考梁实秋（《莎士比亚全集》，中国广播电视出版社，1995）、朱生豪（《莎士比亚全集》，人民文学出版社，1994）等先生的译文。个别地方则根据上下文作了改动。

人们关注政治生活如何可能得以恢复的问题。这些剧作并没有向我们展示政治生活本身，而是检视了其在基督教神学之下的命运。波林勃洛克的继承者们没能摆脱这种神学的束缚。在《理查二世》第五幕中，我们已经预感到这一点。在这一幕里，我们听说，波林勃洛克之子——将要成为国王亨利五世的哈尔（Hal），决定戴上妓女的手套去参加在牛津举办的骑在马上的长矛决斗比赛，并做好了击败所有对手的准备。他对宫廷礼俗的轻蔑态度显然让波林勃洛克耿耿于怀。因为身为国王亨利四世，波林勃洛克试图恢复基督教的习俗和礼仪，未获成功。他的儿子哈尔身为亨利五世，却试图 [10] 回避并推翻这些仪礼。哈尔力图增强个人而非君主的威望，以此解决父亲的合法性问题。通过自己的所作所为，他创造了令人惊诧的奇迹，从一个表面上游手好闲的公子哥变成具有伟大男子德性的人；他杀死了对手霍茨波（Hotspur），由此夺得了霍茨波的所有荣誉；最终，为了获得征服的荣耀，他联合贵族、教士和民众侵入法国。他将自己能够获得统治头衔归因于自己那帮弟兄、那少数幸运儿（the happy few）在阿金库尔（Agincourt）战役中所取得的奇迹般的胜利。然而，甚至这一步，亨利五世也唯有通过将这场著名的胜仗归于上帝而非他自己才能实现。因为在圣克里斯宾节（St. Crispin's Day）的演讲中，他向士兵们宣称，如果渴求荣誉算是一种罪恶，那他就是活着的人中最罪大恶极的一个。他指示部属在大胜之后高唱"耶和华啊，荣耀不归于我们"。我们在此看到了古老问题的回归：这场辉煌胜利究竟缘于上帝的恩赐，还是由于亨利的个人品质？他究竟是要成为民众所称呼的凯撒，准备接受荣誉，还是要成为必须在上帝面前保持谦卑的大卫？我们在他身上见识到了某种政治的伟大，但这种伟大总是伴随着对荣誉的自负之爱的疑虑。这种疑虑是基督教意识必然的产物。所以，他那更为虔诚的儿子亨利六世丢掉了法国，也没能维持国内和平，这并不令人意外。唯有亨利八世成功地同基督教政治神学决裂，这或许就是基督教英国走向终结的开端。亨利八世不但推翻了教皇的权威，还延续了亨利五世所拒斥的举措，向教士征税，并由此创建了由贵族组成并归他所有的常备军。

但我们必须注意，摆脱基督教神学束缚的每一次尝试，都以正义和共善为代价。福斯塔夫（Falstaff）之流的偷窃行为是在模仿波林勃洛克的篡位。亨利五世对法国的侵略战争则进一步释放了贪欲和对国内统治权的争夺。这导致了玫瑰战争（the War of the Roses）以及理查三世（Richard Ⅲ）那杀人如麻、自称马基雅维利式的暴政。基督教的影响对英国政治生活而言是个问题，是政治生活地位降低的原因。这也是贯穿历史剧的主题。

＊　＊　＊　＊　＊

因为历史剧向我们展现的政治生活是被抑制和扭曲的状态，所以我没有选择这些剧作。在历史剧中，基督教神学对抑制政治生活发挥着主要影响，因此，我们无法通过这些剧作，接近近代以前那种具有完全的丰富性和自身存在问题的政治生活，而接近这种生活正为我们所需要。不过，我没有忽视基督教所导致的政治现象。在我看来，关于君权神授和谦卑顺从的基督教政治神学，其全部影响[11]在《麦克白》中有着充分的展现。例如，虔诚的麦克德夫习惯于服从那虔诚的、神圣不可侵犯的国王的统治。他从不反对不义，"熟读福音书"（见《麦克白》3.1.87），以致不愿复仇，同时过于仰赖"上苍"来保全家人。当他不在场时，他夫人相信自己未做任何坏事，这种纯洁无辜会庇护她，当她悲哀地认识到这种辩护在此世无关紧要时，已为时太晚。唯当不信奉基督教的玛尔康复辟之时，政治生活在苏格兰才得以恢复。不过，在《麦克白》中，我们也能发现基督教政治之于政治上野心勃勃的那对夫妇的影响。他们确实在基督徒的虔诚和古人自然的统治欲望之间摇摆。易而言之，我们所看到的不是政治生活的死亡，而是政治生活变异成为一种新的形式：坏基督徒的暴政。

通过贬低政治生活，基督教及其对于彼岸生活的强调也能够提升私人生活的地位。那么，当基督教义败坏时，基督教商业共和国的创建也就成为可能。福音书禁止基督徒追求财富而不追求上帝之国，但他们可以告诉自己，追求财富并非因为自己好于此道，而是为了其他的善乃至敬神。威尼斯这个基督教商业共和国就是这一结果的完美例证。因此，它也成为莎士比亚那部关于名义上的基督徒商人安东尼奥（Antonio）的剧作的背景。安东尼奥最好的朋友巴萨尼奥（Bassanio）称赞他，并非因为他是基督教徒，而是因为他有一颗罗马人——即安东尼（Antony）——的高贵心灵。莎士比亚以此暗示，该剧仍在审视真正的政治生活。对于自己在友人身上所践行的德性，安东尼奥的理解更类似于异教的慷慨，而非基督教的仁慈。而同他一样爱着巴萨尼奥的情敌鲍西娅（Portia），尽管小心翼翼地保护她虔诚的基督徒父亲的外表，遵循其传统及其遗愿，但她所展现的德性同样更近于那个与她同名的罗马人。她也代表着古罗马精神的复活。不过，身为女性，她发现自己在基督教世界里地位崇高，只需表面上遵从信仰并施展骗术，她便能够践行那种在罗马人中曾普遍存在的政治明智——尽管她是出于个人目的。鲍西娅同历史剧中的女性不一样，她跨越两个世界，使我们能够看到罗马女性的政治判断力如何在基督教世界中生效。鲍西娅认为自己的基督徒丈夫情感泛滥，令人不安。当她试图抑制这种无度时，她就与前基督教的（pre-Christian）夏洛克有更多共同点，而非与她所爱着的巴萨尼奥有更多共同点。她娴熟地利用了安东尼奥所处的困境，让安东尼奥及其对巴萨尼奥的情感服从于自己的婚姻幸福。她对于德性和法律的"异教"认识指导着她的行为，使她获得成功。这某种程度上表现在她对诸多追求者的所作所为之中。［12］在她和安东尼奥的戏里，我们看到莎士比亚将罗马德性移置于基督教的普遍世界之中。罗马德性能够保护这对男女的个人幸福，使他们不受这个世界的威胁。政治生活成问题的特征在此仍然存在，尽管形式上有所弱化或者部分私人化了，但在某种程度上也更为明显。

我在前面曾经说过，国王拥有上帝赐予的神圣不可侵犯的统治头衔这一信念出于基督教。但这并非基督教所独有，例如，可兰经和希伯来圣经中也有同样的内容。此外，如果认为基督教独一无二地宣称存在神法，或宣称上帝支持人间正义、法律和合法的统治者，那也是严重的错误。实际上，所有现代以前的政治生活都持有这种观点。举个例子来说，人们可以在修昔底德（Thucydides）的《战争志》第五卷所述的米洛斯人（Melians）对雅典人所说的话（5.105以下）中发现这一观点。甚至在《尤里乌斯·凯撒》中，莎士比亚也向我们表现了这一观点。他笔下的凯斯卡（Casca）将罗马反常的天气解释为神谕。在《李尔王》的情节中，莎士比亚展现了异教国王如何对眷顾人的神明赏义罚罪这一信仰感到失望。《李尔王》向我们叙述了一位善于思考的、极富活力的前任国王的努力。他的经历使他主动质疑神法，使他在经受了内心的"暴风雨"之后理解了"没穿没戴的"人。这种人依自然如此，也缺乏任何支持着庇佑人类的神明之信仰的人为习俗。李尔认为这是条"疯狂的"道路，而且这也确实超出了他的智慧所能接受的程度。不过，要不是心爱的女儿被害，这条路会使他接受自然的必然性，实现更为宁静的生活。埃德加（Edgar）年轻、灵活的灵魂使他能够从李尔艰辛的经历中获益。他更能承受苦难。他向自己的父亲，随后又向自己未来的臣民提出了一种对于人类生活有所助益、充满希望、虔敬信神的真理。

这本研读以《暴风雨》作为终结。在这部剧作中，莎士比亚向我们展示了普洛斯帕罗（Prospero）的教育计划。普洛斯帕罗因为钻研博雅学术（liberal arts）的哲学而失去了对米兰的统治。他为了女儿和自己，努力对那些来到他统治之下的人们——利用他们的想象——施以富有想象力的教育。这种方式同埃德加对自己父亲的教育一样。普洛斯帕罗向亚朗索（Alonzo）、塞巴斯显（Sebastian）和安东尼（Antonio）展现了晚宴以及哈比的魔法幻象。哈比宣称，对于他们所犯下的罪恶，报复虽会迟到，但注定降临。通过这些幻象，普洛斯帕罗试图教导他们相信天意的存在。他通过类似的幻象来教育费迪南（Ferdinand）和蜜兰达（Miranda）。他为他们提供的教导充分反映出，他认识人类在一个冷漠的世界之中的真实地位，这一认识来之不易。[13] 这世界如同他那诗人的幻象一样，必将完全消失。我选择以《暴风雨》作为这场研读的终结，是因为这部剧作既关注神圣正义的问题，也关注政治生活中与此相关的核心问题，即谁应当统治。如果说，李尔最终没能平息自己心中的暴风雨，那么普洛斯帕罗则证明他能够做到这一点。莎士比亚也能够做到。正如这部剧作不同寻常的收场白所示，莎士比亚自己的教育"计划"与普洛斯帕罗并无二致。

神圣正义是这五部剧作所探索的最为深层的问题，也是莎士比亚最常要我们多加反思的问题。宇宙真的关心人类吗？上帝（或众神）是否存在？如果存在，他（或他们）对我们有何要求？如果不存在，正义还有意义吗？认为杀害儿童之类的行为本质上是邪恶或令人憎恶之事，因而绝不赞同，这样做有意义吗？严格地以高尚的手段来追求高尚的目的，绝不逾矩，这样做有意义吗？我们是否需要保持双手干净，而不是像彼拉多那样，认为可以洗掉罪恶如同可以洗掉沙子一样？简而言之，正义是否存在某种真正的来自上天的支持？还是说，这不过是（《李尔王》中的）埃德加、（《暴风雨》中的）普洛斯帕罗，或许还有莎士比亚本人的使命？他们培养人们的错觉，以为正义确实得到了支持，而这正合于我们早已存在的最为深切的愿望和渴求——尽管与此同时，人们也意识到这里面存在问题。《暴风雨》探讨了神圣正义及其要求的问题。这部剧作不仅认为神圣正义关涉谁应当统治这一主要问题，还认为这与诗人在公民教化中的角色问题有关。而后一问题也许是在回应前一问题。所有剧作的主题通过这种方式联系在一起。因此，《暴风雨》为本书的研读提供了全面的，因而也是合宜的结论。

* * * * *

我研读莎士比亚作品的方法来自布鲁姆（Allan Bloom）开创性的著作①以及阿尔维斯（John Alvis）杰出而权威的论著。②其他以同样的方法解读莎士比亚作品的出色研究，包括坎托（Paul Cantor）、③

---

① Allan Bloom, *Shakespeare's Politics*, with Harry V. Jaffa（New York: Basic Books, 1964）. ［译注］此书有中译本：《莎士比亚的政治》，潘望译，江苏人民出版社，2009/2012。

② John Alvis, *Shakespeare as Political Thinker*, coedited with Thomas G. West（Durham: Carolina Academic Press, 1981）. 增补的第二版由 Intercollegeiate Studies Institute 于 2000 年出版。

③ Paul Cantor, *Shakespeare's Rome: Republic and Empire*（Ithaca: Cornell University Press, 1976）. ［译注］此书 2017 年由芝加哥大学出版社（University of Chicago Press）新版。

尼科尔斯（Mary Nichols）、①洛文塔尔（David Lowenthal）、②克雷格（Leon Craig）、③布里茨（Jan H. Blits）、④贝内加（Nasser Behnegar）⑤的著作以及吉什（Dustin A. Gish）和多布斯基（Bernar J. Dobski）的最新作品。⑥我在幼稚地研读莎士比亚剧作的过程中，以大部分精力检查了这些思想家对本书所涉及的五部剧作之外的莎士比亚剧作的解读，因此读者在本书中几乎看不到我引用他们的著作。不过，他们对于引导我的研究仍然非常重要。我所提供的每一种视角都曾得到他们的指引，对此我致以最大的谢意。我同样要感谢鲍曼（Fred Baumann）、斯托弗（Devin Stauffer）、巴特莱特（Robert Bartlett）、安布勒（Wayne Ambler）、洛琳·潘戈（Lorraine Pangle），尤其要感谢威特（Stuart Witt）。他们［14］对这些文章的前几稿提出了非常有帮助的意见。最后，我要感谢托马斯·潘戈和洛琳·潘戈夫妇（Tom and Lorraine Pangle）。在过去几个夏天，我和他们一起前往参

---

① Mary Nichols, "Tragedy and Comedy in Shakespeare's Poetic Vision in *The Winter's Tale*," in *Shakespeare's Last Plays*, Travis Curtright and Stephen Smith, eds.（Lanham, MD: Lexington Press, 2002）and "*The Winter's Tale*: The Triumph of Comedy over Tragedy," *Interpretation: A Journal of Political Philosophy* 9.2-3（September 1981），169-190.

② David Lowenthal, *Shakespeare and the Good Life: Ethics and Politics in Dramatic Form*（Lanham, MD: Rowman and Littlefield, 1997）.

③ Leon Cragi, *Of Philosophers and Kings: Political Philosophy in Shakespeare's Macbeth and King Lear*（Toronto: University of Toronto Press, 2001）.

④ Jan H. Blits, *The End of the Ancient Republic: Shakespeare's Julius Caesar*（Lanham, MD: Rowman and Littlefield, 1993）and *The Soul of Athens: Shakespeare's A Midsummer Night's Dream*（Lanham, MD: Lexington Books, 2009）.

⑤ Nasser Behnegar, "The Political and Theological Psychology of Shakespeare's *Measure For Measure*," *Interpretation: A Journal of Political Philosophy* 29.2（2001–2002），153-169.［译注］此文中译版：《〈一报还一报〉中的政治－神学心理学》，郭振华译，《政治哲学中的莎士比亚》，华夏出版社，2007，页39-64。

⑥ Dustin A. Gish and Bernard J. Dobski, *Souls with Longing: Representation of Honor and Love in Shakespeare*（Lanham, MD: Lexington Books, 2011）.

加安大略省（Ontario）斯特拉福（Stratford）的莎士比亚戏剧节，①观看莎士比亚这五部以及其他剧作的一流演出。潘戈夫妇的视野以及他们提出的具有挑战性的问题，对我思考莎士比亚的政治智慧具有很大的助益。当然，书中一切错误都由我本人承担。

---

① [译注]斯特拉福莎士比亚戏剧节（Stratford Shakespeare Festival，2013 年改称"斯特拉福戏剧节"）创办于 1953 年，每年 4 至 10 月间在加拿大斯特拉福（与莎士比亚故乡同名）举行，是北美地区最知名、历史最悠久的莎士比亚戏剧节之一。本书所涉及的五部剧作在 2000—2012 年间曾多次上演：《尤里乌斯·凯撒》（2009）、《麦克白》（2004、2009）、《威尼斯商人》（2001、2007）、《李尔王》（2002、2007）、《暴风雨》（2005、2010）。

第一章

《尤里乌斯·凯撒》：古典共和的难题

[15]《尤里乌斯·凯撒》是莎士比亚的名作。在此剧中，他尽展才华，表现了亚里士多德视作政治生活臻于巅峰将面对的问题——德性卓绝者之难题，以及这一卓绝之人的统治给有德性的生活造成的困境。①通过在剧作中巧妙地展现高贵的罗马人所面临的这一问题，莎士比亚迫使读者不得不严肃地思考当代政治——所谓作为个体的主权者的间接治理的政治——所遮蔽的问题。我们所处的特定历史环境，使得该剧中具有探究意味的情节，对于我们理解人的处境比以往任何时候都更重要。

第 一 幕*

一开场，我们便在弗莱维厄斯（Flavius）和玛罗勒斯（Murellus）这两位护民官的言行中遇到了这个难题。这两人与民众的关系，表现了共和原则的两面。鉴于两人此后再未出场，只是有人在随后一场中隐晦地提到他们的消失，莎士比亚对两人的选用实在大胆。这两人感到心烦意乱，因为今天是工作日而非圣日，民众却闲散无

---

① 见亚里士多德《政治学》第三卷第 12-18 章。
* [译注]原文无"第一幕"。

事,盛装游行。玛罗勒斯质疑了其中一个平民的行为,可是他甚至没能听懂那个平民的话,尽管后者努力要像玛罗勒斯那样说话。阶级间的差异显著,普通民众与其他所有人的差别尤其明显。因此,接下来的问题就是,罗马的领袖同共和国多数民众一起做了什么,应该做什么,以及他为了民众做过什么,又应该做什么。我们将会了解到,为了民众,凯撒正在执行一项计划。

[16]民众游行的领袖是一名补鞋匠。不管怎么说,他都有着自己的盘算。通过一连串双关语,我们知道他是一个"修补鞋底的"。他领着人群活动,可以使人们的鞋底/灵魂(soles / souls)变得需要修补。如果这是在一个基督教国家,而这个人是教士的话,那么,我们在此见到的就是尼采所辛辣嘲讽的先驱。尼采讽刺基督教士说,教士让教友的灵魂生病,以便照管他们。① 不过,此处是基督教产生之前的罗马,教士也尚未成为民众的主要领袖,这领袖另有其人。在某些人眼中,这个人此时仿佛神明;这个节日(事实上,这天是卢柏克节[the Lupercal])正是为推崇他而设。换而言之,在补鞋匠的喜剧性戏谑之中,我们感受到基督教的领导权即将到来的气息。或者说,这是莎士比亚在回首异教罗马时,对他告别的海岸的回眸一瞥。在罗马,我们发现领袖身上有着截然不同的印记——他们不宣称人类有罪,需要为原罪忏悔,也不劝诫人们要谦卑、顺从,而要他们充满骄傲和力量。他们一心要获得荣耀,以证明自己的价值。

成熟有力的政治生活塑造着罗马共和国领袖的特征。然而,莎

---

① [译注]这里指的是尼采在遗稿中的说法:"群畜身上本来没有任何病态的东西,群畜本身是不可估量的;不过,群畜不能决定自身的去从,它们离不开'牧人'——教士懂得这一点……教士用什么方法使群畜患病的呢?"见尼采,《权力意志:重估一切价值的尝试》,张念东、凌素心译,北京:中央编译出版社,2005年,页5。

士比亚很快就让我们看到,这种政治生活存在问题。玛罗勒斯发表了一段长篇大论(1.1.32-55),指责民众不忠于庞培(Pompey),或者说没能始终对庞培心存感激。他要求民众离开,去祈求神明阻止瘟疫,这场瘟疫是对他们忘恩负义的惩罚。他关于神罚的警告似乎很严厉,而且出于真心。另一方面,弗莱维厄斯对民众的简短演说却富有诗意而非虔诚。他诗意的诉求世俗而又高贵:他请"好同胞们"将泪水洒进台伯河最低处的水流里,让河水最终也会"亲吻(罗马)那最高的堤岸"。随后,他让玛罗勒斯扯下偶像上的彩带(1.1.65)。玛罗勒斯表示,他不敢做这种不敬的事。然而,弗莱维厄斯坚持认为扯下彩带是桩政治事务,还坚持说,必须把俗众从街上赶走。他随后说出了自己反对民众热捧凯撒的理由。令人惊讶的是,这与玛罗勒斯的原因并不相同。弗莱维厄斯的理由基于高贵的骄傲:他不愿活在"胆战心惊地听命于人"之中。如果他活成那样,就意味着平等人之间的共和统治会丧失。他没有提到庞培——当然,如果庞培的统治像凯撒一样被捧得过高,他同样会表示反对。

于是,在这一开场中,我们看到政治阶层之间存有原则分歧。甚至护民官彼此之间也有分歧。这两位护民官各自表现了共和制度的不同统治原则。一方面,虔敬的玛罗勒斯反对凯撒地位的提升,但不反对庞培帝王式的统治。这恰恰是因为凯撒地位的提升以牺牲庞培父子为代价。玛罗勒斯对庞培的卓越过人并无恶感。他还要求民众始终对庞培为罗马所作的正义之举心存感激。在玛罗勒斯心目中,这为 [17] 神圣正义所支持。他要求罗马人给予有德者应得的奖赏。既然庞培最具德性,崇敬他那获得胜利的对手便为不义。①

---

① 布里茨提醒读者注意玛罗勒斯的"非共和"甚至"反共和"倾向,但他认为这是由于玛罗勒斯从低于政治的层面理解罗马,以及个人忠诚即将战胜政治审慎。*The End of the Ancient Republic: Shakespeare's* Julius Caesar(Lanham, MD: Rowman and

另一方面，弗莱维厄斯则基于相反立场而要采取行动反对凯撒。他所崇敬者不是其他凡人，也不是神明，而是罗马这个崇高的城邦。在这座城邦里，公民地位平等。为了防止凯撒飞升到人们的视野之上，使"我们"，也就是其他所有人胆战心惊地服从他，弗莱维厄斯会拔掉他翅膀上的羽毛。他宁愿死，也不愿屈服于他人的统治，无论这个人是庞培、凯撒还是别的什么人。他暗示，这些人的统治不管带来怎样的好处，都会使他和其他所有罗马人受到管制，会摧毁法律的平等。而共和国的政治生活所独有的自由正是基于这种平等。

玛罗勒斯支持各人得所应得（just desert）的原则，因此也支持最有资格的人施行统治。弗莱维厄斯则坚持基于有德者大致平等的自由原则。不过，如同此处所表明的，唯有当这些人不会为了获得超越其他有德者之上的权威而激发民众的欲望之时，这种自由才能得以维持。尊崇最具德性的人，以及有德者之间的平等，此乃正义的两条原则。这两条原则共同指引着罗马共和国，却难以共存。两者之间的张力推动着本剧的进展，揭示了正义的内在难题。当政治生活制造出一个德性卓绝之人时，这个难题就显现出来。①

* * * * *

莎士比亚由此引入本剧探讨的核心问题之后，让尤里乌斯·凯

Littlefield, 1993），26-28.

① 关于（来自罗马或其他人的）忠诚之爱与人之于荣誉的欲求（或成为此种忠诚之爱对象的欲望）之间的矛盾，布里茨作了非常有益的审视。见 Blits, *The End of the Ancient Republic*, 14-19. 此处讨论与布里茨的不同之处在于，我将这一冲突视作正义两个方面的相互冲突，而这种冲突不可能得到解决；布里茨则表示，在相互交融时，冲突两面会缓和下来或互相融合，从而解决矛盾。

撒在第二场中登场。凯撒在剧中仅有三场出场,这是第一次。他的台词很少。既然我们认为他是本剧的主角,这种情况就迫使我们不得不仔细审视他的这些台词。不过首先,我们必须停下来,认真考虑凯撒台词不多这一点。本剧大部分内容不是凯撒的言行,而是关于一场失败的密谋及其后续发展。这场密谋旨在消灭凯撒,恢复受其统治威胁的共和国。凯撒被杀了,然而别人取代了他的位置,并且击败了密谋者。可以说,凯撒仍然存活在安东尼身上,(最终则)活在屋大维或谓"奥古斯都·凯撒"身上。当然,他活得比这长久得多,因为他也活在后来罗马皇帝的头衔中(韦帕芗[Vespasian]使这个头衔名号固定下来),活在别处那些渴望与凯撒一样伟大的统治者的头衔里。那些头衔包括沙皇(Czar)、皇帝(Kaiser)、"罗马的凯撒"(Qaisar-e-Rūm)等。①凯撒死去74年后,边远省份的人们向彼拉多喊道:

除了凯撒,我们没有王。

凯撒之后,一切政治生活似乎都无法摆脱他,或者说在某种程度上都指向他。凯撒成了政治生活的巅峰和顶点。也许,一切政治生活都是如此。凯撒的名号表示统治者德性举世无双,说明他有资

---

① [译注]这都是罗马帝国皇帝 Caesar 这一称号的不同译法。Czar(也作 Tsar)是斯拉夫语系的译法,最早由第一保加利亚帝国的西蒙一世(Simeon I)采用。其后,第二保加利亚帝国、塞尔维亚帝国、保加利亚王国和沙皇俄国(1721年改称"皇帝"[imperator],但国际上仍称其统治者为"沙皇")均以此为统治者的正式称号。Kaiser 是德语的译法,始于神圣罗马帝国皇帝,其后为奥地利帝国和德意志帝国皇帝所沿用(在英国统治期间,印度皇帝在印地语中被称为 Kaiser-i-Hind)。Qaisar-e-Rūm,或作 Kayser-i-Rum,是阿拉伯语的译法,最初指称罗马帝国和拜占庭帝国皇帝。1453年奥斯曼帝国占领君士坦丁堡后,苏丹穆罕默德二世(Mehmed II)以此自称。

格独自实行统治,也有雄心来增强自己的统治。然而,如若他独自实行统治,他就会毁灭严格意义上的政治生活。他向其他人的有德性的活动投下了阴影。这些人[18]不能统治,或者说他们没有可能、缺乏有利地位、也没有机会表现自己的德性,从而为城邦或国家效力以实现自身抱负。这样一个人的统治真的正义吗?在此,我们找到了本剧以凯撒为题的一个可能理由:凯撒既是一个历史人物,是一个现实存在的人,同时也是政治生活中一个难解的核心现象,值得引起我们的关注。

凯撒出口的第一个词是呼叫他的妻子:"卡尔帕妮娅(Calpurnia)!"不过,这声呼叫并不意味着他会优先关注他的私人生活。与此相反,这是一个命令。凯撒所用的动词全部都是命令态。他想要一个子嗣,便命令妻子去完成能产子的迷信仪式。这个仪式同他正在观看的马车竞逐有关。正如我们此后所知,凯撒是不久前才开始对迷信表现出明显兴趣的,这同他在民众之中声望的提升相应。在接下来的台词里(1.2.13以下),凯撒发出了更多的指令。他(在同预言者的对话中)两次以第三人称提到自己。他将自己表现为一个比人类更为高大的人,或者说,他意识到,也希望自己的公共活动对旁观者而言至少具有极其不同凡响的影响力。而他身边的人则表现出不同寻常的顺从,接受了他的表现。不过在(本剧以及莎士比亚所有罗马史剧)更广阔的背景下,这种顺从多少有点可疑。我们看到安东尼表现得极其恭顺,像奴隶一样听命服从,也听到他低三下四地说话——然而,这个人后来将会统治半个世界。只是因为迷恋克里奥帕特拉(Cleopatra)的美貌,他才被推翻。我们也看到,凯斯卡表现得仿佛凯撒的另一个助手,但事实上他已经准备参与反对凯撒的密谋。至少有一个敏锐的观察者知道,凯斯卡之所以像个单纯甚至粗俗的傻瓜那样行事,是为了保持内在的自由。

第一章　《尤里乌斯·凯撒》：古典共和的难题　7

当凯撒的公共活动还在进行时，一场私下发生的对话（1.2.25-50）使我们立刻认识到，罗马一些最有名的公民对凯撒存有深深的不满。他们已经着手开展反对凯撒的密谋。卡修斯（Cassius）曾想接近布鲁图斯，但布鲁图斯的行为使他却步了，他发现布鲁图斯对"爱他的朋友"表现固执而怪异。我们得出这样的结论：卡修斯疑心布鲁图斯正在怀疑他。（我们也将看到，凯撒本人确实在怀疑卡修斯。）不过卡修斯似乎误解了布鲁图斯，布鲁图斯确实心情不佳，其原因也确与卡修斯所想的有关，但并不一样：

倘若我脸上
罩着一层阴云，
那完全是出于我自身的不快。
也许这就是我举止乖张的原因；
但请我的好朋友不要因此而不快
[19]（卡修斯，您就是其中的一位），
也不要责怪我的怠慢，
这可怜的布鲁图斯，正在和他自己交战，
忘记了对别人表示应有的情谊。（1.2.39-47）

布鲁图斯正陷于某种矛盾之中。他没有说明这矛盾是什么。不过，莎士比亚在第一幕中将逐步向我们展现这矛盾所在。

为了消除疑虑，卡修斯开始努力争取布鲁图斯。他之所以必须这么做，原因清楚地表现在他用以描述这个朋友的形容词里："温柔的布鲁图斯……高贵的布鲁图斯。"卡修斯愿意成为布鲁图斯灵魂的镜子，让他了解他自己，将布鲁图斯自身隐而不显的价值展现给他。为了实现这一点，他首先告诉布鲁图斯，别人认为他怎样高尚,以及他们如何在这时代的桎梏之下呻吟,并如何希望高贵的布鲁图斯能够了解他自己在他们眼中的形象,知道自己在他们渴望救星的心中占有怎样的地位。布鲁图斯就是受苦受难的罗马人的救星。他难道看不到这一点吗?认识到卡修斯的想法之后,布鲁图斯警告他说:那品质并不属于我,而且这样是危险的。因此,卡修斯必须表示自己值得信赖:他这样表白自己的爱或友爱,并非变幻无常或虚伪不实,而是发自真心。布鲁图斯对此没有回应。

此时他们听到人群发出第一阵欢呼。卡修斯乘机加以劝说。

布鲁图斯评论说:

> 我真担心人民会把凯撒选作王。

卡修斯回答道:

> 噢,您担心?
> 这么看来,您不愿此事成真了。(1.2.80-82)

于是,一直困扰布鲁图斯的矛盾第一次被揭示出来:他爱凯撒,这表明凯撒具有值得为之效力的品质;但他不愿让凯撒称王。这一困扰反映出他自身的另一烦恼:

> 但是为什么您拉住我久久不放?
> 您有什么事要告诉我?
> 如果那和大众的利益息息相关,
> 即使一只眼看到荣誉,另一只眼看到死亡,
> 我也会无动于衷,同时加以考虑;

> 因为神明可为我作证,我喜爱
> 光荣的名字,甚于害怕死亡。(1.2.83-89)

如果卡修斯针对凯撒的计划是为了大众的善、共善,布鲁图斯就会甘心为此付出死亡和荣誉的代价。抑或如他再度所言,他对死亡更无介怀;他对光荣之名的喜好甚于对死亡的畏惧。第一次和第二次表述之间的矛盾并非不重要。这表现了一个高贵的人所面临的巨大困难:按照德性的要求,为了共善,哪怕自己的生命,他都必须欣然牺牲。然而,这样的人会愿意为了共善而牺牲自己的荣誉和德性吗?荣誉肯定了为共善而自我牺牲之举的高贵,那么,这种荣誉——这种 [20] 共善——能否要求他放弃美德,变成坏人?这样的事怎么可能是光荣的呢?即使这么做也是光荣的,一个高贵的人能这么做吗?或者说,他不愿放弃的荣誉和德性,难道不正是他自身的德性吗?不过,高贵的人难道不是首先真的关切自我吗?真正的共善存在吗?还是说,城邦并非共善所在,而只是为人们提供机会,让他们表现其德性以获取荣誉?当布鲁图斯已经准备奉献其所有于共善时,他肯定是出于最为正义的动机。正如他所意识到的,为共善献身使自己值得人们信赖,有资格担任统治者并获得民众的好感。他相信自己完全献身共善,并因此配得上荣誉。然而,如若他根本的关切在于自己的德性以及确证德性的荣誉,那么,他实际上就没有如自己所想的,拥有那种使他值得尊重的无私的奉献精神(参看亚里士多德《尼各马可伦理学》1123b16 以下)。他的处境与有情人相似:为了情伴(beloved)的幸福,他愿意付出所有;但事实上,如果他知道自己的情伴同别人一起度假时感到非常幸福,他就会感到万分沮丧。因为有情人希望情伴是因为他自己而幸福。置身于道德生活的如此困境之中,高贵的布鲁图斯无疑会感到左右为难。

卡修斯劝布鲁图斯，凯撒并不像他那样有资格统治。卡修斯试图以此来争取困扰中的布鲁图斯。他的努力揭示了困扰这两个公民的难题的另一面。卡修斯首先反驳了对凯撒的敬畏或崇敬，因为凯撒仅仅是一个凡人。自由、自治、共同统治都需要以认可平等作为基础。凯撒像所有人一样吃喝拉撒，不是吗？布鲁图斯和卡修斯都能"像他那样"忍耐寒冷，不是吗？可假如凯撒是神，那么卡修斯就是奴隶，是"可怜虫"，就好像是凯撒创造了他。他绝不会成为凯撒所希望的那样。换言之，若要自由，荣誉就必须大致平等。

然而，卡修斯给出的例子并不是表明凯撒在德性上与他人同等，而是不可避免地迅速转向揭露他在德性上的缺失。反对凯撒傲立于众人之上的论调，引出了列举凯撒相较之下有所不足的例证：我，卡修斯，跳进台伯河里，并且叫凯撒跟在后面，最后在凯撒呼喊救命时，我救了他，像埃涅阿斯（Aeneas）一样将他驮出。卡修斯漂亮地借用了维吉尔的诗句自喻，从而显得自己而非凯撒才是效法史诗中罗马创立者的人（1.2.112）。① 相反，凯撒则是一个虚弱的人，比不上卡修斯。他甚至是个懦夫，他在生病时像个女孩一样哭叫。卡修斯抗议说，现在被称作神的人就是这个窝囊废？他被视作不朽之人？卡修斯表现出惊诧，根本上并不是因为有一个人"独自摘取胜利的桂冠"，而是因为获得桂冠的是这个人。换而言之，他认为具有卓越德性的人——也许他自己就配得上——确实应该如此，但凯撒绝不是这样的 [21] 人。他论证中的话题转移表明，德性作为一种统治资格，并不意味着有德者之间统治的平等，而

---

① 关于此处引用维吉尔诗句的意义和反讽的解释，见 Robert S. Miola, "*Julius Caesar*: Rome Divided," in *Shakespeare's Rome*（Cambridge: Cambridge University Press, 1983）, 82-85.

只是意味着最具德性之人的统治。这位有德者的德性并不包括平等,他卓越过人——这种情况不可避免。

然而,欢呼声又一次响起。这表明凯撒被授予了更多的荣誉。这些荣誉明显也让布鲁图斯苦恼。受到欢呼声的提示,卡修斯重提他最初那种要求德性大致平等的共和派主张。他径直向布鲁图斯提出这样的观点:一个人的统治怎么可能正义呢?

> 哼,伙计,他跨越这狭小的世界
> 像克劳索斯(Colossus)一样,而我们这些芸芸众生
> 在他两条巨腿底下行走,探头探脑地
> 为自己寻找那不光彩的坟墓。
> 人们有时是他们命运的主宰;
> 错处,亲爱的布鲁图斯,不在我们的星辰,
> 而在于我们自己,我们只是走卒随从。
> 布鲁图斯和凯撒——"凯撒"这名字算什么?
> 为什么那名字要比你的喊得响亮?
> ……
> 自洪水以来,可曾有过这样一个时代,
> 因不止一个人而美名永存?
> 当人们谈到罗马,至今有谁能说,
> 她那宽阔的走道只能容下一人?
> 如今,要是罗马真成了独夫的卧榻,
> 居住其间的,就只有他孤家寡人了。
> (1.2.135-143,152-157)

让其他罗马公民感到耻辱的不是不够资格的人在统治,而是君

主制本身。当然,在罗马,在罗马共和国,有德性的人不止一个。卡修斯呼唤那个与布鲁图斯同名的人,以此结束他的陈述。那个布鲁图斯推翻了塔昆(Tarquin)的王政统治。最终,布鲁图斯说,他相信卡修斯是爱他的,但他依然表示,他对自己即将陈述的事另有想法。在答语的最后,布鲁图斯自己模仿了史诗中的一句话,隐晦地将自己比作阿喀琉斯(Achilles),后者宁愿做一名农夫("乡野贱民"),也不愿在冥界("在这艰难的时世")称王("罗马之子")。他让卡修斯仔细考虑这一点;而他再也不会被说动了。

布鲁图斯的模仿非常值得玩味。它暗示凯撒治下的罗马是地狱。不过这句模仿之所以有力,在于尘世间农夫的生活事实上对阿喀琉斯毫无吸引力——他想要在人间称王。如此,这句模仿便恰好为两者的对话提供了模糊不清的目的,从而更为清楚地揭示了布鲁图斯所面对的困境。事实上,这也是每一个高贵的罗马人所面对的困境。卡修斯前后两次诉诸(全然不同的)共和政治的正义原则,这起到了一定的作用。[22] 但认真思考我们就发现,这两个主张正揭示了根本的困境。他最初和最终的主张都诉诸自由原则,这种自由以价值或德性大致平等为基础:所有人都具有充足的德性或能力,可以实行自治,或有资格自治。但若人人平等,那为什么不能让民众统治呢?如果民众没有资格统治,如果唯有有德者才应被尊崇为统治者,那么,难道不应当由最具德性之人统治大多数人,或者说由他"独自摘取胜利的桂冠"吗?难道不是最具德性之人才最应当统治吗?然而,这样的统治必然剥夺其他人分享高贵的权利和出众表现的机会。在独一的克劳索斯的脚下,他们将沦为侏儒。因此,这种统治必然地、不可避免地与共善对立。这样,与正义相矛盾的统治并不是暴政,而是王政,是一个最具德性之人的统治。于是,正义的两个部分本身似乎发生了冲突。正如布鲁图斯的话所表明的,两者之间的矛盾，意味着即便高贵的、热爱自由与德性的人也会自私自利。

* * * * *

当凯撒及其随从返回舞台之时，我们从他们的表情看出情况并不顺利，但并不很清楚是为了什么。按照布鲁图斯的说法，凯撒生气了，而其他人看来是受到了呵叱责备。卡尔帕妮娅脸色苍白，西塞罗（Cicero）则显得暴躁。此时凯撒注意到了卡修斯。他让安东尼注意卡修斯"消瘦、饥饿的脸"。凯撒暗示卡修斯心眼太多。他想要的是长得胖胖的、心满意足的人。当安东尼劝凯撒不用害怕高贵的卡修斯时，凯撒另外提出了敏锐的评论。他敏锐地察觉到卡修斯总是心怀不满，因为他不喜好音乐，野心勃勃，不能仰视任何人。与此同时，凯撒还暗示自己是个凡人而不是神明。但他在最后又以第三人称来称呼自己，还特别地用了自己的名字凯撒。似乎这样他本人就能提升自己的公共形象，或者为自己加冕：

我永远是凯撒。我不害怕；我只是告诉你什么人是可怕的。

凯撒称自己不会被恐惧动摇，这似乎荒谬可笑，这是一种过于大胆的表现，或者说，声称自己有着神或半神的灵魂是自吹自擂。对于神明或半人半神而言，宣称自己不会因为恐惧而动摇显得荒谬，表现得过于英勇或自负。但同时，凯撒表明他至少非常清楚自己作为人的肉体缺陷：他一只耳朵聋了。也许在扮演超人的时候，他完全清楚自己的所作所为是为了自己，还是为了罗马，抑或两者兼具。是否存在如下可能呢：他是否可能希望将自己变成神，从而克服我们所提到的那个问题?

* * * *

凯斯卡勉为其难地同布鲁图斯和卡修斯交谈起来。他表现得像一个乡巴佬,满嘴土话俚语,说起事来搞笑而粗俗,还自夸有能力敏锐地看穿那试图向[23]他和人民隐瞒的真相。他声称,凯撒想要加冕,却因发病昏倒而没能戴上那冠冕。在凯斯卡看来,这一切都是表演。凯撒那一整套"我服从于你们的要求"的说辞,人们完全相信,而他自己一个字也不信。布鲁图斯说到凯撒悲伤地从台上离开。我们得知,在凯斯卡看来,有教养的西塞罗其实也觉得好笑。我们还得知了玛罗勒斯和弗莱维厄斯的死讯。他们被官方暗中"剥夺了发言权"。最后,卡修斯邀请凯斯卡一同吃饭。凯斯卡接受了邀请,却又出言不逊。凯斯卡走后,布鲁图斯评论说,凯斯卡从一个有教养的人蜕变成了一个乡巴佬。但卡修斯看穿了凯斯卡的伪装。他向布鲁图斯保证,这一切都是凯斯卡所戴的面具,以隐藏其卓越的品质和真实的判断力。凯撒是对的:卡修斯确实精于察人,擅于读懂人的内心。但布鲁图斯怎么样呢?他纵然并不完全天真,但他似乎有更多与高贵相伴的单纯。对他来说,多疑就像不够直率坦白一样有失身份。但这样的德性显然要付出代价。无论如何,此时他若要参与密谋,就必须降低自己的道德标准,否则一切就太晚了。

这一场最后是卡修斯的独白。他披露说,自己试图怂恿布鲁图斯,主要是通过诉诸其高贵品质。他要将那"高贵的气质"扭曲走样。他要利用布鲁图斯为了荣誉可以付出所有这一品质——伪造罗马人的书信并在信中恳求布鲁图斯有所行动——将他变成密谋者。卡修斯自甘堕落地采用了布鲁图斯绝不会使用的诈术,以此激发布鲁图斯的德性。他正确地算计到,只要布鲁图斯相信,不仅卡修斯,众多罗马人都在呼唤他,要他成为他们的救星,他就会有所行动。

* * * * *

随着密谋的推进,在本幕最后一场中,在凯斯卡与西塞罗、卡修斯和西那(Cinna)关于神明与所谓预示或神谕的谈话中,我们见到了凯斯卡的真面目。他与西塞罗的对话最令人印象深刻。莎士比亚非常清楚,西塞罗不仅是杰出的政治家,也是一个哲人。他不多的表现为我们所展现的形象与布鲁图斯和卡修斯不同——后两人此后也自称是某个哲学派别的一员。我们发现,凯斯卡在同西塞罗交谈时,说话不再土里土气,而是富有诗意。他表现得相当虔敬。他向西塞罗表示,头顶上咆哮的风暴是神对傲慢的惩罚。西塞罗则报以有礼貌的责难:"啊,您还见到什么奇特的事吗?"凯斯卡并不气馁,他描述了一系列怪异的现象,并且指责西塞罗会将这些现象称为"自然现象"(1.3.30)。凯斯卡坚持认为,这些都是预兆或信号。西塞罗同意这个时代的确反常怪异,但反驳说天气的变化与此毫无关系。他温和地[24]表示,凯斯卡对上天的宗教式解释只是源自他自身的欲求和恐惧,而不在于天气本身。不过,他从凯斯卡那里了解到,凯撒第二天会去元老院。在温和地笑谈关于预兆的问题之后,西塞罗更急于了解罗马政治生活中特定人物的情况。

当凯斯卡遇到卡修斯时,我们见到了另一种对于暴风雨以及神明的态度。卡修斯大胆地向暴风雨袒露胸膛。他向凯斯卡重新解释了暴风雨的意义,认为这是就凯撒之事向勇敢者发出的警告。由此,他开始将凯斯卡拉入密谋之中,并且增加了关于自杀的重要教诲:

> 卡修斯将从奴役下解救出卡修斯。
> 就在此地，众神啊，你们使软弱变为刚强；
> 就在此地，众神啊，你们把暴君击败。（1.3.90-92）

他表示，这就是有些人适宜为奴的原因：他们服从暴君，而不是自杀，这暴露了他们的怯懦。如今罗马人就是这样。他们自己变成绵羊，由此也使凯撒变成了狼。众神似乎希望人们能展现其男子气概，而人们始终都能做到这一点。凯斯卡只需要听到这些就够了。凯斯卡宣称自己不是奴隶，也不是告密者，随后提议杀死凯撒。他就这样参与到了密谋之中。与卡修斯一样，凯斯卡看到了为这项事业争取布鲁图斯的重要性。而西拿正准备将卡修斯写的信送到布鲁图斯的宅邸：

> 哦，他在人民心中享有崇高地位；
> 那些在我们似乎是罪恶的事儿，
> 他一点头，就像最辉煌的点金术，
> 转眼成了高尚而仁义的善举。（1.3.157-160）

可敬的布鲁图斯不但值得信赖，又因为他品性温和而不严厉，也不轻蔑待人，所以在民众中地位崇高。如今，他对于罗马的命运负有重大责任。正如我们所见，凯撒已经将民众从庞培一边拉到自己那里。但若布鲁图斯站在密谋者一边，那就能保证密谋之事显得是出于人们的公共精神。当然，如若此举显然是出自公共精神，也就不需要这种表现了。它并非出于公共精神——凯撒无可置疑地适于统治而非死亡——这正是布鲁图斯没有参与密谋的原因。

密谋的成败完全取决于布鲁图斯,因而也完全取决于他能否成功解决凯撒所带给他的困境。

第 二 幕

在"他肯定已死到临头了"这段独白中,布鲁图斯认识到自己攻击凯撒并不是出于私人原因,而是再次"为了大众的"原因或善。他开始下定决心刺杀凯撒,原因似乎只是凯撒"将戴上王冠"这一事实。正如卡修斯所言,凯撒如果戴上王冠,将使其他人无从分享高贵。但布鲁图斯并没有强调这一问题。他转而提出一个更狭隘的问题,即凯撒如果戴上王冠,就"会改变他的天性"。让凯撒称王,可能使凯撒变得像蝮蛇一样危险,滥用自己的伟大。他会使"威权与怜悯分道扬镳",也就是说,会变得不义或(用后世的话说)失掉良心。凯撒必将失去自我,即他将变成暴君。布鲁图斯承认:

> 说起凯撒,说实在的,
> 我还没见过他什么时候只凭着感情支配
> 而不受理智的约束。(2.1.19-21)

凯撒本人就像布鲁图斯了解的那样,公正无偏、廉洁奉公。那么,为什么要杀死他呢?布鲁图斯注意到,人获得高位之后普遍都会败坏,所以,凯撒可能也会这样。"唯恐他如此,必须有所提防。"

但布鲁图斯知道,对于一场先发制人的袭击而言,这一理由并不充分,"他目前的行为构不成我们反对他的理由"。凯撒是人,是个受人尊敬的人。"由此就得这样说……",把他称作尚在蛋中的毒

[25]

蛇；就像这样渲染此事。但这再次证明，凯撒尚不是在论证中他必然成为的样子。布鲁图斯的论证要令人信服，甚至其论证为何不能令人信服，都在于凯撒所必然会成为的样子。我们只要有理由害怕尚在蛋中的毒蛇，就完全可以杀死它，但我们不能出于我们自己不赞赏或谴责毒蛇的同样理由，而杀死可能对我们不利的人。人的尊严或价值正在于人公认有能力从恶中选择善，从不义中选择正义。我们赞赏或谴责人类行为的基础，在于道德自由这一预设。在现在的情况下，因为看到凯撒未来的恶行而反对他，那将否定人的自由；它要求将凯撒看成像毒蛇一样，必然为恶。如果在凯撒犯下任何罪行之前对他加以惩罚，那这些罪行也就变成了清白。换言之，布鲁图斯通过言辞或想象将凯撒变成卵中的毒蛇，而非静待凯撒戴上王冠，看他是否会"改变他的天性"。他自己事先对后一情况作出了判断，以免凯撒真的加冕。布鲁图斯没有改变自己对德性的理解，而是变魔术般地改变了凯撒的天性。

因此，布鲁图斯不会允许那个人有机会登上此位。虽然他自己也承认在罗马凯撒最有资格获得荣誉，但他必须杀死凯撒，因为凯撒所能得到的政治权力将使其具有潜在的危险性。比如，他可能会杀戮起好人来，而且他这么做事实上仅仅因为他担忧或者怀疑他们会作恶。他可能像毒蛇那样对待人。布鲁图斯这段推理中的漏洞太过显著而无法回避。他将要先发制人而发动的袭击绝不可能合于正义，因为它以必然性取代了人的自由，从而破坏了正义的核心。[①]

[①] 纳托尔（A. D. Nuttall）令人信服地论述说，这段独白并非通常意义上的"合理化"，而布鲁图斯在此仍然保持着同情的、值得尊崇的本质品格。见氏著，*Shakespeare the Thinker*（New Haven: Yale University Press, 2007），179-184。我的观点是，这一段台词论证先发制人的袭击的合理性，乃是布鲁图斯为了不让自己面对深层次的问题所采取的方法。（与暴政相对立的）君主制将这问题置于像布鲁图斯这样值得尊崇的人面前。

［26］随着剧情的发展，我们也清楚地看到，布鲁图斯意识到了这一巨大困难——他有意识地试图"渲染"此事，改变凯撒本性的真相。但是这想法并没有真正说服他自己。例如在第四幕中，他与卡修斯争了起来，争论的话题是，是否应该忽略士兵战时微小的不义之举。布鲁图斯的立场转向一个至关重要而不容置辩的观点：他们所投身的战争是为了塑造道德观念，正因为如此也值得他们付出；既然如此，他们自己就必须保持正义——也就是说，高尚的目的要求高尚的手段。在提出这一点时，他呼吁卡修斯

> 记住三月，记住三月十五日：
> 伟大的凯撒不正是为了正义而流血？
> 要不是为了正义，
> 哪一个恶人可以加害于他的身体？（4.3.18-21）

布鲁图斯关于这一点的论述表明，凯撒在遇刺之前已经犯下了不义之举。而在第五幕中，当要亲手终结自己的生命之时，布鲁图斯又对凯撒或其灵魂说：

> 安心吧：
> 杀你时我还没有这一半的决心。

布鲁图斯从未能说服自己相信先发制人的袭击合于正义。

然而，即使布鲁图斯能够说服自己，他也无法克服这困恼背后的巨大难题。我们甚至可以说，他持续不断地论证先发制人的必要性，不过是努力要回避真正的难题。因为困难并不在于凯撒会从君王变为暴君；真正的难题在于，君主制，即一个有德性的凯撒的统

治,仍然会与共善相冲突。布鲁图斯转向了凯撒的统治可能变得不义——变得残暴或无良——这样一个狭隘或特殊的问题。这是在孤注一掷,试图回避那个更大的、真正的难题。布鲁图斯让自己去处理的问题,同时包含了对于凯撒(当前的)德性与其统治下罗马人可能受到压迫的考量——这个问题涵括了真实问题的两个本质要素。对布鲁图斯而言,此刻这个问题可以视同于那个他已经有所意识但不愿面对的真实问题。莎士比亚在布鲁图斯独白前后安排他不断向身边的奴隶卢修斯(Lucius)下令,使这个奴隶连正常人睡觉的权利都不能享有。由此,莎翁指出了真正的难题所在,也指出了布鲁图斯对这个问题的回避。主人醒着,所以卢修斯也必须醒着。他要接受主人前后矛盾的指令,因为布鲁图斯自己所意识到的需求在不断变化。布鲁图斯自己如要投身那光荣的政治生活,就需要卢修斯的服务,以使自己有闲暇之时。不过,这意味着布鲁图斯所需要的不只是德性。他还需要"工具",这工具是另一个人,而且必须是另一个人。但这个人的善明显不在于[27]接受主人的指令,为主人效劳。当然,布鲁图斯并非不关心卢修斯的善,但卢修斯的善显然要服从于布鲁图斯自己的善。卢修斯服从于布鲁图斯,就像所有罗马人都会服从于凯撒的统治一样。但布鲁图斯接受自己对卢修斯那种王权式的统治,认为这合于正义。他甚至认为,人的精神对肉体或对"会死的工具"的统治就是绝对君主式的统治,就是依靠命令或法令的统治:他说,如果身心之间"相互磋商",那就像"一个小小的王国"里的一场"叛乱"(2.1.61-69,并参 4.3.30-34)。因此,布鲁图斯并非在原则上反对君主制,他甚至认为君主制在一定意义上是最好的统治形式。但是,"罗马"的政治生活或公共生活的正义也许与个体或家居的私人生活大为不同。布鲁图斯阅读了一封被扔进屋内的信——我们只听到这封信的内容——他确实尽其所能地强调凯撒称王和罗马处在"独夫的威严之下"可能出现的严峻形势。然而，他只是追忆了自己高贵的祖先在塔昆"称王的时候"将其推翻的事迹，以此来强调这一点；他并未提出反对君主制的其他理由，也未提出任何理由，以解释为什么自己祖先的行为不应称作"叛乱"。我们也许可以说，布鲁图斯暗地里认同卡修斯的观点，认为君王会剥夺其他所有人统治的权利，因而也剥夺了他们展现德性的机会。但布鲁图斯并没有将这种认同表达出来，这使他回避了正义的两个特征相互冲突的事实。如果凯撒有资格施行统治，那么正义就会自相矛盾。简言之，布鲁图斯刻意回避这一难题，而我们会看到，这个难题将继续困扰他。这一点，以及安东尼的君主性情和强大的修辞能力，将使密谋归于失败。而随着密谋的失败，共和国也走向终结。

* * * * *

布鲁图斯缺乏能力直面我们所概述的困境，而这困境始终困扰着他。这有助于解释他同密谋者们首次会面时那些出人意料的怪异举动。卡修斯要求密谋者们相互宣誓效忠，布鲁图斯却发表长篇大论，表示反对（2.1.114-140）。他说，罗马人当前所受的苦难已经足以让他们采取行动；他们不用担心因没能做成想要立誓去做的事而受到众神的制裁。真正的人不需要誓言，只有懦夫和奸诈之徒才需要立誓：

不要让誓言玷污了我们纯洁无瑕的事业和大无畏精神。

布鲁图斯指出，人们立誓，所要宣称者无非有二：要么"此事合于正义，而我将为它，而非为我的利益尽职尽责"，要么"此事不义，但我将尽力为之"。在这两种情况下，[28]人们才需要立誓，因为人们可以看到正义与自我利益并不一致。布鲁图斯认为，在他们之间则不存在这种不一致。只有不义之事或不义（软弱）之人才需要起誓。况且，立誓这件事还隐晦地使人注意到，庄重严肃的誓言与有可能被打破的单纯诺言有差别——如果获得自身利益需要我们违背承诺，单纯的诺言更可能被打破。从而，这种差别也会突显出个人之善与正义或诚实之间的差异。而布鲁图斯不会容忍这一点，因此，他的结论是：任何承诺，哪怕违背一丝一毫，都会让每一个罗马人"蒙羞"。我们可能倾向于称其为狂热的道德主义者。如果善意的谎言能够得到允许，那么谁能真正知道自己的亲生父亲是谁呢？因此，誓言与其他类型的承诺之间不能有所分别。不能容许有微小的无恶意的谎言。始终只能有对于真实的坦白表述，而无需欺诈、奉承和诱骗。

然而，无论布鲁图斯的论说多么狂热而令人震惊，其类型和结论都与康德的道德一贯性之说并无二致。布鲁图斯竭力要保持道德的一贯性，要使密谋者所行之事，无论在手段还是目的上，都符合高尚的德行。然而，他所作的论证[①]显然给所有的密谋都设下了难题。莎士比亚刚刚就戏剧性地提示我们，密谋的要素就是密语（见2.1.100），即隐瞒。布鲁图斯随后甚至感到，需要向自己高贵而可信赖的妻子鲍西娅隐瞒自己所参与的密谋（2.1.234-309）。他建议

---

① 关于布鲁图斯在此景中反对立誓，以及随后的两个观点，Blits, *The End of the Ancient Republic*, 44-61 的讨论有所帮助，可资参看。但在我看来，布里茨误将布鲁图斯[221]共善的观念归结为"缺乏公共或共和精神"（页52）。他之所以得出这一结论，是因为他忽略了布鲁图斯在"他肯定已死到临头了"独白中所体现的反对暴政这一态度，本质上乃是出于公共精神。他误将布鲁图斯对于密谋者公共声誉的重要性视为无关于公共精神，并且忽略了一个事实，即任何"共善"都不高于德性的培育。

密谋者们（只）按照高贵的罗马人的要求行动。他这一大段反对立誓之言在道德上颇具说服力，同样具有说服力的是，他所说的与他所做的不一致。这似乎表明，他有反对自己所正做之事的愿望。这不正表明了他深藏于心的疑虑，即他正在做的事真的能证明合乎正义吗？

布鲁图斯举止怪异的第二个表现，发生在讨论是否让西塞罗参与密谋之时。卡修斯想要拉西塞罗入伙，认为他会"坚决地和我们站在一起"。其他人欣然同意。梅特勒斯（Metellus）补充说，西塞罗的老成持重会有助于他们赢得世人的好感。但布鲁图斯否定了这个想法，因为他认为西塞罗不会跟在别人后面，去干那些别人发起的事情。也就是说，他指责揭发了喀提林阴谋的西塞罗也在某些方面表现了不义，他认为即使对待合于正义的事，西塞罗也唯有在能够增进自己的荣耀或能实现自己的目的时才会去做。如果布鲁图斯所言正确，那么邀请西塞罗确实会有风险。但他所言确实吗？还是说，这只不过是布鲁图斯坚持道德纯洁的彻底性的另一个例证？这一次也许会极大地妨碍密谋获得成功。结果当然是，布鲁图斯个人的修辞能力不足以对抗安东尼的言辞。而如果由西塞罗发言，他不但会在言辞上获胜，而且会完全禁止安东尼发言。

［29］但是，这群人产生了第三次争论，即要不要将其他人特别是安东尼与凯撒一起杀死。听完这场争论，对于布鲁图斯倾向于我们此前所谓的道德纯洁性而舍弃审慎的做法，我们或许不太倾向于责备他。① 既然安东尼令人惊叹的高超演说能力能够将他们的胜

---

① 见 Allan Bloom, *Shakespeare's Politics* (New York: Basic Books, 1964)。"这场阴谋应该由一个同时具备布鲁图斯和卡修斯品质的人来领导"（页92）和"阴谋的失败可以直接归因于布鲁图斯的原则战胜了卡修斯的审慎"（页92、96；参页98）。亦见 Miola, "Julius Caesar," 页107："布鲁图斯高尚却愚蠢，他绝不因为政治上的必要

利变为失败,那么,一切就取决于他们现在如何决定。布鲁图斯反对卡修斯的意见,后者希望阻止安东尼运用他精明的能力,而布鲁图斯则命令只杀死凯撒,不要心怀恶意,以免密谋者们变成"屠夫"。由于这一决定,加上后来又允许安东尼向民众演讲,布鲁图斯毁掉了整个密谋。他看上去"不现实"得令人绝望。然而人们一定会问,这样的杀戮何处是尽头。毕竟,其他具有伟大能力的人不会同样变得可疑吗?他们靠什么才能从暴政之下得到解放呢?难道高尚的目的确乎不要求高尚的手段吗?

布鲁图斯想要阻止先发制人的袭击演变成大屠杀,不过,他提出警告的方式很特别。他表示,希望能杀死凯撒的精神而不戕害他的肉体。他试图将这种必要之举理解为一种牺牲,即以凯撒为祭品向众神所作的高规格献祭。

> 我们要做献祭者,不要做屠夫,凯厄斯(Caius)。
> 我们奋起反对的是凯撒的精神,
> 而人的精神不会流血;
> 啊,但愿我们能直捣他的精神,
> 而无需戕害他的肢体!可是,天哪,
> 凯撒却必须为此流血!高贵的朋友,
> 让我们勇敢地,却不是残忍地把他杀死;
> 让我们把他作为一盘祭神的祭品宰割,
> 不要把他当作喂狗的腐尸任意剁伐。(2.1.166-174)

密谋者是为了净化——为了消除某种灾难或净化不洁——才要杀

而妥协。"

死凯撒的。此举虽然必要，但他们心里并不愿意这么做。这是一种神圣的医学。此举宛如向众神献祭，目的是使城邦摆脱凯撒的精神。

布鲁图斯在此所表达的并非对杀人本身的厌恶，他的话从未表示过和平主义的意思。凯撒本人有罪，所以应当杀死他这个人。对于这可能导致的结果，布鲁图斯不置一词。这一事实多少可以使我们理解引发他厌恶之情，使他转向宗教意象的难题。我们怀疑，布鲁图斯仍然痛苦地意识到，他们要杀死的这个凯撒非但无罪，而且事实上配得上统治之位。布鲁图斯此时在凯撒与凯撒的精神之间做出不可能实现的区分，将密谋之举变成宗教仪式，这将使他们肉体上和政治上的活动［30］神圣化。他以此再次尝试解决那一难题。他没有诉诸必然性——因为在当前的状况下，这会强化卡修斯要杀死更多有德者的说法——而是澄清了仅杀死凯撒一人的必要性，并作出具体解释。他没有将凯撒视作没有思想的致命野兽，而是将其肉体化作神赐的礼物。但就像第一次克服难题的尝试一样，布鲁图斯这次面对难题的尝试也反使问题更为混乱，并未得到解决。①况且，密谋者最终只是杀死了凯撒的肉体，而凯撒的精神则继续存在。

我们的论述很大程度上不可避免地依赖于这样的说法，那就

---

① 见 Bloom, *Shakespeare's Politics*, 96 及 Blits, *The End of the Ancient Republic*, 50 所给出的另一种解释。后者认为布鲁图斯此处的努力意在表现"道德的透明"或表示其对行动的动机不感兴趣，因此他必然忽略了布鲁图斯所说杀死凯撒的精神而不伤及其肉体这种做法的不可能性，也忽略了这种不可能性所表现出的对核心问题的坚持。布里茨的观点事实上重复了本剧的核心问题：他非常清楚地说明，对布鲁图斯而言，德性要么必"为其自身"而践行，要么必定是"唯一的善，也许甚至是最高的善"（页48）。但他也论述说，对布鲁图斯而言，"他所付出的最高昂的牺牲"是所爱的凯撒的死（页51），而并非德性丧失之类的事。最后，他错误地认为布鲁图斯没有认识到，"必要性"也可以是"公正的"（页59）。但事实上，必要性不可能是公正的。布鲁图斯坚持"德性为人的意志所掌握"，这并不奇怪（页47）；任何区分正义与不义的人都必然坚持这一点，并且否认必然性的支配。

是凯撒已经表明自己够资格施行统治——布鲁图斯自己也曾这样说过。是这样吗？我们已经听说玛罗勒斯和弗莱维厄斯静默了；而在下一场中，布鲁图斯之所以能够对里加留斯（Caius Ligarius）"晓之以理"，让他参与密谋，就是因为后者替庞培说好话，遭到了凯撒的训斥，之后他就"生病了"。不过这两个例证都不能表明凯撒是法外行事——其中第一个例子事实上显然是在维护法律。凯撒击败庞培之后，终结了罗马的血腥内战。两个例子似乎都符合此时罗马的需要。当然，凯撒对站在庞培阵营的人并不残忍。布鲁图斯本人就是证明；① 至于里加留斯，他对庞培的效忠使他如今意志消沉。这忠心虽令人敬佩，但并不表示他忠诚于自由或共和政治。莎士比亚寥寥数句便娴熟地概括出里加留斯的所有品质。他具有稀里糊涂的血气，认为自己准备好"干那些难以胜任的事"，因而不可屈服，可当他面对布鲁图斯——他称之为"罗马之魂"——时，却仿佛面对君王，屈身拜见，盲目服从：

> 跟随着您，
> 去干一件我还不知道的事；
> 只要由布鲁图斯引领，
> 绝不会错。

因此，凯撒是否有资格施行统治，我们还得看他的表现来决定。②

---

① ［译注］布鲁图斯与凯撒关系密切，但他在政治上并不支持凯撒，他是元老院贵族派（the Optimates）成员。内战爆发后，他追随庞培，而与凯撒一方为敌。公元前 48 年法萨卢斯战役（the battle of Pharsalus）后，他向凯撒投降并请求凯撒宽恕。凯撒很快就饶恕了他。

② 关于莎士比亚对凯撒及其伟大之处的正面表现，哈罗德·布鲁姆（Harold Bloom）作出了简要而具有超常洞察力的评价，见 Harold Bloom, *Shakespear: The*

第一章 《尤里乌斯·凯撒》：古典共和的难题

* * * * *

我们第二次所瞥见的凯撒，较之第一次所展现的内容更为丰富，也更复杂。这有助于我们理解第一次的所见。这一场开场时，因为卡尔帕妮娅做的恶梦，凯撒下令向众神献祭。卡修斯曾说凯撒最近变得越来越迷信（2.1.195-201），这一点在此似乎得到了证实。不过，比起妻子来，凯撒的迷信可谓微不足道。而与鲍西娅（在此前一场中，她已经向我们展现了自己灵魂的坚强）相较，卡尔帕妮娅则显得意志相当软弱。凯撒的迷信会不会只是为了安抚卡尔帕妮娅而做出的表象呢？但事实与这种揣测相悖，因为甚至在卡尔帕妮娅上场之前，凯撒实际就已经要求预言者献祭了。不过，当卡尔帕妮娅一一列举前天夜晚的种种恶兆时，他的反应是[31]非常严肃地批评了她，尽管语气温和。他的话里没有提到希望，只说要顺从命运，这显得不同寻常：

> 有谁能够逃避，
> 人的命运决定于万能的神明，
> 但凯撒一定要出去；因为这预兆
> 既是给凯撒看的，也是给世人看的。（2.2.26-29）

如果众神真的降下预兆——凯撒并不承认众神会如此——那也是要预示神自己的意图，而不是警示凡人，好叫他们可以逃避。况

Invention of the Human（New York: Riverhead Books, 1998），106-112。洛文塔尔通过完全不同的方式同样注意到莎士比亚选择"几乎完全遮蔽凯撒的不道德、不守法和不正义……忽略了凯撒一生中所有的丑陋低贱"。David Lowenthal, *Shakespeare and the Good Life*（Lanham, MD: Rowman and Littlefield, 1997），133。

且,这些预兆显现于所有人眼前,因此,说这些预兆对应于某人自己的行为或意图,听起来就很可疑,或者说是自负之言。于是,当凯撒以第三人称提及自己时,他显得不同寻常地摆脱了认为自己最为重要的幻觉。

卡尔帕妮娅坚持己见。她声称因为凯撒位同君王,所以上天对他更为关注。但凯撒的回答仍然不同寻常,他说要顺从于命运:

> 懦夫在死亡之前已经死过多次,
> 勇士一生却只尝到一次死的滋味。
> 我所听到的所有异象中,
> 最使我奇怪的却是人们在看到死亡来临时,
> 居然会感到害怕,而这原是必然结局,
> 说来就来。(2.2.32-37)

死亡是必然之事,说来就来,无可逃避。这种思想表现了某种宿命论的观点,凯撒则以此作为其勇气的坚实基础(参色诺芬《长征记》3.2.43①)。他表示,懦夫都绝望而恐惧地试图逃避死亡,但对于真正的生命、对于勇敢的生活而言,这种尝试是致命的(mortal)。凯撒似乎暗示,心怀恐惧的虔敬也是在怯懦地试图逃避死亡。对于所谓众神降下的恶兆,他的理解似乎与西塞罗相近。至少,他的美德之一,勇敢,正是基于他理解死亡必然来临并坦然从之。凯撒即使不是一位哲人,也可以说他具有哲学品质。对于一名统治者来说,还有什么比哲学品质更值得拥有呢?

然而,凯撒关于自己面对死亡的态度的说法并不十分可信。就

---

① [译按]《长征记》第三章第二节仅有 39 段,此 3.2.43 疑误。似应为 3.2.39。

算死亡不可避免,人们就没有理由畏惧它了吗?特别是对于那些生活有价值,因而也值得加以延续的人来说,更是如此。凯撒的回答是,恐惧会杀死生活。他认为生活就是要勇敢地活着(而懦夫的一举一动都在杀死这种生活)。在此他与卡修斯一致,后者一副逞强的样子,准备向生活的风暴敞开自己的身体。对凯撒而言,整个生命都是一场对勇气或男子气概的试炼——如果实际上没有需要面对并降服的恐惧存在,这种勇气也不会存在。[32]因此,当预言者因为在祭牲中没有找到心脏而警告他不要前往元老院时,凯撒轻蔑地答以自己对献祭的解释。随后,他又将"凯撒"作为一种现象或抽象名词,指代"危险"的孪生哥哥。它与"危险"相对立,但更强大也更凶猛:

> 神明这样的安排是要叫懦夫感到惭愧;
> 凯撒要是今天因为害怕而足不出户,
> 他就是一头没有心的野兽。
> 不,凯撒不会这样做:危险十分知道
> 凯撒比他更危险。
> 我们(是)同一胎产下的两头雄狮,
> 我是老大,比它更凶猛,
> 凯撒一定要出去。(2.2.41-48)

这些祭牲与预兆不同,它们是凯撒自己的预言者所献,因此,他不可能声称祭牲的异常状况不指向自己,从而对其不屑一顾。不过,对这些现象可以重新加以解释。然而,凯撒的解释与他此前不理会预兆的顺从态度有所不同。这使他在相当程度上提高了自己的重要性。凯撒已经直面自己必然的死亡,并且明显接受了这一点——做到这一步当然最为需要勇气——我们可以说,凯撒对自己能够这么做感到极为自豪,自我欣赏。这种自豪感使他重新将生命定义为勇敢的生活。勇敢是危险的孪生兄弟,而凯撒拔高了自己的重要性,认为自己就是勇敢在现世的化身。因此,如果我们认为凯撒为了自己或为了罗马而故意试图将自己神圣化,那就错了。我们此时发现,凯撒之所以顺从于死亡以及其他必然之事,不过因为他具有无穷雄心去面对和迎接危险。这样,他就在民众面前展现了自己超越于众人之上的品质。凯撒不是神,却会成为一种活生生的理念。他展现了应对一切新危险的"无所畏惧的"勇气。

这种雄心勃勃的勇武是凯撒统治的核心,它明显地体现于推动凯撒走到这一步的反思之重要,以及他此前向安东尼的声称,即自己从不害怕,只是说出什么可怕的。如果勇武是凯撒唯一具有的德性,那么,我们对于他有资格施行统治的估计就应该予以否定。卡尔帕妮娅很好地总结了原因所在:

> 您的自信耗尽了您的智慧。

事实证明,这种自信确实对凯撒的毁灭负有责任,它通过德修斯·布鲁图斯(Decius Brutus)① 非常巧妙的奉承和许诺发挥作用。不过,如果想要准确地知晓勇武所起的作用,探明勇武与凯撒要展现的其他德性之间的关系,由此从根本上提出凯撒是否有资格施行

---

① [译注]指狄西摩斯·布鲁图斯(Decimus Junius Brutus)。阿米欧(Jacques Amyot)法译本《平行列传》(1565年)和霍兰德(Holland)英译本苏埃托尼乌斯(Suetonius)《罗马十二帝王传》(1606年)将Decimus误写作Decius,莎士比亚承之。他是凯撒的远房堂弟。在凯撒的遗嘱中,他被列在屋大维之后,是其财产的第二顺位继承人。

统治的问题,那我们就必须仔细审视后续内容。

凯撒主动顺从了他所钟爱、所关心的妻子的要求。所以,当德修斯·布鲁图斯上场并请求凯撒前往元老院时,[33]凯撒命令他告诉元老们说:

> 我今天不来了
> 不能来是假的,不敢来更不真实:
> 我今天是不愿来。就这么对他们说吧,德修斯。(2.2.62-64)

"不能"表示缺乏能力,"不敢"则表示缺少勇气。这一组合提醒我们,只有在面临失败的危险而能力又不确定时,胆量才可能得到展现。(此处所假设受到质疑的能力,要么是本质上属人的能力,要么是在所有情况下都受必然性限制的东西。这里不是指跳下悬崖,看看人能否飞翔这种事。)胆量意味着觉察到风险但不畏惧风险;意味着要考验自己对抗风险的能力,使自己对危险而言才是危险所在。怯懦意味着仅仅因为害怕风险就逃避考验。一个人如果通过了这种考验,他也许会日益称许自己强大的能力。不过,凯撒之所以自豪,与其说是因为自己有能力迎接这类风险的考验,不如说是因为他能够像自己所认为的那样无所畏惧。他拒绝采用卡尔帕妮娅所提供的借口"你说他有病",正表现了这种自豪感。因为勇敢,凯撒拒绝撒谎:

> 难道我挥麾八极,征战四方,
> 却不敢向那些白须老头说真话吗?(2.2.66-67)

可见,诚实也是出自勇敢;只有弱者或懦夫才需要撒谎。不过,凯撒也并不完全是实话实说。他是因为顺应迷信的妻子，听从了她在担忧害怕之下提出的要求，才决定不去元老院的。但他不能亲自将这个真实原因告诉元老们，因为他的这种做法既不合于正义，也缺乏男子气概。所以，他只能目中无人而不讲道理地说，"告诉他们我不来了"。他既温情对待受到惊吓的心爱妻子，又自豪于自己的无所畏惧。这两种情感的融合，使他以极端轻蔑的态度对待共和国的元老们，无论自己做什么都不给出理由。此时他甚至谈起为罗马所进行的一场场战斗，就好像这些战斗不过是为了表现他的非凡勇武。他似乎完全背离了政治生活所应有的理性和相互尊重，显得像一尊一味固执任性的神。

德修斯小心翼翼不去打消凯撒的自豪感，也不对其表现出轻蔑。他可怜兮兮地请求凯撒为他考虑，给出一个理由：

最伟大的凯撒，请让我知道理由吧，
否则我这样告诉他们会被笑话的。（2.2.69-70）

值得注意的是，他的这一请求对凯撒并非毫无影响：

我的意愿就是理由，我不愿意去：
这句话就足够让元老们满意了。
但为了让你个人满意，
因为我爱你，我就让你知道，
是我妻子卡尔帕妮娅要把我留在家里。（2.2.71-75）

在此，凯撒承认他爱德修斯。正是基于这种爱，他私下里将全部真相告诉德修斯。他之所以不去元老院，是因为卡尔帕妮娅那生动逼真的梦（以结果而论，这个梦相当具有预见性）。这与他对元老院不断表达的轻蔑态度形成尖锐对比。那么，这种轻蔑是发自真心的吗？[34]如果元老院得悉真相，那么凯撒就没法维持元老们对自己德性的尊崇。难道他的轻蔑态度不过是表达了由此而引起的沮丧吗？

德修斯对这个血腥的梦做了一番非常振奋人心的新解。他说，这个梦意味着"伟大的罗马"、"许多罗马人"和"高居要职的人"将从凯撒身上汲取营养。他还以元老院想要为凯撒加冕来支持他的新解。此后凯撒的轻蔑态度很自然地完全消失了，他此时还向卡尔帕妮娅保证说，她没什么可担惊受怕的。凯撒之所以被说服前往元老院，并非因为预言者的发现使他可以借此来考验自己的勇武——他最初就是这么跟卡尔帕妮娅说的；他之所以被说服，实际上是因为高居要职的罗马人要为他加冕，使他成为罗马的生命之源。他已经认同了德修斯的新解——我们注意到，甚至在听说元老院要给自己加冕之前，他已经这么说了；这种认同表明，凯撒绝不是对元老院心存轻蔑，而是想要被元老院推为使罗马起死回生的救星。德修斯突然表示，如果凯撒不去元老院，他就会将卡尔帕妮娅的梦告诉元老们——而关于梦兆的事本是凯撒基于自己对德修斯的爱，才私下里向他详细说明的。然而即便在这种情况下，凯撒都没有表示反对说他不去。凯撒此时似乎想也没想就接受了德修斯解梦的假说。事实上，凯撒不仅想受到元老们的崇敬和热爱，更是想要得到所有罗马人的崇敬和热爱——想要被他们推为值得尊敬而勇敢的救星。凯撒的所作所为并非仅仅受自豪感或自负的推动。他爱着罗马人，所以，他寻求为身居高位者所尊崇和爱戴，并且最终想要得到这座伟大城邦里每个人的崇敬和热爱，不管男女老幼。不过，任何一个具有公共精神的统治者，都理所当然地如此想要得到治下民众的爱戴，而在凯撒这个最理想的例子中，他的这种欲求因为自负而有所减弱。凯撒的自负基于他那虽有缺陷但非同寻常的气度：他承认自己必有一死，因而也认同自己根本无足轻重。

因为自己最深层的欲求即将得到满足，凯撒在向密谋者们问好时，表现得彬彬有礼、态度亲切、魅力十足、充满热情、机智幽默、宽容大方，还能自嘲。在本剧中，我们没有看到谁有过如此慷慨大方，也不会再看到第二个人如此。他对每个人都直呼其名。他准备同特里波涅斯（Trebonius）做长时间的谈话。他对里加留斯的敌意不以为意，反而关心他的健康。他为让大家久等而致歉，还请大家喝酒。凯撒不是暴君，而是一个自负、有德性、勇于奉献的统治者。在这样的情况下，密谋者们的旁白让我们感到不安；他们似乎是叛徒，所行之事也没有什么正当理由。在下一场中，莎士比亚告诉我们，阿特米道勒（Artemidorus）已经准备好请愿书，指名道姓地揭发所有密谋者，这使密谋者们看上去似乎更接近我们的判断。我们不知道阿特米道勒的情报从何而来——不过第四场表明，可能是鲍西娅无法信任的奴隶卢修斯泄露了消息。我们所知道的是，阿特米道勒认为密谋者是在嫉妒凯撒的崇高德性。当然，事情并非完全如此，在最后的悼词中，安东尼就会将布鲁图斯排除在这一指控之外。不过，阿特米道勒的请愿书［35］确实向我们表明，在那些没有参与密谋的罗马人中，有些人真的高度尊崇凯撒——在看到他们高度尊重凯撒的理由之后，我们将认识到这一点。

第 三 幕

对于莎士比亚笔下凯撒的公共精神，我们可能还心怀疑虑。但阿特米道勒与凯撒之间的谈话，以及凯撒死前密谋者们的交谈，使这些疑虑都烟消云散。普鲁塔克（Plutarch）说，凯撒因为被分散了注意力，所以没能阅读阿特米道勒的请愿书——凯撒死的时候还紧握着这份请愿书——但在莎士比亚笔下，凯撒当即拒绝阅读请愿书。他的理由体现了他那具有公共精神德性的心灵：

> 和我们个人有关的，应放在最后处理。①

当密谋者将辛伯（Metellus Cimber）的请愿书交给凯撒时，这种共和政治的公共精神及其固有的、成问题的特征变得清晰起来。

梅特勒斯拜倒在凯撒面前，卑躬奉承，而凯撒不为所动。他的理由非常重要：

> 我必须阻止你，辛伯。
> 这种低头哈腰的一套
> 或许可以让普通人头脑发热，
> 把那些预先规定的重大法令
> 变成儿戏。不要愚蠢地
> 以为凯撒体内流着感情冲动的血液，
> 会被其消融而变质
> 就像软化愚人一样——我指的是，甜言蜜语，
> 卑躬屈膝，下贱的摇尾乞怜。

---

① 洛文塔尔肯定忽视了普鲁塔克与莎士比亚两种说法之间的这一重大差异。依靠他所确认的有关凯撒沉思于"最终导向凯撒主义的胜利的长期内战"这一"不可能的"主题，他最终得出结论说，凯撒"缺乏正义——也就是说，既不光明正大，也不关心公共的善"。这一结论还使洛文塔尔认为凯撒不可能有能力预见数百年后发生的事，因而凯撒可以被视作"为了一个会……允许……某些前所未有的最为败坏和野蛮的统治者存在的政制而牺牲"。见氏著，*Shakespeare and the Good Life*, 145-146 and 120。

> 你的兄弟根据法令已被放逐；
> 你若为了他卑躬屈膝地乞怜求情，
> 我要把你当作野狗一样踢开。
> 听着，凯撒是不会犯错的，除非有正当理由
> 他不会满意。（3.1.35-48）

这些无情的话语同凯撒引以为傲的男子气概相一致。它表明，凯撒必然预料到梅特勒斯会请求让他那流放在外的兄弟回国。但这同样证明，凯撒服从于共和政治不可随意变更法律的原则。也就是说，凯撒服从于正义。他宣称，改变法律就是使法律成为"儿戏"，变得毫无理性可言，使其只不过是个玩意儿，既不严肃，也不崇高和正义。凯撒要是为梅特勒斯可怜的请求所动摇，那就会背叛不偏不倚的正义，成为被甜言蜜语软化的愚人。凯撒不会被奉承冲昏头脑；他不想像个僭主一样，由奴隶培养长大，武断地分配其荣宠。对公共法律的坚定维护就是防止滑向僭政的藩篱。[36]他什么也没做错；"凯撒"不会仅仅出于个人喜好而毫无正当理由地行事。① 他个人的尊严要求他不应触犯无私无偏的正义，而这抬高了他人的尊严，使他们不致成为奴隶。他对同胞的爱，给予所有人应得的爱，都要求他无偏无私、光明正大。

梅特勒斯的回答（3.1.49 以下），不过是为了确认自己能否仅仅凭着甜言蜜语，就让凯撒赦免自己的兄弟。令凯撒感到震惊的是，布鲁图斯也加入进来，说着好话，亲吻他的手。而卡修斯则跪在他脚前乞求。当然，这一切都是装出来的。他们满心期待凯撒会继续

---

① 苗拉（Miola）误以为凯撒谴责"一切影响他判断的做法"（*Shakespeare's Rome*, 98；强调为我所加）。

不为所动。他们这么做,其用意就是为刺杀暴君奠定基础。然而,他们的做法必定令我们感到震惊,因为这反而极大地抬高了凯撒的形象,贬低了密谋者们的形象。他们这么做,实际上表明了凯撒也并不要求他们像奴隶一样摇尾乞求,更不会因此而让步。凯撒不是暴君(petty tyrant)或黑手党头目。事实上,他此后对共和政治引以为傲的自足原则的阐释,比剧中任何一个角色都更为清晰。他说:

> 如果我跟你们一样,我也会动心;
> 如果我能用哀求打动别人,那么哀求也就会叫我心动。
> (3.1.57-58)

凯撒没有祈求——他听任一切发生;一旦他祈求,那么他自己也就会为祈求者、为他们的恳求所动,而不是为正义所动。严格意义上的正义——正如布鲁图斯自己在反对立誓的慷慨陈词之中所说——意味着没有例外可言。允许例外状况的存在,就意味着质疑正义本身,意味着声称存在着高于正义、能够决定正义本身的某种东西。那是什么呢?正如此例所示,那就是个人之善[好处]。此处就是辛伯及其朋友们的个人[好处]。辛伯所提出的赦免其兄弟的要求丝毫无涉于共善。令人惊讶的是,卡修斯只是翻来覆去地重复自己的请求:

> 原谅吧,凯撒!凯撒,原谅吧!

这请求没有任何基于正义的借口。

无偏无党的凯撒不会容许任何派别在政治上拍马屁,使罗马回到此前的内战状态。唯有严格遵循公正法治的共和政治原则的统治，才能获得尊崇。但矛盾的是，凯撒独自尊崇这一原则，因而他也当之无愧地成为这一原则的独家支持者；其他人都是为其阶层中的一员谋求政治上的荣宠。凯撒本人就是正义，应得到人们信赖。

> 然而我却像北极星一样坚定，
> 它不可动摇，那坚定
> 在整个天宇中找不出第二位。
> 天空点缀着不计其数的耀眼的星辰，
> 每颗星都是一团火，散发出自己的光，
> 但是众星中只有一颗岿然不动。
> 在人间也是如此；这世上住满了人，
> [37] 都是些有血有肉，充满悟性的人。
> 但在这众多的人中我知道只有一位
> 无可争议地确保他的地位，
> 不会因煽动挑拨而摇摆：这人就是我，
> 让我稍稍向你们证明一下，即使在这件小事上——
> 我曾决心将辛伯放逐，
> 决定既已作出，就将永远不变。（3.1.60-73）

这种相似性指向天象（这是这位历法改革者最喜好的对象之一）。每颗星都会发光，但只有一颗星会岿然不动，那就是北极星。因此，人们唯有依靠北极星才能辨明方向。的确，如果所有人都依正义而行，他们都会熠熠生光：凯撒不否认他是个凡人，也不否认其他人能够奉行正义而闪耀光芒。他并不嫉妒他们。他强调，唯有他自己坚定地支持正义，对何为正义的问题没有"游移"、动摇和改变。① 我们已经看到，如果正义可以改变，又何以为正义呢？为什么不能根据改变正义的那种东西，也就是说，根据个人利益的要求变更正义，以这样的原则行事呢？如果正义因顺应个人利益而改变，人们不就唯有在符合其利益的时候、在符合其利益的范围内才算正义吗？密谋者们似乎知道凯撒不会接受他们的请求，并以此作为刺杀行动的引子。如果真是这样，那他们必定意识到，自己正在谋害一个依照共和政治原则生活的人。他们的请求确实如同凯撒所言，是"枉然"（3.1.75）。

让我们换一种思路：假设凯撒在此践行了怜悯之德。当然，庞培失败之后他对布鲁图斯就是这么做的。不过，他当时正处在极端条件之下，要在四分五裂、战火纷飞的城邦中巩固自己的统治。但他现在若这么做，就会使自己成为唯一可以践行怜悯之德的人，而使其他人只能成为他怜悯的对象。凯撒认识到这一后果。他放弃了歪曲法治的机会，趁机表现了自己的坚定。其结果必然是提升他自身的德性，强化他自己对法律的坚持：

走开！你能把奥林帕斯山举起吗？

---

① 苗拉声称凯撒"没有如北极星一般坚定不移……而是死在了朋友手中"（*Shakespeare's Rome* 页 78）。这种说法误解了"坚定"的意思——它的意思是无论密谋者们对他做什么，他都不为所动。类似地，布里茨发现，此处所宣称的对公正的坚定，与凯撒对是否前往元老院的犹豫不决之间存在着矛盾，而这种矛盾本不存在（*The End of the Ancient Republic*, 63）。布里茨随后宣称，凯撒自始至终都打算前往元老院并被刺杀，这表明凯撒的犹豫不决不过是一种诈术。这种说法——凯撒将自己遇刺作为自我神化计划的一部分——以及几乎所有支持该说的证据都已经出现于洛文塔尔11 年前发表的论文 "Shakespeare's Caesar's Plan," *Interpretation, A Journal of Political Philosophy*, vol.10, no.2&3（May & September 1982），223-250。［译注］中译见《莎士比亚的凯撒计划》，收入《莎士比亚笔下的王者》，北京：华夏出版社，2007，页 32-68。

众神的家园，宙斯那无可撼动的正义之所在，不会动摇。而他就是任何宙斯居所的基础。他与其他人不同，他不可能动摇。因此，唯有他有资格施行统治。凯撒对法律面前人人平等的共和政治原则的效忠无人可及，这必然证明，他的价值卓越于他人。共和政治因其本身的原则指向了一人统治，指向了君主制，正如共和政治必然与僭政相背离一样。

凯撒似乎认为布鲁图斯至少认识到这一点。然而他错了。

还有你，布鲁图斯？——那么，倒下吧，凯撒。(3.1.77)

既然连布鲁图斯都要[38]杀死共和政治的原则，那么一切就都完了。北极星必要陨落。罗马失去了她的德性。

* * * * *

辛那第一个宣称，他们刺杀凯撒是出于公共精神，是为了拥护自由而反对暴政。卡修斯同样如此。他呼喊着民众获得了"解放"，号召让罗马远离君主制而走向民主。布鲁图斯没有立刻宣称暴政已经终结，也没有做出任何许诺，这一点引人注意。他只是表示，野心受到了报应——正义得到了某种重新分配。他宣称唯有密谋者为此举负责，同时又一次强调不要再杀死其他任何人。安东尼已经吓得逃走了，其他人则惶惶如到了世界末日。这些消息促使布鲁图斯开始思考死亡。卡修斯也加入进来，与他共同探讨死亡。布鲁图斯像凯撒一样，谈到自己知道死亡不可避免，但不知道它何时会到来。卡修斯半开玩笑地回答说，切断一个人二十年的生命，就是切断了他终日惧怕死亡的二十年。布鲁图斯则说，如果按照卡修斯的想法，他们倒是给凯撒做了件莫大的幸事,成了他的朋友。他这样终结了这个黑色幽默。也就是说,布鲁图斯并不认同卡修斯的说法。他意识到凯撒不会容许自己被死亡的恐惧吓倒,也不会容许自己的生活为此而痛苦,相反,凯撒会淡然面对死亡,但不是卡修斯所暗示的那种方式。也许,这就是凯撒与布鲁图斯之间相互爱慕和崇敬的最深层原因。布鲁图斯意识到凯撒德性的根基所在,他自己也具有同样的德性。因此,他必定试图这样去理解或展现刺杀高贵的凯撒之举的必要性:这件事就像宗教上对众神的献祭一样,并非全然异乎寻常之事。

在布鲁图斯的命令下,密谋者们激动地将双手浸在凯撒的鲜血里。卡修斯和布鲁图斯想象着未来的戏剧(比如本剧)如何表现他们为自由所做的一切。他们所讲述的希望,事实上正指向凯撒的统治:在剧中,他们,而非其他人,将被视作解放者。而且,布鲁图斯所描述的这种未来的重演还包括了一个隐含的前提,那就是:罗马的自由需要摧毁凯撒的卓绝,而只有杀死凯撒才能实现这一点。布鲁图斯此时已经准备率领涂抹了鲜血的密谋者们走上罗马街头去宣告自由,但他必须先面对安东尼。后者派了一个奴隶来寻求安全通行的保证,以便他自己可以了解崇高的凯撒为何必须死去,这样他才有理由支持密谋者。如果布鲁图斯对此能够做出解释——而且只要他能做到——安东尼就会忠实地支持他。他"爱那活着的布鲁图斯",而不是死去的凯撒。[39]审判之时到了;布鲁图斯如今不得不面对始终困扰着自己的难题。他本人相信,应该让安东尼成为他们的朋友,不过卡修斯并不这么认为。

* * * *

看得出来,安东尼被凯撒那具流着"人间最高贵的血"的尸体所触动。起初，他要求密谋者们此刻动手，在凯撒身边杀死他，只要他们想要杀他。布鲁图斯再次向安东尼保证；你见到的只是我们的手，而不是我们充满怜悯的心（3.1.169-173）。接着，布鲁图斯第一次试图回答安东尼的问题。他说，这么做不是为了别的，只是出于怜悯。因为他不忍看见罗马的"民众受到暴力的压迫"，所以就不能对凯撒仁慈。因此安东尼不必害怕；"我们爱着、尊敬着"安东尼。卡修斯补充说，安东尼会像所有人一样获得新的职位。那么，布鲁图斯此时会解释，"罗马的民众受到暴力的压迫"如何促使他杀死凯撒，从而赢得安东尼的忠诚吗？

布鲁图斯只是承诺他会解释；但是他们首先必须安抚心怀恐惧的大众。

> 随后，我们会向你述说这样干的动机
> 既然在我刺他时还爱着凯撒，
> 为什么还要采取这样的行动。（3.1.180-182）

安东尼与密谋者之间建立忠贞友爱的条件尚未满足。因此，即便安东尼在布鲁图斯承诺会满足其要求之后，已经声言同每一名阴谋者都成了朋友，他还是再次公开表示自己为凯撒的尸体所触动：

> 何等的高尚！

他流着泪高声哭喊说，为凯撒哭泣合于正义，而同这头高贵的雄鹿和世界的心脏的敌人做朋友则是不义。一个人怎么可能既是最为高贵之人的忠贞好友，又爱着这个朋友的敌人呢？因此，卡修斯叫安东尼明白表示自己的忠诚，而安东尼则承认他同密谋者们的友谊确实尚摇摆不定。他想要忠诚于他们，为此，他必须听到他们解释凯撒为什么是"危险的"，又如何"危险"，即他为什么对罗马和罗马人的善构成了威胁，又如何威胁到这善。对于一个处于危急关头的人而言，提出这个问题无上感人，也最值得关注。

然而，布鲁图斯再次下注：

> 我们有充分的理由
> 即使你是凯撒之子，安东尼，
> 也会心悦诚服。（3.1.224-226）

你会知道，我们正是因为善待你安东尼，才必须杀死凯撒。凯撒是安东尼的朋友，似乎也可以说是他的父亲。在得到这样明显荒谬离奇的承诺后，安东尼要求在凯撒的尸体旁发表演讲。也就是说，他迈出了推翻密谋者的第一步。他要发表一次演讲。从演讲的内容上看——特别是考虑到其中提及凯撒的遗嘱——他早已深思熟虑，做好了准备。

换言之，安东尼看来已经抓住了布鲁图斯本人所不愿面对的困境的两面中的一面：不可否认，[40]这个高贵的人有资格施行统治。安东尼强烈怀疑布鲁图斯能对他的疑问给出令人满意的答复，而他的怀疑此时得到了证实。杀死罗马最优秀的公民，杀死一个值得布鲁图斯和安东尼去爱的人，这样的行为怎么可能合乎正义呢？布鲁图斯提到罗马的"民众受到暴力的压迫"，但凯撒难道不是罗马的一分子吗？难道他不是罗马杰出的一员吗？难道他不是罗马的巅峰和顶点吗？

布鲁图斯立刻允准了安东尼发表演讲的要求。然而，感觉到危险的卡修斯——他意识到，在这样的事情上，严肃的人绝不可能保持中立——私下同布鲁图斯谈话，试图消除这一危险。在怎么更好地处置安东尼这一问题上，布鲁图斯再次否决了卡修斯的判断。他完全相信，只要自己首先发表演讲，表明"我们凯撒之死的原因"，同时在公众面前允许安东尼发表演讲，为凯撒的遗体举行完全合宜的葬礼，那么他们这一方就会占得优势。卡修斯仍然心怀疑虑。然而，布鲁图斯立刻再次向安东尼表示，他们允许他发表演讲，只是附加一个条件，那就是不得在演讲中指责他们。允许安东尼这样富有天赋的人发表演讲，同时又附上这样的条件，就好像是把武器交给潜在的敌人，同时又附带条件，要求他不能用这武器对付自己。难道布鲁图斯没能看出这一点？毕竟，布鲁图斯的附加条件是否可能成为安东尼反抗他们的许可，这取决于一个假设能否成立，即无论安东尼说了什么，布鲁图斯的演讲都会取得成功。布鲁图斯如此自信的根据何在？

我们只能从布鲁图斯的演讲中了解他自信的根据。然而，我们能够看到，他满心以为，自己只要在公众面前发表演讲的同时展现其权威——他已经明确安东尼必须等到他在民众面前演讲结束后才能发表演讲——就足以维持住统治了。他没有预见到，安东尼竟然能够利用中立状态的这种不可能性——布鲁图斯不可能既想"爱"凯撒，同时却又要杀死凯撒。安东尼此时对这一点已经相当明确。我们已经看到，布鲁图斯想要去爱凯撒，但在这愿望的背后是他无法面对的另一种不可能：最有资格统治罗马的人正因为其统治、因为其善行，而剥夺了其他人过有德性的生活的机会。因此，这样的统治是不义的。那场公开演讲似乎要为这一困境提供一条出路。

此时，安东尼已经不期待布鲁图斯的演讲能够促使他加入密谋者的行列。在这一场末尾他那段翻来覆去的独白"原谅我，哦，你这块流血的泥土"中，这种态度充分显露出来。与莎士比亚笔下所有的独白一样，安东尼的这段独白径直将角色的内心想法向观众揭示出来，他不是向剧中人物演讲，也不会受剧中人物影响。但与其他大多数独白不同，这段独白有一个对象：一具尸体。安东尼的第一句话表明，凯撒的肉体如今不过是一抔尘土，但他仍请求得其谅解。密谋者们企图摧毁凯撒，他们将他［41］贬损为一具无足轻重的尸体。安东尼此举正是对这种企图的痛苦反抗。毕竟，这具尸体不仅仅是一抔流血的尘土，更是"那时间的滚滚长河中的一位／最最高贵的人物的遗体"。

布鲁图斯希望密谋者不要成为屠夫，而要做献祭者；安东尼则宣称他们是屠夫。布鲁图斯希望他们能杀死凯撒的精神，而放过其肉体；安东尼则保证，凯撒的精神将永存。布鲁图斯希望将凯撒作为献给众神的祭品来宰割；安东尼则预言——因为尸体上的伤口就像沉默的嘴，乞求他这么说——一场诅咒即将降临：凯撒的阴魂"正寻找着复仇的机会"，以君王的口气发出"杀无赦"的叫喊，使罗马陷于无法控制的恐怖和毁坏之中。布鲁图斯宣称，他对罗马的怜悯战胜了对凯撒的仁慈；安东尼则在预言中暗示，凯撒及其死亡之重大，要让罗马承受巨大的恐怖，以致母亲看到自己的婴孩受到残害，也会变得毫不心软。但他不期望由神明来实现这一预言。他要在凯撒尸体旁向民众发表演讲，意图借此将预言付诸现实。（随后同屋大维仆人的谈话表明，安东尼甚至对自己的演讲能否成功都没有把握。）他的预言既非祈祷，也不是所谓揭露真相，而是预示了他自己想要实现什么。凯撒的精神就是君主制的精神，是最高贵者施行统治的精神。安东尼没有预设众神的统治，这并不虔敬。在安东尼看来，具有这种精神的那人被杀害，这证明公民的公共生活遭到毁灭。布鲁图斯所在意的公共生活以及所需的一切，正是安东尼依照他为凯撒复仇的愿望所准备毁灭的。

* * * *

布鲁图斯在其简短的演讲中技巧娴熟地运用了一系列修辞格和修饰手法——排比、对仗、对偶和首语重复,展现出他杰出的演讲才能。他的才能,使西塞罗以"布鲁图斯"作为自己一篇论修辞的作品的标题。① 他公开邀请罗马听众评判这篇演讲的智慧;他回答了他们可能提出的问题,接着又提出了一连串问题。这次演讲是一次不同寻常的对话。但重要的是,布鲁图斯公开要求听众因自己的名誉而"相信"自己。他的动机尚存争议。尽管他一直隐藏自己的动机,但在演讲中则能进一步揭示出来。总之在此事中,动机就是一切:布鲁图斯将他对凯撒坦诚的爱慕与崇敬,同自己为了罗马之善必须刺杀凯撒的看法以及他行刺的意愿对立起来。

> 要是那位朋友问我
> 为什么布鲁图斯起来反抗凯撒,这就是我的回答:
> 不是我不爱凯撒,而是我
> 更爱罗马。(3.2.20-22)

[42] 布鲁图斯像其他人一样爱着凯撒,但他更爱罗马。然而,难道凯撒不是罗马人吗?难道他不是最优秀的罗马人吗?他的死怎么可能使罗马受益呢?布鲁图斯回答了这个隐含的问题,将它视作对自身问题的回答。如此,他几乎就使我们已经指出的困境浮现

---

① [译注] 指西塞罗的对话《布鲁图斯》(Brutus,又名"著名演说家",De claris oratibus)。在这部对话里,布鲁图斯与阿提库斯(Titus Pomponius Atticus)造访西塞罗家。在交谈中,西塞罗提及他想撰写一部罗马演说术的通史,并回顾了历代演讲名家。

出来：

> 你们愿意让凯撒活在世上
> 大家做奴隶而死，而不愿使凯撒去死，
> 大家做自由人而生？（3.2.22-24）

布鲁图斯的目标是保住罗马人的自由，从而保障他们的幸福。然而，那个值得布鲁图斯以及其他杰出的罗马人敬爱的人，他的统治就必然使罗马人沦为奴隶吗？布鲁图斯不会承认这一点。因此，他必须将自己对凯撒的热爱与崇敬，同凯撒公共精神的表现相分离。

> 因为凯撒爱我，所以我为他流泪：
> 因为他是幸运的，所以我为他高兴；因为他是
> 勇敢的，所以我尊敬他；但是，因为他有野心，所以我
> 杀了他。我用眼泪回报他的爱；用喜悦庆贺他的
> 幸运；用尊敬崇赞他的勇敢，用死亡清算他的
> 野心。（3.2.24-29）

在此，布鲁图斯精炼地陈述了自己观点的核心内容。他把自己对凯撒的爱贬抑为私人事务，声称自己只是尊崇凯撒伟大的"勇武"德性，还将凯撒的"野心"描述为公共精神的缺失。勇武或勇敢很轻易地就能造成这种分离。这是一种含混的公共精神。首先，勇武是一种面对危险而使自己坚定不移的能力；其次，作为一种能力，罪犯和正义的人一样都能具备它。我们已经看到，凯撒自己曾说过，即使在那些表面上为了城邦而实际上为了培养和维持个人自负的行

为中，勇武也能得以表现。在这样的行为中，城邦及其需要不过成了表现勇武德性的机会，因而也就变得无足轻重。勇武的凯撒正在或将会使罗马人成为奴隶而非自由人，这正表明，凯撒的勇武是为了他个人，而非为了罗马。然而，这不过是将问题重复了一遍。再说一遍：奴役究竟是野心勃勃的自私自利，抑或仅仅是有德之人统治不可避免的结果？

布鲁图斯解决难题的办法，就是公开诉诸民众对自由的高贵之爱，诉诸他们对自由的罗马人这一身份的爱。一方面是对罗马的爱，另一方面则是对自由的既高贵、勇敢而又具有男子气概的爱。在为何刺杀凯撒的问题上，他将这两者分离，而在此时的呼吁中又合并在一起。他期望民众会为这一呼吁所打动。这种期待被人称为天真或愚蠢，成了缺乏"现实精神"的例子。但如果真是这样，布鲁图斯就不值得莎士比亚给予如此的关注了。布鲁图斯的演讲取得了巨大成功，表明他这种期待并不愚蠢，①［43］尽管因为安东尼随后压倒性的胜利，布鲁图斯的成功容易被人遗忘。布鲁图斯认为自己这样能够争取到人民的支持，这并不错，所以，他以此向民众发起呼吁的行为必须在新的基础上来解释。这解释就是：事实上，布鲁图斯如果要维护他所坚持的有德性的生活的可能性，就必须发出这样的呼吁，别无选择——事实是，他或任何人若致力于德性与荣誉的合理性或一贯性，在此都处在生死关头。布鲁图斯不能承认，践行德性的机会遭到毁灭正是德性本身必然的结果。他必然会不惜一切代价否认这一点。他会说事实绝不会是：高贵的凯撒寻求获得人民的忠诚，实际上是因为他对人民的爱，而不是因为他对自己的能力

---

① 这一成功已由多斯齐（T. S. Dorsch）很好地揭示了出来。见 T. S. Dorsch, *The Arden* Julius Caesar (London: Cambridge University Press, 1947), lii。与此相反，洛文塔尔在 *Shakespeare and the Good Life*, 141 中称布鲁图斯的言论是"生硬而软弱的演说"。

自负。或者说,凯撒的自负(事实上,我们已经看到这一点)只是中和了他对人民的爱。但有德之人的统治不会潜在地破坏他人真正的善,破坏他人的德性;相反,只有野心勃勃之人的统治才必然导致共善的毁灭。这样的人关切民众,只是为了自己的善而将民众贬低为安于现状的绵羊。也就是说,这种人并不关心真正的共善,不关心公民的德性。

出于这一理由,讨论必然要转向民主,爱罗马就是爱罗马的公民。不过,要想避免使这种爱变成君主式的爱,变成牧羊人对羊群的那种爱,公民自身必须具备德性,致力于自由或自治。爱公民就要将公民作为自由独立的人来爱,而不是仅仅关注公民的物质需要,将其作为实现个人荣耀的手段。按照这一点,就可以把真正值得尊崇之人的行为,与公认勇武的凯撒的野心之举区分开来。布鲁图斯也只有通过这种呼吁赢取民众的支持,才能表明凯撒确实有野心——表明凯撒确实要以其他罗马人的德性为代价来实现个人统治,而且这种统治与共善相悖;由此,他才能维持那种可能性,即那种行事高贵而为人所尊崇的生活仍可能有意义,而最具德性之人的统治也不会摧毁他人真正的善,损害他们的德性。

倘若民众想要某人像牧羊人那样照管他们,倘若他们因此而不可避免地要求获得利益,而不是自由抑或自尊而有德性的自治,甚至以自由、高傲和有德的自治为代价——唯有当民众如此许可时,令人钦佩而勇敢之人的统治才必然导致民众的自由被剥夺。布鲁图斯指望罗马人因为他的名誉而相信他——相信他而非凯撒才具有公共精神,为此,他就要指望他们具备自尊的德性。确实,唯有当民众本身热爱高贵或光荣的自由时,他们才能发现布鲁图斯的所作所为值得尊敬。不过,布鲁图斯并不仅仅指望这一点。他[44]以公开询问的形式提出这一要求。他打算在尽可能不违背民众自由的条件下，确保他们不会让自己失望：

> 这儿有谁如此低贱，甘愿
> 为人奴隶？如果有，请说出来；因为我已经得罪他了。
> 这儿有谁如此愚昧，不愿做个罗马公民？如果
> 有，请说出来，因为我已经得罪他了。这儿有谁如此
> 卑劣，不爱他的国家？如果有，请说出来，
> 因为我已经得罪他了。我停下来等候回答。（3.2.29-34）

在此之前，布鲁图斯始终拖着没有答复安东尼的疑问，即他们为何要杀死凯撒。但此时这一连串问题使我们明白了原因所在。布鲁图斯一直等着要"当众宣布"凯撒的"死因"（3.2.7）。也就是说，他等着公布正义的理由。公开演讲孕育并滋养了荣辱感、公共精神和共善。公共生活甚至可以使最卑劣之人也获得提高。他们由于羞耻心，不会在公开场合宣扬私下隐瞒的观点。布鲁图斯的这些问题都是典型的修辞，对于公共生活而言，以上全部问题的答案都只能是"没有"，不可能有其他任何答案。民众的回答向所有人表明了他们对于自由的高尚欲求。由此也表明，凯撒对他们的奴役并非不可避免，而是源自他的野心。他想要奴役民众，这就要求他摧毁他们更为优秀、更为高贵的自我，这种自我通过公共生活得以维系。

与此同时，布鲁图斯宣布安东尼将"在共和国占一席之地"，随后又补充说："正如你们哪一位不是如此呢？"（3.2.43-44）他在公开提问中暗示民众要热爱自由和自治。这种爱若要发自衷心，并要民众为之效力，就必须坚定。民众不能变幻无常。公开演说是公共生活的要素。布鲁图斯指望这一公共生活能使民众、使他的同胞与对自由的崇高追求绑在一起，使他们有办法抵抗某些人的甜言

蜜语——这些人会诉诸个人低贱的欲求来争取民众。安东尼甚至可以在公开演讲中赞美一位凯撒的德性,这不会造成危害。因为只要坚持公共精神,只要在演讲中只表达值得尊崇的内容,民众就会继续相信,那个值得尊崇的人宣称,他已经杀死了凯撒的野心,因为凯撒试图诉诸民众的私利来引诱民众做奴隶。这就保证了民众会继续相信,与他们崇高的自由、与他们以高尚的行为所捍卫的自由相比,失去一个凯撒及其勇武德性不值一提。

布鲁图斯认为,民众热爱光荣的自由,而公共生活正是其要件。就算这一想法不错,他还是错了,因为他以为这种爱是民众最强烈的情感,或者能够成为民众最强烈的情感,并在公共生活中安然维系。他的自信源自他的期望。他满心期望自己能够说服罗马民众,使[45]他们相信他是一个值得尊崇的人,不会做出违背罗马之善的行为,也不会为了自身利益行事,相信他只是在反对一个人的野心勃勃、自我中心——这个人的统治将会奴役他们。这种想法的根本弱点在民众的回应中被表现出来:

让他做凯撒。(3.2.51)

也就是说,民众之所以公然接受一位凯撒的统治,并非他们低贱,而是因为他们推崇那些将引领他们达致真正善的人的德性——这是一种正义感。① 这场面向公众的成功演讲由此证明是对布鲁图斯本人的主张的公开抨击,这一主张就是关于凯撒具有野心、自私自利的说法。而一旦这一说法不能立住,布鲁图斯关于荣耀的说

---

① 纳托尔称这四个词是"戏剧史上最动人的政治时刻"。但就像多数批评者那样,他发现这些话表明大众"无知地"为布鲁图斯喝彩,"愚蠢地喋喋不休"。见 *Shakespeare the Thinker*, 174。

法也就不成立了，因为两者紧密相连。安东尼巧妙地发动了这样的攻击。

* * * * *

安东尼小心地遵守着约定。他没有在讲坛上谴责密谋者，反而称他们是高尚的人。不过，因为自己爱着凯撒，同时又坚信凯撒的高贵，安东尼将采取一切所能运用的劝导办法，诉诸民众的激情来打倒密谋者。对此，他毫不内疚。品德高尚的布鲁图斯指控凯撒野心勃勃，安东尼则推翻这一指控，进而以此否定了布鲁图斯对荣誉的主张。他一点一点地向前推进。首先，他抨击布鲁图斯将凯撒忠贞的爱或友爱同正义德性相分离，同时又将布鲁图斯同其他密谋者的声誉等同起来：

> 现在，得到布鲁图斯和他同僚允许
> （因为布鲁图斯是个品德高尚的人，
> 他们也都是，都是品德高尚的人），
> 我来这儿在凯撒的葬礼上说几句话。
> 他是我的朋友，对我忠诚而公正；
> 但布鲁图斯说他有野心，
> 而布鲁图斯是一位品德高尚的人。（3.2.81-87）

忠贞的友爱包括了正义，这表明凯撒具备正义德性。否则，安东尼或布鲁图斯怎能成为凯撒的朋友呢？不过，安东尼与凯撒的关系也许就像布鲁图斯之于其他密谋者一样——一个得到公正对待的朋友成了隐秘犯罪行为的伙伴，成了权力精英中的一分子。因此，安东尼必须拿出证据来证明凯撒的正义普惠所有罗马人，证明凯撒伟大的勇武品质是为罗马效力。

> 他给罗马带回了许许多多俘虏，
> 这些俘虏的赎金充满了国库；
> 凯撒的这一行为是有野心的表现吗？（3.2.88-90）

凯撒使所有罗马人受益，得到好处的不仅仅是他自己或他的朋友。尽管如此，这样的呼吁显然［46］仍不合于正义：凯撒劫掠了整个世界。他让各民族必须交上赎金才能赎回他们的王，又用这些钱来充实罗马的国库。他的勇武看起来跟有组织的犯罪团伙的头儿差不多。安东尼这样降低标准，指出罗马人的善不是具有德性，而是钱包鼓鼓囊囊。他这么做是在冒险，因为听众可能得出结论说，凯撒行事的动机可能正和他们一样败坏。我们可以说，正是出于这个理由，布鲁图斯才坚信，公开宣扬私人的低贱欲望，比如想要做奴隶，不会为人接受。安东尼以一记柔道摔（judo throw）反击了这个聪明的信念。他公开表达了凯撒的私人动机。

> 劳苦的人哭泣时，凯撒也流泪；
> 铸成野心的应当是一副更硬的心肠。
> 但布鲁图斯说他有野心，
> 而布鲁图斯是一位品德高尚的人。（3.2.91-94）

安东尼公开表明，他亲爱的朋友凯撒私下为民众落泪，怜悯那些他爱的人。他以此表明，凯撒对他人的遭遇并没有像野心家对其他人的苦难那样冷漠无情——甚至恰恰是在私下里，强大而勇武的凯撒希望在自己的努力下，每一滴眼泪都被拭去，每个人的善都得到满足。但为了民众着想，他没有公开自己的这个愿望。这样，安东尼就利用了公开演讲与私下言说之间的张力，而布鲁图斯的说法正依赖这种张力。至少我们有理由认为安东尼的话可信，因为我们曾经看到，尽管凯撒也许曾想要相信，促使他从事有德之举的原因在于他的自负，但事实上，他是因为对所有罗马人怀有的爱而行有德之举。安东尼注意到了这一点。如今，他使这一点变得众所周知。

安东尼如此继续着他的演讲。他非常机智巧妙地一再重复"布鲁图斯是一个品德高尚的人"这句话，直到它变成一种反讽。他确实遵守了约定，但他已经开始在争取听众的心。他肆意以颤抖的声音使用各种修辞手法——包括顿绝（"我的心此刻和凯撒一起待在他的棺木之内……"）——以取得彻底的胜利。他特别提出凯撒的遗愿和遗嘱，向民众表明凯撒值得他们去爱，这促使民众由于自己没能忠于对凯撒的爱而深感悔恨（"你们以前都曾爱过他……"）。另一方面，他又表示民众不应受到谴责，从而将他们的悔恨之心化作复仇的欲望：因为凯撒之死，民众受到了伤害；唯有刺杀凯撒的人才是不义。布鲁图斯①随即利用凯撒的遗嘱，使民众复仇的渴望变为狂怒，使民众变成了盛怒的暴民。这正合他意。

至少在前来面见密谋者时，安东尼就带着凯撒的遗嘱。尽管这份遗嘱确实还封着蜡，但他已经知道其中的内容，知道这是"珍贵的遗产"（3.2.128）。利用假省手法，安东尼将揭示遗嘱的内容表现为，他违反了不指责密谋者这一约定。安东尼使遗嘱内容本身成为对密谋者的谴责，并且引导民众去谴责他们：

---

① ［译按］原文如此，似应为安东尼。

我不能读。
你们不应该知道凯撒多么爱你们,
你们不是木头,不是石头,而是人;
作为一个人,听到凯撒的遗嘱,
会激起你们心中的火焰,会使你们发疯。
你们最好不要知道你们是他的继承人,
要是你们知道了,天啊,会惹出什么事情来哦?
(3.2.140-145)

安东尼假装自己是在民众的要求下才不得不阅读凯撒的遗嘱。他走下了讲坛——因为按照约定,他不能在讲坛上说密谋者的坏话——宣称要激起民众的怜悯之心。然而事实上,他决心毁灭他们的怜悯心,使他们对除了自己的恩主之外的其他任何人都不会加以怜惜。他首先展示了凯撒被割破的外套,随后又展示了凯撒的尸体。他运用着经过刻意雕琢的句子("庞培像座……立刻沾满了他的鲜血"),还向众神发出呼喊。这都是为了使刺杀看起来成为天翻地覆之事,使"凯撒心中的天使"布鲁图斯显得是伤了凯撒那伟大的心。忘恩负义的恶人杀死了伟大的凯撒。当然,眼含热泪的民众不会忘恩负义,他们要为凯撒报仇,要"血债血偿"。安东尼将民众对利益的渴求,转变成了对刺杀他们恩主的人的反对。他转而要求民众惩罚忘恩负义之人——因为绝对正义的公共情感,这种要求完全能接受。

安东尼取得了巨大的成功,以至于不得不将已经坚决要挑起大乱的人群召回。此时他已摆脱一切限制,他也要一步步使民众摆脱制约。他对公开演讲发起了致命一击,而布鲁图斯正是以公开演讲为基础来诉诸民众的荣誉和崇高自由的。

> 好朋友，亲爱的朋友们，不要让我煽起你们的情绪，
> 卷起暴动的怒潮。
> 干这件事的都是些品德高尚的人。
> 我不知他们究竟有些什么私情，
> 促使他们这样做。他们是贤明而高尚的，
> 无疑会有理由来答复你们。
> 我来这儿，朋友，不是为了偷取你们的心。
> 我不是像布鲁图斯那样的辩才；
> 而（你们都知道我只是）个平凡木讷的人，
> 一个爱自己朋友的人，他们也都知道这点
> 所以允许我在公开场合为他说几句话。
> 因为我既没有[智慧]，又没有口才，又没有财富，
> 也不会用手势、语调或语言的煽动力
> [48]使人热血沸腾；我只是直话直说。
> 我把你们已经知道的告诉你们，
> 让你们看看亲爱的凯撒的伤口，那可怜的、可怜的无言
> 　　之口，
> 让它们代替我说话。（3.2.210-225）

布鲁图斯试图以公开演讲为中介，确保能抬升民众，而安东尼则——令人震惊地成功——扮作民众之中的一员，假装自己平凡木讷，不善圆滑，没法机灵地把自己值得尊崇之处和光荣的业绩讲出来。他小心翼翼地使民众对"光荣业绩"这样的话掩耳不闻，使他们不去听从任何公共理由。那些出于个人目的但口齿伶俐的恶人会向民众说道这些。安东尼已经意识到，布鲁图斯论说成功的基础在于公开演讲，因此，他不能给公开演讲留下任何机会。他向民众展

示出，公开演讲不过是诉诸高尚之事来哄骗民众的邪恶手段。这就要求他自己不能是一个演说家——不能有自己预设的观点。他只是听从事实本身。他挑拨民众的情绪，使他们只听得进他本人对事态的解释，使他们准备好要开始一场暴力杀戮。因此他不得不又一次将他们召回。他要阅读遗嘱，让他们听一听"凯撒在什么地方值得你们的爱"。读完遗嘱后，他使凯撒这个名字成为了一种称号："这就是凯撒！几时再会有第二个？"民众从未想到凯撒之所以能对他们如此慷慨，只是因为他为自己积蓄了巨额财富，并拥有庞大的住宅。他们答复安东尼说"再不会有！"，接着欲为恩主之死寻求暴力复仇。

安东尼很乐于看到他因为对凯撒的爱所促成的这一切（3.2.259-271）。然而，莎士比亚仅通过西拿"因为他的诗"（3.3）而被杀一事（这个记载出自普鲁塔克①），就表明他本人反对安东尼挑起的民众的恐怖统治。安东尼对复仇的渴望就像他对凯撒的敬爱一样强烈。他将罗马、将罗马最优秀同时也最软弱的公民置于最缺乏理性的状态中，并任由最缺乏理性的部分支配。

虽然布鲁图斯被安东尼所煽动的骚乱所击败，但这似乎证明布鲁图斯此前的说法是对的，即凯撒野心勃勃的统治毁掉了他人共同追求高尚的机会：他利用民众，而不是使他们有所提升；他塞满他们的钱包，满足他们的粗俗喜好，使他们以为恩主就是高贵之人；他利用民众对好东西的渴望，压迫和掠夺别的民族来满足之。作为凯撒忠实的喉舌，安东尼完全预见并制止了布鲁图斯为刺杀凯撒之举所要进行的辩护。不过，他的做法忽视或者说蔑视了什么是以及

---

① ［译注］除了普鲁塔克《希腊罗马名人传·布鲁图斯传》20.5-6外，现存其他文献都没有提到西拿是一名诗人。

什么可能是人的至善的问题,他把低贱之事歪曲为似乎[49]正义之事。然而,安东尼的所作所为真的解决了核心的困局吗?安东尼的言行究竟是澄清了问题,还是仅仅进一步遮蔽了问题?凯撒会认同这些言行吗?难道它们不是歪曲了凯撒所支持的立场吗?安东尼难道没有因为他本人的怜悯心,从而夸大了凯撒对民众的怜悯之爱吗?他会不会在欺骗民众,同时也欺骗自己?他表示自己本质上就是民众的一分子,这不只是在表演吗?难道凯撒自己不是称赞自己忠诚于正义,那正义不会因会破坏正义的哀哀乞求而动摇吗?难道安东尼没有低估了凯撒对王冠的渴望——这王冠确证了凯撒的价值?对那些更为严格、本质上更以自己卓越的德性为傲的人而言,安东尼不就是个有天赋但好哭的发言人吗?那样的德性会赞同安东尼对公开演讲的攻击——公开演讲是荣辱感的要件——并赞同他所制造的随之而来的混乱吗?凯撒的遗愿和遗嘱本身难道不正表明,他想要人们尊崇他的慷慨,而不是想要救济穷人、使他们免除痛苦吗?毕竟,他若要救济他们,马上就能做到,而不必等到死后才做。简而言之,凯撒难道不是比安东尼高尚得多吗?

安东尼的所作所为并没有解决,而是遮蔽了布鲁图斯所面对的根本困境及其所主张的德性。这一点在最后两幕中得以清晰表现。

第 四 幕

我们看到新三巨头正在商议可怕的事情:他们要决定处死哪个元老。雷必达(Lepidus)同意处死自己的兄弟,但他立刻开出条件,要安东尼同意处死其外甥帕勃利厄斯(Publius)。三巨头的做法与布鲁图斯背道而驰——后者甚至不同意处死安东尼——这也表明偏离布鲁图斯道路的做法本身就是恐怖的暴政。猜疑和不直率意味着统治者被"众多的敌人团团包围"。不过，如果说密谋者之间的中心问题在于布鲁图斯、卡修斯及其部属的话，那么，三巨头内部甚至也相互猜疑。同密谋者一样，他们也开始面对谁适合施行统治的问题。安东尼让雷必达去取回凯撒的遗嘱（这样，他们就可以削减其中部分遗产）。随后，他向屋大维（Octavius）坦露了自己对雷必达的看法。他认为雷必达是个"微不足道的人"，适合于供人差遣效命，而不是作为三巨头之一来共同统治世界。屋大维得知安东尼之所以挑选雷必达来一同商议谁必须被处死这种黑色交易，只不过是要让他也在公众面前分担罪责。安东尼的意思是，只要事情一办完，就把雷必达一脚踢开。屋大维表示赞同，但他又提出异议，认为雷必达是一个"久经考验的勇敢军人"。对此，安东尼［50］粗鲁地反驳道："我的马儿也是这样。"他说了一大段关于马的隐喻，将自己对谁适合于施行统治这一问题的理解教给年轻的屋大维。对于统治而言，忠诚和英勇尚不足够；统治所要求的是命令指导的精神。雷必达并不具有这种精神，他只会拙劣地模仿。而安东尼声称自己具备这种精神。

然而，那个对凯撒最细枝末节的指令都马不停蹄立刻执行的安东尼，不正是现在这个安东尼吗？（参 1.2.4-10）安东尼确实推崇凯撒那狮子一般指挥他人的精神。难道安东尼在凯撒命令自己的时候，只不过是在等待机会去实践自己身上狮子般的精神吗？要是这样的话，他打算做凯撒的"物品"到什么时候呢？难道布鲁图斯使他从马匹变成骑手，事实上给了他莫大的恩惠吗？屋大维已经得知安东尼如何看待以及要如何处置缺乏统治精神的雷必达，他会不会更倾向于断然拒绝安东尼的命令呢？（见 5.1.16-20）安东尼在此声称自己年长于屋大维，对于人事也更富智慧，因此他的地位应当高于屋大维。那么，屋大维可能认为这些理由足以使他服从于安东尼的判断吗？如果是，他要服从到什么时候？屋大维必然有机会实践他自己的精神的那个时刻，不也将会无法避免地到来吗？安东尼效忠于凯撒，不也必然只是一时之计吗？否则，如果是永无止境地效忠，他不就变成奴隶了？难道布鲁图斯坚持共和政治不对吗？

* * * * *

不过，在下一场中，我们得知布鲁图斯和卡修斯这对共和政治原则的斗士之间也存在着纷争。他们的纷争同样将转向这个问题：谁最适合施行统治，谁最有能力"处理实际问题"。但是，这场纷争同三巨头间的矛盾有着本质区别。安东尼没有向雷必达坦白自己对他的真实看法，而布鲁图斯则直率地将自己对卡修斯的看法告诉了卡修斯的奴仆品达勒斯（Pindarus）（2.6.22）。随后，当卢西留斯（Lucilius）向他描述卡修斯对自己的态度时，布鲁托斯也同样直率坦白。卢西留斯说，卡修斯给予自己"应有的器重和尊敬"，而非以往"那种无拘无束和亲切友好的言说举止"。布鲁图斯回应说：

> 你所描述的这一切
> 正是一个热情的朋友冷淡下来的迹象。（4.2.15-19）

随后，他抨击那些形式，以此教育卢西留斯。这与他反对立誓有类似之处。"坦白质朴的忠诚"，不受情感所左右，是共和德性的象征；形式化和礼貌性的礼节属于君主及其朝廷。与安东尼对屋大维的教导一样，布鲁图斯教育卢西留斯时也使用了马的隐喻。不过他的比喻表明，他希望成就真正的、直白的伟大，要赞美这种伟大，哪怕其体现在马的身上；他想要一匹"秘书处"（Secretariat）

而非"沙姆"(Sham)①，他想要一个完满而非徒有其表的人。然而，他没有详细说明，这样的马匹如何区别于被"血淋淋的马刺"所驱策的马。这一点很独特。

[51]卡修斯上场时（4.2.35以下）表现得既温情又直率："最尊贵的兄弟，你亏待了我。"布鲁图斯反驳了他。他引人注目地呼唤众神为他作证，他抗议说，他甚至没有错待过敌人，他对敌人也合于正义——确实，他对安东尼的处置表明了这一点。但无论自己是何等直率坦白，他都非常清楚，要想避免流言蜚语，就不能让麾下的士兵对这场争论产生误解，以为他们之间已然不和。他强烈地意识到，自己和卡修斯是各自军队的榜样。他们的和谐关系着双方军队的和睦相处。他暗中承认，不认同他人的观点就是让他人蒙羞。他要求和卡修斯进入帐篷，也就是说，他需要某种形式以掩盖他们之间的不和。无论布鲁图斯怎么依赖公开演讲和荣辱感来解决自己的难题，他都显然需要通过私下交谈来提出谁应当统治的问题。莎士比亚为这场争论安排了特定的场景，不让士兵参加，由此指明了这一难题。

* * * * *

布鲁图斯与卡修斯争执的原因在于，布鲁图斯处罚了培拉（Lucius Pella），因为后者受贿。卡修斯写信给他，要求宽大处理，但布鲁图斯没有接受。培拉确实有罪，然而"在现在这种时候"，

---

① ［译注］"秘书处"是美国赛马史上的传奇马匹，这匹马参加了21场比赛，获得16次冠军、3次亚军、1次季军，并于1973年囊括赛马三冠大赛（肯塔基德比、必利时锦标、贝蒙锦标）冠军。在1973年的肯塔基比赛中，"秘书处"后来居上，最终以超过第二名"沙姆"八个马位的成绩夺冠。

正义"不应该"得到严格的执行（4.3.7-8）。为了挽救军队，并以此拯救共和事业，对这种事情应该睁一只眼闭一只眼，假装没看见。战争的需要超越了严格的正义。卡修斯的立场令人想起霍布斯关于相对价值的观点：和平时期人们尊敬法官（他以正义为目标），而战时则推崇将军（他以胜利为目标）。卡修斯的立场正是这一观点的根据。布鲁图斯完全拒绝了这种诉诸必要性的说法。他当即指控卡修斯动机不正，也有"发痒的手心"，有贪念。这正如他指控凯撒野心勃勃一样。没有什么是不得不做的；追求正义要求不存在被迫而为这种事。高尚的目的永远要求高尚的手段。在此，他提到了凯撒的不义：

> 记住三月，记住三月十五这个日子：
> 伟大的尤里乌斯不正是为了正义而流血？
> 要不是为了正义，
> 哪一个恶人可以加害于他的身体？什么？我们有人
> 曾经打败全世界头号人物，
> 但为了庇护盗贼，我们现在就要
> 用卑贱的贿赂来玷污我们的手指？
> 出卖我们难以计数的伟大荣誉
> 为了那么点儿盈手可握的废物？
> 我宁可做一条朝着月亮狂吠的狗，
> 也不做这样的罗马人。（4.3.18-28）

[52] 他们会不会为了实现自己的目的，变成恶棍们的领袖，为败坏之人提供庇护呢？要是这样的话，他们的目的是什么呢？他们难道不会成为所采取的手段的牺牲品吗？钱财不是必需的；它是

"垃圾"——用完就扔。真正必要的是德性、荣誉和诚实。他们倘若变得不义，也就不配统治，而只配像凯撒一样死去。他们会使做一个罗马人比做一条狗还低贱。布鲁图斯仍然像以前一样毫不妥协地致力于正义；卡修斯则认为可以降低标准，向不义妥协，由此也可以抛弃他们与凯撒及其后继者作战的理由和目标。由于两人的立场正相反对，谁更适合于施行统治的问题也就凸显出来。

或许正如莎士比亚笔下这两人所言，问题在于谁更适合"处理问题"（4.3.28-35）。两人都断定自己更为合适。布鲁图斯冒犯卡修斯的名誉，卡修斯则表示他准备杀死布鲁图斯，此时情况已到危急关头。面对卡修斯的威胁，布鲁图斯完全以一副轻蔑的态度："给我走，你这小人。"他甚至不愿费劲拔剑相向。"让你的奴隶们吓得发抖吧。你得咽下这口恶气。"他讥讽卡修斯说："当你发怒的时候，我就会把这当作笑料。"卡修斯会被他当作小丑。他甚至谴责卡修斯同凯撒相比就是个懦夫（4.3.61-67）。对于如此之深的轻蔑，如此让人无法忍受的侮辱，我们肯定想知道：为什么卡修斯不反击？什么使他容忍了这样粗俗的虐待？

对于自己轻蔑面对卡修斯反击时发出的威胁，布鲁图斯的解释是：

> 有正直作我坚强的护卫
> 你的威胁就像一阵无用的风穿过，
> 引不起我的注意。（4.3.67-69）

他的正义，他的德性，且仅仅只是他的德性，就将卡修斯逼上了绝境，将他击败。鉴于此，卡修斯不可能攻击到他；布鲁图斯不需要其他武器。这样的解释虽然无比令人惊诧，却是真实的。卡修斯无法回击布鲁图斯的观点；作为正义一方的一分子，他也无法作出回击。他之所以爱布鲁图斯，正因为后者合于正义；而且他也确实做了低贱的事，庇护培拉这样的不义之人。然而，布鲁图斯没有提示卡修斯注意这种观点，而是提出了卡修斯有所不义的另一个证据：

> 我曾经差人找你，
> 向你借一笔钱，却遭到你的拒绝；
> 因为我不能用卑鄙的手段筹集资金。
> 皇天在上，我宁愿把我的心铸成钱币
> 滴下血，化作一枚枚德拉克马，也不愿巧取豪夺
> 从农人粗硬的手里榨取可怜的钱财。
> 我曾派人
> 向你借钱，为了给我的军团筹措粮饷，
> 却遭到你的拒绝。（4.3.69-77）

[53] 卡修斯起初否认这一指控，但最终（4.3.104）还是承认他拒绝了布鲁图斯借钱的要求。他呼唤屋大维和安东尼，随后又呼唤挑剔的布鲁图斯，让他们杀死自己，就像布鲁图斯杀死凯撒那样。布鲁图斯爱凯撒肯定要超过爱卡修斯。听到这些话以后，布鲁图斯缓和下来。他已经取得胜利。德性获胜了。

卡修斯竟屈服于布鲁图斯的德性。与此相较，更令人意外的是，卡歇斯的观点事实上隐含着对布鲁图斯的胜利，而他却屈服了。毕竟，布鲁图斯需要向卡修斯借钱来供给军队，因为他自己没有钱；而他之所以没有钱，正是因为他不愿脏了自己的手去攫取那些"垃圾"。这是这个秉持廊下派思想的人第二次如此称呼钱财。卡修斯

向其军队控制下的农夫征税，布鲁图斯则不会这么做。除了德性，布鲁图斯还有所求——德性并不自足，但他自己的德性不允许他去获取所需之物。他对自身德性的关切使他情愿将卡修斯视作亲信，以保持自身德性的纯洁无瑕。（他甚至打算对卡修斯的错误保持沉默，"直到你对我做出不义之举"。）这被称为布鲁图斯"丑陋的……虚伪"（Bloom, *Shakespeare's Politics*, 100）。这暴露出布鲁图斯缺乏自知之明，因此也确实丑陋。更重要的是，这表明布鲁图斯不可能像他所渴望或宣称的那样依靠德性而生活。为了自身的自负，这种德性要使卡修斯成为作恶的工具。这需要卡修斯对布鲁图斯保持不义的服从，而这种服从绝不能说是出于共善的需要。

卡修斯当然看到这一点，但他并没有加以利用。与布鲁图斯不同，他已经准备牺牲自己的德性。这确实并非为了共善，而是为了保持另一个人的德性，即为了使布鲁图斯可能保持不掺杂任何邪恶的德性，可以为他卡修斯所尊崇和热爱。至少，这样的牺牲并非不可能。我们只要从父母的角度想一想，他们每时每刻都会为了孩子的闲暇时光、财富和德性而牺牲掉自己的这一切。这个解释并未歪曲原意，因为我们注意到莎士比亚对卡修斯此举提出了新的证据。

两人取得了和解，互相声明自己发了脾气，说了过头话。卡修斯这时惊讶地发现布鲁图斯精神不佳。布鲁图斯回答说，他因为"很多烦心的事"而"生病"。卡修斯批评他：

> 要是您被偶然的恶弄得束手无策的话，
> 那么您的那套哲学就毫无用处了。

尽管卡修斯自己不是个廊下派（相反，我们随后就听说他想做个伊壁鸠鲁主义者），他还是希望布鲁图斯能遵循其廊下主义的主张而生活。按照廊下派的学说，德性对于获得幸福来说已经充分，因而其他一切都不过是偶然。布鲁图斯随后的回答犹如晴天霹雳：

> 没人比我更能忍受悲哀：鲍西娅死了。

鲍西娅因为看到屋大维和安东尼日益坐大而绝望自杀。这消息使卡修斯惊呼："永生的神啊！"［54］此消息在这一场中披露出来，显得更令人印象深刻，这似乎正代表了布鲁图斯廊下派式的德性。不过，这个消息的披露同样也清楚表明，布鲁图斯受了影响——它成了布鲁图斯对卡修斯发火的背后原因，甚至是布鲁图斯发火的公开借口。这证明有德之人的幸福依赖于他人，依赖于他爱的人，他致力于使他们得到幸福。于是，德性不过是实现幸福的诸多手段中的一种。它自身不是目的，尽管必须认定德性就是目的。更何况，布鲁图斯的愤怒和（难以理解的）不妥协态度，本是为了德行的纯洁无瑕，最终却是为了其自身德性有可能保持纯洁无瑕——在同卡修斯有关德性纯洁性的要求这一争论之中，他变得越发愤怒——这一切据说都是因为他听到了鲍西娅的死讯，太过悲痛之故。那么，他的德性会像精神饱满的里加留斯一样，源自"把不可能的事办得更好"的欲望，为了使自己在"永生的神"眼里配得到不朽吗？

无论如何，卡修斯听到西塞罗的结局时都感到震惊——泰提涅斯（Titinius）和梅萨勒（Messala）带来消息说，被处死的元老有100人，而不是此前传闻的70人，而且其中包括西塞罗。（根据普鲁塔克的记述，三巨头同西塞罗辩论了一整天，其中屋大维与之争论的时间最长。）布鲁图斯则向梅萨勒询问有关鲍西娅的消息。梅萨勒说他没有听说，但最终，他还是讲出了鲍西娅已死这个噩耗。布鲁图斯假装若无其事，声称只要"想到"鲍西娅总有一天会死去，他就能忍受这一噩耗。这种具有教化作用的道德主义对梅萨勒产生了预期的影响，后者宣称"即使这样伟大的人也得承受巨大牺牲"。这种半真半假的欺骗就发生在卡修斯身边，而且得到了他的默许。他没有干预。此时，愚蠢的诗人上场了。他押着蹩脚的诗韵，要为已然和解的布鲁图斯和卡修斯做调停。他坚称自己有资格这么做，只是因为他比在场的人都年长（4.3.124-138）。但他随后发现，作为诗人，他需要处理的问题既非有思想的人之间的冲突，也不是他们达成和解的深层问题。布鲁图斯并不能真正忍受鲍西娅已死这件事。卡修斯不但对布鲁图斯的忍耐表示赞赏，还希望人们认为，布鲁图斯的忍耐能力纯粹或言完美无瑕。后来，他顺从于布鲁图斯（完全错误的）判断，向腓力比（Phillipi）进军而不是静待敌人。这进一步说明，他永远服从于布鲁图斯及其德性——不过这意味着他们的政治努力完全归于失败。他想要避免自己阶层中发生致命的战略分歧，而这只不过是他想要避免自己灵魂分裂的政治表达。他希望有一个具备完满德性的布鲁图斯，可以让他敬拜服从。为了这样的布鲁图斯，他愿意放弃自己的德性和统治。然而，其结果是，按照他自己对价值的理解，他低估了自己的价值。

有人曾论证，共和派如果遵循卡修斯而非布鲁图斯的判断，也许就会取得胜利。这种说法可能是 [55] 对的。但如果那样，莎士比亚揭示的核心问题也就会遭到掩盖。密谋者们相信，他们若想有成功的希望，就需要高尚的布鲁图斯。人们很容易认为，密谋者们对公共关系的关切，足以解释他们何以依赖于布鲁图斯。但莎士比亚在第四幕中向我们表明，这种关切并不足以解释卡修斯的想法。他需要向布鲁图斯敬拜服从，不仅是因为他要利用后者为密谋服务，还有更为深刻的原因。卡修斯的服从，取决于双方能否心照不宣地认可他们需要欺骗，取决于共同拒绝德性并不自足这一真相，或者取决于共同对昭示德性不可能的这一必然性保持含混。因此，在第四幕的结尾，布鲁图斯在睡梦中为凯撒的幽灵所萦绕，也就不让人感到意外了。布鲁图斯杀死了凯撒，却不能将他从自己身为罗马人的良知中赶走。

第 五 幕

布鲁图斯在腓力比开战的决定非常不明智。安东尼完全没有料到布鲁图斯会出此昏招，他得出结论说，布鲁图斯必定是在"装出雄赳赳的样子"。随后，他与屋大维就各自部队迎敌位置的问题产生了争执。这场争论既与两人此前讨论雷必达时所生出的麻烦有关，也预示了（《安东尼与克里奥帕特拉》中的）后续情节：安东尼命令屋大维带兵进入战场的左翼，但屋大维却命令安东尼去左翼。

"你为何在这紧急关头和我闹别扭？"安东尼怒吼道。

"我不是和你闹别扭；但我要这样做。"屋大维以双关语回答说。①

屋大维展现了安东尼眼中的统治者所必不可少的精神。在安东尼看来，这是一种统治资格。问题也因此变得尖锐化：两人之中必有一人为马，一人为骑手。唯有对于具有奴性的民族，君主制才能合于正义，但无论安东尼还是屋大维，都不可能是出自这样的民族，更不必说布图鲁斯或凯撒了。

安东尼要求与布鲁图斯和卡修斯展开和谈。和谈的双重主题是公开讲演与公共行为的对决，以及两者所涉及的正义问题。屋大维和安东尼一同指责布鲁图斯"优美的言语"不过是遮掩其愚蠢行为

---

① ［译注］屋大维这句的原文是：I do not cross you; but I will do so（即 cross you）。这里是利用了 cross 一词的双关：前一个 cross 表示阻挠、违背，后一个则表示交叉，即屋大维要和安东尼交换战场位置。

的面具。安东尼提到密谋者在刺杀凯撒时说了谎话，而卡修斯则提醒安东尼说，是他安东尼以甜言蜜语偷走了所有人说话的能力。他抢劫了哈伯拉（Hybla）的蜜蜂，把蜂巢偷得一滴蜜也不剩。安东尼指出自己的言语使他们"无刺"——伤害不了他——而布鲁图斯在回应中则嘲讽安东尼在蜇人之前就"嗡嗡叫"。这正中要害。安东尼愤怒地痛斥对手，因为他们如此嘲笑了他此刻直白的警告。他们不忠、懦弱。他们不仅毫无征兆地杀死了凯撒，而且谄谀奉承，仅仅装作尊崇的样子，杀死了凯撒。卡修斯嘲笑［56］这一指控。他也批评布鲁图斯否决了自己的建议，以致允许这"舌头"现在攻击他们。屋大维则要以战斗来证明争论中的哪一方正确。他，另一个凯撒，将为凯撒所受的伤口复仇，否则就是让"叛徒"再次变成屠夫。布鲁图斯否认他们是叛徒，并自负而又大度地表示，即使屋大维是"家族中最高贵的后裔"（而他并不是），也没有比死在布鲁图斯手上更光彩的了。他暗示，即便尤里乌斯·凯撒也会因死在布鲁图斯手上而感到光荣。卡修斯补充说屋大维不配如此，还以带有轻蔑意味的墓志铭来贬低屋大维和安东尼的价值。为此，安东尼说他"还是从前那个卡修斯"。也就是说，在他看来，卡修斯必定是出于嫉妒而推翻伟人，低估了他们的价值。屋大维最后轻蔑地称他们是叛徒，可能还是懦夫。双方就这样终止了和谈。在和谈中，安东尼永恒不变的复仇欲望，布鲁图斯异乎寻常的高尚或自负，都展现出来。布鲁图斯的崇高得到了卡修斯的支持，尽管他责备布鲁图斯在处置安东尼的问题上错误地否决了自己的意见。

和谈之后，布鲁图斯私下里与卢西留斯谈话。我们在后面（5.4.5-25 以及 5.5.54-59）得知，布鲁图斯此时是在指示卢西留斯，让他在必要时做自己的替身来引诱敌人，以便他自己能够自刎。也就是说，布鲁图斯此时已预料到计划可能会失败，预先做好准备，以便能够自我了断。与此同时，卡修斯也在与梅萨勒的谈话中提到失败的前景，他宣称："我是出于万不得已。"他不得不像庞培一样，为了自由而打这一仗；也就是说，他是遵从布鲁图斯的意愿而参战——就像庞培在法萨卢斯作战是遵从元老们的意愿——尽管正如我们方才所见，卡修斯仍在批评布鲁图斯否决了他关于安东尼的建议。他屈服于布鲁图斯的高贵而不得不这么做。这让他参与了一场他现在怀疑，或半信半疑地认为事实上注定会失败的战斗。因为正如他对梅萨勒所言，他如今放弃了自己（关于预兆的）伊壁鸠鲁主义的看法。他开始"部分"相信，他刚才所见到的鸟的活动预示了他们的失败。尽管半信半疑，卡修斯认为自己仍然能够下定决心，"坚定不移地去面对一切危险"。也就是说，假如他全然相信鸟的踪迹就是征兆，那么因为完全预料到失败的结局，他的决心就会被削弱，就会为失败情绪所笼罩；这样一来，他们既不可能获得胜利，事实上也不可能有任何自由行动或自由。考虑到此前他与布鲁图斯关于进军腓力比的争论，他所注意到的具有重要象征意义的鸟的飞行轨迹似乎使他得出结论，即鸟的踪迹正是旁人所谓的预兆。鸟的飞行踪迹正合于他的预期——他曾极力表示自己对这场战斗的担忧合理有据，但遭到布鲁图斯驳斥。然而他始终不移的决心似乎抵消了他对预兆的片面信念。[57]我们可以说，他已经从不得不顺从布鲁图斯，进而认识到他们如今终将失败。然而，他并没有放弃对布鲁图斯及其德性的敬意，而是将失败当作神意的决定。尽管如此，他仍要为共和事业而坚定自己的决心。

尽管卡修斯半信半疑地认为这种征兆预示了失败，他还是对布鲁图斯完全隐瞒了这一点。他反而对布鲁图斯说：

愿天神今天保佑我们，使我们

这对和平时期的朋友，能一直生活到暮年！（5.1.93-95）

他问布鲁图斯，如果失败了会怎么做。他说，自己之所以这么问，只是因为人事无常，世事难料。布鲁图斯起先回答说，他所坚持的"哲学"即廊下派主义使他谴责加图的自杀。卡修斯至今仍对布鲁图斯崇敬有加，就在于他对廊下派哲学的坚持，但这种哲学也要求布鲁图斯忍受神意所降下的一切。此前，卡修斯曾经告诉虔敬的凯斯卡说，自杀是众神赐予人们在暴政之下保持自身自由的礼物，但对于廊下派而言，自杀并非众神所赐，而是对神意统治的反叛。因此，布鲁图斯不会自杀。不过，布鲁图斯一方面批评加图自杀，另一方面却对加图之女、具有男子气概的鲍西娅的自杀不置一词。他曾赞美过鲍西娅的男子气概，而且认为这是妻子要求与自己平等参与密谋的理由（2.1.919-932）。我们看到，布鲁图斯此处所言是在撒谎，因为他已经预先给卢西留斯做了安排。

所以，这两个朋友看起来都向对方讲了一段具有道德启发意义的故事：一个讲说众神友好的立场，而另一个则表明，无论神意所赐多么不幸，廊下派都能加以容忍，并表明德性足以忍受卡修斯所谓"偶然的不幸"（4.3.146）。然而，对于卡修斯而言，这种廊下派式的回应已经不再充分，或者说在这一危急时刻不足以使卡修斯信服。卡修斯尊崇、服从布鲁图斯的德性，竭力使其保持纯洁无瑕，那么，布鲁图斯这样的人能够耻辱地接受失败，仅以这样的结果终结他们的努力吗？这就是德性的报偿吗？现在，他迫使布鲁图斯直面放弃自杀可能造成的结果：

您就心甘情愿地被胜利者［押着］
在罗马街头示众吗？

而布鲁图斯则以令人惊讶的爽快,随随便便就抛弃了自己虔信的廊下派哲学,或者说自己假装奉行的哲学:

> 不,卡修斯,不:你这高贵的罗马人,别以为
> 布鲁图斯会有一天被绑着回到罗马;
> 他有一颗过于高傲的心。(5.1.110-112)

我们现在知道,如若众神或人类的统治者最终要可耻地奴役布鲁图斯,要公开羞辱他,他不会接受;相反,他会自杀。如其所言,唯有他们一方战胜了,他和卡修斯才会再见。所以他们现在互相致以不确定的"永远的"告别。因为他们都要做高贵而非低贱的罗马人,布鲁图斯[58]便将冷酷但他仍乐于接受的真相告诉了卡修斯。他那些高贵的罗马同胞,他们当然能即刻领会他灵魂的崇高心智或伟大,以及他高度的自负。这些品质使他无法容忍自己被奴役,遭受公开的羞辱。事实上,布鲁图斯向民众发出呼吁,此举不正依赖于民众能像高贵的罗马人一样,会公开拒绝低贱而罪恶地为人所奴役这种境况吗?况且,这呼吁不正是要使他们认识到,他们要从一个高贵的罗马人,即拥有伟大灵魂的凯撒的统治之下解放出来,并要维护这种自由的状态吗?我们此前已经看到,布鲁图斯认为,他们所要摆脱其统治的那个人在自己手上战死,应该感到光荣。布鲁图斯的伟大,他作为罗马人中最具有德性的人,不就意味着他必然统治卡修斯和其他所有低于他的罗马人吗?

尽管共和派可能失败,但卡修斯仍坚定决心,继续作战。这源于他对布鲁图斯伟大品性的尊崇。这种尊崇将导致君主制,从而带来奴役而非共和政治。

我们在倒数第二场①中发现,在本剧中,"支配"着卡修斯的是(我们几乎没有听人提起的)泰提涅斯而非布鲁图斯,泰提涅斯才是卡修斯"最好的朋友"。对此我们不会完全无措,也不会感到意外。卡修斯自杀,正是因为泰提涅斯之死。

* * * * *

卡修斯和布鲁图斯各自迥然不同的自杀及其后果是最终场的主题。他们的自杀,向我们展现了本剧让我们关注的人类巨大困境的最后部分。视力不佳的卡修斯派遣泰提涅斯去探查远处的战斗情况,他必须依赖自己的奴隶品达勒斯向自己描述结果。品达勒斯误以为泰提涅斯已经被俘。卡修斯羞于在最好的朋友被俘后还苟活于世,便命令品达勒斯杀死自己——根据品达勒斯在帕提亚(Partia)战斗中被卡修斯饶下一命时所发的誓言,他要听从卡修斯的命令——由此,品达勒斯就能得到解放。也就是说,他要求一个奴隶杀死自己的主人,从而获得解放,就像他杀死凯撒一样。品达勒斯尽管不愿意,还是立刻服从了命令。他惊讶地认识到,因为这一大胆的举动,他已经获得了自由。为了保障他的自由,他跑出了罗马人的视野。如果像卡修斯遗言所说,凯撒由此得以复仇,那么品达勒斯此举显然正表现了卡修斯刺杀凯撒所追寻的原则。我们甚至可以说,卡修斯是命令自己的奴隶杀死自己从而获得解放,因此比凯撒更为高尚,至少对于那些地位低下,甚至最为低贱的人来说正是如此。

泰提涅斯和梅萨勒带来了真实的好消息,布鲁图斯已战胜屋大维部,但已经太迟了。正如泰提涅斯所言,他们发现"罗马的

---

① [译按]指第五幕第三场,应该是倒数第三场。

太阳[59]下沉了"。泰提涅斯正确地将卡修斯的自杀归因于"不相信我们还能凯旋而归",梅萨勒则认为卡修斯自杀是因为"不相信我们能大胜",也就是说,不相信胜利在他们这边。梅萨勒发表了一段演说,批评这"可恨的错误",然后出发去寻找布鲁图斯。泰提涅斯则留下来,发表了一段痛苦的独白。他没有将误判归于抽象观念,而是归因于已经死去的卡修斯,特别是卡修斯错误地判断了泰提涅斯和他自己的使命。泰提涅斯为亡友而陷入悲痛之中,在给卡修斯戴上"您的布鲁图斯"所献的桂冠之后,他用卡修斯的剑刺穿了自己的身体。他像一个罗马人那样死去。也就是说,他赴死的方式会得到卡修斯的赞美,也合于他的期许。卡修斯独自死去,但他的死却给挚友带来了致命的毁灭。

布鲁图斯及其随从到来,发现了卡修斯和泰提涅斯的尸体。因为这可怕的场景,他谴责"凯撒的阴魂",声称是这阴魂在复仇。他称卡修斯和泰提涅斯是"最后的罗马骄子",对他们说"永别了!"。和泰提涅斯一样,布鲁图斯在卡修斯之死中看到了罗马的末日,看到了共和国的终结。而共和国就是罗马。然而,他仍要继续战斗。他不会举行葬礼,以免影响部队的士气。布鲁图斯肯定相信,只要他还活着,罗马就依然存在。他要去进行下一场战斗。

卢西留斯在假扮布鲁图斯时被活捉了;与此同时,在战场的另一端,布鲁图斯先是要求克里托斯(Clitus)协助自己结束生命。随后他又要求达德涅斯(Dardanius),之后又要求伏伦涅斯(Volumnius)这么做。他们作为朋友,都拒绝了布鲁图斯的请求——作为朋友不应该刺死自己的友人。然而,凯撒的阴魂——凯撒是布鲁图斯的朋友却被布鲁图斯刺死——再次显现。布鲁图斯告诉伏伦涅斯,凯撒的幽灵出现了,他们的敌人要将他们推入深坑。

第一章 《尤里乌斯·凯撒》：古典共和的难题　75

与其等着他们把我们推入深坑，
还不如自己先往下跳。

这些人都拒绝了，但布鲁图斯下定了决心，在同他们告别之后，他声称自己很快乐：

同胞们，
我很高兴在我一生中
发现只有他对我还忠心耿耿。
虽然我今天战败了，但我获得的荣誉
胜过屋大维和安东尼
在这场不光彩的胜利中所获得的。
让我们就此道别吧；因为布鲁图斯的舌头
几乎道尽了他一生的历史。
夜色已罩着我双眼；我的筋骨要休息
它劳苦已久，渴望着这一刻。（5.5.33-42）

最终，昏昏欲睡的斯特拉托（Strato）同意执剑，布鲁图斯扑到剑上。布鲁图斯说斯特拉托"透着一股铮铮气节"。

凯撒，你可以安心了：
杀你时我还没有这一半决心。（5.5.50-51）

布鲁图斯就这样解决了自己和罗马的难题。这是政治生活达致巅峰的"悲剧性"难题。他的朋友忠诚于他，而他将在苦战之后的失败中获得光荣。这不只是［60］酸葡萄或苦中作乐。我们不能说布鲁图斯追求失败，但他确实对苦战而败这一结果感到高兴。他努力使罗马仍是一个共和国；尽管没有成功，但与屋大维和安东尼的胜利不同，失败使他获得光荣。他如果获胜，就会像他们一样统治罗马，那样的话他就要奴役罗马人，就会失去他们的忠诚。很显然，布鲁图斯最终获得的荣耀正在于他最初的关切——共和事业是他的工具。他一生劳苦，就是为了维护这光荣的目的，而不是为了罗马或共和国。他所追求的东西，在崇高的共和事业的失败中得以实现。不同于卡修斯那沮丧的自杀，布鲁图斯死时是快乐的；就此而言，他自我了断的快乐确实两倍于他杀死凯撒的幸福。那时，他还陷于未曾解决的困境而不能自拔。正如斯特拉托对屋大维和被俘的梅萨勒所说，"只有布鲁图斯能够战胜自己，／此外没有人能由他的死亡而得到荣誉"（5.5.56-57）。伟大的布鲁图斯从征服者那里窃走了他们杀死他而可能获得的光荣。因此，布鲁图斯的荣誉完全属于他自己。

* * * * *

斯特拉斯急于宣布布鲁图斯凭借自杀获得的专属荣耀，而屋大维要让斯特拉托成为自己的手下。唯有得到梅萨勒的允许，斯特拉托才能同意追随屋大维。梅萨勒听说斯特拉托执剑以迎布鲁图斯，完成了对"主人"的最后一次效忠，立刻表示同意。帮助卡修斯自杀的品达勒斯，和协助布鲁图斯自杀的斯特拉托之间的差异令人感到震惊。卡修斯解放了身为卑微奴隶的品达勒斯，只要他敢于悖逆自我意愿而遵循主人的指令。布鲁图斯只愿让"透着铮铮气节"的人来完成此事，最终找到了斯特拉托。他的标准表明，他关切自己的声誉。这种关切使他必须由有资格杀死自己的人来杀死自己。斯特拉托符合条件。然而，这样无情的行为给他带来的不是解放，而是——在征得长官同意后——为罗马的新主人尽忠效力。没有一个朋友因为布鲁图斯的死而自杀。实际上,他的朋友们在他自杀之前就已离开。在留给他们的遗言中,布鲁图斯告诉他们自己如何获得光荣。但这几乎不可能使他们像泰提涅斯在卡修斯死后所做的那样,为布鲁图斯做同样的事［自杀］。这不是说卡修斯的德性高于布鲁图斯。不过,当伟大的布鲁图斯接近其目的、就要实现目标时,我们清楚地看到这目的同其他人之间的关系,及其终将导致奴役他人的有害影响。

［61］安东尼对布鲁图斯的颂词几乎总结了全剧。他已经发现密谋者们是在利用布鲁图斯的声誉,因而他知道,必须在民众之中败坏布鲁图斯的声誉。然而,安东尼深深地爱戴和尊崇凯撒,同时也等待着机会要实践自己的统治精神,这使他至少模糊地意识到(同时也利用了)布鲁图斯所作所为背后的困境,由此也认识到布鲁图斯的立场不可能实现。在这一点上,我们可以说,安东尼最后评价布鲁图斯"是他们中最高贵的罗马人",这话是出于真心,通情达理——他马上澄清说,"他们"是指所有密谋者。布鲁图斯自己是"出于公心／为了大众的利益,加入他们的行列"。安东尼谴责其他密谋者嫉妒凯撒。但这并不能掩盖一个事实,那就是他宣称这些人是高贵的罗马人,尽管不是最高贵的。不过,他高度赞扬布鲁图斯,甚至宣称,由于布鲁图斯光明磊落,由于交织在他身上的"各种美德",所有造物都会宣布"这是一条汉子"。对于安东尼而言,伟大、磊落而苦恼的布鲁图斯是人性本身所能达到的巅峰。只要公共生活继续,获得胜利的安东尼最终必然成为布鲁图斯的陪衬,成为他高贵的赞颂者。最伟大的荣耀,确实来自在那场不可能完成的使命中死去,这项使命就是试图从最有资格施行统治之人的治下拯救罗马共和国。

不过,落泪的安东尼所说的也许多于其所知。他对布鲁图斯的举动肃然起敬，因为他相信那是为了共善。然而事实上，我们已经看到，布鲁图斯这么做最终还是为了自己的荣光。跟布鲁图斯差不多，安东尼也不会让自己看清根本的难题或其解决之道。不过，此时随着屋大维的崛起，这难题将从罗马的政治生活中完全消失。莎士比亚安排屋大维说出最后的台词。这段话表达了他对布鲁图斯的态度：

> 让我们按照他的美德，
> 用崇敬和殡葬的礼仪来厚待他。
> 他的尸骨今晚将安顿在我的营帐内，
> 完全像个军人一样，获得隆重的礼遇。（5.5.76-79）

与安东尼形成尖锐对比，屋大维尊崇布鲁图斯只是因为他具有军人的德性。他这么说也许是经过深思熟虑——布鲁图斯刺杀了凯撒，他怎么可能是为共善而行事呢？作为密谋者中"最高贵的罗马人"，他怎么可能成为造物对人类[美德]的展现呢？不过，屋大维对布鲁图斯的荣耀所设的限制，同样反映出我们在他同安东尼关于雷必达的谈话中所曾瞥见的观点。所有留在罗马的人，所有此时能在罗马寻得家园的人，都是好的战士，是执行命令的勇士。[62]矛盾的是，更为人性的（和仁慈的）温和德性是在高尚的共和政治下，在相互竞争的世界之中形成的，这种德性将会消失。同样矛盾的是，军人的德性最终会给屋大维治下的已知世界①带来和平，然而代价是这个世界不会再有布鲁图斯这样的人。布鲁图斯顽强挣扎，试图解决达致巅峰的政治生活所面临的巨大困境，尽管最终失败了。

---

① 关于屋大维缺乏罗马共和派所表现的德性或高贵，见 Paul Cantor, *Shakespeare's Rome: Republic and Empire*（Ithaca: Cornell University Press, 1976），28-30。

第二章

《麦克白》：驶入黑暗的雄心

[63] 在《麦克白》中，我们从罗马来到了基督教时代，从高贵行动中深切的荣誉感和自豪感转向了罪感和忏悔；从伊壁鸠鲁主义者和廊下派之间的争辩，转向了地狱的暗黑势力与天堂的天使势力间的斗争。与我们在罗马所见到的高尚政治生活相较，11世纪苏格兰的政治看起来非常怪异。事实上也确实如此。不过，人类所面临的难题仍在延续。我们将会看到，基督教给政治生活带来的变化实在而深远，但这些变化并没有摧毁那些永恒的政治问题。在麦克白及其夫人的统治中，莎士比亚向我们展现了坏的或谓半心半意的基督徒这种特定形式的暴政，也展现了玛尔康最终对苏格兰的治愈。后者与其虔诚的父亲邓肯（Duncan）相反，是个坚定的非基督徒。

第 一 幕

狂风暴雨之中，三个巫婆拉开了本剧的大幕。她们说话的方式难以理解，显得怪异而恐怖。第一个巫婆问道："哪一天我们三姐妹再相见？／又碰上打雷，闪电，还是下雨？"（1.1.1-2）在这个问题中，事实上同时出现的三种力量被视作可以分离开来。第二个巫婆的回答也同样言语含糊复杂："且等它风平浪静，／且等它反败为胜。"而尽管狂风暴雨将作，且即将"雾霭沉沉，空气污浊"，但第三个巫婆还是讲到"日落西山"。巫婆能够知晓未来：他们知道麦克白在接下来的战役中将会取得胜利（"在那儿／跟麦克白碰上"）。她们还各有一只名字丑陋的宠物精灵。她们各自听到自己精灵的召唤，并令人毛骨悚然地听从这些召唤。我们进入了多么怪异阴森的世界！巫婆们提到了空气、火（闪电）和水（雨），他们没有提到土，如同后来班戈（Banquo）所言，她们不是地上的造物（参1.3.41-42）。[64]她们最后的齐声所言，使这深层的混乱更为清晰，也更具普遍意义："祸即是福，福即是祸。"（Fair is foul, and foul is fair.）（1.1.11）莎士比亚采用了晚近的霍林斯赫德（Holinshed）编年史的片段中的形象，①来营造超自然的舞台。一个奉行基督教的苏格兰的政治生活将在此上演。

不过，巫婆们提到的这个麦克白是谁呢？在第二场中他已被提及，但仅出现在转述中。在这一场中，我们对苏格兰的政治和军事状况大体上更加了解。那名汇报麦克白战绩的侍卫②刚从战斗中返回，还"挂了彩"（1.2.1）。据他所述，战斗开始时"难解难分"（1.2.7）。他向苏格兰国王——也就是邓肯——及其子玛尔康禀报战况。玛尔康最近曾被发动叛乱的麦克杜华（Macdonwald）俘虏。苏

---

① 见 Raphal Holinshed, *Holinshed's Chronicles of England, Scotland, and Ireland*, 5, London: J. Johnson, et al., 1808, p.268。

［译注］《霍林斯赫德的英格兰、苏格兰和爱尔兰编年史》是霍林斯赫德参与编写的未完成的世界史的一部分，1577年出版。莎士比亚所使用的是1587年的修订第二版。除了《麦克白》外，《李尔王》和《辛白林》（*Cymbeline*）的一部分剧情以及英国历史剧的情节也取材自这部编年史。关于《麦克白》所利用的《编年史》相关章节，可以参阅网站 www.shakespeare-navigators.com/macbeth/Holinshed/index.html，或阿登版《麦克白》（William Shakespeare, *Macbeth*, Bloomsbury Arden Shakespeare, 2015）附录。

② ［译注］原文为 Sergeant，一般译作"军官"。这里指的是 serjeant-at-arms，即国王侍卫，经过特选以保护国王身体安全的卫士，等级仅次于候补骑士（esquires）。其历史原型，就是霍林斯赫德所记载的一名国王侍卫。

格兰这个君主国陷入了动荡，麦克白正领军镇压叛乱。侍卫提到麦克白如何"不把命运放在心上"，将"奴才"麦克杜华从肚脐到下巴切成两半，又砍下头来。从罗斯（Rosse）（有趣的是，他没有受伤）的禀报中我们得知，麦克白同样击败了前来支援麦克杜华的挪威国王。因此，麦克白勇猛的战士形象立刻表现出来。他是狮子、是雄鹰、是"女战神的新郎"。侍卫在描述麦克白和班戈时，运用了基督教的隐喻：

> 他们若不是想在那冒着热气的血海里洗个澡，
> 定是打算另立一个"骷髅地"（Golgatha），我说不准。

麦克白的勇武据说为正义提供了武装（1.2.29），也就是说，为邓肯的君主统治提供了武装。但是，麦克白真的像邓肯手下这些虔诚的基督信徒一样，认为这种统治是好的，因而也是值得加以捍卫的吗？还是说他是为了其他理由而战？

我们并未被明确告知叛乱者动机何在，只能在邓肯及其随从的对白中搜寻相关信息。罗斯禀报麦克白获胜的消息之后，邓肯非常高兴（"天大的喜讯！"[1.2.58]），就像他听到侍从禀报时一样。他宣布赐封麦克白为新的考德勋爵（Thane of Cawdor），以取代参加叛乱并被邓肯判处死刑的前任。邓肯完全相信，麦克白配得上这一称号——有鉴于前任勋爵对他的背叛，这一点尤其重要。邓肯只看到麦克白为了他而英勇作战；在邓肯看来，麦克白有如此战绩，并不是为了他自己个人的荣耀。然而，后续的情节将表明邓肯的判断有误：新任考德勋爵麦克白将比前任更加不忠。因此，邓肯是个并不聪明甚至天真的国王。而且他性格软弱：他没有率军参战，而是依靠麦克白这样的硬汉来获得胜利。霍林斯赫德指出，反对邓肯的叛乱之所以发生,就是因为邓肯过于软弱,没有惩罚罪犯;据他说,麦克杜华嘲讽邓肯是"一个懦弱的人,更适合于管理修道院里那帮懒洋洋的教士,而不是统治苏格兰人那样勇敢强壮的战士"。[65]莎士比亚没有这么直接,但他让我们自己发现,邓肯正符合这一嘲讽。

三巫婆在第三场中再次出现。她们的话不但令人困惑,而且丑恶。这些话里充满了琐事和粗鲁的妒忌之辞;她们贪婪、自私、睚眦必报,对人类的痛苦幸灾乐祸。她们有着少年人全部的劣根,但毫无其美德,这使得她们像强有力而恐怖的小孩子。但是,由于她们是魂灵,她们的力量是有限的:她们不能使载着敌人的船倾覆。要打败这个敌人,她们需要尝试施咒。在与巫婆相遇之前,麦克白说出了他的第一段台词。他告诉班戈:

> 没见过这么坏又这么吉利的一天(So foul and fair a day)!
> (1.3.38)

这句话与巫婆们开场那段极度模棱两可的话相呼应。麦克白已经受到了她们的控制。

班戈在向巫婆提问时,描述了她们令人厌恶的外形:身体枯瘦,穿着粗野,手指坼裂,嘴唇干瘪,还长着胡子。麦克白向她们发出指令,随后又提了个问题:"你们能说话,就快说吧。你们是谁?"(1.3.47)她们对麦克白报以三次预言式的致敬,称他为格拉姆斯(Glamis)、考德,此后又称为国王。我们从班戈的话中得知麦克白对这样的问候感到害怕:

> 好将军,怎么你吃了一惊,好像在害怕

听到这些听来很好的话?(1.3.51-52)

麦克白没有回答,因而我们再次要自己寻找原因。从祸口中听到喜事,这并不足以令如此勇敢的人害怕。如果说麦克白爱国王,因而害怕听到这些预示着国王之死的话,那么后续情节则表明,不可能是这样。有没有可能他已经在阴谋反对邓肯,因而害怕自己的阴谋此时被揭发出来呢?

班戈宣称,巫婆们既然预言了"高贵的"麦克白"日后的加官晋爵,称君称王",那么,他现在也要毫无畏惧地要求(正如霍林斯赫德所述)她们告知自己的未来。巫婆们却以更为恼人的模棱两可之言作为答复:

比麦克白低,又高出麦克白。
福气不及他,却比他福气大。
你不是王上,生下后代称帝王。
敬礼,麦克白和班戈!(1.3.65-68)

此时,麦克白缓过神来。他命令巫婆站住,要她们解释那"预言式的问候"如何实现以及原因。然而,她们消失了,"看着是躯体融化"。班戈质疑她们是否真实存在,但麦克白只是说"你的子孙将要成为帝王"。两人都重复了预言。罗斯和安格斯(Angus)上场,他们证实了第一个预言:考德因为众所周知的不忠遭到毁灭,而麦克白如今就是考德勋爵。但这一宣布很奇特。[66]罗斯称,邓肯听闻了麦克白与叛军战斗时的表现,

一时竟说不出话来,

> 不知道该表示自己的惊讶，还是夸奖你英勇……

罗斯告诉麦克白，邓肯无法判断自己的"惊讶和奖赏"何者属于麦克白，何者属于邓肯。这是什么意思？邓肯真的不清楚奖赏该归于何人吗？罗斯所说邓肯的反应，岂不像巫婆之言一样令人困惑？

巫婆们的第一个预言得到了证实。麦克白的一连串旁白展现了他和班戈对此的反应。这些旁白既是麦克白的自言自语，也是与班戈的交谈。莎士比亚此处与霍林斯赫德的记述有显著差异，这一点引人关注。在霍林斯赫德的记载中，班戈是麦克白的同谋，而在这里，却是班戈的坚定反衬出麦克白的动摇。班戈听闻了麦克白的新头衔，立刻惊叫道："怎么？倒是给魔鬼说中了？"这正反映了他的基督教立场。而麦克白则在旁白中告诉自己：

> 格拉姆斯，又封了考德勋爵！
> 最了不起的还在后面。（1.3.117-118）

我们第一次看到麦克白有称王的野心。麦克白询问班戈，巫婆已预言其子孙将为王，他是否希望这话能得到相似的确证。然而他遭到了班戈私下的责难：

> 尽信了她们，会叫人心头发热，
> 使你得到了爵位（又想要戴上那王冠）。
> 可是说来也奇怪，为了拖我们下水，
> 魔鬼往往说一些真话，
> 用真实的细枝末节，把我们送进

不能自拔的深渊。（1.3.120-126）

班戈告诫说，无论巫婆的预言是福是祸，都不要以为这是人们追求她们所许诺的结果的通行证。然而，唯当"魔鬼"存在，唯当相较于我们最深层的关切——我们不朽的灵魂——巫婆所许诺的统治不过是"细枝末节"时，班戈的意见才有意义。这是一个虔诚基督徒的告诫。

然而，麦克白不为所动。在第二段自言自语的旁白中，他将巫婆两段应验了的话（格拉姆斯、考德）称作"美妙的开场白，接着就是那辉煌灿烂／帝王登场的好戏"（1.3.128-129）。但是，他又困扰于"鬼神的这一启示"在道德上的不确定性，它"不见得是凶兆，也不见得是好兆"：

> 如果说是凶兆，
> 为什么要用一开头就应验的预言
> 来向我保证未来的成就呢？我封了考德勋爵。
> 如果是好兆，为什么想到这句话，
> 我眼前就浮起可怕的幻象，
> 叫我毛发悚然，心惊肉跳，
> [67] 顿时失去了常态？眼前的恐怖
> 远不及幻想中的恐怖：
> 才不过胡思乱想，动一下杀机
> 就使我全身震撼，搬弄着无中生有的幻影。
>
> （1.3.131-142）

根据这一"鬼神的启示"，他会杀死国王，这一景象使麦克白感到害怕。但他暗中拒绝了班戈关于魔鬼会"用真实的细枝末节"拖我们下水的说法,麦克白认为,真实不可能为"恶",而巫婆的预言也不是"细枝末节"。虽然谋杀邓肯的景象很"恐怖",但巫婆的第一个预言得到了证实,这使"未来的成就"紧紧地抓住了他。麦克白处在异教与基督教两个世界之间。他受有罪的雄心所驱使,雄心会带来他所认为的好事,但这好事唯靠作"恶"才能达致。他将"鬼神"改称为命运,从而减弱自己的恐惧:

> 要是命中该我做国王,命运自会替我把王冠戴上
> 不用我操心。(1.3.143-44)

他并非注定要杀死邓肯。别人将他从这些思虑中唤醒,而他则说自己"迟钝的脑子方才想起/一些早忘了的事儿"(强调是我所加)。这话相当真诚,因为我们随后即将得知,他此前确实曾和麦克白夫人一起谋划杀死邓肯。他向班戈保证,他们可以自由地谈论"刚才碰到的这些事情",但这一承诺始终没有兑现。邓肯和麦克白夫人的言行将使麦克白不再恐惧,因而也使班戈及其子孙成为他欲望实现的障碍。

* * * * *

从玛尔康关于前任考德勋爵之死的叙述中,我们得知,麦克白的前任曾纠结于是按照基督教的要求对邓肯尽职效忠,还是顺应欲望推翻邓肯的统治。意味深长的是,玛尔康对这位考德勋爵的结局感到困惑:

> 我曾跟
> 当场看着他就刑的人谈过；据他跟我说，
> 考德对叛国罪行直认不讳，
> 还表示悔恨莫及，祈求陛下的责罚。
> 他这一辈子再没有
> 像他在离开生命的那一刻，
> 表现得那么得体大方，
> 就像他对于从容就死，素有心得，
> 因此丢掉他最宝贵的生命，
> 竟好比随手抛弃什么破烂货。（1.4.3-11）

[68]当然，一个非基督徒——一个布鲁图斯或普洛斯帕罗——也会死得仿佛"对死亡素有心得"。但对考德而言，这"心得"与"悔恨莫及"与将生命视作"破烂货"的看法有关。我们之前已经看到，班戈将册封考德勋爵这种事视作"真实的细枝末节"，对政治头衔不以为然；在此，我们又看到，前任考德勋爵由其基督教立场得出逻辑结论，把生命视为"琐碎"，对一个临死时希望得到永恒祝福的人而言确实如此。玛尔康暗示他不认同基督教的这一教诲，他称考德的生命是"他最宝贵的"。到第四幕，这最初的不认同会使玛尔康平静而坚定地拒绝基督教教义。苏格兰的得救将担在他的肩上。

不过，玛尔康之父邓肯在对待基督信仰方面则没有如此烦恼。倒不如说，这种令人困扰的自相矛盾的性质正在他身上得以展现。对于考德之死，邓肯只是感到后悔：

> 这真是
> 知人知面难知心：

> 本来我一向以为他可是天底下最信得过的
> 正人君子呢。（1.4.11-14）

但如我们所见，凯撒能够透过卡修斯的外表辨认其内在，邓肯的悲痛则表明他事实上缺乏识人之力，过于信赖他人，或者说他天真。莎士比亚让他在悲痛最后对麦克白问候道，"噢，最了不起的王亲"，这更充分表现出邓肯在识人方面的无能。我们刚刚还听到麦克白提起谋杀邓肯之事。邓肯的缺陷与其基督信仰联系在一起：

> 知恩不报的罪过，一直到现在
> 还压在我心头。

他宣称，因为没有即刻奖赏麦克白最近所取得的功绩，在他看来，自己犯了"罪过"。这种负罪感使邓肯非常坦率地向麦克白表达了不文雅却意义重大的悖论：

> 你真是一马当先，
> 酬劳插上翅膀也
> 赶不上你。要不是你立下这天大功劳，
> 也许我还拿得出恰如其分的感谢和报酬！（1.4.16-20）

麦克白立下了功劳——正如邓肯曾经所希望的——这使邓肯心怀负罪感，因为自己未能及时赐予麦克白应得的犒赏。因此正如邓肯所言，他肯定希望麦克白应得的少些。毕竟，麦克白应得的东西正是邓肯罪过的来源，而邓肯不希望有罪。在此，邓肯非常直率地讲出了这一自私自利的想法。我们［69］由此面临一个新的悖论，它由基督信仰所致。我们在《尤里乌斯·凯撒》中看到,古典的德性问题是,一个人越有德性,便越是不可避免地剥夺他人践行德性的可能;这种新的悖论则相反,它是基于对德性的新认识。其核心是特殊而直白的自私自利。这看起来相当出人意料,因为基督教号召自我牺牲,反对并要求克服异教徒傲慢的自负。但莎士比亚的描述并非没有坚实的依据。对个体不朽灵魂的关切并非古典政治生活明确、公认的主题——当然,这种关切在基督教产生以前便根深蒂固,为人所知——唯有在基督教的政治生活中,这种关切才成为主题。正如圣奥古斯丁(在其反对瓦罗的罗马公民神学的论述中)所言,"我们正是为了求得永生,才成为基督徒的"(《上帝之城》6.9)。邓肯的统治正表现了这一关切。他最虔诚的基督徒随从麦克德夫最后会告诉玛尔康,

> 你的父王
> 是一个最圣洁的国王;生养你的王后,
> 跪着祷告,比站起身子的时候多,
> 天天都过着弃绝人世的日子。(4.3.108-111)

然而,正如此前所表明的,那通向永生之大善的清晰的道路,甚至可以说是正途,就是放弃此世的诸善。因此,当邓肯在向麦克白致敬的最后提出"我能给的,怎么也抵不上你所应得的"(1.3.21)时,麦克白的回答完全是自我牺牲式的。这种公开场合的答复在人意料之中:

> 为陛下尽心效力,是理所当然;
> 能为王上办事,本身就是报酬。陛下的名分

> 就是接受臣子的效忠；为臣子的职责
> 对于君主和王国就好比子女孝父亲，奴仆敬主人；
> 凡是能博得陛下欢心和爱宠的
> 都是我辈应尽的责任。（1.4.22-27）

按照基督教的要求，臣民在无私尽职和为国王——麦克德夫称其身体为"那神圣宝殿"（2.3.68）——效力时，要放弃此世之善。麦克白对这一要求公开表示赞同。但是，如果自然与此并不一致——如果这一要求走得过远，那么，除国王以外的所有人都会变成幼童和奴隶，成为国王的"子女和奴仆"——我们可以预料，政治将被这些人的行为所伤害。他们努力顺应要求而藐视自己。他们对此世荣耀的自然欲求，将被迫转向黑暗的、私人的方向，也就是去做"罪过的"事，尤其那些对永生尚存疑虑的人而言更是如此。

［70］麦克白的情况就是如此。邓肯接受了麦克白无私效忠的公开宣言，丝毫不怀疑其真诚。随后他宣布了一件事，暴露出他对自己所信任的卫士的真实野心无知无觉，这实在令人震惊。麦克白和班戈值得信赖的无私功绩令邓肯十分高兴，他宣布玛尔康为合法继承人，封其为坎伯兰亲王（Prince of Cumberland），并宣称当日一行人将前往麦克白在印弗纳斯（Enverness）的城堡。当然，如果麦克白和班戈所宣称的无私效忠完全真诚，这一声明完全合情合理。然而，玛尔康的晋升事实上超出了麦克白所能接受的限度。诚然，他再次公开表示自己会全力效忠于邓肯，"不为我君王出力，偷闲成了苦役"，而邓肯也依照表面意思予以接受："忠诚的考德勋爵！"但事实上，麦克白此时已经再次开始考虑杀邓肯之事。我们从他的旁白中得知了这一点：

> 坎伯兰亲王！那分明是一道关口
> 不跌倒在它面前，就得跨过去
> 它挡住了我的路。星星啊，快收起你的光，
> 光明见不得我黑暗深处的欲望；
> 眼睛别望着双手；可还得
> 下手干，不管它多么触目惊心。（1.4.48-53）

要反驳基督徒君王已经决定的事，任何公开的辩护都不合适。只有对于麦克白所宣告的那种完全无私的效忠，"光明"才有存在的余地。事实上，即使在麦克白自己看来，这欲求也是"黑暗的"。他需要黑暗以隐藏他的所作所为，这些作为将使他获得他自觉比邓肯和玛尔康更应拥有的东西。

* * * * *

在印弗纳斯，麦克白夫人正在读丈夫寄来的信。麦克白向她，"我最亲爱的有福共享的伴侣"，描述了巫婆的预言和第一个预言的应验。信中没有提到班戈及其子嗣，因此，巫婆有关班戈的预言尚非麦克白夫人随后的所思所行之所及。这一点很重要。更重要的是，此信显然发出于上一场之前，因为信中并未提及需要为国王即将的到访作何准备（参 1.5.30-33）。因此，它发出于玛尔康被宣布为王位继承人，以及麦克白决定弑君之前。根据麦克白夫人对这封信的反应，我们得知，她和麦克白［71］在这一声明之前，甚至在麦克白遇到巫婆之前，就一直在筹划弑君：

> 格拉姆斯你本来是，又加封了考德

> 日后更有那一个许诺在等待你。可是好叫我担心的，是你
> 　　那天性
> 凭这副软绵绵的心肠
> 要干，也不能来个干脆。你向往那至尊至贵，
> 不是没野心，偏少了
> 那少不了的狠劲。你心头热热的，
> 又想干干净净的到手；既不肯耍手段，
> 却巴不得非法占有。你想要的，格拉姆斯大人，
> 在向你喊"就得这么干"，如果要得手。（1.5.15-23）

麦克白夫人显然曾和丈夫讨论过弑君之事。她发现丈夫所缺乏的并非雄心，而是"那少不了的狠劲"，即残忍。因为心肠软绵绵，他只愿"干干净净"地谋得高位。

我们已经看到，布鲁图斯在那段"只有叫他死这一个办法"的独白中挣扎于类似的问题。但此刻我们看到的是被基督教曲解之后的问题。这个问题在古典政治生活中曾清晰地展现出来。布鲁图斯本性温良，他的品格甚至为安东尼所称赞。但对麦克白夫人而言，温柔近于圣洁，是天生的、女性的软弱的结果，这将会妨碍一个人追求"伟大"。她认为温柔或不残忍只不过是得到官方认可的软弱。尽管如此，她还是同麦克白一样接受了基督教的是非观——以弑君获得王位是"错误"，但她仍要使麦克白如此获得。在基督教时代，在基督教"超自然的"德性的俯视下，人的伟大似乎变得不再可信。那些像麦克白夫人一样追求伟大的人也不得不接受这样的认识，即追求伟大是"罪过"。这样，他们也就不得不将残忍——这同样有罪——看作追求伟大过程中天然的伙伴。在麦克白夫人的道德世界中，人的伟大不包括温良或忏悔。因此，和麦克白一样，她在丑陋

巫婆的预言中发现，他们对伟大的追求能够得到另一种邪恶的"鬼神"或超自然的帮助。

在麦克白夫人看来，为达到目的，她可以在魔鬼的帮助下克服自身的女子气——温柔、同情、讲道德。而且她必定要这么做。在收到国王即将到访的消息后，她有一段著名的独白：

邓肯要闯进
我的城堡，这大事儿就是由乌鸦来报，
也嫌它那叫声太刺耳。来吧，你
[72] 怀着杀机祸心的凶神，收去了我这颗娘们儿的心，
叫我从头到脚，一身全都是
狠毒吧！把我的鲜血搅浑浊了，
不容一丝怜悯钻进我胸口，
不许那天良来
动摇我的狠心，叫我横下了心，
忽然又手软！扑进我这女人的胸怀，
把我的奶汁当作苦胆汁来吮吸，你这残杀成性的恶魔！
来吧，你阴森的黑暗，
裹一身地狱中最浓黑的烟雾，
让我的快刀看不见它扎开的伤口吧，
让苍天看不透这一团漆黑的毛毡，
免得他大声疾呼道："住手，住手！"（3.5.38-54）

基督教在这个寻求其对立面的女人身上制造了这样的祈祷。同《尤里乌斯·凯撒》中鲍西娅的恳求相比较，我们更能体会到其中的基督教特质。鲍西娅要求倾听丈夫的烦恼，因为她是一名贵妇，

是加图的女儿，是高贵的布鲁图斯的妻子。确实，她的自杀表明，她忍受痛苦的勇敢在一般女性之上。但她并没有宣称自己要在精神上摆脱女性，也没有声言鬼神的力量能超越自然，更没有可怕地呼喊不可见的恶魔将自己的奶汁当作苦胆汁吮吸。她没有说到地狱及其中"最浓黑的烟雾"，也没有提到上天，哭喊"住手"。而在麦克白夫人这里，我们看到她渴求的东西同基督教的许诺相对立。基督教允诺，通过完全的自我否定和对原罪的忏悔，人可以克服生命"有朽"的自然局限。如果基督教通过自我否定的德性使人女性化，那么内含于这一教诲之中的地狱幽灵就能使一个女人去性别化。"黑暗的"精神力量寻求确证政治的伟大，并予以实现。

当麦克白上场时，伟大仍然是主题：

伟大的格拉姆斯！尊贵的考德！
更伟大的，还有接下来那一声"万岁"！

麦克白夫人声称，麦克白的来信使她由现在看到了他称王的未来。未来就是现在；超自然力量以巫婆预言的形式所许诺的一切都将实现，而这也被视作允许他们采取行动，付诸实践。邓肯明天就要离开？"休想再看到／太阳在明天升起！"所要做的就是改变，叫那曾经可能的结果——也是邓肯原本所预想的结果——不会发生。人一旦做了黑暗之事，在阳光下的表现也不会相同。但麦克白夫人警告说，要想完成此事，黑暗、隐瞒意图、欺骗都是必需：在人前周旋，就得随机应变，外表像洁白的花朵，内心却是花下的毒蛇。再看一眼布图鲁斯的台词，[73]政治图景的重要变化就揭示出来了。布鲁图斯以凯撒是一条即将孵出的毒蛇为由来说服自己；而麦克白夫人则建议丈夫自己成为毒蛇。布鲁图斯极力使自己高贵的德性在为罗马效力之时不受玷污；而麦克白夫人呢，由于大度的德性已被公开贬抑成华丽的邪恶，她便认为黑暗的力量所言不虚，只要人们召唤黑暗的力量，并按照它们的方法去做，许诺就能实现。布鲁图斯竭尽所能地避免撒谎，维持人对他的信任，因而也不需要立誓；而麦克白夫人则提议行欺骗之事，就像花园里的毒蛇。她会照应好其他一切事务。

* * * * *

布莱德利（A. C. Bradley）指出，邓肯到达印弗纳斯这一场是《麦克白》中仅有的两个令人愉快而光明的场景之一。① 这一场的平静具有讽刺意味；邓肯是为令人愉快的气氛诓来的。班戈也是一样，他说，一只鸟正在城堡上筑巢，这证明"这儿的空气有一股醉人的清香"。天真的基督教式的预兆确立了邓肯对麦克白夫人教导式问候的背景，而这正是其基督教式悖论的第二次展现：

> 看哪，看哪，我们的尊贵的女主人！
> 追随我们的忠心有时真成了我们的负担，
> 可我们还是把它作为忠心来感谢。在此我教你们
> 你们要替我们向上帝祈祷，
> 感谢我们给你们带来了麻烦。（1.6.10-14）

既然我们给你们带来了麻烦，那就为了我们，把你们的麻烦当

---

① [译注] 布莱德利的《莎士比亚悲剧》（*Shakespearan Tragedy*）认为，本场和下一场的主要功能是"以美和怜悯之感触动心灵，敞开人的爱心，使人们开始落泪"。

作祭奉献给上帝，并且为我们给你们提供这样的机会而心怀感激。邓肯这令人震惊的无礼之言或许是出于诙谐，却正合于其基督教信仰。依照常识，国王受到别人的招待，他应当对主人表示感谢；但邓肯相信，与此相反，麻烦人的、牺牲自我的效劳是为了感动上帝，提供了便于客人通往天国的机会，是出于爱的代祷。践行尘世德性的机会由此在上帝奖赏之下被重新解释，从而成为包含了无私之爱的机会。麦克白夫人接受了这一教诲，至少是接受了大部分内容：

　　加倍尽力，又是十二分尽力。

　　她宣称，自己所做的一切都不足以报答国王过去和最近所赐予的荣誉。为此，"我们做您的修道士"。正如修道士为上帝效力，她和麦克白也准备为邓肯效力——他们要为给予他们如此荣耀的邓肯而过清苦的生活。

　　然而奇怪的是，麦克白并不在场。当邓肯询问他在何处时，没有人回答。随后，国王详细叙述了麦克白如何出于伟大的爱而 [74] 比他们先到；爱刺激了热情的效忠之举。然而，麦克白在哪里？由于麦克白夫人没有回答，邓肯温柔地提醒她当前的状况及其责任："高贵的女主人，／我们今晚是你的客人。"麦克白夫人以更正经的虚伪面貌回复说：我们的就是您的。但麦克白在哪里？

　　他实际上一直在幕后，因为他不能如麦克白夫人所建议的那样"随机应变"。他现在为弑杀邓肯的疑虑所困扰。他的想法将是决定性的。当本场将终，第一幕也行将结束时，麦克白下定决心杀死邓肯。他是在麦克白夫人指责他，并一再保证能够轻松得手的情况下，才决定了下手。很奇怪：我们本期待着在麦克白那段"要是干了"的独白（1.7.1-28）中，能听到他为夺取王位进行辩护，然而我们听到的只是一个声明。他既没有辩护，也没提到在此举中能获得什么。

> 要是干了，就完了；要好了，
> 就快些儿干了。要是谋杀
> 能到手了果实，一刀子
> 下去，就万事大吉；一切
> 也就到此为止——在人世，就在这人世。（1.7.1-5）

麦克白思忖着，如若杀死邓肯是此事的结局，则最好速决。问题是，这并不是终结。原因有二。首先，他们必须顾及身后事。"就在时间这茫茫大海的浅滩上，／那么来生我也就顾不得了。"（1.7.6-7）因为谋杀，他的永恒的生命面临危险。不过，这没有彻底困住麦克白。他非常情愿为了"在人世"的成功冒风险——宁可一鸟在手，也不愿为追求二鸟在林而下注赌博。然而（正如帕斯卡后来所论）因为损失实际上会无穷无尽，赔率都很差。不过，麦克白毫无困难地承担了一切风险，也没有提出任何观点来反对"来生"的可能性。他对来生并不够严肃，没有严肃到坚守达致来生所需要的神圣正义。我们将会看到，对于不朽灵魂的思虑事实上仍将继续困扰他，但这不足以阻止他弑杀邓肯。事实上，由此产生的痛苦绝望，才足以促使他这么做。

关于弑杀邓肯也许并非"终结"的第二个理由更为清晰地表明，麦克白并没有严肃地看待正义："但是这种事／往往难逃现实的报应。"麦克白如今考虑的［75］完全是人间的正义。什么将使他被判接受永恒天罚，什么会使他在此世被凡人审判，两者之间存在着明显的关联。但麦克白并没有将人类对永恒的追求与"在人世"对正义的效忠相联系。相反,他将两者分别开来。因为本身并不深切地追求神圣正义,麦克白此时考虑的只是什么会使其他人反感自己的行为。所以,他接受了因果报应这一小小的道德意见:

> 往往难逃现世的报应,我们自个儿立下了
> 血的榜样,教会了人,别人就拿同样的手段
> 来对付那首先作恶的人。天网恢恢,
> 使我们在自己亲手下毒的酒杯里
> 尝到毒酒的残渣。(1.7.8-12)

自己的不义之举将为其他人树立血腥的榜样,其他人也将这么反对自己。对麦克白而言,这正是"天网恢恢"。他考虑的是权谋而非正义;他把正义弃之脑后。

麦克白甚至将神圣正义转化为不过是别人所践行的正义的一种修辞。凡人之所言就像天使的号角,因为邓肯的基督教德性的表现就是如此:

> 他到这儿来,可说加倍地放心:
> 首先,我是他的王亲、他的臣子,
> 这就绝对不容许干出这件事;其次,作为他的东道主,
> 我理当严防着刺客闯进来,
> 怎么倒反而自己拿起了刀。再说,这位邓肯
> 在万人之上,又如此宽厚慈祥,本是个
> 有道的君王,他的美德
> 将大声疾呼,像众天使吹响了号角,控诉

> 我谋王篡位，那万恶的罪行；
> 那时候，怜悯，像一个赤身裸体的新生的婴儿，
> 跨越着狂风暴雨，又像小天使，
> 驾着无形的天风，
> 把这个罪孽揭露在万众的眼前，
> 使得倾盆的泪雨淹没了风暴。（1.7.12-25）

如果说麦克白是作为王亲和东道主而受到信任，可以保护国王，那么，他弑杀邓肯就是双重地亵渎了信任。但令他困扰之事在于，在别人眼中，杀人，以及那个具有明显的宽厚慈祥的基督教美德之人的惨死，会被视为可诅咒的事。人们对邓肯命运的怜悯会造成公共关系上的灾难。

[76] 最后，在邓肯的统治之下，麦克白并未觉得自己受到侵犯、不公待遇或痛苦。奇怪的是，他认为自己的野心同自身的价值或应得没什么关系：

> 有什么动机
> 驱使我下这个毒手，除了
> 那劣马般的野心，横冲直撞，
> 结果滚进了深渊。（1.7.25-28）

麦克白感到，没有什么能促使自己违背民众不可避免的抗议，鼓起勇气做这件事；他既没有公众可接受的理由，自己也认为邓肯那宽厚慈祥的基督教德性是真正的德性；他并未极力斥责这种德性为愚蠢，也没有怀疑尊崇一个软弱的国王合于正义，纵然他的雄心事实上受到他自己对应得之奖赏的感觉驱使。特别是考虑到他后来

的说法，他的雄心很可能的确受到了这样的驱使。因为预期弑杀邓肯所带来的不是利益而是麻烦，所以麦克白反对这么做，并且告诉上场的麦克白夫人："这回事咱们就算了吧。"

然而，麦克白夫人又将他争取过来。她首先诉诸他不久前还火热的称王之念，随后诉诸他对自己的爱，她说这爱看上去就像他的愿望一样苍白。最后，她又诉诸他的胆量和男子气。他高度渴望且尊崇某种他视之为生命的装饰品的东西，他认为这是好东西。但他就像一头愚蠢的野兽，像一只既想要池塘里的鱼，又讨厌弄湿爪子的猫。他缺乏成为真正的男人所需的胆量。真正的男人会做必然要做之事。既然他所欲求的东西值得求取，那么唯有怯懦才能解释他为什么不愿意去获取它。麦克白回答说，大丈夫干得出的事，他都敢干。但她还是有反驳的话：是什么畜生让你向我起誓要这么做的呢？（她所提到的誓言——我们在此首次听到誓言——向我们明确证实，他们以前讨论过弑君之事。）野兽不发誓。此时，她向麦克白强调信守其誓言的重要性：

> 我喂过奶，懂得
> 做母亲的怎样疼爱那吸着自己奶汁的婴儿；
> 我做得到，正当他冲着我微笑时，
> 把奶头从他还没出牙的小嘴里拔出来，
> 一下子砸破他的小脑袋，要是我也曾发誓，就像你发誓
> 要干这件事。（1.7.54-59）

这些台词因为她的孩子缺席而更显恐怖，这孩子肯定死了。她说的不是哀悼，而是准备杀死婴儿。我们如今理解了"收取我这颗娘儿们的心"的全部意思：她宣称有能力信守誓言，即使这意味着

杀死自己襁褓中的婴儿。

［77］"万一我们失败了呢？"麦克白问道。

"只请你把胆量抖出来，/ 我们就不会失败。"

她会将护卫灌醉，让他们承担罪责。麦克白评论说，她只该生下男孩；她的胆气只能产生男孩。这是个有歧义的评论，因为麦克白夫人不是男人，这种胆气也不属于女人；也就是说，她没有女子气，这一点有几分恐怖。但麦克白唯一尚存的疑问是：其他人会相信吗？"有谁敢另有看法？"麦克白夫人再次以男子的自信回答。"假如我们俩大哭大喊一场 / 为死去的国王？"这在行为方面解决了麦克白的问题；他现在会"凭花言巧语把世人欺骗"。麦克白对基督徒君王的效忠并不是被巫婆的预言倾覆的，因为在预言之前，这对夫妇就已经开始谋划弑君了。而在这场决定性的对话中，他们谁也没提到预言。他的忠诚是被自己对妻子的爱摧毁的。麦克白夫人的男子胆气与邓肯的仁慈形成了具有冲击力的对比。麦克白承认自己不仅外表虚伪，而且（对邓肯）也是虚情假意。与此相反，布鲁图斯只是对凯撒这位他所爱着的人表里不一。

第 二 幕

一旦麦克白下决心弑君，班戈及其子弗利安斯（Fleance）就成了问题。因此，他们被招进了舞台的中心——尽管由于巫婆的预言，他们无疑已经为麦克白所惦记，正如我们也一样想着他们。只要麦克白想要子嗣——我们刚刚看到他确实想要——他的野心就不会因为登上王位而止步。班戈自己许愿，希望"慈悲的上帝"约束他心里的"罪恶的思想"，这思想会潜入他的睡眠。他随后告诉麦克白说，他梦见了巫婆，"那三个女巫"。他对巫婆那诱人的预言的反抗，解释了他之于麦克白而言棘手的气质：班戈提到了国王慷慨的谢礼，但他也由此表明麦克白夫妇的招待并不周到。而麦克白本人还整晚缺席，既引人注意，又显得无礼。麦克白为此辩解说：

> 匆促之间，
> 只恨我们力不从心，
> 能从容一些就好了。

对此，班戈宣称"着实不错了"。巫婆的预言是否会为麦克白不尽职的待客之道提供更好的解释呢？当班戈提到预言时，麦克白再次撒谎：我才不去想她们。他随后向班戈许诺要进一步谈谈这件事，但又补充说，如果有朝一日班戈与自己同心协力，麦克白就会给他带来荣耀。对此，班戈再次予以礼貌的冷淡回应：

> 只要不是
> 有所失而有所得，总是
> [78] 保持我清白的忠贞，
> 敢不尽心。（2.1.26-29）

他们分别时，关系和睦。

此后，麦克白看到了尖刀。这一场戏生动而富有戏剧性。其背后的问题似乎在于，事物的形式能否在不存在实体的情况下使人的心智接受其存在。也就是说，形式能否独立存在，能否脱离实体而永恒存在，抑或唯有我们感知到实体的存在之时，形式或类型（forms or kinds）才存在。麦克白开始就此问题同自己展开了哲学对话。他表示，自己能看到尖刀，却碰不到。基于此，他对尖刀的存在提出了唯物论式的质疑（2.1.35-39）：要么他能触碰到他所见之物，要么他所见者不过是"狂热的头脑"的臆造；对他而言，触觉是决定性的感觉。"头脑"而非思想则是幻象的来源。然而，他一度有所动摇：也许他的双眼的确看见了其他感官无从感知之物？尖刀开始滴血。这种形式在视觉上的改变使他确信"没有这回事儿"。因而他得出结论，"那个凶杀的念头"使他看到这幻象。他以唯物论者的推理战胜了幻象，从而也战胜了幻象所激起的恐惧。

头脑可能以并不表现真实世界的影像来扭曲我们清醒的意识。这个世界当然取决于人必不可少的感官所获得的知觉，但麦克白还不至于认为，如果无法被感知到，那么自然，即自然必然性的世界，就不存在。但他的话意与此相近：

> 现在，这半个世界
> 昏昏沉沉，生命像死去了一般，可怕的噩梦来侵扰
> 罗帐内的睡眠。（2.1.49-51）

然而，当他接下来描述晚间之事时，这个"像"字变得更接近于"是"：女巫活着；狼不仅是动物，也是赫卡忒（Hecat）的哨兵。所以，他没有"结实稳固的大地"以聆听自己的脚步声（但他仍能感觉到大地），"怕一路上／石子会泄露我的行踪"。麦克白的世界一分为二：一个是白天，是意识清醒的世界；另一个是夜晚，人们沉睡，其他生物则出来活动。它们为光明所驱散，却能影响光明中的人。这个黑夜的世界是魔鬼的世界。他和麦克白夫人都已经被这个世界所吸引。他们将在这个世界发出行动，并产生影响。但由于这行动未被发觉，所以就好像没有发生一样，宛如一个魔术。邓肯的被杀就是与黑夜"很相称的""恐怖"。麦克白相信，他行事的时

候,自然的全部运转都会暂停。他的话正合于他遵循的基督教信仰,当[79]钟声敲响时,他宣称:

邓肯,你最好别听,这是催命钟,
请你上天,要不,把你往地狱里送。(2.1.63-64)

* * * * *

在将卫士灌倒之后,麦克白夫人同样提到了黑夜中的生活。它在本质上与白天的生活有所不同。猫头鹰的啼叫首先惊动了她,但她自信那是"报丧的钟声,/可是最凄厉的晚安"。她认为"自然"就是生命,与"死亡"相对;"我在他们的酒杯里下了蒙药,/引起了阳世和阴间的一场争吵,/究竟算他们死了还是活着。"(2.2.6-8)对她而言,死亡不是自然的一部分,而是与自然相抗衡的独立力量。她的这种看法是受基督教的复活学说,即生命克服死亡的学说所影响,还是她独自所得,这还很难说。无论如何,我们首次清楚地看到,她"收去了我这个娘儿们的心"的请求,却受到了限制,这表现在提到邓肯时她说,"要不是他睡熟的样儿/真像我父亲,我就亲自下手"。邓肯与父亲的相像激起了她的怜悯之心。她所追求的残忍受到了挑战。

麦克白也因为杀死邓肯而受到基督教忏悔观念的困扰。他称自己滴血的双手是一幅"惨景",接着又描述卫士们:

有个人忽然在睡梦里笑了起来,
还有一个喊了声"杀人啦!"。
两个人把彼此惊醒了。我站定了听他们;

> 可是他们念了一阵祷告,
> 又熟睡了……
> "上帝保佑!"一个喊。另一个:"阿门!"
> 仿佛已看到了我这双刽子手的手。
> 听着他们的害怕,我没法接着应一声"阿门",
> 接着他们的"上帝保佑!"(2.2.19-27)

麦克白确实因为自己最后无法向上帝祈祷而困扰。麦克白夫人试图抑制住丈夫已萌发的这种虔诚的且会惹麻烦的想法,恳求他"别老是在心里打疙瘩了",但这种困扰仍萦绕在麦克白心头:

> 可是为什么我不能出口念"阿门"呢?
> 我迫切需要上帝的祝福,偏是这一声"阿门"
> 在我的喉头哽住了。(2.2.28-30)

令人惊讶的是,在弑君之后,麦克白仍然相信他需要而且能够得到上帝的保佑——他那么彻底地将[80]自己行事的黑夜世界与白日世界以及感知相分离。同时他意识到,出于某种原因(!),他说不出祈求上帝祝福所需要的那句"阿门"。现在,麦克白听到有人对他的内心说话,这个人清楚地了解夜晚好眠的价值,了解无忧无虑的睡眠的价值:

> 我仿佛听见有人喊:"别睡了!
> 麦克白把睡眠谋杀啦"——那无忧无虑的睡眠,
> 睡眠给你解开乱麻般的心事,
> 让生命每天都轮回一次生死;是干完了苦役后享受的沐浴

是受了创伤的心灵的油膏,是生命之筵席上的一道主菜,
凡人的琼浆玉露。(2.2.32-37)

对麦克白而言,"伟大的自然"(great nature)提供了睡眠,它用睡眠重新织就破烂而清醒的生活,或把睡眠当作油膏,甚至生命筵席上的主菜,以照料劳作的生活,增进其食欲。不论我们怎么认为,麦克白既不是懒汉,也不是挥霍闲暇的娇生惯养之徒。他是个勤劳的劳工,以至于清醒的生活对他来说是负担,是一系列的麻烦。然而,有东西告诉他说,他再不能睡觉了,尽管那是他所知最大的快乐之一。

对于他的这些想法,他夫人如此回答说:"你说些什么呀?"这不难理解。生命就是这样吗?确实,对一个生活无忧的人而言,生活怎么会是这样呢?麦克德夫称睡眠是"死亡的假象",麦克白怎么如此渴求睡眠呢?似乎为基督徒君主效力是如此令人疲惫,假装本性无私又是如此不近人情。这使麦克白渴求睡眠,将这种死亡当成令人愉快的解脱、当成奖赏。确实,基督教为正义之人提供了"永恒的睡眠":"凡劳苦担重担的人,可以到我这里来,我就使你们得安息。"(《马太福音》11:28)然而,此处的观点是,正是基督徒的效忠本身掠夺了生活的乐趣。若非如此,他将有各种各样理由去享受生活。迄今为止,只有无忧无虑的睡眠才是报偿,但这也不存在了:

那声音老在喊:"睡不着啦!"整个宅子回响着;
"格拉姆斯把'睡眠'谋杀了,从此考德
睡不着啦!"(2.2.38-40)

野心勃勃的格拉姆斯杀了人,所以这个获得了自己想要的头衔的人,即考德勋爵,将在新的头衔中失去睡眠的快乐。麦克白思想的背后未经审视、几近消亡的东西,如今纠缠着他。这出乎他意料:因为杀人,他毁掉了自己所应得的休息和永恒安息的前景。

[81]麦克白夫人试图使丈夫振作起来,她称呼他"我的好老爷啊","高贵的意志",你在"胡思乱想"。她告诉他这些声音并不存在;就像麦克白自己曾经猜想有把尖刀,但实际上并没有一样,这些声音也是如此,只是"狂热的头脑"产生的一种"幻象"。她建议心烦意乱的丈夫倒些水,"洗洗手,别留下这血腥的罪证"。我们会想到,在布鲁图斯的号召下,刺杀凯撒的那些人用凯撒的血洗手,就像"献祭者"一样。在此,血却是"血腥的罪证",一旦洗去,罪证就消失了、没有了、洗白了。这罪证和那件事纯粹是物质存在,或者说麦克白夫人相信如此。

> 只消一点儿水就可以把我们洗刷得干干净净。

她嘲讽说。这是本剧最具反讽意味的台词。但她相信这一点,而且使麦克白相信他犹豫要不要往卫士身上抹血迹纯粹是孩子气。

> 睡熟的和那死了的
> 还不是跟画出来的一样;只有小孩子
> 才会给魔鬼的画像吓住了。

麦克白自己仍然满腹悔意:他认为世上的全部海水也无法洗净他的双手。他表示,希望城堡的敲门声能让邓肯醒来。

* * * *

听到敲门声,"地狱之门",那喝醉了酒的门房用一系列敲门笑话(knock-knock jokes),①为我们提供了一些愉快的喜剧元素,以舒缓气氛。门房以幽默的语言暗示了地狱和魔鬼,正触及本剧严肃的主题。第一个来到地狱的是一个农民。他因为所有人的大丰收而遭受苦难,最终自杀。他自己的利益被公共利益所毁灭。第三个到来的是一个"英格兰裁缝",他"做条法兰西裤子,还要偷衣料"。第一个和第三个来访者被贬入地狱,是因为在所谓经济或私人领域犯下自私之罪。他们触犯了十诫第二块板上的戒条——(天主十诫的)第五和第七条戒律。②这是任何政治秩序都明令禁止的罪过。依照基督教神学的语言,他们触犯了"自然法",或者说他们不正义。这是个人理性都易于理解之事。他们围拢在第二个,也即中间一个来访者周围。这个访者与他们不同,触犯了十诫第一块石板上的戒律,即不向上帝发伪誓。他是个"要滑头的","东边倒西边倒,倒东骂西,倒西骂东",会"借着上帝的名义,犯卖国的大罪"。门房话里可能指的是牵涉进火药阴谋(the gunpowder plot)的耶稣会士加尼特(Garnet)。③无论如何,要滑头者的罪恶显然在于非私人的

---

① [译注]敲门笑话是一种以双关语为笑点的英语笑话,通常由两人对答,以"knock, knock"开始。

② [译注]圣经原文中并没有说明"十诫"的顺序和两块石板的具体书写内容,不同的教派会有不同的解释。奥古斯丁在关于《出埃及记》的解释中,将"十诫"总结为:"一、钦崇一天主万有之上;二、毋呼天主圣名以发虚誓;三、守瞻礼之日;四、孝敬父母;五、毋杀人;六、毋行邪淫;七、毋偷盗;八、毋妄证;九、勿恋他人妻;十、毋贪他人财物。"又根据《新约·以弗所书》"要孝敬父母,使你得福,在世长寿。这是第一条带应许的诫命"(6.2-3),认为第四诫以下书于第二块石板。经此解释的"十诫"为天主教和新教路德宗所沿用,又称"天主十诫"。

③ [译注]加尼特(Henry Garnet, 1555—1606),耶稣会英格兰地区会长。

政治领域。这揭示了基督教的启示在此一领域的大问题。基督徒受命忠于其统治者（参 4.2.44-53），但他也受命首先追求上帝的国和上帝的义，要"使万民作我的门徒"（teach all nations）(《马太福音》28∶19)，传给他们上帝所启示的真理。评判统治者，不仅要看[82]他们是否效力于现世可获得的共善，也要看他们是否效忠基督教的上帝，是否满足上帝超政治的要求。对独立的理性而言，这些要求并不纯粹是自然的或易于理解。在这些要求之下，"借着上帝的名义，犯了卖国的大罪"成为可能。而在城邦诸神统治的异教政制下，从来不可能发生这样的事。努力满足这些要求，祸事就会成幸福。"仁慈的"邓肯自己显然效忠于基督教这些超政治的目的，但他这般做法只不过使麦克白这样追求此世荣耀的人成为自己政治上的敌人。耍滑头者作为中间一个，来到地狱门前。简言之，这展现了本剧最根本的问题，即基督教政治的问题。

麦克德夫先一步到来。他告诉麦克白，自己要去觐见国王。他走后，兰诺克斯（Lennox）描述了夜里的奇怪景象，既有他亲眼所见（烟囱被吹倒），也有传闻所得（"一阵阵鬼哭神嚎，／还有可怕的号叫，预言着／大灾大难"这一悲叹）。如果说，莎士比亚要借此使观众相信邓肯之死使天地变色的话，那么，他同时也小心翼翼地维持着毫无疑问实际发生之事——这些事可以得到合理地解

1603—1605 年，盖茨比（Robert Gatesby）等英国天主教信徒因国王詹姆士一世拒绝提高天主教徒的地位，谋划在上议院地下室安置炸药，趁詹姆士一世召开议会时将其及枢密院议员炸死，史称"火药阴谋"。当时，盖茨比因为此举可能伤及天主教议员而向神父泰斯蒙德（Oswald Tesimond）忏悔，泄漏了阴谋。神父向加尼特汇报此事。但由于忏悔的规定，加尼特没有向外界透露。阴谋失败后，加尼特被捕，审讯中他坚持耶稣会的"模棱两可"或"声明保留"信条（equivocation），认为自己为上帝而说谎并非做伪证，因而被称为"耍滑头的"。1606 年被处死。《麦克白》的写作被认为受到了火药阴谋的影响。

释——与只得自传闻之事的区别。随后是虔诚的麦克德夫的哭嚎，他见到了邓肯的尸体。这哭嚎声正与传闻相合：

> 哎哟，可怕，可怕！
> 想不到，说不出的可怕呀！……
> 出了天大的乱子啦！
> 大逆不道的凶手闯进了
> 那神圣宝殿，劫去了
> 尊贵的生命！（2.3.63-69）

麦克德夫在此直白地宣称谋杀就是渎圣。接着，他叫醒屋里所有人，麦克白夫人则开始了她的表演。

极其可笑的是，麦克德夫克制自己不告诉这位"好夫人"邓肯被杀一事，却在班戈进来那一刻脱口而出。当时麦克白夫人尚未离开。她回应道："哎哟，唉！／怎么，就在咱们家？"这立刻引起了怀疑，因为这话表明她过于急切，以至于表现得不是因为弑君，而是因为此事发生在自己家里才心慌意乱。对此，班戈说道："惨，不管在哪儿。"麦克白和兰诺克斯再次上场。罗斯（奇怪地）与他们在一起，他既非麦克德夫所招，迄今为止也没有出场过。对于发现尸体一事，麦克白的反应比妻子要真诚得多：

> 要是我早一小时死在出事前，
> 那就算我有了造化；从今以后
> 人世间还有什么是值得看重的：
> 一切都成了虚文；荣誉和仁义死了，
> [83] 生命的美酒点滴不剩，酒窖里只剩下

残渣，当作了珍品。（2.3.91-96）

很难知晓这一公开的忏悔中有几分真情。麦克白对生命的贬低，与前一任考德勋爵不同，他的这一想法并非为了来世，而是为了其在此世效忠的君王。他所说的那些话，是一个忠实的仆人——如李尔的肯特——可以诚实地运用的话语。但麦克白不是肯特。

麦克白也许仍怀着真诚忏悔之心，但玛尔康和杜纳班（Donalbain）的上场将他打断。特别是因为，精明的玛尔康在听说父亲被杀的消息后，第一反应是一句简短的疑问："哎哟，给谁？"根据麦克白和兰克诺斯所说的话，所有人此时都知道麦克白已经杀死了沾血的卫士。麦克白为此举辩白说，他对敬爱的国王的狂热忠诚，使智慧、节制、中立和理性都沉默了。也就是说，他以德性之间的冲突来为自己辩护，尤其提出，自己的忠诚之爱胜过理智，这是可宽恕的。他说完后，麦克白夫人昏倒了。这也许正是一出表演。她这么做，正使丈夫免除了不断增加的嫌疑。尽管根据她接下来的忏悔之言来看，麦克白最后说的两句话可能比她的表演效果更好："谁能按捺住自己，"他问道，"只要他还存点儿良心，还有／那一股义情？"毕竟，这些话同样适用于麦克白对妻子的爱，麦克白夫人是麦克白犯下谋杀的首位鼓动者。如今他提起（她曾质疑过的）勇气杀死了邓肯，证明了自己对她的爱。她曾经宣称怀疑这爱是否存在。她要对所做的一切负全责，这当然很快就将使她背上沉重的负担。我们即将看到，基督教转变了男人，使他们受到制约，与之相应，女人要"收去了我这颗娘儿们的心"也受到了限制。

班戈要求展开全面调查——与提到"伟大的自然"的麦克白不同——他（如其所言）"坚信上帝伟大的手"，因而"要挺身而出／跟大逆不道的阴谋作斗争"（2.3.130）。他此时似乎要披露巫婆那诱人的预言。但玛尔康和杜纳班因为担心自己成为下一个目标，已经决定逃亡。他们的逃亡使麦克白有了完美的办法，将一切嫌疑推到这两人身上。他们没有因为父亲的死而悲伤，或至少目前还没有。玛尔康多少令人震惊地承认了这一点（2.3.136-137，以及123）。他们分别逃往英格兰和爱尔兰。

* * * * *

第二幕结尾是罗斯与迷信的老人之间不寻常的谈话。老人得知邓肯被杀，遂谈到前一天晚上前所未有的怪异和可怕景象。罗斯迎合他说，[84]上天过去会与人的行为发生感应，现在也仍如此。老人随即讲了一个寓言或预兆：小小的猫头鹰杀死了雄鹰。罗斯的回答令人印象深刻。他描述了邓肯的骏马如何野性突发，"好像要／跟人类较量个高低"。

老人答道："听说它们还你吃我，我吃你呢。"

罗斯表示，自己亲眼看到了这不可能之事发生："有这回事——我眼睁睁地／看得发呆了。"

罗斯宣称自己目睹了这不可能发生的事，也许是暗指杜纳班和玛尔康，也许是撒了个弥天大谎。但前一种可能并不存在，因为他还没有听到邓肯的儿子们逃亡的消息。我们只能得出结论，即罗斯是个彻头彻尾的骗子。他乐意夸大老人那粗俗的迷信故事，以表明天地为邓肯之死所动，降下了可怕的征兆。

罗斯随后与带着新消息的麦克德夫的对话，更多地暴露了他不可靠的品格。

他首先问："大爷，目前外界的情况怎么样？"

对此，麦克德夫感到诧异："怎么，你看不出来吗？"

罗斯随即问他，是否已经知道谁是干下这血腥之事的凶手。麦克德夫看到麦克白将卫士杀死，就怀疑是卫士们所为。

"他们想捞什么好处呢？"他问麦克德夫。谁人获利（Cui bono）？这是他首先想到的问题；他认为动机不可能是积怨、嫉妒、仇恨、愤怒、不满之类，只可能是冷酷的自私自利。

在得知杜纳班和玛尔康已经逃亡，而嫌疑也落在他们身上之后，谁人获利的问题因他所说的话更为突显。他宣称："越发地不近人情了！"罗斯认为"自然"就是追求个人利益，如果凶手是玛尔康和杜纳班，那么这表明"没有好结果的野心哟，你这是/吞噬了自己的命根！"因而罗斯也怀疑二人是否有罪，但两人的逃亡给"谁人获利"这个问题提供了答案：

这么说来，多半是
麦克白要登上国王的宝座了。

麦克德夫披露说，麦克白确实已经前往斯昆（Scone）以接受王冠。麦克德夫本人可能心存疑虑，他要回到自己在法夫（Fife）的城堡，而不是前往斯昆。但罗斯要去斯昆。他要去追求自己的利益。这个可疑的角色在这条路上能走多远，他努力的结果如何，这些问题仍有待解答。

第 三 幕

随着邓肯被杀、麦克白称王，班戈就成为麦克白关注的中心。班戈对巫婆预言的回忆拉开了这核心的一幕。在这一幕中，麦克白的统治变得残暴，他竭力追寻班戈和其他潜在的敌人。班戈怀疑麦克白做了最邪恶的事,但他现在也希望自己的后代能称王,只是他再次对这些愿望避而不谈,这样做使他能够履行新国王派给他的职责。[85]奇怪的是,他似乎丝毫不怀疑麦克白会对自己和儿子弗利安斯有所行动——即使麦克白问他要去何处、去多久,以及弗利安斯是否同往时,他也未曾有过怀疑。班戈只是承诺会回来参加麦克白举办的国宴,随即便离开了。

麦克白找借口,让尊贵的自己在当天余下的时间里远离众人的陪伴。如他所言,这是"为了到时候欢聚一堂 / 分外地高兴"(3.1.41-42)。他不要有人陪伴,以便在有人时能更感高兴。这就像在进餐前斋戒一样,是为了避免开心过了头。这个理由并不高尚,而且显示出他已经走向暴政。因为不乐于同他人相处通常被视作暴政的特征。他不断滑向暴政。我们在"达到这一步算不了什么 / 坐稳了才算数"这一段独白中得知,他离开众客人的真正原因,是为了谋划杀死班戈和弗利安斯。他自陈其理由有三。

第一个理由重要且并不令人意外。通过对比伟大的罗马人安东尼,这一理由得以表达:班戈的德性——他的智慧使其能够勇猛无畏,安然行事——让麦克白害怕他"盖罩了 / 我的星宿,就像凯撒盖罩了安东尼的星宿"(3.1.54-56;参《安东尼和克利奥帕特拉》2.3.19-38)。我们可以想见,麦克白的政治教育来自罗马。但安东尼不过是逃往埃及,避开奥古斯都·凯撒,而麦克白则想要班戈的命。

他的第二条理由解释了这么做的原因:他想要自己的而非班戈的子孙统治王国;他为某种不朽的欲望所驱使,这种世俗的不朽可以通过其子孙来实现。

第三个也即最后的理由是,麦克白不希望他放弃了自己不朽的灵魂,结果却是班戈的后代收获好处,他认为现在就是这样。也就是说,此时他知道自己会被罚入地狱,这一信条使他要对班戈展开血腥的行动。假如他相信自己得以称王所付出的代价还不伤及灵魂的不朽,他就不会被生时为王而无有后继这些许报应所困扰,从而也就不会继续杀人。罗马与基督教的教育及原则间奇异而可怕的混杂,使麦克白走上了嗜血暴政的道路。

这一混杂准确的特征包括对基督教德性的轻蔑。基督教的德性使麦克白认为自己的不朽灵魂会受到惩罚。在他稳住那两个被派刺杀班戈和弗利安斯的人的过程中,这种轻蔑表露出来。前一天,麦克白曾在他们面前诋毁班戈,说班戈才是他们此前各种麻烦的源头,而不是自己。现在,他向他们提问道:

> 难道说,你们
> 就这么宽宏大量,吃了人家的亏,
> 不想算这笔账?你们是熟读福音,
> [86]还要为这好人和他的子孙祷告,
> 不管他伸出铁臂,把你们按倒在坟墓边,
> 叫你们的后代永远做穷光蛋吗?(3.1.86-90)

麦克白提醒人们,基督福音及其爱仇敌、忍受别人苦待的要求违逆了复仇的自然欲求。一个即将成为杀手的人回答说:"我们也是人,陛下。"麦克白更进一步嘲讽他们:他们真的算人吗?他们自己能分清什么是自然应得、自然禀赋和自然等级吗?还是说,基督教使他们仅成了名义上的人?受苦一辈子后,他们发誓准备杀死那个他们如今认作苦难之源的人,并由此赢得麦克白的爱。他们对正义的渴求曾受压制,如今找到了最为骇人的出路。仅仅通过这场凶手间的谈话,莎士比亚小心地揭示出了霍林斯赫德所明言的基督教德性问题:由于鼓励由那些不向罪恶报复的人来统治,基督教的

德性最终会导致政治混乱。①麦克白指示杀手们如何杀死他们共同的敌人班戈及其子弗利安斯。但在这一场最后的台词里，我们第三次看到了麦克白对灵魂不朽的一贯信念：

> 事情已决定了：班戈，你的死亡，
> 若是你上得天堂，那就在今儿晚上。（3.1.140-141）

麦克白蔑视基督教德性，而转向见不得人的勾当。他与他对来生的自始至终的基督教信仰，或者说，他与他对来生观念的依恋一刀两断。

* * * *

麦克白夫人自己也发现，他们选择的道路所带来的快乐非常可

---

① 见霍林斯赫德《编年史》如下内容：

邓肯本性如此软弱温柔，以至于人们希望这两表兄弟［译注：邓肯和麦克白都是玛尔康二世（Malcolem II）的外孙，见《编年史》第五卷页264。］的意愿和行事方式能够调和、互换。邓肯过于宽厚，而麦克白则太过残忍。居于这两个极端之间的中庸德性或许都被两人身上有缺陷的部分统治，因此邓肯本该是个名实相副的国王，而麦克白则本该是位杰出的将军。邓肯统治的初期非常安宁平静，没什么大的麻烦；但当人们注意到他疏于惩处触犯天颜之人后，许多受到恶政的人由此抓住机会，煽动骚乱，使平静安宁的共同体陷于乱局。骚乱就这样开始了。（页265）

麦克白……全心全意要维持正义，惩罚所有的重罪和恶习。正是邓肯软弱而息惰的统治给了这些罪行以机会……由此，麦克白使自己成为王国内一切无序之人所试图实施的伤害和虐待的最为认真的惩罚者。［223］他也被视作无辜民众当然的守护者。（页269）

在统治初期，他［麦克白］做成了许多有价值的事情。（正如君等听说过的）这些事情对共同体非常有益。（页277）

疑，"并不让人满足"。她认为原因在于自己的丈夫。此时，她指责麦克白独自一人懊悔反省。"干了，就算了"，她告诉他说。但这事还没结束，甚至在麦克白夫人所附和的麦克白的独白中，也已经表明了这一点。麦克白表示还有更多的事要去做（3.2.12-15），但他仍然没有将自己针对班戈的行动及其原因告诉麦克白夫人。事实上，麦克白使她相信，他所想的只有已死的邓肯。在一定意义上，确实如此。我们现在知道，麦克白一直在做噩梦，他表示羡慕邓肯安宁的状态：

> 倒不如跟着他去的好，
> 我们为了追求自己的安乐，把别人送进了乐土，
> 我们的心灵受不了
> 那日夜的折磨。邓肯正躺在坟墓里；
> 好比在人世害了一场热病，如今得到了解脱。
> （3.2.19-23）

[87] 麦克白受到雄心的折磨。他杀死邓肯，想以此获得安宁，却发现生活仍然是"一场热病"。他试图杀死班戈和弗利安斯以疗治此病。

麦克白夫人鼓励他在饭桌上要开心快乐，但麦克白的回答令人沮丧：好的，他说，让我们"脸儿变成一张假面具，／叫别人休想看透咱们的真面目"。此前，她乐于这么做，但现在，随着他们的真心不再需要隐藏，她想要真正的开心。

"再也别说这些话吧"，她宣称。直到这一刻，麦克白才稍稍揭示了自己的忧虑所在："班戈，他的弗利安斯，都活着。"麦克白夫人回答说，"他们的血肉之躯可不是永生的啊"，却没有意识到，她

自己的后代能否为王，完全取决于班戈他们什么时候死。麦克白暗示他正在谋划针对他们的可怕的事，但表示麦克白夫人还不需要知道此事，并呼唤黑夜及其"黑暗帮凶"来帮忙。

麦克白夫人显然被吓到了：

> 我这话叫你吃惊，但是先别开口：
> 恶事开了头，只得一不做，二不休。（3.2.54-55）

在第三场中，杀手们杀死了班戈，却让弗利安斯逃脱。一件令人困惑的事情是，杀手不只有两个，而是三个人。第三个是谁？他都干了什么？他知晓所有的命令，也知道通往宫门的路和班戈所走的路；他知道班戈和其他"人"（例如贵族）会在城堡前一里处下马，"把那条路当作了走道"。也就是说，他们把这条路当作自己健身散步、身体锻炼之所。（只有）他在火把照亮人脸的时候认出了班戈。这第三个杀手是来自城堡的人。

接下来宴会这一场开始时，麦克白仍然心不在焉。他对客人和自己说话时，就像在读提词卡或是在拍戏。当杀手甲告诉他班戈已死而弗利安斯逃脱时，他惊叫道：

> 这一下，我的心病又犯了。本来我可以万无一失。（3.4.20）

他看见班戈的幽灵坐在自己的位子上，便斥骂他的幽灵。麦克白夫人试图向客人们保证，麦克白的表现是旧病复发。她坚定地告诉麦克白，这些幻象都是老太婆在火炉旁讲的故事。但她丈夫显然被那"叫魔鬼丧胆的"（3.4.59）鬼魂吓到了。他让鬼魂不要变成班戈的样子，并最终与客人一起将其驱散。接着，他开始怀疑麦克德夫。他不仅收买麦克德夫的仆人向他通风报信,还准备去向巫婆们咨询。

我们注意到这场宴会的三个特别之处。首先,在看到班戈的幽灵之前,麦克白公开指控班戈没有出现,不够友好。而罗斯又加以重复:"他不来,陛下,/这就是他言而不信。"(3.4.42-43)这个阿谀奉承的罗斯是否可能是那第三个杀手呢?

其二,在讨论谋杀总是稀松平常的时候,麦克白表示,[88]奇怪的不是出现谋杀,而是出现被杀者的幽灵,他表达了对某一古代时期的向往:

> 杀人溅血的事,从来有,古时候,
> 还没有王法勘定社会;
> 嘿,即使是后来立下了法律
> 骇人听闻的凶杀案仍有的是。从前,
> 砸开了脑袋,就一命归天,
> 万事大吉;谁想竟忽然又回转来(they rise again),
> 头上吃了二十刀,
> 把我从席位上挤下去。这事可怪了,
> 胜过了这谋杀的勾当。(3.4.74-82)

麦克白所理解的"古时候",是人类法律"勘定社会"之前的状态,也即无法的状态。在这个状态下,人们需要清除异己,以达于文明。我们倾向于将这一理解与近代政治思想中所谓的原始状态相联系。(从霍布斯开始的)近代政治思想教导称,存在着一种类似于战争的"自然状态"。这在古典思想中同样有所表现:在修昔底德著作的开篇和卢克莱修的诗中最为显著,而在柏拉图的《法义》

和亚里士多德《政治学》第一卷中则比较温和。然而，这种观点与圣经关于完美开端的教导正相反。在这一段中，麦克白再次提到了"头脑"，这是思想的物质基础。他还对头脑不再像曾经的那样主宰生死表示惊讶；或者说，他更诧异于现在人"又回转来"。这个词语是基督教用语，在福音书中用于表示耶稣的复活[①]——耶稣复活是末日时所有人复活的先声。我们也许以为，麦克白看到的那令他震惊和后悔的景象，会使他将这鬼魂的出现归因于自己"狂热的头脑"，就像他对待那把将自己引向邓肯卧室的尖刀那样。麦克白夫人也确实那样劝他（3.4.60-61）。但麦克白做不到。他也许是一个唯物论者，却不同寻常地看不到，自己的基督教信仰他塑造了自己的精神和思想，他也无法——至少在这一点上——抛弃那纠缠自己的想法。这一点我们此前已经认识到，而在此处、在他自己的回忆中再次得以戏剧性地表现。

在本场最后，麦克白确实用命令驱散了班戈幽灵的幻象，并且最终下定决心，做一切事都要为了自己的利益：

> 我主意已定，
> 哪怕走上了绝路，也要追问出最坏的结果。为了我自身的利益一切都得给我让路。我两脚早陷在血海里，
> 欲罢不能，
> 想回头，就像走到尽头般，叫人心寒。（3.4.133-137）

[①]［译注］如《新约·路加福音》24：7："人子必须被交在罪人手里，钉在十字架上，第三日复活（the third day rise again）。"此外，可见《马太福音》27：63，《马可福音》8：31、9：31、10：34，《路加福音》18：33、24：46，《约翰福音》20：9，《使徒行传》17：3 等。

[89]为此,他要寻求巫婆们的意见。但在此他表明,直到现在,他事实上都希望能够回转,能够终结杀戮,并寻求行为的合法性,如果不是寻求拯救的话。仅此而已。现在——也只是现在——他才决定,要严格地为了自己的利益行事。下定决心之后,他又责备自己犯罪时不够老道,以致如今灵魂备受折磨:他必须——同时也愿意——变得更加习惯于杀人。由此,他迈出最后一步,泯灭了自己的良心,走向了不受限制的罪行。他所思考的第一个且最重要的一点在于,如果班柯的后代成为国王,那么他出卖自己的不朽灵魂为代价,所获得的利益就太小了。

* * * * *

在麦克白同巫婆相遇之前,我们(第三次)看见她们在没有人类的情况下出场。这次她们和赫卡忒一起,谈论着什么是最好的死法。赫卡忒因为自己没有参与巫婆们的活动而烦恼:

> 你们竟敢
> 私下去招揽麦克白
> 拿着有关生死的哑谜机关。(3.5.3-5)

但她最大的抱怨令人困惑:她哀叹说,她们所做的一切竟是为麦克白这么一个人做的。他是个"胡作非为的小子,/此人阴险恶毒,无情无义/只爱他自己,对你们哪有好意"(3.5.11-13)。她竟相信有人会爱这些巫婆,这想法多么怪异!为什么赫卡忒为了巫婆们给一个自私的人办事而恼火?也许她们可以为一个更圣洁或纯洁的人办事,但这样的人肯定不会爱她们。难道赫卡忒也接受了基督教的原则？不管怎样，巫婆们将弥补这两个错误，而她们所做的将有助于我们理解这些困惑。

  首先，赫卡忒如今要被纳入谋划与行事之中。这解决了她的第一个抱怨。其次，她想出一个计划，使麦克白不仅成为她们达成邪恶目标的工具，也成为她们活动的对象：自私的麦克白如今要受自己愿望的折磨。赫卡忒利用"精灵"制造幻象，使得

> 他再想不到利害祸患。
> 他会不顾死活，不管命运，
> 一心寄望于智慧、优雅和恐惧；
> 你们都知道，安乐感
> 乃是人类最大的对头。（3.5.29-33）

  对我们多数人而言，死亡是"人类最大的敌手"，但按赫卡忒的说法并非如此。死亡是否在某种意义上甚至并非我们的敌人？当然，智慧、优雅和恐惧都可能使我们避开最大的敌人。这敌人即面对死亡的安乐感。赫卡忒此时称恐惧是避免人们产生"安乐感"的三种方式之一，这并不令人意外。然而恐惧毕竟只是一种情绪——即便[90]很有用。至于赫卡忒所谓"优雅"，这并非个人所领受的，而是个人所拥有的一种东西，并在个人行事中表现出来的；我们今天还会说，这是"压力之下不失风度"。这是道德德性的一部分，它让人保持头脑冷静，而不仅是与勇气相关的严厉或坚定。优雅要在此之上。就像麦克白在下一幕中所述（4.3.91-95），"优雅"表明灵魂的坚定，是一种不计前方会面临什么的无所畏惧。但这必然要求对前方状况有所了解，以免为幻觉所惑，还要求把握前方之物的局限。

这样便指向了避开"最大的对头"的第三种方式，也就是智慧。智慧表明完全认识到自身的死亡不可避免，认为这是不可逃避的必然而顺从之，不承认任何"安乐感"。智慧与指望安乐感相悖。它带来的不是（作为希望对立面的）绝望，而是彻底的清醒，接受死亡不可避免的现实——我们曾在尤里乌斯·凯撒身上看到这种智慧的略有瑕疵的版本。

　　赫卡忒提到，安乐感的幻觉使人变得糊涂、唾弃命运、蔑视死亡，还期望过高。安乐感与对不可能之事的期望相关，而麦克白即将获得的就是这种安乐感。这是一种与有朽相对立的安乐感——由于麦克白将要领受的个人启示，他将开始相信这种安乐感。他会相信，在这世上，他不会死于任何人之手。当然，还存在另一种免于死亡的安乐感。它同样得自启示，而在苏格兰和英格兰更为普遍。赫卡忒诱惑麦克白入套的希望，是一种更为普遍的希望的变形，后者是指通过上帝护佑的正义而获得安全的希望。正如受到威胁的麦克德夫夫人随后所言：

　　叫我往哪儿逃呢？
　　我从没害过人呀。（4.2.73）

　　我们能够看到，麦克白已经放弃了他所坚持的对不朽灵魂的期望，但他还是容易为安乐感的期望所害。这期望出自那些超自然的存在，她们向他揭示了未来。他一贯倚赖基督教的希望，其核心就在于此。由于他始终没有严肃地面对正义问题，因而他也从未直面这一希望。在莎士比亚笔下——他安排这些话由赫卡忒说出，从而保护了自己——这种希望与智慧相悖。

　　中间这一幕以兰克诺斯与另一位领主的讨论作为结尾。因政治局势所迫,他说话小心翼翼,遮遮掩掩。他们谈论着暴君麦克白,谈到麦克德夫最近前往英格兰晋见"圣洁的国王"。兰克诺斯希望,英格兰领主们能"秉承上帝的意旨",进军苏格兰,将苏格兰人从暴君的统治下解放出来。麦克德夫前往英格兰给领主们带信,就像"一位圣洁的天使"。他的行为首次暗示了光明的力量。但我们将会看到,这些力量——在玛尔康率领之下——都带有明确的非基督教的印记。

第 四 幕

[91]巫婆们用各种丑陋之物煮着地狱羹。莎士比亚以此暗示巫婆们属于基督教世界:她们认为在万物之中,"渎神的犹太人"最丑(4.1.26)。赫卡忒赞赏她们的"辛苦",承诺每一个都将"有好处"(4.1.39-40);她认为巫婆们的辛苦劳作会产生共善。麦克白上场后,以大胆而非正式的方式向她们发话。他不再害怕她们,但仍恳求她们给自己以回答,同时还表示她们是毁灭自然的代理人。她们承诺会予以答复,并以一系列幽灵来作答。

第一个幽灵警告麦克白要小心麦克德夫。第二个幽灵是个血淋淋的婴孩,他叫麦克白要残忍、血腥、坚定,要嘲笑人类的力量。幽灵说,这是因为女人所生养的都不能伤害麦克白。如此,第二个幽灵的话间接地与第一个幽灵的话形成了矛盾。麦克白也简略地提到这一点(4.1.82)。但他忽略了这一矛盾,而决定要"放心了,加倍放心"。这是麦克白的重大失败;他没有就矛盾之处质疑这些启示。如果他提出质疑,他就要同时怀疑两个幽灵,避开它们所引起的希望。

第三个幽灵是个孩子,头戴王冠,手持树枝。他预言说,除非勃南（Burnan）的森林冲着麦克白向邓斯南山（Dunsinae hill）挺进，否则麦克白就不会失败。"这样的事儿，永远也不会有"，麦克白断定，他现在再次以可能或不可能来做判断。他没有去探究这幽灵怎么可能"有"。因为只记挂着自己的事，他仍在既要求严格的物质性，又信奉灵魂的存在之间来回摇摆。在他的要求下，最后的幻影显示，班戈的后代统治了王国。这使麦克白诅咒一切信任巫婆之人；她们没有给他看他想看到的景象。尽管如此，或者说正因为如此，他只相信她们所揭示的那些合于自己意愿或希望的内容。

* * * * *

从兰克诺斯处得知麦克德夫前往英格兰之后，麦克白当即决定杀死麦克德夫的妻儿。情节由此转到了麦克德夫的城堡。这是这部黑暗剧作中最黑暗的场景。我们发现，麦克德夫的妻子因为丈夫的离开而满心困惑，她似乎因为害怕而变得疯狂。罗斯劝她要耐心，他说，麦克德夫离开是出于智慧，而非出于害怕。但她并未被说服，麦克德夫留下她和孩子们似乎并不明智。不过，她随后产生了另一个想法：他不爱他们，只是担心他自己。他"没有[92]骨肉的情分"，鹪鹩甚至都能保护幼雏，爱得比麦克德夫还多。不过，如果麦克德夫真是因为害怕而逃跑，仍然不明智，因为他不得不抛弃一切。

对麦克德夫夫人的悲叹，罗斯的回应谨慎小心，令人不解。他说，麦克德夫

> 为人高尚，通情达理，又善于见机行事。
> 我不敢往下说了，
> 这年头，人家不饶你，你成了奸贼，

自己还莫名其妙。(4.2.16-19)

他这段古怪的结论究竟是指麦克德夫、麦克白还是他自己？他现在就要离开，却说会马上回来，他对麦克德夫的儿子呼喊："上帝保佑你！"

麦克德夫夫人为孩子恳求说："说他有父亲，可父亲又在哪里呢？"

但罗斯并未留下。"我再不走，那真是太不懂事了，／人家会笑话我，也会让你不好受。我这就告辞了。"（4.2.28-30）他的意思似乎是，因为麦克德夫如今蒙羞，所以他也不能逗留。

信使随后上场说"上帝照应你吧！／我不敢多逗留"（4.2.72-73），之后便离开了。罗斯是不是和信使一样，知道针对麦克德夫妻儿的计划，因此想要离开他们？

在麦克德夫夫人与其迷人而机灵的儿子——他认识到在人世间叛徒和骗子比老实人更多——之间那令人悲伤的场景发生之后，信使赶来警告她，要她逃跑。这使她感到震惊：

> 叫我往哪儿逃呢？
> 我从没害过人呀。我懂了
> 我正是在这样一个世界上——这儿是作恶的
> 有赏，行善却反而
> 招祸。唉，那么干吗
> 我还要婆婆妈妈地替自己辩白，
> 说是我从没害过人？（4.2.73-79）

麦克德夫夫人遵循正义有效力这一预设生活，相信我不害人，人不害我。但此时她认识到,"在这样一个世界上",这样的正义并不存在。她便称这种预设是"婆婆妈妈的辩白"。这是一种与非"此世"的假设相一致的辩白。按照她的说法,真正的男子气概不会预设"上天"即彼世的上帝会"照应"自己——正像信使为她所期望或祈祷的那样,也像她还在设想的那样,[93]希望丈夫会在一个"神圣的"地方而免于被杀(4.2.81-82)。男子气概在于放弃神佑的期待,下定决心保护自己和自己所在意的人。

我们随后会看到,这"婆婆妈妈的辩白"同样引导着麦克德夫,就像引导着他妻子一样。他们的儿子没有这样的期待。他是我们在本剧中迄今所见最为勇敢的人。杀手到来时,他与之相抗,还让母亲逃跑(4.2.79-85)。他的被害是全剧的最低谷;他的反抗昭示着光明的回归、玛尔康的擢升以及麦克德夫男子气概的重现。这最后一点,我们随后就将看到。

* * * * *

复辟开始于英格兰。麦克德夫在此试图劝说玛尔康率军返回苏格兰,推翻麦克白的统治。但玛尔康有所疑虑;他怀疑麦克德夫,因为他曾经爱过麦克白,而且尚未受到麦克白的伤害。也许麦克德夫其实是来引诱玛尔康进入圈套的呢?

> 他也还没碰过你。我年纪轻,但是
> 你不妨拿我来讨他的好,这是聪明事
> 把一头可怜的柔弱无辜的羔羊
> 去向震怒的天神献祭。(4.3.14-17)

玛尔康在此说出了本剧第一段异教话语,尽管这些话不过是一种引喻。这些话符合玛尔康的疑虑,明显与其父的信之不疑相反。即使麦克德夫声明自己并非奸诈之徒,他仍然坚持不改口气。玛尔康回答麦克德夫说:

> 忠厚的好人只能违背本性,
> 因为君命难违。(4.3.19-20)

甚至堕落的天使也仍然显得是个天使。当麦克德夫宣称自己全部希望都已落空时,玛尔康紧逼不舍:你为什么留下了你所爱的妻儿?前一场中提出的这个问题再次出现。如果麦克德夫不是将妻儿的安全寄托于麦克白,他又寄望于何人呢?麦克德夫没有回答这个问题;他心怀沮丧,打算离开。

玛尔康此时却开始了一套精心设计的复杂活动(其原型见于霍林斯赫德所述)。由此,贯穿本剧的显而易见的骗局被倒置,因为最终有德者假装邪恶,要借此摆脱那要求他回国夺取暴君麦克白政权的祈求。玛尔康此举向我们展示了近代以前关于统治资格的经典陈述——那就是,在人们表现出的善恶的不相等之基础上统治。他一开始宣称,他若登基,会比[94]麦克白在位时更加邪恶。麦克德夫反驳说,地狱已经坏到极点。玛尔康随即罗列自己的恶德。首先是荒淫;麦克德夫认为这对于国王而言并非特别严重或麻烦的劣行,为他拉来一群妓女也是不在话下的。第二种恶德是贪婪。麦克德夫认为这比荒淫要糟,但苏格兰足够富裕,可供他占有,只要他有其他方面的仁善(德性)存在。但玛尔康声言自己并没有国王所应有的仁善,没有那些适宜统治的德性:公正、真诚、节制、稳重、慷慨、坚定、慈悲、谦逊、虔诚、忍耐、英勇、刚毅。他全都没有。他会将和谐的甜美牛乳倒入地狱之中。最后他总结说：我适合于统治吗？绝望的麦克德夫回应道："统治国家？／活着都不配。"（4.3.102-103）如果说人的价值取决于其善恶，那么玛尔康非但没有资格统治，还应被处以极刑。悲痛绝望的麦克德夫在此称玛尔康的父母"圣洁"，说他们弃绝了此世和此世的一切诱惑。在前文中，我们已经引用过这段描述。

麦克德夫的意图如今既已明确，玛尔康便缓和下来，表示他此前不过是做戏：

> 我要听从你的指导，
> 我收回我方才糟蹋自己的话；我声明
> 我加在自己身上的罪恶和污点
> 跟我的天性无缘。我还没
> 碰过女人呢，我从不发假誓言而无信，
> 即便对自己的名分，也很少贪求，
> 绝不背信弃义，连魔鬼我都不愿出卖
> 给他的伙伴，爱
> 真理不下于自己的生命。我生平第一次说的谎
> 就是方才对自己的毁谤。我真心诚意
> 听候你和祖国的使唤。（4.3.122-132）

然而，玛尔康此次所列举的德性，若与上一次相较，慈悲、谦逊、全心全意的虔诚和忍耐都未被提及。这一点意味深长。正如玛尔康本人所言，他因为"活着"而高兴——我们记得，他并未将生命视作微不足道——但他从未允诺秉持任何特别的基督教德性。他此时披露自己已召集到一万人，由他舅父、英格兰人西华德

（Siward）率领，准备攻入苏格兰。他师出有名，希望能旗开得胜；他从不认为没有武力支持的正义能够胜利。

两人的交谈奇特地被一名大夫打断。这名大夫确立了这一场余下部分的医疗主题。事实上，接下来的每一场都以此为主题。大夫汇报了英格兰国王（忏悔者爱德华）的信仰疗法的效果，这些疗效也得到了玛尔康的证实。他把英格兰国王的疗法称为［95］"妙手回春的奇迹"，没有对其表示怀疑。然而，他对治疗状况的叙述表明，他既不理解也不试图效法这种做法。玛尔康说，国王的"仙法"神奇地得自他本人的祈求。英格兰国王"求上苍"允许自己只要触碰，就可疗治"得这种怪病的人"——这些浑身溃烂的人得了"恶疾"（4.3.141-159）。这与玛尔康准备开始的对苏格兰的疗治形成了惊人的对比。玛尔康的治疗开始于对麦克德夫的诊治。

这场疗治由此刻上场的罗斯开始。先是麦克德夫热情地与罗斯打招呼，之后玛尔康也认出了他。罗斯述说了苏格兰的糟糕状况，但被问及最近的悲伤之事时，他没有提到麦克德夫家人的遇害。即使麦克德夫直白地问他"我太太好吗？"，罗斯也撒谎说"呃，很好"。麦克德夫又询问孩子，他再次撒谎，随即又强调说，"府上大小都平安，在我离开他们的时候"（4.3.176-177）。抑或这最后的表达并非谎言，而是可怕的事实？（关于"平安"一词，见 3.2.20。）令人震惊的是，直到玛尔康当面证实自己即将率军攻入苏格兰的传言之后，他才说出关于麦克德夫妻儿的真相：他们都被杀了。

我们猜测，罗斯之所以先隐瞒真相，是要先搞清楚站在哪一方更符合自己的政治利益。倘若他马上就要回苏格兰，那就不要让这个惊人的消息激怒听者好了；但当他得知麦克白的命运已然注定，便立刻把消息说了出来。由于禀报了这件事，他也就为自己洗清了参与杀人的嫌疑。然而，我们有理由怀疑罗斯实际上的确参与了杀人计划，因为事实上他知道整个计划，他之所以隐瞒不说，是怕麦克德夫无法承受（4.3.205-207）。他即使不是杀手，至少也与杀手有所交流。这个可疑的、有杀手嫌疑的人如今加入英格兰的队伍，去让那些知晓他奉暴君之命所行之事的人闭嘴，在终场时他将如同开场一样毫发无伤。这可能是全剧最令人不安的（因此也最少被大张旗鼓地宣扬）部分。

麦克德夫在一旁独自悲伤，甚至说不出话来。不过，现在玛尔康掌控一切。

"把悲痛倾吐出来吧，"他命令麦克德夫道，"不吭一声的苦闷／像千斤重担，会压碎你的心。"（4.3.209-210）悲痛真实存在，它必须为人所知，而不是藏在心里。

悲痛一旦为人所知，即可为另一种药物所治愈："我们要报这血海深仇，"玛尔康告诉麦克德夫，"来平复那万箭攒心的创伤。"稍后，他又说："是男人，就该挺得住。"（4.3.213-215，219）这个未来的国王需要说这些强硬的话，因为麦克德夫（用麦克白的话说）"熟读福音书"。

麦克德夫问道："难道老天眼睁睁看着她们死得这么惨？"（4.3.223-224）他的问题使我们最终获悉他留下妻[96]儿的原因：他相信上天会护佑他们，相信上帝会眷顾他们。当然，这种信任此刻已成了问题。麦克德夫由此也最终直面神佑的缺失，对其表示质疑——这也许是他有生以来头一回。但他试图通过自责，即把家人的可怕遭遇引为自己的罪责，来掩盖这短暂的质疑：

> 罪孽深重的麦克德夫，
> 都是为的你，他们才遭了毒手！我是个混蛋，
> 他们是受了我的累，才平白无辜

横死在刀锋下。愿上天给他们安息吧!

但玛尔康并不这么看。"让哀痛化为磨刀石,化怨恨／为愤怒吧;快不要灰心丧气,叫热血沸腾吧。"(4.3.228-229)当然,根据基督教教义,愤怒是七宗罪之一。玛尔康正确认识到,这一教义刺伤了麦克德夫的心。他一再鼓励麦克德夫无视这一教义、愤怒起来。这些话最终在麦克德夫身上开始见效:

> 唉,我的眼睛像女人般流着泪,
> 我的舌头却只管夸下海口!可是,仁慈的上天,
> 求求你,干脆些吧。让我马上
> 跟那个苏格兰恶魔面对面;
> 叫他吃我一剑;要是他逃得了,
> 上天也饶恕了他吧!(4.3.230-235)

尽管仍然提及"仁慈的上天"和宽恕,麦克德夫此时显然已经准备战斗,他要与麦克白当面对战、杀死他。玛尔康说:"这才不愧是英雄本色。"麦克德夫此刻已抛弃他妻子所谓"婆婆妈妈的辩白"——依赖于彼世的神佑——转而表现出男子气概。玛尔康自己随后补充说道:"我们此去是应着天命。"这是振奋人心的宣言,而非朗读什么基督预言。重要的是,这句话接在他宣布"我们的人马已齐"(4.3.236;着重为我所加)之后。漫长的黑夜过去了,白天就要到来。苏格兰的拯救由此展开。

第 五 幕

当另一名大夫登台时,医疗主题,或者说什么是苏格兰的病症以及疗法何在的问题仍在继续。这个大夫被唤来诊视麦克白夫人的梦游。显然,她没能抛弃软绵绵的心肠,也没能阻止"怜悯进入"心中。我们得知,她如今终夜拿着蜡烛,因为像她说的那样,"地狱里好黑呀"(5.1.21-23,36)。她还试图 [97] 清洗手上"该死的血迹"。当她得知麦克德夫夫人被杀后,这擦不去的污迹越发厉害。她曾用来质问麦克白的问题在她恍惚之间再次出现:"就是让别人知道了,又能拿我们怎么样?"(5.1.37-38)她的女仆给出了答案。女仆像麦克白夫人一样,(确实非常)相信"老天明白,她心里头有多么明白"(5.1.49)。对这两个女人而言,污秽之行会产生重大的、宇宙性的影响,因为她们相信,强大、正义而照管一切的上帝统治着世间,并惩罚麦克白的所作所为。

大夫总结说:"这种病我是无能为力了。"(5.1.59)麦克白夫人重复了自己曾经给麦克白的建议——"班戈他早就埋葬了;他再不会从坟墓里爬起来了……已经豁出去了,就收不回了"(5.1.63-68)——大夫明确表示:"她需要神父,不是大夫。"他不是听取忏悔的神父,不让"害心病的……把心事倾吐"(5.1.72-74)。麦克白夫人同丈夫一样绝不会找这样一个忏悔神父以求得救。那么,大夫要做什么呢?他要去告诉麦克白吗?"我心里有话,"他说,"可就是不敢说出来。"(5.1.79)

与此同时,在战场上,苏格兰军队集结,去同玛尔康、西华德和麦克德夫汇合。玛尔康等人心中"复仇的怒火燃烧",要展开拯救苏格兰的政治和军事行动(5.2.3)。安格斯(Angus)认为,我们

所谓的自然正义此时正降临到麦克白身上:

> 现在他才明白
> 他那双搞暗杀的手再也洗刷不了啦;
> 随时都有起义在谴责他这个背信弃义的人;
> 那听他调动的,拨一拨,动一动,
> 绝非出于爱戴。现在他感受到了,他头上顶着
> 松动的王冠,就像矮小的小偷
> 钻进了巨人的长袍。(5.2.16-22)

麦克白害怕人间正义更甚于害怕神圣正义。而他在统治时的杀人不止,证明了对人间正义的恐惧是有理由的。起义是真的。然而,安格斯错误地理解了"那双搞暗杀的手再也洗刷不了",或者说,他错误地理解了我们所谓的良心的刺激——良心是神圣正义的工具。正如我们刚才所见,不是麦克白,而是麦克白夫人感受到这些刺激。当曼特斯(Menteth)同样注意到麦克白"心慌意乱"时,卡纳斯(Cathness)回答说:

> 好吧,我们前进吧
> 把忠诚献给人心归向的那一方。
> 去迎接苦难中的救星,
> 我们准备跟着他,为洗涤祖国的创伤,
> 流下每一滴血。(5.2.25-29)

[98] 拯救苏格兰的良药不是悔恨,而是玛尔康那燃烧着复仇怒火的军队。

与此同时，在令人印象深刻的一场中，麦克白夫人的大夫向麦克白禀报了自己的发现。麦克白已经严阵以待，但因为巫婆们的启示，他仍保持着极端自信。他不害怕玛尔康，因为玛尔康是"女人生养的"。他宣称，自己的心"绝不会惊慌失措，吓得直发抖"。他还在道德上谴责那些反对自己的"奸诈的领主们"和"英格兰饭桶"，表示他们所追求的是快乐，而非作真诚和有德性之人。麦克白认为自己以及自己的事业、自己的统治都符合正义，因此，当仆人表现出恐惧时，他责骂道："魔鬼要罚你做黑炭。"（5.3.1-12）麦克白的愤怒很野蛮，源自他自己的混乱：

> 西顿！——我心里乱糟糟的，
> 一看见那张——喂，西顿！——要不是
> 后福无穷，就马上垮台。
> 我活得够长了：我的生命
> 来到了凋零的秋天，一片枯了的黄叶，
> 围绕在老人家身边的本来应该是
> 尊敬、爱戴、孝顺、亲人和朋友，
> 这些我都不用指望了；代替这一切，
> 只有诅咒，声音不大，可咒得凶，当面的奉承，
> 以及口头不敢不说的违心之论。
> 西顿！（5.3.18-29）

留给麦克白的并不值得拥有。他曾经很快乐，拥有别人的尊敬、爱戴、服从以及亲朋好友，如今都已失去。留下的人中，只有一个仆人不是迫于麦克白的威胁留下来的，麦克白三次呼喊他的名字：西顿（Seyton）。这个仆人到来后毫不害怕，没有称呼麦克白

的任何头衔,只问他有何吩咐。西顿(尽管此前并不在场)知道刚才禀报给麦克白的内容,当麦克白要求披上铠甲时,他却顶撞道:"还不忙呢。"目睹这一切的大夫被问及麦克白夫人得了什么病时,终于能够插话说道:"只是娘娘整天胡思乱想,/可不能好好安息了。"(5.3.38-39)大夫谨慎的言辞暗示我们,莎士比亚对迫害问题了然于心,并因此需要谨慎书写。他此时给麦克白安排一个名叫"西顿"(撒旦)的仆人,正是为了这一缘故。

麦克白要大夫给麦克白夫人能够治疗"心病"的药,即他要大夫终结她的悔恨之心:

> 难道你不会调理一个人的心病吗,
> 不能把一根毒刺从记忆里拔掉,
> [99]把刻在心版上的苦恼一笔勾销,
> 不能用芬芳的忘忧草
> 清理那些郁结在心头的毒素
> 洗涤胸怀吗?(5.3.40-45)

麦克白现在知道,妻子的心灵仍纠缠于黑暗中所发生的事以及由此而存在的事。但大夫回答说,病人必须"自己保养",这话也许是在大胆地指麦克白而非(或者同时也指)麦克白夫人。但麦克白自己只是在谈麦克白夫人,他要寻找治疗妻子"头脑"的药物。他谴责"医药",如今又要求大夫诊断这土地的病症,用泻药清洗大地上的英格兰人,使它重新"手脚轻捷"。显然,麦克白认为这片土地上的病患不是自己,而是英格兰人和那些叛离自己的领主们。大夫胆战心惊地离开了。

与此同时,在战场上,玛尔康命令军队每人砍下勃南森林每棵

树的一根树枝,用这树枝把自己隐蔽起来向邓斯南进军。他接下来的话回应了麦克白的言辞:

> 那班还受他驱使的,也出于无奈,
> 可心早已不向他了。(5.4.13-14)

玛尔康和麦克白都意识到,那些仍然服从麦克白的人只是因为害怕死亡。玛尔康的病人麦克德夫此时同他站在一起,看起来像名战士:

> 要下个痛切的判断
> 还得在沙场见个高低,眼前这行军作战
> 可大意不得。(5.4.14-16)

在邓斯南,麦克白听到有人吵闹,西顿揭露了原因:那是女人们的哭嚎。几乎忘却恐惧的麦克白没能认出这声音。因为他就像自己所希望的那样,已经习惯了恐怖。然而,西顿带来了王后已死的消息,这引起了麦克白那段著名的最终独白:

> 反正她也活不长了;
> 迟早有一天,会听到这一句话的。
> 明天,又明天,又是一个明天,
> 一天接一天,都这么踱着方步,
> 直到最后一声嘀嗒,时间的尽头;
> 一连串的昨天,只是给凡夫俗子
> 照亮一条去见那死神的路。熄灭吧,熄灭吧,这短暂的烛光!

> 生命无非是一个活动的影子，一个可怜的演员，
> 看他在舞台上又蹦又跳，
> 过一阵，再听不见他了。生命只是
> 白痴嘴里的一段故事，充满了喧哗与骚动
> 可没半点儿意义。（5.5.17-28）

麦克白所谓"凡夫俗子"，是指那些赋予生命以道德意义的人。事实上，生命正缺乏这种意义，生命的短暂使其毫无意义。这些意义不仅仅要求延展［100］年月——毕竟与永恒相比，即使成百上千年也不值一提——还要求超越我们自身生命的永恒存在"听见"它，永恒存在将铭记我们的所作所为。这确实会赋予生命以一种重要性、一种意义，它由评估生命的存在物赋予，从而挽救生命，使生命不再完全是偶然的、奇特的和特殊的——一个白痴如是说。生命的喧哗由此成为超越自身的标志，并指向了某种意义。我们的高贵感、价值感因此也就不只是舞台上短暂的趾高气扬和烦恼焦躁。然而麦克白宣称，并非如此。

如果麦克白从根本上接受他此处所说的内容，他就不会产生愤怒、绝望、恐惧、羞耻、痛苦、谦逊及其他道德情感。他将不再抱有希望，并听任自己对永恒的渴望得不到满足。他甚至能得到某种安宁。然而，莎士比亚表明，麦克白并没有接受自己所说的话。当听到使者说勃南森林正在向邓斯南行进时，他令人震惊地变得暴怒起来："胡说，这奴才！"（5.5.34）他仍然死抱着由巫婆们的启示而产生的希望。此刻，他抨击"那魔鬼吐露的模棱两可的话／把诺言当真理"（5.5.42-43）。麦克白因为巫婆对自己撒谎而愤怒，他情愿"整个世界都给我毁了吧"（5.5.39）。他看到（并且憎恶）事情一一实现。但他决心，或者说，他显得决心要身披铠甲、蔑视死亡，

"死得壮烈"（5.5.51）。

他必然会死。玛尔康、西华德和麦克德夫抵达邓斯南。玛尔康——谨慎地——指令西华德父子在战斗中担任先锋。已经彻底转变的麦克德夫招呼号手，因为"流血和死亡的时刻，眼看来到"（5.6.10）。小西华德第一个发现麦克白，他急于杀死这"万恶的暴君"，却被麦克白杀死。麦克白随即表示自己一直以来相信那条启示，即任何"女人生养的"（5.7.14）人都杀不死自己。然而，麦克德夫正在寻找他。他乞求"命运"——并非上帝——让他找到麦克白，好为妻儿之死报仇（5.7.14-22）。他实现了自己的愿望。麦克白残存的人马倒戈了（5.7.24-25），而麦克白——他没能完全恢复罗马德性，没有自刎，并认为"愚蠢的罗马人"（5.8.1）才自杀——仍然活着，留待麦克德夫来复仇。他宁可杀死别人，并始终坚持着自己能平安无事的希望。

麦克德夫摧毁了麦克白最后的希望。他管麦克白叫"地狱里的恶狗"，要他面对自己。麦克白则令人惊讶地吩咐麦克德夫①退回去：

> 在千军万马中，我一直避开你，
> 给我回去吧，我的灵魂早已浸满了
> 你一家人的血。（5.8.4-6）

麦克白仍然相信一个人的灵魂会"浸满"罪孽，他还以令人震惊的慷慨大度警告麦克德夫说，自己"有法术保护"，任何女人生养的人都伤害不了他。但此时，麦克德夫披露说——此时［101］他像罗马人一样，以第三人称称呼自己——"麦克德夫是没有足月，

---

① ［译按］麦克德夫，原文作"麦克白"，似误。

从娘肚子里剖出来的"（5.8.15-16）。这最终表明巫婆们的启示多么模棱两可。麦克白为此再一次咒骂她们"叫你听了，满是希望，／可又叫你眼看希望破灭了"（5.8.30-31）。随着希望破灭，麦克白拒绝与麦克德夫对战。但当对方要他投降并嘲讽他之后，他决定以男人的方式战死。直到此时，麦克白才抛弃了希望，也才最终彻彻底底像个罗马人，走到了自己人生的终点。

* * * * *

在本剧结尾，我们确信玛尔康将会治愈曾经困扰苏格兰的疾病。罗斯意料之中地毫发无损。罗斯将西华德那高贵儿子高尚战死的消息告诉了西华德。西华德只想知道儿子的伤口是不是在身前，而不是在后背。当罗斯告诉他在身前时，西华德（也许是假装）极其欣慰：

> 啊，愿他成为上帝的战士吧！
> 即使我有儿子像我的头发那么多，
> 我也不祈求他们死得更体面！
> 这就算敲响了他的丧钟。（5.9.13-16）

但玛尔康不愿如此；对他而言，满足于为上帝效忠并牺牲也是另一种不健康的伪装。

"真叫人越想越难受，"他回应道，"我还要为他献上我的哀思。"（5.17-18）

西华德坚持己见："不必再去想他了；／大家说他死得其所，尽了天职，／愿上帝与他同在！"

当然，正是对任何尘世奖赏或荣誉的虔诚否定，才支持了邓肯的统治，也促使麦克白寻求同基督教相对立的魔鬼来协助自己实现此世的雄心。玛尔康则没有这样的认识。麦克德夫——他治愈的病人——将他视作国王而向他致敬。麦克德夫提着麦克白的头，他要求所有人不但在心里向玛尔康致敬，而且要大声喊出来。

所有在场之人都向玛尔康致敬，之后，玛尔康宣布自己即将

> 多承诸位拥戴，
> 论功行赏，决不会等待又拖延。各位贵族、王亲，
> 立为伯爵，苏格兰
> 前所未有。（5.9.26-30）

在此，莎士比亚采用了霍林斯赫德所记载的史事——玛尔康在苏格兰历史上首次册封伯爵——让玛尔康本人将此举表述为一件具有重要意义的事件。玛尔康补充说，他要惩罚"残忍的大臣／[102]在那已死的屠夫朝中，以及王后那样的朋友"（5.9.34-35），也要"秉承上天意旨"，完成其他当做之事。他为了听众，没有忽略基督教的上帝，而简略地提了一下。然而最后，玛尔康表示他要奖赏行事合于正义的人，并惩罚支持暴君的人。这段话充分表明玛尔康决心要恢复荣誉，并由此在苏格兰复兴健康的政治生活，疗治其疾病。

第三章

《威尼斯商人》：基督教商业共和国中的罗马德性

[103] 威尼斯是个基督教商业共和国，莎士比亚选择以它为背景，创作了一部有关一名商人及其犹太对手的剧作。在这部剧中，犹太人夏洛克试图毁掉商人安东尼奥的部分极为吸引人，但若与安东尼奥与鲍西娅之间的关系相较，则又略逊一筹。有人认为安东尼奥表现了基督教德性，因为他情愿为朋友巴珊尼牺牲自己的生命。① 但值得注意的是，巴珊尼称赞安东尼奥比意大利的任何人都更像一个"古罗马人"——即安东尼，而安东尼奥本人对自己为友人所践行的美德的理解，也更类似于异教的大度，而非基督教的慈爱。② 同样，鲍西娅尽管小心维持着虔诚的基督徒父亲及其遗愿的表象和遗留的传统，但她所践行的德性却更类同于那位罗马同名者［译按：指布鲁图斯的妻子、加图的女儿鲍西娅。］。她努力约束基督徒丈夫挥霍无度的激情，在她看来这种挥霍无度会招惹来麻烦。这种努力表明，相较于巴珊尼，她与前基督教的（pre-Christian）夏洛克更有共同之处，因为夏洛克也意识到了这种挥霍无度。更重要的是，她狡猾而巧妙地利用安东尼奥所处的困境，使安东尼奥及其对自己丈夫的感情服从于自己的婚姻幸福。在此处以及她应对求婚者的过

---

① 如参见 Allan Bloom, "On Christian and Jew: *The Merchant of Venice*," in *Shakespeare's Politics* (New York: Basic Books, 1964)，Chp. 2。

② 3.2.292-296。我要感谢潘戈（Thomas pangle）使我注意到这个重要的片段。

程中，正是她对德性与法律的"异教"理解指导着她的行动，并让她获得成功。在她与安东尼奥的戏份里，我们可以看到，莎士比亚将罗马人的德性置换到一个基督教的普遍世界之中。在这个世界中，此类德性可以保护一对爱人的个体幸福，使其免受这世界的威胁。在罗马，安东尼战胜了布鲁图斯和鲍西娅；而在商业共和国中，鲍西娅击败了安东尼奥。

1.1 安东尼奥与巴珊尼

本剧以悲伤以及试图解释悲伤的对话开幕，终结于一位被爱的女性让所有当事人重回欢乐。[104]安东尼奥是对话的中心：他感到悲伤，但他又表示不知何故。正如我们接下来将要看到的，真正的原因在于他所爱的朋友巴珊尼想要结婚（119-121）。这意味着要削弱他们之间深厚的友爱。友情与爱情具有排他性，因而也会残忍无情。这两种情感及其价值正是本剧的主题。

萨莱里奥（Salerio）和索拉尼（Solanio）对安东尼奥的悲伤提出了自己的解释：安东尼奥在海上拥有高贵豪华的大船，使别的船都俯首；他非常焦虑；好事皆不能长久的本质会以海难的形式表现出来。安东尼奥回答说，这些猜测都没有中的，因为他已明智地将自己的资产分散在多条船上，从而避免了一损俱损的风险。于是他们问，那么是爱情吗？安东尼奥否认。不过，这个错误的判断却开始详细地说明了本剧的主题。专一的爱情或友爱与运输货物不同，不容许有二心；有情人会将自己的一切献于情人。爱情意味着愿意放弃其他一切好东西，同时承诺弥补好东西的失去或其转瞬即逝的本性。

最终，索拉尼不再猜测了，他总结说，你肯定只是那种天生伤感的人，就像笑着看吹风笛的家伙一样奇怪。但这也没有说到点子上：安东尼奥不是天生感伤。安东尼奥的伙伴们无一猜对,但他们不经意间向我们表明,安东尼奥是一个大商人,而他的朋友都受过古典教育。随后,巴珊尼、罗伦佐(Lorenzo)和葛莱兴(Gratiano)上场,二人迅速离开。也许他们是急于将这个悲伤的家伙留给其他人来安抚。又或许,当其他人特别是巴珊尼在旁边的时候,他们没法做他们为了让安东尼奥开心而想做的事?

　　罗伦佐知道那两人之间的友情,他提议离开。但没等他离开,葛莱兴已经向安东尼奥打了招呼。葛莱兴注意到安东尼奥脸色有异,和其他人一样,他以为安东尼奥的变化是因为他太过忧虑尘世事务。他预言说,安东尼奥是在忧虑自己的死。但安东尼奥也断然否定了这种解释,并亲口给出了完全不同的解释:世界就是舞台,每个人都有自己的角色,而他就是个苦人儿。他受托出演一场戏。他表示,有些人就是无法克服和摆脱某种巨大的困难,而他要面对的显然就是这种困难。多嘴的葛莱兴——罗伦佐认为他的话几乎不值得听——(也许是因为这个比喻)认为,安东尼奥的悲伤不过是演给世人看的一场戏。他带着公然的轻视说道:

　　　　多聪明,多稳重,莫测高深。(92)

　　葛莱兴以为安东尼奥的悲伤是为了表现自己灵魂的深沉而故弄玄虚,因为表现得快乐开心可能让自己显得轻率肤浅,显得自己是由于无知、天真、受到别人保护,所以才那么无忧无虑。因而葛莱兴总结道,安东尼奥是为了显得智慧,所以就得表现得 [105] 悲痛伤感,他是以感伤的外表来钓取智慧的评价。"别拿这个做诱饵",葛莱兴劝告说(101-102)。毫无疑问,确实有葛莱兴所说的那种人。但安东尼奥并非如此,他的悲伤确有原因。因此,葛莱兴在我们看来顿时显得太过欢乐,他没能看到生活有理由让人悲伤——即便没有让人欢乐的理由。他是个轻率、肤浅的人。

葛莱兴和罗伦佐下场后,我们得悉了安东尼奥烦忧的原因:巴珊尼筹划"朝觐"一位叫鲍西娅的小姐,从而弥补自己挥霍无度所造成的后果。他准备清算这一恶德给自己带来的所有债务,而鲍西娅正是计划的关键所在。安东尼奥要求了解整个计划(135-140)。他当然可以单纯地把钱交给巴珊尼,但我们肯定能够推知,这么做会破坏两人之间的友爱。因为那是平等人之间的友爱,如果巴珊尼这样亏欠安东尼奥,他的荣誉就会受损。安东尼奥意识到这一点,不禁想要参与巴珊尼恢复自给自足的计划,后者(以箭术的比喻[146-152])谨慎地表达了他的计划。但是,巴珊尼借钱时的谨小慎微使安东尼奥感到受伤:他的钱袋对朋友本是敞开的(153-160)。巴珊尼的计划是去赢得非常富有的鲍西娅的芳心,为此他需要成为一个王子,因而需要借钱。

不过,鲍西娅是什么人?安东尼奥急切地想要知道答案。巴珊尼宣称,鲍西娅是个拥有非凡德性的美人,"相比于加图之女,布鲁图斯的鲍西娅／可不输那么一分"(165-166)。莎士比亚此处的强调将我们引向罗马,引向罗马妇女的德性,引向罗马共和政治最杰出的护卫者的妻子。他不仅指向有德性的共和国,也指向个人德性,即鲍西娅的美德。[罗马的]鲍西娅要求知晓自己深受困扰的丈夫密谋的想法,因为她是高贵的罗马人之女,是罗马最优秀的公民的合法妻子,也是"坚定不移"的女人(见《尤利乌斯·凯撒》2.1.267-302)。而在商业共和国中,公共德性所残留的部分,或者说最为人可见的部分就是财富。

对鲍西娅的描述随即转向古希腊:她有很多追求者,很多来求取她金羊毛的"伊阿宋"(Jasons)。我们知道,在神话里伊阿宋是希腊国王之子，被自己的哥哥流放，后来他回到王国，讨还自己的王位。篡位者同意，只要伊阿宋能从赫勒斯滂（Hellespont）（科尔基斯［Colchis］）带回金羊毛，便退位相让。金羊毛是菲克索斯（Phryxos）留与岳父的礼物。这是众神所赠的一头黄金母羊身上的毛。伊阿宋与阿尔戈诸英雄——提修斯（Theseus）、赫拉克勒斯（Herakles）等一同航渡，赢得了金羊毛。因为国王的女儿、女巫美狄亚（Medea）爱上了他，帮助他得到了羊毛。但伊阿宋随后背叛美狄亚，迎娶了科林多（Corinth）王后。引述这一神话最终表明，巴珊尼只不过是追求鲍西娅的金钱。如果他这么说意在取悦安东尼奥，那他就失败了：在这个故事中，安东尼奥就是美狄亚。

［106］不过，安东尼奥愿意提供金钱。由于自身资产此时不能使用——都投在了海上运输的货物中——安东尼奥便拿出自己的信用，现在只需要一个贷款人。于是两人来到夏洛克房前。夏洛克靠放贷生活。安东尼奥此刻是在为自己所爱的朋友办事，尽管他也许仍然伤感。

1.2 鲍西娅

我们看到鲍西娅时，她同样显得深受困扰；她是与安东尼奥相对的一类人，同时，莎士比亚让我们看见，她也是与安东尼奥争夺巴珊尼的爱情的人。她并不感伤，却自称厌倦了这世界。她的仆人奈莉莎（Nerissa）给出了解释：吃得太撑与饿肚子一样糟糕。中庸或中道似乎最好。但鲍西娅随后将有机会利用自己的财富来获取想要的目标。她的财富实际上很多，并不中庸，与此同时，她说奈莉莎的意见不错，但她并不会照做。她注意到，与金钱分离并不容易。金钱在痛苦的生命中提供了安全和诸多慰藉（比较亚里士多德《政

第三章 《威尼斯商人》：基督教商业共和国中的罗马德性 147

治学》1258a1）。她补充说，奈莉莎的推理"未必能帮助我挑选一个丈夫"。她不会勉强接受一个平庸的男人。但不管怎样，她也无法自己选择丈夫。她父亲的遗愿和遗嘱规定，追求者要通过三个盒子——金盒、银盒和铅盒——的测试，只有选择正确盒子的男人才能得到她。鲍西娅觉得这种合法的安排"残忍"，奈莉莎则为这一安排辩护。因为鲍西娅的父亲既有德性又"圣洁"，故而他在死前所设计的盒子抽奖方案也"无疑"会有效；鲍西娅应该爱那个做出正确选择的男人（27-33）。然而，鲍西娅没有相信父亲的圣洁，她也不相信这方案中所体现的天意足以使她接受这个"残忍"的方案。

至少可以说，父亲的方案是有风险的。一个不合适的追求者也可能偶然选对，这样，鲍西娅的终身伴侣就会成为她终生痛苦的源头。"圣洁的"父亲之所以立下如此遗嘱，肯定是出于不信任鲍西娅自己的判断。女儿或许会被外表吸引，去选择同样被外表迷惑的追求者。无论如何，鲍西娅比老人设计方案时所估计的要更聪明。她能够找到办法。此场后面的部分表明，对于追求者身上她不喜欢的东西，她已经有了看法。追求者不应具有那些她以为是缺陷或可憎的特点。相应地，我们也就了解到她未来的夫君应该具备什么吸引人之处。

她与奈莉莎讨论了七名追求者。第一位是"那不勒斯的亲王"。他像个赛车手，却亲自修理引擎，更换轮胎。他喜欢马。鲍西娅对这种偏好的解释是，[107]他母亲与车夫、钉马掌的铁匠有私情。她不想要具有实践技艺的人。她想要的是有闲的绅士，和她一样，能够将空闲时光用于高端事务上。她将这种缺陷归之于父母的血统或基因。

第二名追求者"宫廷伯爵"是个爱哭的、伤感的人——就像安东尼奥在开场时那样。鲍西娅宣称，即使他是个年老的哲人，她也不想要他。一个哭泣的哲人,要么一心思考自然留予人的苦难和不幸,要么倾向于遁世苦行,而两者都不是她所要的类型。鲍西娅想要一个欢快、快乐和幸福的人。不过,这并不意味着她想要一个没头脑的葛莱兴。她随后表示,这样的人意指"学者"。

第三名追求者是"勒庞老爷"。鲍西娅形容他,"什么人他都算得,独缺他自个儿的分"。他从未坚持自我,只是一个演员,一个戏剧之王、变色龙,是个罗宾·威廉姆斯(Robin Williams)。不过,在对勒庞的轻蔑之中,鲍西娅也揭示了自己的某种行为,她告诉奈莉莎:"我知道,取笑人家也是一种罪过:可是……"鲍西娅似乎尊崇她声明遭到了违犯的基督教义。她对自己的罪过闪烁其词。与其父不同,她是作为人而非圣人生活着。在这一场此后的部分中,她没有表现出任何遵循基督教教诲的迹象。

第四名追求者福康勃利(Falconbridge)是名英格兰男爵,一个"哑剧"演员。他不会说拉丁语、法语和意大利语(而鲍西娅会)。他是个空洞的求爱者(suit),却穿着来自意大利、法国和德意志的行头(suit)。我们也许会说,他是个完美的多元文化主义者。也就是说,他是个骗子。他想要作一个普世主义者。他错误地以为遵行某种外在的生活方式——服装等等——就是完全而认真地热爱这种生活方式。因而,他觉得这些生活方式能够轻松适应于自己那种说不出话的方式,抑或与之轻松融合。他没有真正属于自己的生活方式。他的行为与道德购自各地。他是个外行的时装模特,系着阿玛尼(Armani)的领带,穿着圣罗兰(Yves St. Laurent)的裤子,脚踩约翰罗布(John Lobb)的皮鞋。① 简而言之,他也是个大言不惭之人。

---

① [译注]阿玛尼、圣罗兰是意大利和法国的著名高端品牌,以服装为主。约翰罗布是英国的高端皮鞋品牌。

第三章 《威尼斯商人》：基督教商业共和国中的罗马德性　149

第五名追求者是个苏格兰领主。鲍西娅厌恶他的好战性格。她可不想要一个拳击手。这种人并不确定自身价值何在。他们敏感而愚蠢，要向所有公开侮辱自己尊严的人发起挑战。她要找的是更有自信，因而更为温柔的男人。

最后，她表达了对日耳曼公爵——一个酒鬼——的轻蔑。鲍西娅所要的男人不能沉湎陶醉于交际活动之中，而应该是个内在清醒冷静的人。这一次，她表明自己在猜盒子一事中并没有放弃骗人的想法：她让奈莉莎在错误的盒子旁放上莱茵酒，而日耳曼公爵将直奔而去。他与其他不合适的追求者就要离开了，鲍西娅却说："但愿天主保佑他们一路平安吧。"她的这种虔诚中至少还带着一丝反讽。

[108] 奈莉莎此时提到了巴珊尼，"一位威尼斯人，是位学者，又是个军人"。他是鲍西娅所在城市的公民，一个有知识的人，勇敢无畏。她也发现巴珊尼的外貌与美人相配。这最后一个条件在鲍西娅的判断中并非最弱的一项。我们在她拒绝摩洛哥亲王之时可以认识到这一点（1.2.130 以下）。鲍西娅会为外表所动，因此她对摩尔人和阿拉伯人无动于衷。也许这就是她那基督徒父亲不信任她的判断的原因。无论如何，她的判断直白地取决于民族性——以及民族劣性——和自己对一个人所具有的普世德性的偏好。而这个人同时也是名英俊的威尼斯人。

1.3　夏洛克

现代敏感人士诋毁莎士比亚，说他笔下的夏洛克形象是对犹太人的诽谤，应该受到谴责。他们认为，莎士比亚这种对犹太人的攻击大概仅次于马克思的《论犹太问题》。然而，我们知道，就历史而言，莎士比亚的描写并不准确——由于犹太人当时已被驱逐出英国,所以他并没有直接接触过犹太人①——我们会看到,在本剧中,对基督徒的谴责至少与对犹太人的抨击差不多。这也暗示,犹太教比起基督教更具某种优越性。

巴珊尼已经告诉夏洛克,安东尼奥愿意为他计息借贷的3000达克特(ducats)作保。夏洛克称安东尼奥是"一个好人",即对他的钱有好处——尽管他暗示自己知道安东尼奥的钱都投在了那五艘尚处于险境的货船上。夏洛克表示希望与安东尼奥谈,巴珊尼则表示要设宴招待两人。这使夏洛克说出了这一段名言:

> 不错,叫我去闻那猪肉的味儿,去吃
> 你们拿撒勒先知把魔鬼赶进去的脏东西。我
> 可以跟你们做买卖,跟你们讲交易,谈生意,
> 跟你们一起走路,或者别的什么;就是不
> 陪着你们一起吃,一起喝,或是一起祷告。(1.3.33-37)

夏洛克知道基督教圣经,基督教的生活方式与指引他生活的摩西法典相冲突。跨越他与巴珊尼之间根本差异的唯一方式就是买卖。不过,对于巴珊尼的目标而言,这已经足够了。

当安东尼奥上场时,我们可以看到这种方式是多么有限。我们听到夏洛克在旁白中表达他对安东尼奥的仇恨,这仇恨源于安东尼奥对他的轻蔑——这种恨意将贯穿夏洛克的所有行为。他恨安东尼

---

① [译注]1290年7月18日,英王爱德华一世(Edward I)颁布《驱逐法令》(*The Edict of Expulsion*),将犹太人全部驱逐出英格兰王国。1655年,为了吸引犹太人发展金融业和对外贸易,克伦威尔(Oliver Cromwell)对犹太人进入英国采取"默认"政策,即不再执行《驱逐法令》。此后,犹太人才得以合法进入英国并定居。在这之间的三个多世纪里,英国境内几乎没有犹太人存在(但有个别隐瞒身份的犹太人留在英国)。

奥是个基督徒，但更恨他"不近人情"，恨他愚蠢地拉低威尼斯的借贷利率。在此，安东尼奥的不近人情［109］对夏洛克来说就是"低贱"，相反，能够维持住利息的精明则是"高尚"，因为高尚的目标、高尚的或有尊严的生活都需要利息。安东尼奥平等的、不加区别的借贷将抹杀高低之间的差别，从而摧毁高者的物质基础。夏洛克认为，高尚的生活就是效力于其"神圣的民族"，从而也效力于上帝；他长期以来的不满其实是基于安东尼奥对"我们神圣的民族"的恨（而夏洛克则爱着这"神圣的民族"）。因为基督教的普适性及对特定生活方式的反对，必然否定夏洛克所属民族一切悠久的神圣属性；基督教的普适性正是基于这种否定。此外，安东尼奥也曾抨击夏洛克的借贷行为——抨击他"挣来的辛苦钱"。为此，夏洛克以其民族的神起誓，绝不会原谅安东尼奥——绝不会践行那基督教宽恕的德性：他最为深爱的并非自己的利益，而是自己的民族及其尊严。如他所透露的，他一直在等待机会打击、报复他所不满的人。他被所激起的仇恨指引着，无暇他顾，甚至抛开手头的生意：尽管他两次听到了对方所要借款的数额，他还是要别人加以提醒。他自己此时也没有3000杜克特，但他宣称"我们族里的一个犹太人"杜巴（Tubal）会提供这笔钱——似乎这钱不计利息（1.3.54-57）。

　　安东尼奥到场后的第一段话就证实了夏洛克所暗示的本质差异：安东尼奥宣称他打破了自己从不计息借贷的习惯、法则和规矩（nomos），而他这么做是为了供给朋友"少不来的花销"。他过去曾经无情责骂夏洛克借钱取息（106-129）。如今夏洛克将这种争执归之于雅各（Jacob），"我们圣祖亚伯兰的后裔……第三代的族长"的行为，以此来证明自己的合理。他提到雅各运用计谋，让所有最强壮的母羊都怀上可以归自己的有斑点杂纹的羊——也就是说，雅各以其智谋击败了那一直在欺骗他的拉班（Laban）（见《创世记》

27)。夏洛克总结说,雅各发现了"生财之道,他是有福的:/积财就是积福,只要不是偷来的"(89-90)。正如他所言,雅各并未破坏约定,他只是运用他的牧羊人技术,获得了超过拉班的好处。安东尼奥本可以引用旧约来反对高利贷(如《诗篇》15.5),却反驳说雅各这么做是为了获得自己应得的部分(91-95),而且他获利并非靠自己的力量:福分来自"上天帮了他的忙"。他警告基督徒巴珊尼,魔鬼也能引用圣经。他将夏洛克比拟为微笑的恶棍。

在这场责骂之中,两人间长期相互讥讽的情形浮出水面。夏洛克提醒安东尼奥,他过去一直对自己的高利贷和"异教信仰"加以谩骂和残忍的蔑视,向自己的"犹太长袍"和胡子吐口水(106-113),而他容忍了这一切,因为"受苦受难本就是我们整个民族的标志"。忍耐[110]并非基督教的独有德性。夏洛克的忍耐——就像祖先雅各一样(见《创世记》34:30-31,35:22)——就是审慎,他问安东尼奥,由于自己迄今为止都遭到辱骂,他如今是否应该像个奴隶一样屈膝恳求借给他们钱:单纯互惠互利的正义在否定夏洛克尊严的同时又维护他的自尊。这种正义与基督教的仁慈相悖(对比奥古斯丁书信第 138 号)。

夏洛克的立场具有重要影响。它揭露了非基督徒的安东尼奥的一贯做法。安东尼奥没有否认任何表示轻蔑的行为,并坚持还会再这么做。他要求夏洛克借钱不要出于友谊,而是"借给你的仇敌"。他决心仍视夏洛克为敌,这并非基于基督教信仰——毕竟,基督教命令要爱自己的敌人——而是基于高利贷有违自然的古典立场。他问道:

> 哪儿有,朋友之间拿
> 从不生男育女的金片儿来榨取利息?

这问题出自异教徒亚里士多德而非基督教（1.3.133-134 以及 83-84 和 94-95；参见亚里士多德《政治学》1258b1-20）。确实，当夏洛克以虚假的友谊提供借款，并要求以安东尼奥的一磅肉为借据时，安东尼奥觉得这是"开个玩笑，这犹太人想做基督徒：心肠都变善"（178）。但安东尼奥本人甚至都不去伪装自己以表现基督教的慈善，他只是接受了借据的要求，一心相信自己的船即将进港。

2.1 鲍西娅与摩洛哥亲王

当安东尼奥如此自找麻烦时，鲍西娅正在避免麻烦。摩洛哥亲王如约而至。她傲慢地强调，既然他灵魂圣洁而外表如魔鬼（黑肤），"那我看他与其来做新郎，还不如来做神父，听我的忏悔吧"（1.2.129-131）。不管圣洁在上帝眼里多么值得注目，对鲍西娅来说却毫无魅力可言，至少与外表相比是如此。她那基督徒父亲的盒子方案基于外表和内在价值的分离，但鲍西娅认为两者不能分开。外表对她而言并非一切；正如我们已经看到的，对于追求者具有什么样的恶德就将被淘汰，以及相对地具有什么样的德性就有资格入选，她有一套清单。但在成为她丈夫的必要条件中，外表胜过德性。当摩洛哥亲王——他宣称自己尽管外形不佳（他自己也担心这一点），但具有非凡的勇气——因选择错误而离开时，鲍西娅也陷入了沉思："但愿像他那种肤色，都别让他选。"（2.7.79）① 而且，她没有做任何事来打消摩洛哥亲王对自己的价值的高度评价，也没有打消他的后悔——命运决定了结果。尽管如果这样做，她会淡化命运在结果中扮演的角色。

---

① 对比《奥赛罗》1.3.252 中荻丝梦娜（Desdemona）的性格。

2.2 朗西洛

夏洛克此前将其仆人朗西洛（Launcelot）称作"没出息的小鬼"（1.3.176）。朗西洛的开场白对夏洛克用了同样尖刻的语言。这是［111］一段关于"良心"的对话。基督教称良心为灵魂的功能，而莎士比亚也小心翼翼地只让基督徒谈论这个问题。朗西洛要逃离夏洛克的宅子，但他的良心反对他，并忠告他要诚实。另一方面，魔鬼则劝他要勇敢，也就是为了自己的利益，要无所畏惧地离开夏洛克。对于朗西洛而言，正如对于哈姆雷特一样，良心与懦弱相伴。① 他若循正道而行留下来，就会被魔鬼（夏洛克）统治；若是离开，就遵从了魔鬼的指令。既然没有完美的选择，他就看出魔鬼的友好建议与基督教（忍耐虐待）的严厉无情的意见相悖。但就在朗西洛下定决心离开夏洛克时，他的瞎眼父亲出现了。朗西洛骗了自己的父亲，他戏仿圣经中以撒和雅各的故事，将圣经叙述的细节以喜剧的方式放到他和父亲身上。② 他最终说服了自己的父亲，将本打算作为礼物带给夏洛克的鸽子交给巴珊尼，后者会给仆人提供"挺漂亮的号衣"。巴珊尼恰好路过时，父子俩人结结巴巴，求着为朗西洛谋一个新差事。夏洛克已经将朗西洛给了巴珊尼，因此后者也就接受了他作自己的仆人——穿上弄臣小丑的装束。

重要的是，夏洛克自己并不能如此使用朗西洛。他的生活中没

---

① 《哈姆雷特》3.1.318-319："正是这顾前思后，使人失去了刚强。"

② 比较《创世记》27。朗西洛要求被称为"少爷"，但目盲的父亲拒绝了；朗西洛请求父亲的祝福，试图以此来揭示自己的身份，而不是为了得到父亲的祝福就掩盖身份；父亲在以为换到了儿子毛茸茸的胡子时，表达了错误的怀疑，而非错误的确信；当儿子正确地说出自己母亲的姓名时，父亲开始相信，而非因母亲的诺言，让儿子伪报姓名而受误导。

有玩笑和欢乐,他唯一的"玩笑"就是试图获得安东尼奥的一磅肉这一致命的欺诈。可以肯定地说,夏洛克对待生活严肃慎重,也很吝啬,与巴珊尼快乐放荡的生活相反。夏洛克凭借自己的智慧,通过坚持自己民族的律法,达成了自己在这艰难世间的成功。巴珊尼似乎与他友情渐长——称他为"我最知交的朋友"(172)——乃至获得他的同意而在他自己房子里举行宴会(!)。然而我们随后得知,夏洛克的一切行为都是要让巴珊尼的挥霍无度发展到极致,从而将他毁掉。

这个基督徒的挥霍无度并不仅限于财务方面,这一点表现在接下来葛莱兴上场,要求同巴珊尼一同前往贝尔蒙(Belmont)之时。此时,巴珊尼提出邀请葛莱兴的条件,这表明了葛莱兴为什么至今未收到邀请:他不可再那样野蛮、粗鲁、鲁莽、随口乱说;他要变得审慎而显得谦逊,以免被人误解。也就是说,尽管巴珊尼本人喜欢葛莱兴现在的样子,他还是害怕葛莱兴的信口胡说会冒犯了陌生人。葛莱兴同意会衣着规矩、出言恭敬,显得虔诚、严肃、有教养,"像有人一心想讨老奶奶欢心"。这样子,即便他自己的奶奶也会满意。换言之,他将失去年轻人的自由,装出样子来——就像夏洛克那样。他平时的行为——得到基督徒巴珊尼的欢迎——衬托出夏洛克在生活中所失去的:节庆的欢愉。这一点此时将由夏洛克的女儿来证实。

2.3-2.5 基督徒之中的杰西卡

[112]杰西卡告诉即将离开的朗西洛说,自己父亲的房子就是"地狱",唯有淘气小鬼朗西洛在时,这里还可叫人忍受。既然他令人悲伤地就要离开,那她也要逃离这里。她隐秘的意图是要改宗基督教,还要嫁给罗伦佐。她期望这样能终结内心的冲突:如果敬重

父亲阻挡了前往天堂的路，基督教便不要求敬重父亲。（参见《马太福音》10：34-36,《路加福音》12：51-52）。既然朗西洛——他在此将犹太人与异教徒等同起来（11）——选择了看来更为容易的道路，杰西卡也要如此。她让朗西洛带封信给罗伦佐，后者正同葛莱兴、塞莱里奥以及索拉尼共同策划一个仓促上马的阴谋，要趁晚上举行化装舞会之机将杰西卡带走。为了让罗伦佐高兴，杰西卡在信中提到她打算偷走父亲的黄金和珠宝。

杰西卡离开夏洛克的房子是否明智这个问题在下一场中提出。夏洛克警告朗西洛，与巴珊尼一起生活会变得更糟：他不能像在夏洛克家里那样吃、睡、打呼，也不能把衣服穿破。夏洛克认为自己对朗西洛不错，而我们清楚地看到指引后者生活的是什么——是他的身体，特别是他的胃。朗西洛自己对言行不必听命于夏洛克这一新得的自由感到非常开心，当然他还另有一个主人。此时，夏洛克准备离开，夫赴巴珊尼的宴请，"去吃他一顿，我恨／这个挥霍的基督徒"（14-15）。他听说将有化装舞会，又同样地警告杰西卡不要外出去看"那班基督徒傻瓜，脸涂得油花花／……不许那一片轻狂的嚷嚷声闯进／我那肃静的家里来"（33-36）。节制使雅各的后人——他还拿着雅各的节杖（36）——明确反对基督徒的挥霍和娱乐。至少在威尼斯，基督教对彼世的强调似乎造就了在此世的挥霍无度，而在夏洛克眼里，这种挥霍令人厌恶。他此时透露，自己之所以同意让朗西洛去为巴珊尼效力，是为了"帮他把家当败得快些"（50）。杰西卡离开这样充满恶意的人似乎是正确的。不过，是这样吗？即便夏洛克此时在仇恨上走得够远——他确实也是这样——我们还是应该看一看，挥霍无度的基督徒们怎样通过谴责他的节制和吝啬，以他们的方式残忍地将夏洛克推向仇恨。

塞莱里奥与葛莱兴之间关于爱的简短讨论拉开了下一场。罗伦佐随后上场。两人的讨论当然没有解决这个问题。塞莱里奥将"维纳斯驾着鸽子飞"的速度或热情，与恋人们相互宣誓时那不稳定的忠贞相对。葛莱兴对此表示同意，并将这个想法从爱情推向一切欲望——甚至动物和非生物[113]也是如此——他将追求者成功以后的改变归因于得到满足之后的失望。

> 世上的东西全都是
> 追求的时候比受用的时候更有劲。

生活就是挥霍，是一个有漏洞的筛子，我们猎取快乐，却以失望告终。葛莱兴如此声言，自己却要向奈莉莎承诺对她的爱永恒不变。这就是那些追逐欢愉、快乐、消遣之人的缺陷：他们想要从当前的不满中获得令人兴奋的改变，这种渴望无法得到满足，但必须不断更新。他们既不坚定，也不可靠，也不可信赖。爱欲的追求可以将严肃的人引向忠贞的爱，他们却过于容易将爱欲的渴望融入一种必须在不断狩猎中才能得到的快感。与此相反，夏洛克的节制则代表着更为深沉坚定的灵魂。

杰西卡将装着金币的盒子扔给罗伦佐。她含糊地表示因为自己"改扮"而感到"多羞人"。她的意思不是说自己从一个虔信的犹太人变成为一个爱着基督徒的人，而是指外形上扮成男孩。她说，如果爱人们看见了他们所干的傻事，就像她现在做的，那么丘比特（Cupid）也会脸红。然而，作为有情人的她确实认为这么做是愚蠢的，而且听说自己要拿火把时表示惊讶："把我遮蔽些才是呀！"只有当人们看到她所看到的情况——她杰西卡女扮男装——而不是仅仅看到男孩时，她的话才有意义。而人们只看出那是个男孩。她似乎还没有明白，正如罗伦佐所提醒的，伪装会为她提供遮掩。抑或，杰西卡所感到羞耻的其实另有其事？她害怕此事没那么容易遮掩——这就是她对父亲和民族的背叛。

与此同时，在贝尔蒙，鲍西娅看着摩洛哥亲王选错盒子。对亲王而言，外表确实具有决定意义：鲍西娅应该在金盒之中，因为只有黄金才配得上她。我们也看到，鲍西娅不过是利用父亲的方案来实现自己的目标。她鼓励摩洛哥亲王选择她明知是错误的盒子（2.7.61-62）。然而，她并没有破坏父亲所立的规矩。她似乎准备服从它的判断，正如追求者们必须服从这判断一样；她有效地利用了规矩。结果，摩洛哥亲王也离开了。

然而，我们从塞莱里奥和索拉尼处得知，夏洛克已经获悉女儿与人私奔，此时怒火中烧，还为此遭到男孩子们的愚弄："珍珠宝贝呀，女儿呀，金子银子呀！"（2.8.15-26）他发誓要安东尼奥补偿自己所受的苦难。我们知道这说不通：安东尼奥在杰西卡私奔这件事上没有任何责任。然而如今情况很可怕：夏洛克要挽回荣誉，要满足自尊的要求去复仇，唯一的办法是诉诸"法律"。塞莱里奥和索拉尼确实提到了仁善的绅士安东尼奥及其对友人巴珊尼那慷慨的爱，但他们从未经历过这种爱的对立面：安东尼奥对其敌人夏洛克刻骨、持续、残酷的恨。

[114] 安东尼奥的命运随着敌人对他的仇恨加深而愈发黯淡，而鲍西娅的命运则越来越光明，因为另一个讨厌的追求者在她手中失败了。如今我们得知，追求者在参加盒子测试之前被要求立下三个誓言：他们不能告诉别人自己选了哪个盒子，不能再向少女求爱，而且失败后必须立刻离开。中间那个誓言提升了失败的风险，必然使多数追求者甚至试都不敢试。我们还不知道是鲍西娅还是其父要求婚人立下这些誓言，但我们此时相信她可能会设计出这

些。下一个追求者阿拉贡(Aragon)没有选择铅盒,因为它外表难看。他也没有选择金盒,因为它的铭文提到"众生所祈求的",他急于将自己与大众分离,他批评大众基于外表做出判断(正如他方才对于铅盒所为)。阿拉贡是个势利小人,装得高于众人之上,但本质上仍不过是芸芸众生中的一个。银盒上的铭文许诺给予他所应得之物,因为这正符合他的观点,所以他选择了银盒。不过,在确定什么是自己应得的东西之前,他还就应得的东西发表了一段演说(40-49),这表明他自己不过是个"傻瓜"。鲍西娅也会这么评价他。他运用了令人难以忍受的、劝告式的虚拟语气("怎能让小人窃据……"),而他所表达的对这个世界的失望("啊,要是那爵位……"),正是那愚蠢希望的荒谬产物。他总是希望世界完全公正,当发现事实并非如此时,他就感到失望。"要是……多好"成为他可怜的口头禅:要是人不腐败多好!要是真正的好人(像他自己)能得善报多好!

因为期待如此之深,他根本不可能相信自己得不到奖赏。鲍西娅必须提醒他所发的第三个誓言("怎么不吭声……")。因为他随即对结果提出异议,她又指责他,提醒他可并不是裁判。盒内的纸条称他是个傻瓜。他离开了。"痴心的傻瓜,"鲍西娅如此称呼那些因如此想法而自豪的人,"拣错的挑／就是他们的本领"(80-81)。也就是说,这样的结果对他们有利。如果他们获胜,那么她将使他们的生活痛苦不堪。因为鲍西娅与这些人不同,她对世上的正义不抱那样高的希望,相反,她要自己掌握一切。事实上,我们能够看到她已经这么做了:银盒中的纸条让阿拉贡"随便找哪个老婆,陪你睡觉"(70),这向我们揭示出,第二个令人却步的誓言是她自己而非父亲所制定。巴珊尼此时正在赶来,这正合于鲍西娅合理的期待。信使呈上礼物,他已经完全被礼物征服了。鲍西娅自己则机智地怀疑，信使对巴珊尼的称赞是出于自身利益，而非出于公正的钦佩；她意识到人们很容易将自己的施主等同于心灵高贵之人。也就是说，对我们大多数人而言，由于我们把自己想得很好，[115]所以很容易将我们所获的好处视作理所当然，就好像那心灵高贵之人所肯定的那样。鲍西娅并非不自视甚高，但她并不认为自己的好运源自自身的价值。她与阿拉贡如油与水般不相容。

3.1 夏洛克期待上帝的报复

如果说迄今为止，莎士比亚使我们有机会在夏洛克身上发现，在基督教的挥霍之外，还存在一种即便有缺陷但仍合理的选择的话，那么我们在此看到，夏洛克因为其敌人安东尼奥的显著损失，已经变成一个一门心思要实现其血腥复仇的、怀抱丑陋愿望的人。我们又从塞莱里奥与索拉尼那里得知，安东尼奥的第二艘船在海上沉没。夏洛克宣称杰西卡因为背叛自己应当下地狱，由此证实了塞莱里奥和索拉尼的担忧，即他将失去女儿的报复目标定在了安东尼奥身上。他宣称，安东尼奥曾经自满地称呼他为高利贷者，而且要借钱时也只是行了基督徒的屈膝之礼。因为安东尼奥之所为，夏洛克已然蒙羞丢脸，被嘲弄，失去了朋友而得到了敌人，"因为我是一个犹太人"。

夏洛克针对这些不公待遇的著名回应——"犹太人就没有眼睛了吗？"等（3.1.58-73）——表明其尊严正陷于绝望的困境之中。因为夏洛克所提及的特征除了复仇之外，都是属于肉体的，它们可属于任何哺乳动物。夏洛克从独特的人中抽象出价值或尊严所基于的德性，此类德性的培养是近代以前政治生活的最高目标。

第三章 《威尼斯商人》：基督教商业共和国中的罗马德性　161

然而，正因为要在各类居民之中维持和平，商业共和国威尼斯必然在教育中取消这种德性培养。复仇当然是属人的特性，但正如夏洛克自己所承认的，复仇的欲求还不能构成赢得尊重的理由：他断言自己从基督徒那里学会了复仇，而如今他还要在罪恶方面超过他们。他要求按照约定割下安东尼奥的一磅肉，以实现自己的复仇。商业共和国的法律会如何处理——也必须处理——这属人的独特欲求呢？这个问题将在对安东尼奥的审判中得以揭晓。

审判即将开始。杜巴被派往热那亚寻找杰西卡。他回来后，先是告诉夏洛克杰西卡狂欢购物的消息，接着提到安东尼奥不断增加的海上损失。这更强化了夏洛克复仇的欲望。夏洛克表示，杰西卡不再是他女儿；她背叛他并拿走了他的金钱——这些原本要留给她的——所以她已经死了。正如他对杜巴所言，他要报复。夏洛克此时表明，他的复仇欲并非从基督徒那里学来，只不过安东尼奥的不幸提供了满足这一欲望的机会。他感谢上帝而非命运提供了这个机会：他将执行神圣正义，让安东尼奥痛苦并折磨他。然而，他对杜巴最后一个消息——杰西卡用戒指换了一只猴子——的反应却 [116] 再次向我们表明，他在灵魂深处寻求着报复，而如我们所见，这显然是基督徒葛莱兴所达不到的深度。那戒指是夏洛克的妻子莉娅（Leah）在他还是单身汉时所赠，绝不可用来换"漫山遍野的猴子"。如果如基督徒朗西洛所说，做犹太人就是做异教徒，那么在这里，异教徒践行了基督徒所达不到的忠诚之爱，基督徒本身只表现出挥霍无度。夏洛克失去了心爱的女儿——与此同时他也丧失了尊严和希望——此时，这一点显然触动了他。如果此世有意义，如果现世为正义的上帝所统治，那么他所受的苦难就应得到补偿。所以，他要求逮捕安东尼奥。

3.2 鲍西娅与巴珊尼

当巴珊尼准备选盒子时，鲍西娅表明自己已经爱上他，要与他成婚，因而请他先待上几天甚至几个月之后再选。但巴珊尼要求接受测试。鲍西娅答应了，并说如果他选对了，"音乐／就像那忠心的臣民拜见新加冕的君主时／高奏的乐曲"（48-50）。这将堪比一出高尚政治事件的所有快乐与威严。这一次，她要求在选择过程中歌唱。在歌声响起前，她将巴珊尼的举动与异教神话中的一个场景相比。这场景包含选择艰难困苦的有益意见："我站在这儿，做牺牲。"（54-62）她所选择的歌曲也为巴珊尼提供了解谜线索。歌词每段的头三行都以与"铅"押韵的词作结，① 其中说到爱生于眼睛，亡于摇篮，这也给了巴珊尼提示。巴珊尼对三个盒子的看法就像阿拉贡那样与价值有关，但没有阿拉贡那种对现世不公的虔诚的道德化、批评和不满。巴珊尼所想到的是遮蔽邪恶、美化丑陋的诡计和装饰。这些想法使他选择了正确的盒子。

鲍西娅毫不掩饰自己的快乐，而巴珊尼则夸张地描述铅盒里所藏的她的画像；他确实是个爱人。他几乎不敢相信自己成功了，但鲍西娅确认她已经是他的人。在那短暂的时刻，一切都是幸福的。她希望自己能够给得更多，但她现在所有的一切都是他的了——只要他戴上自己的戒指。巴珊尼自己则优美地叙述着自己的词穷，他说，这就像民众在万众爱戴的君王发表精彩演说之后爆发欢呼，而他们自己神志已经迷乱。巴珊尼和鲍西娅一样，把此情此景与政治生活作比。这透露出巴珊尼选择之后的快乐，但

---

① ［译注］这三行的尾词分别是 bred、head、nourished，与"铅"（lead）押韵。

因此也更明显地表明,这种政治生活在贝尔蒙并不存在。巴珊尼发誓会戴着鲍西娅的戒指,永远忠贞,直到死亡。葛莱兴和奈莉莎宣布他们两人也要结婚,获得同意之后,葛莱兴立马故态复萌,要打赌谁会首先生下孩子。他开了个污秽的玩笑[117]——当塞莱里奥和罗伦佐上场时——还作了番粗鲁的引用:"我们是伊阿宋,把金羊毛盗来了。"(241)

突然之间,一切都变糟了;安东尼奥的来信使巴珊尼脸色苍白。鲍西娅认为这一定意味着某个亲爱的朋友死了,"要不是,还有什么事儿/能夺去一个堂堂男子汉/的气概"(245-247)。她的这些话当即说明了问题:对她而言,安东尼奥将是争夺巴珊尼心目中第一人的对手。她说:

> 原谅我,巴珊尼:我跟你合顶着一个命运,
> 得让我分担一半儿
> 这信上有什么事?(248-250)

在莎士比亚笔下,鲍西娅此言呼应了罗马人鲍西娅所说的话,后者那时注意到刺杀凯撒的密谋困扰着丈夫布鲁图斯的灵魂(再比较《尤利乌斯·凯撒》2.1.267-302,尤其274)。巴珊尼的回答表明,他所谓的一无所有夸张过了头,他同一个亲密的朋友定了约,而那朋友又同自己唯一的敌人定了约,"给我张罗开销"。与布鲁图斯不同,巴珊尼——由于他作为基督徒的挥霍无度——欠下了债务。不过与布鲁图斯一样,他以敌友这一古典政治语汇来描述自己的处境,而不是诉诸宗教问题。塞莱里奥证实,这封令人不安的信件内容属实:安东尼奥的五艘船全部遇难,而夏洛克固执地要求伸张"正义",履行约定。杰西卡也证实夏洛克曾向"他的乡亲"——

不是他同族的人,也不是同胞犹太人,而是乡亲——杜巴和朱斯(Chus)发誓,他宁要安东尼奥的肉,也不要 20 倍借款的达克特。夏洛克和安东尼奥之间的争端已非基督徒和犹太人之争所能解释。在本剧的中心位置,这一问题要从严格的政治意义上来理解,就像在基督教之前的城邦中那样。

鲍西娅问,陷入麻烦的人是不是巴珊尼的朋友,巴珊尼在答复中令人惊讶地赞美了安东尼奥:

> 我最好的朋友,一个最善良的人,
> 热心,慷慨,
> 像他那样
> 秉着古罗马的高尚精神
> 意大利找不出第二个。(292-296)

这些话显得与夏洛克的(得到证实的)指控尖锐对立,但与我们所见到的安东尼奥并无相悖。巴珊尼没有提到任何基督教德性——我们在安东尼奥身上也没有见到;相反,他强调安东尼奥致力于古罗马的荣誉。鲍西娅强调说:"可不能累这么一位好朋友／伤一根汗毛,因为巴珊尼有什么不是"(301-302;强调为笔者所加),而应该赔付 12 倍借款的金额。正如巴珊尼使我们期待的那样,鲍西娅也同她的罗马同名者一样,为荣誉问题所驱动。

[118] 不过,她在此已开始展露出自己要优于布鲁图斯的鲍西娅,她展现了利用自身优势处境的智慧。尽管她让巴珊尼去偿付"足够二十倍"债务的黄金,但她已然听说夏洛克甚至连这种数额都不愿接受,在他想来,唯有"法律,城邦的权威和权力"(289)才能击败他。也就是说,鲍西娅知道她的付出虽然慷慨大方,却很可能

遭到拒绝。而本剧此后部分表明，她另留了一手。她谨慎地要与巴珊尼一同"到教堂去"，依照基督教法律公开庄严地宣誓，然而我们将会看到，她不会——像她对巴珊尼所表示的那样——忠贞却无所事事地与奈莉莎待在原地等结果。她为自己的慷慨之举提出的理由告诉了我们原因：

> 决不让你睡在鲍西娅身边
> 抱着一颗不安宁的心。（305-306）

这句话当然表达了她的感情。鲍西娅毫无疑问爱着巴珊尼，但这话也首先展现了鲍西娅的骄傲。甚至当提到自己时，她都会自豪地按照罗马人的方式采用第三人称。即使堕入爱河，鲍西娅也会精明自豪地为自己的利益而行动。巴珊尼对信件内容的读解证实了她此时的怀疑：安东尼奥为爱所驱，希望巴珊尼回去亲眼看着他的死亡。鲍西娅听到信的内容之后呼叫道："啊，亲爱的。"她让巴珊尼前往威尼斯。巴珊尼随即发誓会忠于鲍西娅。

3.3　商业共和国里的德性

夏洛克使安东尼奥被逮捕收监。牢头允许安东尼奥再次出来与夏洛克交谈。我们发现安东尼奥要求说话，但夏洛克不听，他认为牢头是要支持安东尼奥请求宽恕。"照借据办理"，夏洛克再三重申，拒绝安东尼奥申辩的请求。夏洛克自谓此时已然非人：你管我叫狗，那我现在就变成狗给你看。但他坚称自己所寻求的是正义，此时又补充说，自己已经发誓要按借据办理。安东尼奥放弃了申辩的打算，并让索拉尼也停止求夏洛克。他说夏洛克要的是自己的命，因为"几次三番,人家落在他手里,还不出债,眼看就要破产,/来向我求救,我把他们救了出来"(22-23)。我们或许可以说,安东尼奥竭力考虑自己的事,却忘记或者忽视了自己对夏洛克所表现的残忍——他对夏洛克就像对待敌人一样残忍。在他眼中,夏洛克的行为充满邪恶,他对此深表蔑视。然而,他已经失去了希望。索拉尼说大公不会认同依据协议的处罚,让他宽心。安东尼奥不以为然,指出对于大公而言,拒绝受理

> 他的诉讼
> ……动摇了国家立法的根本;
> 它的买卖、繁荣,
> 全靠着各国的人民。(26-31)

[119] 其他任何共和国都不会存在这种情况。我们可以说,威尼斯的基督徒统治者利用基督教对政治的否弃所提供的机会——这种否弃是出于高尚的政治目的,是基督教的双城教义所不可避免的结果——为了唯一留存的共善即城邦的财富,而将德性的践行挤压到了私人领域。易而言之,基督教的普世主义,那种爱一切民族之人的普世主义,其政治结果就是以追求财富为中心的世界大同。安东尼奥认识到,如此,威尼斯就仅剩下极简而又要严格遵循的商业法,因此他自己的案子也就毫无希望。他只能向上帝祈祷,希望巴珊尼回来看到他还债(35-36)。他寻求他的朋友证实或认同自己在私人领域的高尚行为。无论在贝尔蒙还是威尼斯,曾经发现于政治生活的高尚都已收缩至私人领域。

3.4 鲍西娅行动了

在贝尔蒙,罗伦佐称赞鲍西娅。他告诉鲍西娅,如果她知道安东尼奥是怎样真诚的绅士,怎样爱着巴珊尼,她会更为自己的行为自豪。那不是"一件寻常的善举"(9)。他将鲍西娅的所为归之于慷慨大方,并且(相当荒谬地)相信她知道安东尼奥如何爱着巴珊尼之后会高兴。鲍西娅的回答说得足够清楚,她这么做并非不顾自己的利益:"我从来也不曾后悔自己做得好。"(10)就此事而言,如果安东尼奥是巴珊尼的知心好友,那么他必与巴珊尼相类,而她则争取把"跟我那灵魂相似的人/从没顶的苦难中救出来"(20-21)。她追求与自己灵魂类似的人;当然,与此同时,她要阻止安东尼奥为其所爱着的自己的丈夫做出高尚的举动。可以确信的是,她如今是假装平静谦卑,要祈祷等待结果的到来。她宣称自己"已经私下向上天许了愿/要在祈祷和沉思中打发光阴"。她要待在附近的修道院里,直到她主人回来(26-34)。她让罗伦佐看管自己的家。不过,这是个机智而幽默的谎言。事实上,她要女扮男装,将她丈夫的朋友从地狱般的命运中解救出来,使安东尼奥免于为自己丈夫而死,也由此免得丈夫为安东尼奥内疚负罪。她这么做是为了丈夫和自己的幸福,也是为了救丈夫的朋友。这样,她也使巴珊尼欠了自己,获得了他的忠贞和忠诚。她为自己和自己的所爱行动,但以虔诚的奉献和法律为掩饰。

鲍西娅的计划——她承诺会在去威尼斯的路上将自己的计划告诉奈莉莎——是由巴泰泽(Balthazar)带信给自己的堂兄裴拉里奥博士(Dr. Bellario)。[120]她希望博士能借给她出庭的衣服并给她回信。裴拉里奥是大公过去曾依靠过的律师,鲍西娅通过他熟悉了威尼斯的法律。她预料大公已经给裴拉里奥写了信,也可能她是通过巴泰泽知道的。她打算自己在法庭上假扮巴泰泽,带上裴拉里奥的回信(58-62)——尽管巴泰泽自己带上裴拉里奥的回信出庭显然也同样有效。她和奈莉莎就像金盒同银盒一样,将会显得"已有了咱们所缺少的东西"(61-62)。她的欺骗并非出于自负或对自身价值的愚蠢估量,而是有意识地为了获取自己的善。她甚至要谎中带谎——在路上装成一个夸夸其谈的公子,去伤那些尊贵小姐们的心。她以沉静的基督教徒的虔诚这个巨大的骗局掩盖一系列欺骗。她要去拯救自己陷入麻烦的丈夫,并且做得比她的那个罗马同名者更好。

3.5 罗伦佐照看的贝尔蒙

在本剧中,朗西洛是联系犹太人和基督徒宅邸的唯一桥梁。他第二次将圣经有关原罪和降罚的教义用作戏谑的对象。他对杰西卡说她应该很快乐,因为她本是要受惩罚的,父亲的罪会降临到孩子身上。除非她父亲不是亲生父亲,否则这是唯一的出路——也就是说,除非她母亲曾经不忠。然而,无论哪一种情况,她都要受罚。杰西卡回答说,她会因为自己的丈夫而得救,因为后者使她成了基督徒。朗西洛指出"这样把基督徒制造出来,猪肉的价钱可要越来越俏了"。这再次证明能驱动朗西洛的只有食欲。杰西卡夸大了这个玩笑。她告诉上场的罗伦佐说,朗西洛称她要受惩罚,他还指控罗伦佐拉高猪肉价格,成了共同体的坏分子。这个玩笑根基于严肃的认识,即商业共同体的好成员要始终关注共同体的物价水平。商业共同体不关注宗教目标——宗教目标关注成员的不朽灵魂——不仅如此,还受到宗教目标的妨碍。罗伦佐承诺,他只会让朗西洛去做关系到共同体的事(37-39,并参 2.4.33-37 以及 2.6.51-57)。

罗伦佐此时无意中发现，自己也许是人生中第一次要承担起成年人的责任。因此，当朗西洛以一连串双关语来回应他尽力管理这一宅邸所发出的命令时，他被激怒了。"我求／你，我是一个普通人，只说普通的话。"（56-57）我们会看到，是什么让夏洛克喜爱严肃而不是这种过度的小聪明。罗伦佐最终注意到了杰西卡，他问她［121］现在可好。但还没等杰西卡回答，他又问她对"巴珊尼的太太"评价如何。杰西卡的称赞值得我们注意：

> 叫人怎么说得尽呢。
> 巴珊尼大爷理该一辈子走循规蹈矩的路，
> 娶了这么一位太太，
> 他身在尘世，享的是天堂里的福，
> 做人做到这样，他还不满足，那么
> 他永远也别想进入天堂了！
> 跟你说吧，天上的神仙
> 拿下界的凡女来打赌，
> 如果一边是鲍西娅，那么另一边
> 必须再加点码才成，因为在这个寒伧的人世，
> 再拿不出第二个女人能跟她配得上。（73-83）

鲍西娅受到上天祝福，足以为上天增彩，巴珊尼要恰如其分地过"循规蹈矩的生活"，这样才适合于她。杰西卡暗示，这样的生活是种自我牺牲的生活，是为了配得上这种快乐而避免自私的享乐的生活。但杰西卡的话并不完整，因为任何在这种生活中得到快乐的人都已经获得奖赏：只需在修道院中过苦修的生活。况且，正如杰西卡所言，想过这样的生活，就必须"配得上"。也就是说，要

过这样的生活，不能只是假装做出牺牲，否则就不会"有理由"上天堂。可是如果能获得上天的奖赏，这又怎么能算是牺牲呢？这样的生活难道不正是有利于自己的永生吗？因此，杰西卡所说的那种合乎正道的生活所作出的牺牲并不是牺牲，而是为了个人长期利益的行为，是需要付出的代价。一个人如果不寻求永生，也许就配获得永生，但基督教恰恰要求人寻求永生。她的话不经意间揭示出如下不可能性：既然自我牺牲不可能，人也就不可能通过自我牺牲来为自己换取永生。或许是意识到这一点，在说清楚巴珊尼已经在尘世获得他应在天上所得的奖赏——即鲍西娅——之后，杰西卡的论说转变成了异教口吻：在打赌争胜的，即相互争竞、非理性的诸神之中，难以找到与鲍西娅相当的人。然而，只有承诺永生的道德秩序已经毁灭，这样的神才能存在。有没有可能正是这样的想法使鲍西娅放弃了父亲的信仰，明智地追求她在此世的善，尽管她还同时维护着坚持虔诚和守法的表象？我们将会看到，她对威尼斯法律的理解更近于夏洛克和安东尼奥，而不是她的基督徒丈夫。

而罗伦佐甚至没能意识到他需要恭维一下杰西卡，尽管她已经在拐弯抹角地要求他这么做：他无礼地由称赞鲍西娅转而赞扬自己，还想要在［122］听到更多话之前填饱肚子（83-90）。他确实是商业共和国的杰出成员。

4.1 法庭上的鲍西娅

威尼斯大公开始了对安东尼奥的戏剧性审判。他叹息夏洛克的不仁慈，认为他是个"不懂得怜悯"、"不近人情的东西"。但正如我们所见，夏洛克诉诸法律，要求获得曾被剥夺的尊严。他是否信仰正义的上帝，这尚悬而未决。相反，安东尼奥仍然是个十足的廊下派：

> 我听说
> 殿下也曾费尽了心力劝告他
> 别采取这赶尽杀绝的手段；可是他什么话都不听，
> 在法律上，又没有什么办法让我
> 逃出他那死不放松的毒手，那我只有
> 死心塌地，挺身忍受，
> 用逆来顺受
> 对待他的暴虐和迫害。（6-13）

安东尼奥没有假装自己在意夏洛克的灵魂能否转变为真正的、神圣的善，也没有提到自己忍受虐待是为了唤醒夏洛克的良知（再对比奥古斯丁书信第138号）。忍耐只是他自己的武器。我们会看到，他此后要求夏洛克皈依基督教，只不过是作为一种惩罚。

大公询问夏洛克，问他是要残忍地继续，还是在此时表现出"慈悲和同情"。他要求夏洛克作为一名犹太人，给出一个"好回音"。但夏洛克回答说他自己是言而有信之人，而且他已经"向我们神圣的万军之主（holy Sabaoth）"发誓要拿到这磅肉。他还警告大公，如果他的要求遭到否决，这座城市就将受到惩罚：威尼斯将失去其自由特权（34-39）。自由人严守誓言。但自由人也当合理行事，夏洛克为何非要那一磅肉呢？他的答案是，他和所有人一样，是专断、异想天开、变幻莫测的好恶情感的奴隶。这是暴君的回答，但同时也是威尼斯的法律所无法回应的答案；威尼斯那些作为其兄弟的近代自由国家的法律也无法回应。这意味着，我们关于高贵与低贱、丑陋与美丽、可憎与可敬、高尚与低下的认识并不重要；这些认识都是盲目激情的产物,而我们正是激情的奴仆;我们无从超越激情,也不必因怀有激情而受责罚;唯当我们触犯了那出于恐惧才愿意遵守的法律时,才应受到指责。否则的话,我们每个人都会各自去追求自己的心血来潮,而不用对任何人负责。

> 所以,我没法给一个理由,也不愿给什么理由,
> 除了消不了的怨毒,解不开的仇恨
> 这是我对于安东尼奥的。(59-61)

正如夏洛克对抗议他的回答太残忍的巴珊尼所言,"我的回答可并不要讨你的欢心"(65)。[123]威尼斯的法律对于生活的正道问题刻意漠不关心,而这个问题正是根本争议所在。因此夏洛克会坚持遵照这样的法律,他当然知道自己的宗教也要求仁慈(如见《诗篇》136),可是他却利用法律给予的自由去做宗教禁止之事。

尽管如此,巴珊尼仍想要与夏洛克争辩:"难道人家都把自己所不喜爱的东西置之死地吗?"

但夏洛克的回答十分恰当:"哪一个人会恨他所不愿意杀死的东西?"仇恨驱使他杀人。

巴珊尼对他强调说:"一次受到冒犯,不应该引以为仇。"

对此,夏洛克或许可以提出,他受到质疑的冒犯远在那三个月借贷之前。他可以再次历数自己这些年来在安东尼奥那里遭到的辱骂,但这会使他们之间的争端牵涉生活正道的问题。

因此,夏洛克再次回避了这条路:"你愿意让毒蛇来咬你第二口?"

他将安东尼奥的行为,同时也将自己的行为贬斥为野兽之行。而他的要求则合于审慎。安东尼奥请求巴珊尼不要再说下去。这似

乎是对此种贬低的回应：他宣告夏洛克只是做了他要做的，就像潮来潮去、狼吃了羊、山巅在微风中鼓噪，都无法避免。他谴责这种必然性来自夏洛克坚硬的"犹太人的心"（70-83）。

在坚决拒绝巴珊尼双倍偿付的提议后，夏洛克给出了他第四个也是最后一个论证。大公问怎么样才能让他发慈悲，不要求任何补偿。这个问题正反映出商业法律的标准：仁慈是自利的，是一种经过算计的审慎。夏洛克机智地利用了这种法律。然而，凭借法律的最低目标，夏洛克甚至可以拒绝这一请求：

我怕什么处分？我又没犯法。

他并没有宣称自己完美无缺，不必害怕法律那苛刻的高尚要求，他只是表示自己的行为符合威尼斯法律的低标准。这一点随后惊人地清晰起来。他批评威尼斯人试图让他遵循超越法律标准之上的德性。他们和他一样知道奴隶制是错的，人不是驴、狗和骡子，那么，他能不能让他们释放自己的奴隶，让这些奴隶与自己的子女成婚，给他们好处？（他说）他们会回答说："这些个奴隶是属于我们的。"也就是说，我们拥有这些人；我们为此付了钱，而且是合法的。但他要的那磅肉也一样：这是他的。如果不是这样，那么"你们的法律别给我现眼！"（89-103）

在这最后一次论述中，夏洛克间接承认他的要求本身并不公正，至少不符合他们眼中的公正。他的要求只不过为法律所认可。他揭露了威尼斯人的虚伪。他们要求他超越法律标准之上，自己却用法律来满足自身利益。他不要做个懦夫，而要像他们那样利用法律，要求法律具有约束力。在他的表述中，法律就是粗暴专横地将事情要怎么样写下来。法律并不总是公正的，也并不必然公正；如果法律始终公正，威尼斯就不会有奴隶。如果有人基于正义开始挑战法律，那就是［124］超越法律，如此一来许多富有安逸的威尼斯人就会蒙受巨大损失。但法律压制了这类挑战；这就是法律的大德。威尼斯人知晓这一点：正如夏洛克所说，"我这里等候着判决呢"。不一会儿他又说："我上这儿来，是来跟法律讲话。"（142）没有什么能在法律之上，从而使我们能对法律本身作出判断；相反，唯有法律决定对错。也就是说，法律允许公民获取各自所理解的利益，至于这是否真的合乎他们的利益，只要法律有所规定，就不是问题。夏洛克将自己的要求置于威尼斯人这一原始霍布斯主义（proto-Hobbesian）式的法律观的基础之上。

对夏洛克而言，不幸的是，大公已经派人去请裴拉里奥。而装扮成裴拉里奥男仆巴泰泽的鲍西娅，将反过来利用这种法律观击败夏洛克。在她到来之前，巴珊尼对安东尼奥表示，夏洛克应该要他巴珊尼的肉，而不让安东尼奥流一滴血。但安东尼奥拒绝了这一提议：

> 我是羊群里一头没救的病羊，
> 死是我的本分：烂透的果子
> 最先掉地下；让我就这么倒下去吧。（114-116）

如果说这话还多少带着基督教色彩，那么安东尼奥接下来的话语则成功地将这一形象驱散：

> 你是做了好事，巴珊尼，
> 求你活下去，将来替我写一篇墓志铭。（117-118）

第三章 《威尼斯商人》：基督教商业共和国中的罗马德性　175

这高傲的话语证实了巴珊尼此前的说法，安东尼奥心脏里涌动着罗马的荣誉感。正如我们所见，这些话展现了出自古代罗马的大度。① 这些话表明，安东尼奥回应的第一部分所表现的并非基督教义，而是乐意赴死。他之所以如此坚定，是因为他丧失了财产，而更重要的是因为他失去了巴珊尼，他把巴珊尼输给了鲍西娅。后者才是他一直以来伤感的原因所在。

此时，基督徒的形象事实上只能令人遗憾地表现在葛莱兴这个人物身上。他再次以无情而愚蠢的咒骂辜负了自己的名字。② 当夏洛克用鞋底磨刀时，葛莱兴谴责他嫉妒——残忍地想要伤害他人。也就是说，葛莱兴再次提出了动机问题。如果他有双锐利的眼睛，他会看到，夏洛克已经极其巧妙地将这个问题解释为不正当的。夏洛克对这个年轻人的智力表示轻蔑，惹得葛莱兴爆发了，他恶语相向：

啊，你这一条打入地狱的狗！

由于在整个过程中正义似乎缺席，葛莱兴惊呼自己的信仰几乎要动摇了：也许异教徒毕达哥拉斯（Pythagoras）是对的，他说野兽——狗啊、狼啊——的灵魂会进入人体内。夏洛克就是这样。但夏洛克提醒这个愤怒的青年，自己是站在法律一边的（123-142）。

此时，在聪明的鲍西娅手里，这一点最终将证明正是夏洛克失败的原因。裴拉里奥的信中介绍鲍西娅是"一位罗马年轻博士"，一个老成的年轻人（153，163-164）。她前来代替据说抱病的裴拉里奥。鲍西娅立刻就法律的性质发表了著名的言辞，承认法律在夏

---

① 比如，想一想《尤利乌斯·凯撒》5.1.59-60 中布鲁图斯相应的话。
② ［译注］葛莱兴（Gratiano）一名源自拉丁文 gratia，意为恩惠、善意。

洛克一边，此时要求他仁慈就是违法（184-205）。她指出，仁慈并非一般人所能给予，[125]它是王者的甚至属神的德性：如果正义可以实现，那就没有人会想到拯救。她呼唤基督徒和犹太人所共有的虔诚，祈求上帝施以仁慈，教导"我们"仁爱怜悯——我们能在"天主经"（Pater Noster）①中找到这样的表述。然而她在总结时却表示，这所有的祈求不过是圈套：

> 我说了这一番话
> 无非想劝你别坚持法律的条文，
> 要是你说一不二，威尼斯的法庭执法无私
> 只好判那商人败诉。（202-205）

仁慈本身被置于夏洛克与其所渴望实现的目标之间。不出所料，他断然拒绝了鲍西娅的请求：

> 我自个儿的事，我自个儿当！我只要求法律解决
> 我定要执行那借据上写明了的处罚的条文。（206-207）

鲍西娅的第二次尝试和第一次一样，都是为最终击败夏洛克做准备。这一次由提出赔付问题开始。巴珊尼此时愿赔付十倍金额，再加上自己的双手、头颅和心脏。他宣称如果这还不行，那夏洛克事实上就是蓄意害人；正义正在被邪恶所击败。法律会支持邪恶吗？巴珊尼声称，如果法律支持邪恶，那么就应该无视法律：

---

① [译注]《天主经》，指新约中耶稣传授给人们向上帝祈祷的一段话，见于《马太福音》6：9-13和《路加福音》11：2-4。新教称之为"主祷文"。

> 犯一点小小错误，做一件天大的好事，
> 不容他，这狠毒的恶魔，如愿以偿。（216-217）

他的立场非常诱人——事实上，这正是我们当今许多影视剧令人愉悦的前提。这也是卡修斯回击布鲁图斯的指责时所持有的立场（参见《尤利乌斯·凯撒》4.3.7-8）。但鲍西娅坚决予以反对：

> 绝对使不得；在威尼斯谁也没权
> 可以变更明文规定的法律。
> 一旦开了这恶例，
> 那只消借口有例可援，这以后纷至沓来的弊端
> 谁还数得清？这是绝对使不得的。（218-222）

鲍西娅毫不妥协地拥护法律。但与布鲁图斯不同——或许事实上也与凯撒不同——她这么做并非基于共和政治的立场。共和政治的立场认为，倘若容许任何人超脱法律之外，作为法律根基的正义就会被颠覆（参见《尤利乌斯·凯撒》4.3.1-28，5.5.45-48 和 3.1.33-73）。相反，鲍西娅的立场则表现了正义的局限。人们不可能在每一件事上都获得正义，从而结果就是，人们需要强大的、不可妥协的法律。夏洛克完全认同这种理解。因此他极力赞美鲍西娅：

> 但以理来做法官啦！（223）①

---

① "但以理" 意味着 "上帝是我的法官"，而在巴比伦法庭上，但以理也被认作巴泰泽。参见《但以理书》1：7。[译注]"太监长给他们起名，称但以理为伯提沙撒（Belteshazzar）。"此名意为"啊，保卫君上"。

尽管鲍西娅再次给予出路，让夏洛克接受三倍的赔付金额，但夏洛克此时显然相信，鲍西娅就是上帝所爱的但以理。他回答说，他已向上天发誓，而且为了威尼斯他也不能对自己的灵魂作伪证（228-230）。我们如今所见与 [126] 其他剧作家笔下贪婪敛财的犹太人完全不同：夏洛克不要钱，不要达克特，他关心的是自己的灵魂，自己不朽的灵魂。他不断提及"但以理"，正表明了这一点（参见《但以理书》12:1-3）。

既然夏洛克如今将自己的灵与肉都诉诸法律的执行，鲍西娅便宣布借据有效，安东尼奥心脏边的一磅肉为夏洛克合法所有。然后，她这位"清明的法官"最后一次请求夏洛克慈悲为怀。夏洛克最后一次断然拒绝。安东尼奥要求作出判决，鲍西娅表示"法律的精神和涵义"都与所判的刑罚相一致。夏洛克无法掩饰他对鲍西娅的赞美，而就在他为这可怕的举动准备天平时，鲍西娅让安东尼奥说些话。安东尼奥必然以为这是他的遗言。这些话反映了他一贯的廊下主义，以及他对巴珊尼自始至终的爱。不过他最后还提到了巴珊尼的妻子——但并不是要祝福巴珊尼与她幸福。甚至在此时，主宰着安东尼奥思想的，仍然是他自己自始至终对荣誉的渴求：

> 没有，就只是；我不在乎，我准备好了。
> 把你的手给我，巴珊尼，再会吧。
> 别看我为你落到这地步而难受；
> 命运，对我这苦命人，总算照应了
> 照她向来的办法，把一个人弄到倾家荡产之后，还要他活下去，
> 叫他用凹陷的眼睛、皱纹的额角，
> 去面对那暮年的潦倒光景；这一种拖延时日的活受罪

第三章 《威尼斯商人》：基督教商业共和国中的罗马德性

> 她给我一刀两断了。
> 替我向尊夫人致意，
> 对她说安东尼奥的结局，
> 说我怎样地爱你，我临死关头死得有多从容
> 把故事都讲完了，请她评一评
> 巴珊尼是不是也有过一个知心的好友。
> 你倘使不因为眼看你的朋友没救而心里难受，
> 那么我给你还债，也就死而无怨了；
> 只要那犹太人一刀子扎得深一些，
> 一刹那，我就全心全意，还了债。（264-281）

安东尼奥已准备为巴珊尼而死。为了让巴珊尼宽心，他说他死了比倾家荡产后痛苦活着要好。（在这意在作为遗言的话中，他没有提到上帝和来生。）但这种想法——死亡如今对他有利——与他公开声言的对巴珊尼的爱相悖：如果死亡并没有使他失去什么，而且事实上还是得利，那么通过死亡所表现的献身又是什么呢？对于这个难以回答的问题，安东尼奥的说法有几分荒谬可笑，却与商业共和国相配。这个问题也在布鲁图斯自称幸福的死亡中出现。[127]他的死亡使自己获得了公共荣耀，而贬低了对手的声誉，因而使他幸福（参见《尤利乌斯·凯撒》5.5.36-42，50-52）。但商业共和国没有提供这样的机会。

然而，为了朋友而高贵地死去，这样的机会还是有的。我们由此会怀疑，这段话的后半部分事实上表现了安东尼奥要放弃生命的真实原因。他向鲍西娅致意，并要求巴珊尼把安东尼奥伟大的忠诚之爱的故事告诉鲍西娅。当然，巴珊尼向鲍西娅求爱这件事不仅是安东尼奥一直以来伤感的原因，也是他需要向夏洛克借款的原因所

在。他的死将解决这一问题,既治愈了自己的感伤,也表现了自己伟大的爱。这得偿所愿的最后牺牲是他竞逐巴珊尼之爱的一部分。但他的要求表明,他并不在乎此举对鲍西娅幸福的影响。如果像他所表明的,他的所作所为的报偿是让巴珊尼成为自己墓志铭的唯一作者,让他为失去替自己偿债而死的心爱友人而烦恼忧愁,那就不能认为他这么做全然是出于对巴珊尼的友谊。鲍西娅听到他这番话,当即认识到这对自己的幸福意味着什么。这也是她所担心的。她要有所行动,加以克服。

鲍西娅明智的担忧,如今为巴珊尼忠诚于安东尼奥的表白完全证实了。我们已经看到,鲍西娅与夏洛克有一致之处。巴珊尼宣称自己已经准备"牺牲"自己的所有,包括"亲爱的"妻子,来换取夏洛克放过安东尼奥。鲍西娅立即反驳道:

> 尊夫人怕不见得会感谢你吧,
> 要是她就在这儿,听到你这么慷慨。(288-289)

鲍西娅显然还没有准备好为丈夫的朋友"牺牲"。而另一边,对于葛莱兴类似的表白(尽管采用了明显基督教式的话语),奈莉莎也作了差不多的回应。随后,我们听到夏洛克一段重要的旁白:

> 基督徒的丈夫就这模样,我有个女儿;
> 哪怕她跟巴拉巴的子孙做夫妻
> 也强似嫁给了基督徒!(295-297)

犹太强盗甚至也不会像基督徒那样放荡而不忠于爱人。夏洛克现今越发意识到[基督徒]成为丈夫意味着什么。他之所以认同鲍

第三章　《威尼斯商人》：基督教商业共和国中的罗马德性　181

西娅有关法律的言论，是源自他们对于忠诚之爱的排外性这一残酷事实以及这世界的残酷性的共同认知。这与基督教的做法相反。安东尼奥自本剧开幕以来的感伤，在于他意识到巴珊尼对鲍西娅的爱对自己而言将意味着什么。在这个悲伤的事情上，他也与鲍西娅和夏洛克相一致。相应地，夏洛克对威尼斯法律的理解也与这两个罗马人相同。在此，我们看到了朗西洛将犹太教与异教等同起来的严肃基础。

　　既然自己重要的预见得到公开证实，鲍西娅如今便要将布好的局收网。她再次宣布，法庭和法律［128］将安东尼奥心脏边的一磅肉判给夏洛克。但她补充说，不能让基督徒流下一滴血，否则夏洛克的财产和生命都要充公，归威尼斯支配（305-312）。夏洛克问这是否法律的规定。她以不祥的口吻证实法律正是如此规定的：你会看到法条；你会得到正义，比你想要的还多。夏洛克曾多次赞美鲍西娅身为法官的智慧，但此刻他退缩了：他不要肉了，而要三倍赔付。巴珊尼准备给钱。但鲍西娅强烈坚持：要么取肉，要么什么都没有，而且只能——她此时补充说——恰好一磅，否则夏洛克及其财产就要充公。夏洛克此刻只要本金，而巴珊尼也再一次准备给他，但鲍西娅否定了这一要求：她宣称，既然夏洛克在法庭上公开拒绝仁慈，那么他也将得到正义而非仁慈。夏洛克要求回家，但鲍西娅不允许他离开：根据另一条法律，禁止外邦人直接或间接地谋取威尼斯公民的性命。她宣布将夏洛克半数财产充公，半数判给安东尼奥。而只要大公要求，夏洛克也将丧命（313-363）。

　　伴随着夏洛克令人印象深刻的失败，是葛莱兴狠毒的反应。他冲夏洛克叫喊，说着使人不快的话。他低俗的嘲讽（316、322、333、340）随着鲍西娅降低音量（369-374以及379-381）而不断增强。葛莱兴要求无情地处死夏洛克，但显然鲍西娅并不打算这样做。

幸运的是，她可以借助大公的仁慈，后者饶恕了夏洛克的性命，将死刑改成罚金（368-372）。鲍西娅特别指出，转成罚金的部分只限于国家所没收的那半份财产，而非属于安东尼奥的半份。她已有计划，而这个计划要想实现，此时还需要依靠安东尼奥。她要他也表现仁慈。安东尼奥表示：夏洛克的那半份财产仍归夏洛克使用，但在夏洛克死后要传给杰西卡及其丈夫，"新近窃走他女儿的绅士"（他坚定而真诚地承认罗伦佐的所作所为是盗窃）。但他接着要求，作为惩罚，夏洛克如今要改信基督教，并且要写下将财产赠与"女婿"罗伦佐和女儿的文书。他——正确地——怀疑夏洛克更关心女儿而不是自己的信仰。他认识到夏洛克爱己之深，并怀疑这种爱将超过夏洛克在宗教问题上的顾虑。夏洛克同意了这个安排，但显然并不满意；他称自己"身子不好受"。这是我们听到他的最后一句话。安东尼奥自己觉得这样的强迫已然仁慈。令人厌恶的葛莱兴说出了法庭上最后一段话，也使安东尼奥的处置显得仁慈：要是他，就把夏洛克吊死（398-400）。

鲍西娅直接拒绝了大公的宴请，随即抓住机会进一步更明白或持久地测试丈夫的忠心。她要求上来感谢自己的巴珊尼将手指上戴的戒指送给她。巴珊尼最初通过了测试（426-445），但鉴于自己在审判中说过的话，他［129］显然无法坚定决心。既然"巴泰泽"给了自己那么多，他也不愿在巴泰泽索要并声称应得到这件物品时拒绝他。巴珊尼没有看到鲍西娅和夏洛克已经发现的道理：一个人忠贞之爱的对象必然是有限的。安东尼奥的请求给这场争论做了总结：

> 巴珊尼大爷，让他把这戒指拿去吧：
> 他的这番功劳，和你我的友情

第三章 《威尼斯商人》：基督教商业共和国中的罗马德性　183

就算是重于你的夫人的命令。（449-451）

巴珊尼于是向原准备为他而死的安东尼奥表示，正如自己公开声明的那样，他的爱确实会得到回报。仍在执行计划的鲍西娅寻找着夏洛克的宅邸，要确立正式协议，而"罗伦佐该不知怎样欢迎呢"（4.2.4）。她接受了巴珊尼让葛莱兴转交的戒指，而奈莉莎也小心地准备从葛莱兴那里获取她给他的戒指：她们都知道，如果葛莱兴在巴珊尼交出自己的戒指后还保留着自己那个，这将是一件令人不快的事。

5.1　鲍西娅如愿以偿

仍然扮演着贝尔蒙主人的罗伦佐，同杰西卡谈论着这个充满爱意的夜晚。这一晚月色皎洁，微风轻拂，恬静而美好。他们回顾了诗人笔下流传千古的那些恋人们在"这么个夜晚"的所为。特洛伊罗斯（Troilus）在希腊人营帐外发现了克瑞西达（Cressida）的不贞。这第一个例子确立了整个谈话的基调。我们注意到在这个故事中，政治和忠诚之爱都遭到贬低。特洛伊罗斯的例子展现的是古代英雄主义的喜剧形象。另一方面，皮拉摩斯（Pyramus）为狮子的外形所骗，错为提斯柏（Thisbe）悲恸而自杀身死，而埃涅阿斯则反过来，他抛下狄多（Dido）在迦太基，自己前往创建罗马——这个中间的例子再次暗示了被抛弃的爱人，但她之所以被抛弃是为了政治目的而非由于家庭的权威。第四个例子回顾了美狄亚在使伊阿宋的父亲返老还童之后，遭到伊阿宋背叛之事。伊阿宋要与科林斯公主而非美狄亚成婚，他的忘恩负义和不忠缘于他想要建立有效的政治联盟。在第五段也是最后一段中，罗伦佐说到杰西卡的"犯罪"(离开自己的父亲),而杰西卡则对罗伦佐忠于自己的誓言表示怀疑。罗伦佐继续着这出玩笑,声称受到了诽谤,但他原谅杰西卡。在事情闹得不可开交之前,信使史蒂番诺(Stephano)赶到了。不过,从这对恋人的谈话中,我们已经看到他们的异教典范们——其中无一人是基督徒——要么不忠要么被骗。他们的爱都以伤痛告终。但在贝尔蒙、在鲍西娅手下,一切将会不同。

史蒂番诺宣称,鲍西娅和奈莉莎一路上在各种十字架前祈祷,她们马上就会回来。这段话着重提示我们,鲍西娅口头上效忠于基督教,这使她娴熟掌控的私人领域占据了优势。而[130]巴珊尼也即将赶到,罗伦佐因而令人做好准备,尤其是音乐。他关于星星所说的话有助于理解贝尔蒙迷人的自然:他告诉杰西卡,存在着星辰"不朽灵魂"的和谐乐章,但我们舒服地躺在这副有朽的肉体之中,听不到(60-65)。在接下来对音乐的长段颂词中,罗伦佐提出,一个人如果不能为音乐的和谐所动,不能为美妙乐音的和谐所动,那他就不应得到信任。正如"诗人"(奥维德)所言,音乐甚至可以移动石头和树木,改变顽固之人和怒火填膺之人的"本性";它使我们能有一刻变得温和、温柔、节制,使我们得到爱与和谐的高尚愉悦。这是解决不和的暂时办法。不和的主要原因在于我们有朽的肉身。因此我们可以说,正是肉身阻碍了我们理解永恒,使我们远离知识。

我们之所以在此总结罗伦佐的想法,因为这与随后鲍西娅的想法形成尖锐对立。鲍西娅将在贝尔蒙实现和谐与和睦,但她不打算在所有地方都如此,即使在威尼斯也不会。她也不认为,与那种虽然出于自然却几乎感受不到的宇宙和谐一致才能实现和谐。相反,她最初关于照亮前方黑暗的想法,暗示出她所看到的是人类事务中根本的、不可逾越的不和:

第三章 《威尼斯商人》：基督教商业共和国中的罗马德性

> 我们望见的灯光从我家透出来，
> 小小的一支蜡烛，把光明送得多远啊！
> 一件好事也就这样，在这黑暗的世界上。（89-91）

即使好事照耀出光芒，这世界也是罪恶的。而且，正是因为有好事存在，世界才是罪恶的。奈莉莎随即发现，月亮发光时，蜡烛的光芒便被掩盖了。在鲍西娅看来，"人间的光荣就这样，大的掩盖了小的"（93）。当大的荣耀闪光时，没人会看到小的；小荣耀最多不过映衬别人的大荣耀。听到音乐声之后，鲍西娅的思考仍然延续着这一在人类事务根本上无法和谐一致的主题：

> 没有对比，哪儿就见出好处来。（99）

也就是说，没有与他者的对比，也就见不出好处。正如她所解释的，音乐在晚上比在白天听起来更甜美，因为晚上没有其他声音干扰；这就是"独自歌唱"。就像夜莺独自的甜美歌鸣一样，这声音在白天与其他声音的竞逐中，所获得的荣耀就要小些（104-106）。莎士比亚以此表明，鲍西娅完全了解人类追求荣耀那种成问题的、不和谐的本性，了解真正的共善如何更普遍地缺失。与她在贝尔蒙的替身罗伦佐不同，鲍西娅理解个体追求满足的矛盾特性。个人通过光荣、高贵的行为实现个人满足，这类行为的荣耀阻止其他人分享高尚。但鲍西娅马上对奈莉莎隐瞒了自己的这一想法。她以快乐的言辞作结，似乎一切都 [131] 具有潜在的和谐可能：

> 多少事物，多亏得跟时机合拍

> 才达到尽善尽美,博得了赞赏!(107-108)

鲍西娅宣称自己一直和奈莉莎在一起,为丈夫的安康祈祷。她要求所有人都不要透露自己离开的事。此时,夜晚反映了鲍西娅当前的处境:并不明亮,只是发着光,就像太阳被遮掩的"昏沉沉的白天"。巴珊尼上场。他接过鲍西娅对太阳的评论,宣称只要她在,他们就是在光明中前行。然而她那玩笑的、一语双关的回应却使他们变得狼狈起来:

> 让我发出光亮,可别像亮光,轻的没有些分量,
> 轻浮的妻子可是个沉重的包袱,压在她丈夫的头上,
> 我可不愿意我的巴珊尼为了我而这样——
> 可是,万能的天主!欢迎你回家来,我的爷。(129-132)

她不会变轻(轻浮),因为她不想要一个沉重的(悲伤的)丈夫。明智又一次指引着她,即便她已坠入爱河。她并不是追求肉体的欢愉,因此,她也完全认识到爱就像荣誉一样不可能与人分享。所以,当巴珊尼向安东尼奥这个自己"受恩惠没有穷尽"的男人介绍鲍西娅时,她回应说:

> 你的确是受惠无穷。
> 可我听说人家为了你的缘故,受了很多苦哪。(136-137)

她修改了巴珊尼的话——不是受累"无穷",而是受了"很多"苦。她更深层的观点是,巴珊尼受到互惠正义的约束。这可以解释她的修改。她含蓄地发出警告:只要巴珊尼确实忠诚于自己,她就

第三章 《威尼斯商人》：基督教商业共和国中的罗马德性

给予他恩惠。但是，巴珊尼做到了吗？

奈莉莎指责葛莱兴将戒指给了别人，而忘了戴上戒指时发的重誓。此时问题就被提了出来：

> 不为我，就为你发下的重咒
> 也该看重它几分，好好戴着它呀。（155-156）

她宣称，既然葛莱兴言而无信，那他也可能把戒指给了一个女人。奈莉莎在此玩弄着真相（159），但誓言之事则是严肃的。鲍西娅此时也进来附和。她宣称，她的巴珊尼不会将自己给他的戒指交给别人的。这话使巴珊尼尴尬起来；他知道自己陷入麻烦了。正如鲍西娅所期待的，爱说谎的（ever the cretan）葛莱兴为了自己摆脱困境，告发了巴珊尼：他把自己手上的戒指交给别人了！（179以下）鲍西娅问，是不是那个戒指？听到答案后，她宣称巴珊尼心意"虚伪"，并且——戏谑地——发誓，在他拿回戒指之前不与他同床（190-191）。不过她的做戏有着严肃的意图，她要教导丈夫及其朋友极为重要之事：对她的忠诚必须排在第一位，排在最重要的位置。巴珊尼自然要开始为自己辩护，他强调那个人的确值得自己把戒指给他（192-202）。由此，相对价值问题走到前台，成了讨论的中心。

［132］巴珊尼辩解说，倘若鲍西娅知道戒指给了谁、为了什么人什么事而给，并知道他交出戒指时多么不情愿，那她的不快就会少一些。但此时，伟大的鲍西娅藏起了自己灵魂中的伟大和宽宏：

> 要是你懂得它的价值：这戒指，

> 或是多少体会到：我送你这个戒指是怎样一片情意，
> 只要你想得到这本是你的荣誉：保存这戒指，
> 那你就不会轻易送掉这戒指。（199-202）

在此，统治资格的问题被提了出来。私人领域与政治或公共领域都在坚持问这一问题。这正如卡修斯对布鲁图斯提出的"谁更能做决定"的问题。① 巴珊尼肯定知道，鲍西娅比任何人都更配得上他的荣耀和忠诚誓言；他还不识得她一半的好处。鲍西娅补充说，既然巴珊尼公开热情地忠诚于自己，而任何有理性的男人是不会提出此类非分要求的，所以，她只能相信他是把戒指交给了某位女士。这戏剧性的反讽是深刻的，并许诺了幸福的结局。但巴珊尼是否值得信赖这个问题，就如应忠于谁的问题一样，仍然很严峻。巴珊尼反对说，他所做的都是光荣之事（209 以下），这就使问题更加深化。

巴珊尼在辩护中所言毫无疑问是真实的，即戒指给了一名法律博士，

> 可是人家救了我好朋友的性命呀，
> 叫我怎么办，好太太？
> 我没法可想，只好叫人追上去，把戒指送给他，
> 我真是又窘又惭愧，
> 我可不能让自己的名誉背上了
> 忘恩负义的罪名。（214-219）

---

① 参见《尤利乌斯·凯撒》4.3.30-35。又参《麦克白》4.3.91-103。

是安东尼奥要求巴珊尼照"巴泰泽"所要的,把戒指给"巴泰泽"的,这两人一个是曾愿意为自己而死的光荣的朋友,一个是救了这朋友性命的人,如果巴珊尼拒绝这个要求,他还算什么朋友、算什么人呢?然而,他不是向鲍西娅发过誓,至死也不会摘下这象征着自己忠诚的戒指吗?事实上,巴珊尼无路可走。哪条路都是不义。鲍西娅从一开始就参与其中,此时又使事态发展到了这一步。她向巴珊尼表明,尽管他如此为正义所分裂,但他对于自己的忠诚必须主宰他的灵魂;她必须是统治者。鲍西娅和安东尼奥一样,不仅拥有古代罗马人的德性,也清楚地理解了我们在《尤利乌斯·凯撒》中所见的共和德性的问题;正如我们曾有所怀疑的,这实则就是她明智地追求自身利益的基础所在。

[133]她所引致的状况确实美好,富有诗意:她本人既应该为拯救了安东尼奥而受到感谢,也应得到巴珊尼的忠贞不渝;随着巴泰泽和鲍西娅实为一人这件事得以揭晓,正义的冲突也得以解决。一切都变好了。但显然事情不会总是如此。因此,在解决问题之前,鲍西娅审慎地利用当前的状况修正了她所面临的潜在困难,即重新制定了安东尼奥和巴珊尼之间的友谊的秩序。她确保安东尼奥此后会支持巴珊尼忠诚于鲍西娅。因为怀疑巴珊尼在两性关系问题上对自己不忠,她首先假意表示自己同样也可以不忠于巴珊尼,可以"看你的样,同样自由"(226)。(她对词汇的选择提示我们,因为基督教对待爱情的自由态度,对于她丈夫而言,谁值得他为之忠诚的问题已进一步突出出来。)安东尼奥因而不得不开口,他宣称是自己导致了他们的争吵。鲍西娅有礼的回答("你来,我们很欢迎")悄然确认了这一点(238-239)。巴珊尼再次表示自己犯了"不得已的过错",为此请求原谅。但鲍西娅想要的不是道歉,她打断了巴珊尼的话,指责他自私。巴珊尼随即发誓说,自己再也不会违

背对她的誓言。那些捕获已婚人士之心的人都很清楚，这当然是个问题：人们怎能继续信任一个曾经违背誓言的人呢？这样的人怎么还能找回自己的好名声呢？方法倒有一个：只要另一个值得尊敬的人愿意为他出面担保。安东尼奥就是这么做的（249-254），而这显然正是鲍西娅本人想要寻求的结果。

安东尼奥的新职责是保证巴珊尼永远忠于鲍西娅。他敏锐地指出，巴珊尼（即在主观意图上）"绝不会再发了誓，又故意失信"（253）。这就与巴珊尼关于自己是"被迫"不忠的说法相矛盾。安东尼奥认识到，巴珊尼将自己看得比鲍西娅更重要，并为了自己违抗了鲍西娅，所以此时他要让巴珊尼忠于鲍西娅，以此表明自己是个真正的朋友。他还表示，要是没有"向你丈夫讨戒指的人"，自己已经死了（250）。鲍西娅由此得到了安东尼奥的亲口证据，即他因为"巴泰泽"救了自己的命而深怀谢意。然后，她将戒指交还给巴珊尼，开始揭晓自己"巴泰泽"的身份。不过，在她身份完全揭开之前，葛莱兴又展现了他的低俗：

怎么？我们还没有做丈夫，倒先做起王八了吗？（265）

也就是说，他以为会在某个时候做王八。鲍西娅最终直接责骂他："别把话说得那么难听。"（266）我们看到，如今是谁坚定地掌控着局面。鲍西娅拿出裴拉里奥的信，揭示了自己的身份。此时，她已能够毫无保留地对安东尼奥说："我们欢迎你。"（273；对比139-141和239）。她交给安东尼奥一封信，内容与他的三艘船有关，这封信由此成了他"性命和生计"的来源（286）。最后，奈莉莎也透露了解决罗伦佐和杰西卡困难的办法：夏洛克的遗产［134］在其死后将全部归他们所有。所有的感激和友情如今都指向了鲍西娅。她成了太阳，就连安东尼奥要为巴珊尼做出的牺牲都黯淡了下来。

本剧开始于安东尼奥的感伤和对自己的船只的忧虑，终结于关于那些船只的好消息，这样的结局掩盖了令他伤感的新缘由。这缘由就是他现在认识到，自己在余生中都只不过是巴珊尼位居其次的朋友，因为巴珊尼已经保证自己要忠于鲍西娅。可以肯定的是，这也解决了安东尼奥的问题，因为他也同样像忠于女神一样忠于鲍西娅——他一切都欠她的。然而，一个秉持"古罗马的高尚精神"的人，如此服从于另一个更完全表现出这种精神的人，这似乎并非一件绝对的幸事。安东尼奥的不幸使鲍西娅有了实现伟大的机会。

第四章

《李尔王》：神圣正义问题

[135]《李尔王》考察了爱——无论是孝爱、父爱还是情爱——与正义之间的关系：不仅是关于什么值得我们去爱的认识，也包括关于什么值得统治和被统治的认识。该剧既是莎士比亚最为杰出的悲剧，也是最难解读的剧作之一。国王就如本剧中其他所有人一样，其个人情感与公共统治绑在一起。这些没有回报而又固执的情感似乎使李尔陷入疯狂。但正如埃德加所言，李尔的疯狂中也有理性（4.6.174-175）。由于自己灵魂深邃而坚韧，李尔的经历使他质疑自己一直以为理所当然的观念——他以为理所当然的一件要务就是人世正义和神圣正义的存在。在莎士比亚的剧作中，没有哪一部如此频繁地提到作为人类行为标准的"自然"，超越于法律、习俗以及上帝之上。在其他剧作中，莎士比亚从未如此将正义和"应得"的问题与神的存在问题联系在一起。正是对这一问题的反思使李尔陷入疯狂，并且使他未能完全恢复过来。我们发现，以政治为业的男男女女都依循他们对该问题深浅不一的认识而行动，而他们所作所为的政治后果也循此而来。

第 一 幕

坎特和葛罗斯特（Gloucester）这两位英格兰伯爵，在葛罗斯特的私生子爱德蒙（Edmund）面前，表达了他们对李尔王分配王国方案的困惑。在他们看来，（贡纳莉〔Goneril〕的丈夫）奥尔巴尼公爵较之（瑞干〔Regan〕的丈夫）康沃尔（Cornwall）更得李尔心意，但如今康沃尔却和奥尔巴尼所得相等。王国的分配取决于国王的"情感"，这被认为理所当然，而如果李尔确实是因为他们展现出〔136〕成为统治者的真正德性而有所偏爱，那么这样的安排也许是明智的（尽管绝非最佳）。不过，李尔的这两个女婿是否像他们的妻子那样不善掩饰呢？而李尔的情感，会纯粹是谨慎评价两个女婿是否适于统治的结果吗？

在面对此类问题之前，作为准备，莎士比亚让坎特和葛罗斯特转而注意到爱德蒙。在他们讨论时，爱德蒙一言不发地站着。坎特想知道爱德蒙是不是葛罗斯特的儿子；爱德蒙（他对坎特的了解，与坎特对他的了解差不多）远离朝廷九年，由葛罗斯特供其学习。坎特几乎（尽管并非完全）是在说，当他看到葛罗斯特的通奸孕育了一个"好"的结果——爱德蒙时，葛罗斯特的通奸也就不算个错了。之后葛罗斯特表示，法律并没有影响自己对爱德蒙的情感，他对爱德蒙的感情比对那个嫡长子（埃德加）还要好：

> 伯爵，我还有一个儿子，是名正言顺的，
> 比这一个大上一岁光景，可倒是并不怎么更贴紧我的心。
> 这个小兔崽子，谁也没有要他来，就这么冒冒失失，闯到了世上，
> 可是，他的妈妈长得真俏啊，
> 当初造他出来的那段时光，着实让我受用了一番，
> 这个小杂种是少不得要承认的。（1.1.19-24）

这是爱德蒙在本剧中唯一一次听到自己的父亲谈论情感与合法

性问题。葛罗斯特因为孩子母亲的美貌和造他时交媾的快感而轻视法律。我们会看到,爱德蒙正在认真倾听,而且他将按照父亲此处所阐述的原则,推衍至其逻辑上的结论。葛罗斯特向他介绍坎特,称坎特为自己尊贵的朋友,而坎特则回应说自己准会喜欢他,提出要多加来往。爱德蒙回答说:"听候大人的差遣。"(1.1.31)这段陈述不但告诉我们爱德蒙在本剧中所思考的主题,也告诉我们全剧的主题所在。爱德蒙声称他将"学习"价值,也就是说,他会尽力证明自己值得坎特的爱,他(以及我们)将要去思考什么构成了真正的价值这个问题。价值来自自然,而非仅仅出于法律或约定。

* * * * *

李尔与女儿、女婿一同入场。我们了解到,他还有年纪最小的第三个女儿,叫考狄利娅(Cordelia);李尔首先命令葛罗斯特去陪同考狄利娅的两名追求者,法兰西国王和勃艮第公爵。随后他宣布了自己的计划,要把王国分成三部分。他这么做有两个原因。第一个原因是私人的:

> 要让我衰老之躯摆脱那一切操劳和烦恼
> [137] 把国家大事委托给那年轻有为的,自己
> 乐得一身轻松,好爬向最后的归宿。(1.1.39-41)

第二个则出于公心:要防止王国"日后争执"。如果说正在步向死亡的李尔将统治视为负担,那么他还没有忘记,更为年轻而有雄心的人正渴望施行统治。但他以为由孩子们照管王国、照看他自己,他便可以安享余生,因而不愿过多削弱他们的雄心。也就是说,

他将以命令的形式规定他安享余生的晚年愿望，这就是得到他应得的东西的愿望，因此能为他的（想必是正义的）女婿们所接受。如此，他的计划就显得前后不一——如果女婿们如其所愿的正直，那又为什么要防止他们"日后争执"呢？还是说，李尔认为，自己的愿望是那么理所当然，即使最可怕的野心，也无法妨碍自己所应得的余生安乐？

为了使王国的划分具有公开的正当性，李尔已有所准备。这一场开始时，这个问题变得更为尖锐。坎特和葛罗斯特在开场时的谈话使我们以为，李尔的划分是基于他对女婿们不同的"情感"。但李尔并不是基于此来划分的，而是声称，王国的划分将基于三个女儿各自对他的爱。他由此含蓄而公开地声言自己应为她们所爱，并且决定，根据她们对这种应得的认识能力，以及她们随后对于他的奉献的表达来分配她们各自的份额。据此，她们要展现出比李尔依据"自然"对她们每个人的爱更多的爱，也就是说，作为女儿，或许也凭借年龄，她们"值得"他将要分配给她们的王国份额。

然而，当这一场展开时，地图上已经标明每个女儿所分得的疆土。我们认识到，那个李尔曾公开宣称的分配的基础不过是场虚饰。如果这种宣称是真的，那么李尔不可能在听她们说话之前就分配好各自的份额（但他正是这么做的）。因而我们看到，李尔已经完全计划好了分配方案：贡纳莉预定获得王国北部，瑞干获得南部，考狄利娅获得中部。李尔自己打算与他最爱的女儿及其未来的法兰西丈夫（勃艮第公爵，如果不是"伟大的"法兰西国王的话——1.1.188-206）一起生活。他由此也给两个暗中较劲的女儿及其丈夫设置了缓冲。① 公开宣称的分配方案掩盖了这一政治背景，其条件

---

① 关于这一计划及其睿智，见 Harry Jaffa, "The Limits of Politics: *King Lear*, Act

是女儿们对分配方案达成公开的一致或协议。

这个计划生效的条件是,三个女儿必须准备好公开表达各自对国王的爱。对于贡纳莉和瑞干而言,这并非难事。贡纳莉声称李尔对她而言比任何东西都珍贵,瑞干则宣称自己敌视一切快乐,除了李尔以外。[138]如果她们如此向上帝表白,尚属合宜。正如考狄利娅在旁白中所言,姐姐们的话让她心烦意乱。她爱李尔,却正因此而无法说话,因为——我们推测——姐姐们的所言是如此显而易见地唯利是图且夸大其词。最后她说,她只能用沉默来表达自己真实的价值,即便由此会冒着失去嫁妆的风险。

分配好了贡纳莉和瑞干的份额后,李尔表明了自己对考狄利娅的偏爱("我的爱"):李尔要分给她的王国中部地区比两个姐姐的所得"更富庶"。然而,考狄利娅的旁白使我们预感到,她勇敢而坦白的言辞必然毁掉李尔的计划。她"说不出什么"比"姐姐们更好的话"。一再敦促之下,她说:"我爱父王/按照我应尽的本分,不多也不少。"最后,她宣称:

> 我的好父王,
> 你生下我,疼我,对我有养育之恩:我
> 理该按照应尽的责任,
> 孝敬你,爱你,对你十二分的尊敬。
> 为什么我两位姐姐嫁了人,却说是
> 一心只爱你?有一天,也许我要出嫁,
> 对我的夫君许下了终身相托的盟誓

I, scene i," in *Shakespeare's Politics*, by Allan Bloom, with Harry Jaffa(New York: Basic Books, 1964), 113-145。

我的心，我的关怀、责任，都要分一半献给他。
我绝不能像姐姐一般，嫁了人，
又一心只爱父亲。（1.1.95-104）

在其他场景下，这段话的前一部分也许还会显得温馨，但此刻与姐姐们的话相比，却显得冷淡。这样，考狄利娅就不得不因为姐姐们的阿谀奉承而与她们对质：她们没有丈夫吗？既然有丈夫，她们宣称自己全心全意爱着李尔，不就明显是虚情假意吗？从而，她必然也在暗中指责父亲用王国的三分之二来奖赏溜须拍马。最后，考狄利娅直率地谈到了责任和本分，即真诚的爱所具有的甘于牺牲的奉献。而她的姐姐们为了获得奖赏，假装她们的爱全都是快乐的。考狄利娅如其所言讲话"真诚"，却带来了灾难性的后果。

在此，公开表达的真相伤害了李尔。他怒火中烧："不用多说了：拿真诚做你的嫁妆吧！"他向太阳神和赫卡忒，向白天与黑夜发誓，与考狄利娅断绝父女关系。他宣称即使最可憎的人类，那野蛮的西徐亚人（Scythians）——他们吃自己的子女——也比考狄利娅跟自己亲近。似乎对他而言，一个不够爱自己的女儿比女儿毫无价值更坏。她似乎对父亲忘恩负义——看上去不义——这将使她彻底被李尔疏远。李尔特别补充说，自己曾期待因为自己对她的给予而获得某种回报。

我最疼的是她，[139] 只想依靠她
尽心供养，来打发我暮年的晚景。（1.1.123-124）

不过，这不正表示，他自己的爱至少在一定程度上也并非完全无私吗？考狄利娅坦诚地宣称她对父亲的孝心遵循互惠原则，这样的情感，不是比李尔因为女儿没有爱自己胜过一切而发火更为明智吗？不过，多数或者说大多数真正的爱——考狄利娅的爱也不例外，尽管她用心纯粹，和姐姐们不同——不都在这一点上包含着含混性吗？这种爱愿意全心全意付出，同时又期待因牺牲而获得奖赏。在这一点上，爱不正是与正义相类，甚至与正义一样吗？李尔将其对家人、对子女的感情与其政治责任和价值融合在一起，这对于异教君主国而言或属特别，但对于政治生活和家庭生活共享的"应得"观而言，由于忠诚之爱是每个人的命脉所在，这种融合也就是自然而然的了。

* * * *

李尔剥夺了他本要分给考狄利娅的部分，并与她彻底断绝关系。坎特请求收回这"鲁莽的"决定。坎特的请求正在于他对李尔忠诚而由衷的效忠：他"坦白地"说话，告诉李尔他所要保留的不是计划留下的数百骑士，而是整个王国。他劝告李尔说，考狄利娅不是最不爱他，而是比她说话空洞的姐姐们更爱他；他劝道，李尔的决定鲁莽甚至疯狂，令人无法接受。李尔的回答则以死相威胁。但这并没有让坎特沉默。他令人动容地说，自己已经是李尔的一个卒子，"跟你的敌人去相拼，不怕输掉了生命，／只要能够保住了你"（1.1.155-157）。坎特的话——特别是与其此后的行为相对照——提醒我们，贡纳莉和瑞干嘴上所说的那种忠诚，还真存在男子气概的范例。

但李尔不为所动；他如今"凭着阿波罗起誓"，这个复仇之神曾因为特洛伊前线的希腊人虐待其虔诚的祭司克律塞伊丝（Chryses）而向他们降下瘟疫（《伊利亚特》1.10以下）。坎特宣称自己是治疗李尔"病魔"的医生，再次恳求他收回给予贡纳莉和瑞干的赏赐，李尔则斥责他想要让自己违背庄重的誓言，而这是"我从来不敢做的事"。对于虔诚而愤怒的李尔而言，坎特的恳求就是背叛。他向朱庇特——众神之王——起誓，要将坎特放逐。坎特在虔诚地肯定了考狄利娅的言辞符合正义之后离开。李尔的愤怒以及他自以为合于正义的要求，使他确认了对诸神的信仰。这些神认可他的所为。然而，存在这样的［140］神吗？在后续情节中，我们会看到，对李尔及其朝中诸人而言，这正是问题的核心所在。

* * * * *

留待解决的就是考狄利娅及其追求者的命运。从李尔与勃艮第大公的谈话中我们得知，两人已经达成了一桩交易。后者与考狄利娅联姻是出于政治目的，根据这桩交易，考狄利娅会得到王国的中部地区，因而大公也会得到这块地方。（我们再次见识了李尔的政治远见：勃艮第而非强大的法兰西将居于两个姐姐之间。）如果没有了这许诺的嫁妆，勃艮第大公还会继续求婚吗？他恭敬地谢绝了：

> 这可把人难倒了，怎么能取舍呢。（1.1.206）

现在法兰西国王——他显然是李尔的次等选择——的机会到了。国王抓住了这个机会。他拒绝了李尔让他去爱更有价值的人的建议，而表示，"仅凭理性"，他不能认为此前一直为李尔所宠爱的考狄利娅如今做了什么可怕的事，以至于使李尔必须与她断绝关系。他对事态合乎理性的评说，最终促使考狄利娅解释了自己所采立场的基础。她说,她很高兴没有像姐姐们那样说话,尽管"没有它,却失掉了你的欢心"。她不能溜须拍马,这一德性使她失去了父亲的爱。可悲的是,德性没有得到李尔的奖赏。

法兰西国王得知,李尔之所以同考狄利娅断绝关系,完全是因为考狄利娅说不出奉承话。他表示惊讶不已。他彬彬有礼地询问勃艮第大公是否要娶考狄利娅,"她本人就是一份嫁妆"。大公重复说,唯有得到先前约定的东西,他才会娶考狄利娅(1.1.244)。但李尔再次确认自己的誓言始终有效:"什么也没有,我发过咒。"(1.1.245)他的顽固如今显然已打乱了他自己的政治安排。这种顽固与他对正义之神的信仰紧密相连,这些神目睹他发誓,也保守他所发的誓言。于是法兰西国王宣布,他坚决要娶考狄利娅,因为他爱上了她的德性。他为考狄利娅的悲剧处境给予补偿,将她视作财富而带走,他说:"最美丽的考狄利娅,失去了财产,方显得你最富有。"(1.1.249)这与考狄利娅的自评一致(1.1.230-233)。他发现她的德性宝贵而真诚,这使她能够真正自我牺牲。这使她值得自己去爱,他为此喜出望外。李尔驱逐了考狄利娅,让她前往法国。

＊　＊　＊　＊

在法兰西国王的要求下,考狄利娅向姐姐们告别。在一段假省表述中,我们得知她实际上非常蔑视自己的姐姐,而她们也看不上她。她认为,姐姐们主要的错误在于虚伪("你们口口声声,一片孝心……");她请求她们爱自己的父亲,希望他能过得好。[141]"用不着你来指派我们",瑞干对妹妹自负的说教予以尖刻回应。贡纳莉同样尖刻:你的孝心有限,所以不配得到什么,去学学怎么取悦那个好心接纳你的人吧。考狄利娅随后预言说:

> 花言巧语，迟早总要给看透
> 口是心非，将来难免要出丑。（1.1.280-281）

此话在此后的剧情中应验。已然转变的考狄利娅以这预言（或者说希望）作为结语。她在开场时是"可怜的考狄利娅"，看不到既能维持自身德性又可以兴旺发达的出路。在法兰西国王的救护下，她成了得意的道德家，如其父亲一样相信正义的力量。她的德性获得了奖赏。这幸运的经历是否表明，她在此关于道德缺陷的未来命运所表现的自信是合理的呢——也就是说，在这世间，每个人都得其所应得，这对所有有德性者而言都是不言而喻的假设？答案将在此后的剧情中揭晓。

不过，且不论考狄利娅是否有权如此指责或警告她的姐姐们，她所发现的缺陷确实存在。两个姐姐与坎特形成惊人对比，谁也没有为考狄利娅说话。更遭天谴的是，她们都从考狄利娅的放逐中获益。她们的伪善随即便得到了确认：刚刚责骂过考狄利娅的贡纳莉，此时与瑞干谈论起李尔遗弃考狄利娅的糟糕决断，并将此归于他的年老。瑞干表示同意，又补充说李尔一直都缺乏自知之明。贡纳莉认同李尔一直都如此粗暴。很难知道此时她们对李尔的评判究竟是公允之论，还是不满的结果。无论如何，因为李尔除了脾气坏之外又被认定为年老易怒，所以她们俩达成一致：要设法剥夺李尔的所有权力。这立即使他的愤怒得到了"报偿"。

* * * * *

第二场以爱德蒙的独白开场。这段独白始于对自然的赞美。他将自然视作女神，认为她超越习俗和法律，并宣称要为其效力。我们很快发现，他和李尔一样，为自己所应得的寻求神明或上天的支持。为了摆脱私生子的"低贱"名号，他宣称自己不仅在体格上可与其兄相比，而且还是真实的自然渴望的产物——"得天独厚"的产物——超过了那些只有合法关系，却"冷冰冰"而"没精打采"的夫妻的结晶。不过，爱德蒙似乎有些意识到，自然并非女神。她对于价值或应得甚至也并不在意。他的话终结于对"神灵"而非对自然的祈祷，因为神灵会"替野种撑腰"（1.2.22），他要剥夺他兄长的名号。

［142］爱德蒙伪装出有"德性"（1.2.45），即显得他想要使哥哥而非自己受益。他成功地骗过了父亲葛罗斯特与哥哥埃德加。为了欺骗父亲，他诬陷埃德加说了些似乎确会出于其口的话：

> 我好几次听见他讲起
> 他的主张，儿子成年了，做父亲的
> 老朽了，那时候，父亲就应该听儿子管教，
> 让儿子来掌管他的财产。（1.2.71-74；参 2-6）

这段话所表达的内容，我们也许会说是自然正当优越于习俗正当。这让葛罗斯特感到害怕，他从中听出了埃德加那封忤逆之信的内容。这封信其实是爱德蒙撰写并伪造的（1.2.46-54）。正如葛罗斯特起先所言，埃德加所谓杀死葛罗斯特的密谋或许"不自然"（1.2.76），特别是他父亲"那么疼他，一心一意爱他"（1.2.96-97），但此处所表达的老父亲与儿子们在壮年时期的恰当关系当然合于自然——甚至葛罗斯特本人也这么暗示。毕竟，他为支持考狄利娅的坎特被李尔所逐而烦恼（1.1.23 及 116-117），甚至为李尔对考

狄利娅的处置难过，他认为这处置违背自然，或言是她的"悖逆"（1.2.110-111）。如果李尔是错的而考狄利娅是对的，那么不经思考地服从年老的父亲就是错的。至少自然并不支持这种服从。

陷于混乱和恐惧之中的葛罗斯特（如同《尤利乌斯·凯撒》中的凯斯卡）转而直接批评哲学智慧，"人们的智慧"（及其必要性）。他还将天体最近的异常运行（日食和月食）与人类异常而无序的行为相联系：

> 最近又是日食，又是月食，
> 这不会是什么好兆头啊。尽管人们的智慧可以对自然界
> 有这样那样的解释，可是到头来，天下
> 还不是对人施加了惩罚！骨肉至亲，翻脸无情；朋友绝交；
> 兄弟成了冤家；城里骚动；乡下发生冲突；
> 宫廷里潜伏着叛逆；父子的关系出现了裂痕。
> 我这个孽种就应了这恶兆。有儿子要害老子；
> 也有那忤逆天性的国王，父亲不认子女。
> 从前那种好日子，已经过完啦！
> 现在是天下大乱，阴谋、虚伪、奸诈，
> 要把我们一直送进坟墓，再没有一个太平！（1.2.103-112）

在葛罗斯特心里，埃德加和李尔的所为已为天象所预兆，表明整个世界已大乱。参照预兆出现之后的人类行为，这些预兆所表示的正是此意。也就是说，若参照预兆之后人类的行为，对日月食的自然解释［143］就显得有所不足。自然解释认为此类事件虽然罕见，但仍可以解释，其产生并不必然与人事相连，对人事也并不关切。根据葛罗斯特的看法，自然解释没能考虑作为"后续影响"的

人类异常而混乱的行为，这些行为正是与天象相联的人类堕落的证据。这种堕落质疑了人类有看清事物本质的智慧。葛罗斯特说，"人类的智慧"的观念受到了其结果的"惩罚"——被毁坏、被责罚，也许甚至被惩罚。那些看似自然之物，即看似上天可信赖、可预测的必然与人类可预测的倾向（"悖逆"），如今似乎也不过只是一时的规律和常规，受制于其他某些隐秘的力量。这些力量或者因其"结果"而被视作欲将人类世界拉向魔鬼，或者更可能是要通过日月食，来将人间将至的道德堕落警示葛罗斯特这样的好人。葛罗斯特说出了保守主义的格言："从前那种好日子，已经过完啦。"道德堕落已经开始。智慧的力量已如此预示，而该力量超越了那些宣称天体及其运行本质上对人世毫不关切的人。葛罗斯特试图以此解释他对人类希冀的失望，他由此从自然转向了超自然力量。也难怪他此后会为自己的痛苦而求助于"仁慈的老天爷"和复仇之神（参 3.7.35、70、92）。

葛罗斯特离开后，爱德蒙嘲笑父亲关于日月食与人间动乱的说法。但他的反驳非常奇异。值得注意的是，他在反驳中没有为葛罗斯特所攻击的"人类的智慧"即为科学或哲学辩护，相反，他强烈地为人类的道德责任辩护。一开始，爱德蒙指出，葛罗斯特的话正是一个绝妙例证，说明了人们总是将糟糕的命运归于天体，而非他们自己和自己的缺陷：

> 世上最好笑的事儿是，
> 我们碰到了什么晦气——其实是自作自受罢了——却往往归罪于日月星辰。（1.2.118-121）

但假若如他所言，我们的行为实为我们不幸的原因，那我们行为的原因又何在？通过一个微妙的转换——从讨论所谣传的不幸的原因，转而讨论所谓邪恶、叛变和恶行的原因——爱德蒙坚持此类行为没有原因，没有必然性：

往往归罪于
日月星辰，好像我们
做恶人，也是命中注定的，做傻瓜，也是出于天意，
做强盗，做贼，当奸细，都是冥冥之中早就决定了；
你变成酒鬼，你背信弃义，你犯下奸淫，这叫做
劫数难逃；我们身上有一百桩
罪过，桩桩都怪在老天头上。那奸夫
[144]不承认自己是个色鬼，倒说是因为
他色星高照！你看，他推脱得多妙！我那父亲
在天龙星的尾巴底下，跟我的母亲交合，我
又是在大熊星底下出世，因此
我这个人，理该又粗野又淫荡了。呸，我还不是
我现在这个样，即使爹娘当初在制造我这野种的时候，天上
有一颗最贞洁的星星在眨眼睛。（1.2.120-133）

爱德蒙所摘述的父亲的观点，比父亲本人清晰得多地强调了天体或"神的介入"是人间恶的原因（葛罗斯特把混乱称为"后续影响"，确实暗示了——但也只是暗示——这一点）。爱德蒙反对这段摘述，而要我们自责己过，他强调我们可以自己免于愚蠢和邪恶；无论罪行还是愚蠢的错误都非必然。令人震惊的是，他此处再未称赞之前关于通奸胜过夫妻间"陈旧"配对的观点，而是将通奸视作"邪恶"，人们之所以将通奸归于强制力，只是想以此来为自己开

脱。他甚至表示，葛罗斯特不过是要为自己的通奸找借口，即使他并没有这么做，哪怕暗示也没有；葛罗斯特已经谈到日月食之后刚刚开始的普遍堕落。

因此，爱德蒙对其父言辞的指责存在问题。他从道德上批评占星术，后者主张天体决定着人们的倾向和行为。但他完全忽视了一个事实：他父亲将日月食理解为"预兆"，从而与那种视其为自然现象，即视其为理性所能认识的必然规律的观点相对。葛罗斯特暗示他反对哲学的观点。他认为，天体运行的背后存在着一种力量，彰显在日月食之中，随后表现为人类行为的无序。他曾经暗示，或至少暗示了这种可能性，即此类力量此时正在惩罚（scourging）人们。爱德蒙忽略了这一点。他急切地关注着自由与强迫的问题。这表明他与其父之理解的相近，要比他自己所认识的更深。此外，这种关注似乎也与他对于私生子的全力关注相联系（同样可见1.2.148，他在其父有关日月食影响的结果中增加了"婚姻背叛"一条）——与他渴望摆脱私生子身份加给他的有关价值的一切必然束缚相联系。正如他的反抗包括向神灵求助，并宣称为自然"女神"效忠，同样，这反抗也包括了对道德生活的基本信条，即道德自由的顽固确证。爱德蒙发现，他对"邪恶"的看法与周围人没什么不同，但他希望视自己能无所约束地作恶，或者彻底为恶行负责，因而无论他的行为为自己带来什么后果，他都是罪有应得。

［145］爱德蒙认为，作"恶"某种程度上是应得的代价。在他成功地骗过哥哥，随即又批评埃德加是"老实的傻瓜"的后续剧情中，这一点愈加清晰起来。爱德蒙暗示，统治者应该是那些聪明伶俐的人，尤其是那些能够骗过老实人的人：

父亲是说啥信啥，兄长又太忠厚，

他本人从来不把别人算计,
也就疑心不到人家在算计他;老实的傻瓜
正好有我摆布。办法有了。
既然凭我这身份家产可到不了手,那就凭智谋:
只要目的能达到,管它对头不对头。(1.2.179-184)

爱德蒙反对符合习俗或法律的规定的应得。他遵循的原则是,诚实就是愚蠢,而机灵应得奖赏。法律当然是支持诚实的,然而爱德蒙为了达到自己的"目的",能够改造诚实本身的表现——就像他开始针对诚实的埃德加时所做的那样。

* * * * *

贡纳莉预计父亲会带来麻烦。这证明是有道理的。然而,麻烦的来源并非如其所言,是李尔老糊涂了。李尔将自己的权力和卓绝地位让与两个女儿及其夫婿之后,试图继续维持国王一般的特权和象征(特别是那百名骑士)(参 1.1.130-139),这就与贡纳莉所期望的政治权威产生了冲突。他们中唯有一人可以统治;这会是谁呢?李尔因为贡纳莉家臣奥斯华(Oswald)"把他的傻子训了几句"而打了奥斯华(1.3.1)。奥斯华也许应受李尔揍,毕竟傻子(the Fool)向李尔提出了他不会接受的明智建议,包括质疑李尔让贡纳莉享有政权是否明智(参 1.4.95-188)。效忠于贡纳莉的奥斯华或许就是为此而训斥了傻子。那么,奥斯华这么做是对还是错呢?贡纳莉发现,要想维持政治秩序,必须决定谁来统治。

不分白天黑夜,他总是欺侮我,每时每刻

>他都要暴跳如雷,
>闹一个天翻地覆。我再也受不了啦。
>他手下那班骑士越来越放肆,他本人对我们
>也是百般地挑剔。(1.3.3-7)

李尔试图以引发内战(事实上,这确实导致了内战)相要挟,来维持自己的特权。无论他做了什么,只要与贡纳莉的统治相悖,那对她而言都不正当,[146]因而也是犯罪。李尔的王国分配方案的失败以及他对坎特和考狄利娅的处置,无疑成了他的负担,这或许使李尔焦躁不安。还是说,贡纳莉神经过敏了?无论如何,贡纳莉解决困难的办法,就是通过诱人犯罪或曰被动挑衅的办法提出统治的问题。她要让李尔到瑞干那里去,而且已经与后者有所密谋:

>待他打猎回来,
>我不跟他见面说话;说我不舒服就是了。
>你要是怠慢些,没往常那么周到,
>我看那也好;要说有什么不是,自有我来担当……
>你,还有你的手下,
>尽管装出一副懒洋洋、爱理不理的模样;
>看他怎么说,
>要是他觉得不乐意,到我妹妹那儿去好了,
>我知道妹妹的脾气在这点上跟我一个样,
>[不受别人欺。好不懂事的老头儿,
>都已经交出了权力,
>还想摆当初的威风!](1.3.7-18)

李尔及其手下受到这些预先安排的无视与冷淡,使李尔愤怒地责骂贡纳莉。显然,所谓罪行和不当行为还没有达到威胁贡纳莉王国秩序的程度。她的借口是,李尔年老衰落,这将让事情向这个方向发展("人一到了老年懵懂,就越活越小"[1.3.19])。她不再奉承李尔,这本该让他息怒,却转而激怒他。贡纳莉等不及要不受妨碍地统治王国——也就是说,无需以必要的善意与尊重对待自己年迈的父亲。这点燃了李尔的怒火,将其引向疯狂。

但李尔也有为自己出谋划策的护卫。坎特像考狄利娅一样为自己可爱的率真而骄傲——他表里如一——此时他从那对骗人的姐妹那儿带来一身行头;外表虽做了伪装,却有着"一片苦心"(1.4.2)。

> 唉,被放逐的坎特啊,
> 要是在这个不容你立足的地方,依然自己尽你的忠,
> 早晚有一天,你一心爱戴的主人
> 少不得会有用得到你的地方。(1.4.4-7)

坎特因为遵循自己的善恶观、敢于违逆君上而遭到了放逐,但如同所有基督徒会做到的那样,他仍然是君主忠实的好臣仆。他自谓李尔的臣仆:

> 我表里如一,人家识得我的忠心,
> 我就忠心伺候他,我敬重的是正人君子,
> 愿意来往的是闭着嘴儿的聪明人,[147]怕的是王法,
> 逢到非打架不可的时候,我也会跟人打一架。(1.4.13-17;
>   亦见31-35)

他宣称自己具有为臣而非为君的德性，本剧证明他确实如此：他最终将至死追随李尔，而不是接受授予他的统治权力。

坎特在新职位上的第一件事就是将奥斯华绊倒——这举动使李尔说出"我会喜欢你的"——随后，他又将奥斯华赶走（1.4.86-94）。坎特刚刚听说贡纳莉对李尔及其手下的"怠慢"（甚至在她明确下令之前，这或许很可能已经发生了），又目睹了奥斯华对李尔的不敬，在这种处境下，他证明了自己的忠诚。不过，他之所以站在李尔而非贡纳莉及其手下一边，还有着超越愚忠的理由：在这一场里，他的主人李尔表现出了自我反省和自我贬低，值得坎特为之效忠。李尔说，他已经批评了自己最近的"冷淡"，那是因为自己"太多心"，而不是因为故意想要不仁慈；他非常清楚，自己会为应受尊敬的想法所误导，故而要使自己不致有这种想法。他本人也曾注意到傻子在考狄利娅离开时的失望（1.4.67-71、75）。最后，他对傻子还相当有耐心。后者称忠诚的坎特是个傻瓜，因为他站在失宠者一边，李尔也是个傻瓜，因为他让出了自己的土地和头衔，将王冠一劈为二。事实上，正是贡纳莉无法忍受傻子的讥讽（1.4.95-201），而李尔则明显不同于贡纳莉所描述的那种不服管制而又敏感的老人。

不过，贡纳莉此时展开了她计划的最后一步，她要促使李尔变成她想象的样子。她声称，李尔的骑士仍在挑剔和争吵，她曾告知李尔这些行为。特别有鉴于李尔"这一阵的说话行事"，她得出结论说，这些行为都得到了李尔的许可（李尔随后训斥了自己的骑士，但对于贡纳莉来说，这太迟了）。她宣称，出于照管国家的需要，她必须斥责并纠正这一错误。李尔几乎不能相信自己的耳朵，这是他女儿说的话，而对象则是自己。贡纳莉称李尔这种反应与"其他新把戏"相似。她指控他的骑士放荡，"成天吃喝啊，玩女人啊"，命令李尔削减随从数量，只留下一些熟悉的老人，否则她将自己来做。"伤风败俗的贱种"，李尔说道。他命令给马上鞍，要去找瑞干：

> 我不打扰你了；
> 我还有一个女儿呢。（1.4.253-254）

对于这一回应，贡纳莉指责李尔本人犯下傲慢和疏忽的罪行："你打了我的人，／你那般无法无天的暴徒居然对他们的上级摆起了主子的威风。"（1.4.255-256）正如她想要的，谁来统治的问题如今浮现出来。

贡纳莉的言语给李尔造成的伤害，因为奥尔巴尼的到来而加剧，后者因困惑不解而沉默。这使李尔对女儿可怕的忘恩负义发出诅咒。奥尔巴尼只能建议李尔忍耐。他的意见促使李尔拒绝将[148]骑士交由贡纳莉掌管，并且第一次对自己处置考狄利娅之举表示了后悔。李尔确信这些骑士都"有身份"，即都是经过他挑选的，因而质疑他们的价值就是质疑他的价值。考狄利娅则从不会如此过分：

> 一丁点小缺点罢了，
> 怎么在你考狄利娅身上啊，就这么刺眼！
> 像毒刺般难以忍受，逼得我违反了本性，
> 从我心坎里割断了亲子之爱，
> 反成了毒恨。唉，李尔，李尔，李尔！
> 你的糊涂就从这脑门里进来
> 高贵的理性就从这里溜了。（1.4.266-272）

李尔一边对自己因顽固或者说坚持至今的"天性"而造成的损

失表示自责和悔恨，一边对贡纳莉的责骂也越来越粗暴。奥尔巴尼可怜地表示自己对造成李尔麻烦的原因毫无罪责也毫不知情，但这却使李尔发出充满仇恨的祈求，诅咒贡纳莉。此时，他所祈求的神灵正是爱德蒙声言效忠的那位："苍天……亲爱的女神。"（1.4.275）他请求神灵惩罚贡纳莉——使她不孕不育，或者生养的孩子给她带来不幸——因为她忘恩负义。在他发现贡纳莉已经将自己的随从减半后，他的诅咒升级（1.4.293）。他第一次哭泣，但随后又想到他的另一个女儿肯定会向贡纳莉报复来使他舒心："她撕下了豺狼的脸皮。"他将重登王位，恢复自己的尊严。因为期望瑞干会这么做，李尔不再祈祷。只有当人的手段似乎无法使他获得自认为所应得的东西时，他才转向神明。

李尔的最终离去，促使贡纳莉在同奥尔巴尼的交谈中为自己削减半数骑士之举辩护。虔诚的奥尔巴尼反对贡纳莉的做法（他曾经问道："神明在上，怎么会有这种事？"）。贡纳莉原本建议他不要管自己如何对待李尔，只是"由着他［李尔］这会儿去胡闹，使他的性子吧／老糊涂了吧"（1.4.290-293），而此时，她宣称她因为担心自己和奥尔巴尼的安全才这么做。但奥尔巴尼的回答——"也许你担心得过分了"——使她揭开了我们曾经怀疑的问题的答案：李尔的手下并没有造成什么大的伤害，或者根本没有造成伤害。她回答说：

> 总比过分的放心好些吧。
> 我宁可把心腹之患永远去掉，
> 免得天天的在那儿提心吊胆。他的心思我知道。
>
> （1.4.328-330）

她在此确认自己的行为是先发制人。在给瑞干寄出信后,她批评奥尔巴尼在这件事上像个女人("做人太懦弱"),不够明智。可怜的奥尔巴尼,因为对贡纳莉那顺从的爱(参 1.4.311-312),在此只能对其所作所为的后果提出含糊而无说服力的警告。

［149］在第一幕最后,李尔派坎特将自己的信函送至葛罗斯特宅邸,自己则出发去见瑞干。他第二次充满悔意地责备自己错待了考狄利娅。但傻子批评他没留心自己的利益,并且警告他说,瑞干的所作所为会和贡纳莉一样。李尔并不想要傻子所描述的那种世界——在那里是自私自利指引着人的活动——他担心他会"忘却"自己的"本性",又做了一次祈祷:

啊,别叫我发疯吧,别发疯呀,老天!
让我咽下这口气吧,我不要发疯呀。(1.5.46-47)

他再一次认为自己的本性是坚定或真实,因而他向"老天"祈祷,以此作为力量的来源,维持自己的本性;"老天"即诸神才是引导他的源头,而非自然。他担心他在贡纳莉那里受到的待遇可能会摧垮自己的理智。这理智至今为止都依赖于这样的假设——与考狄利娅一样:他会得到他相信自己应得的。李尔从未思考过应得问题,但他将被迫去思考。

第 二 幕

由于爱德蒙的谋划,埃德加成了罪犯;他信任爱德蒙,照其指示去做,结果却毁了自己。他们的父亲同样被爱德蒙的伪装所欺骗,以为爱德蒙是为了反对埃德加的所谓弑父计划而与其动武。爱德蒙宣称，为了反对埃德加所筹划的弑父行动，他曾警告埃德加天神会降下雷击之罚，并向埃德加提出了别的合乎德性的恳求。他小心翼翼地在谈话中提到，埃德加曾自夸说，他说的话不会受到怀疑，而私生子的话则会惹人疑虑。于是，葛罗斯特允诺会采取措施，使这"有孝心，有天良的孩儿"合法地继承哥哥的位置。正如爱德蒙所预见的，这骗到了葛罗斯特，那么下一步欺骗作为客人而来的瑞干和贡纳莉就更轻而易举了；没人能指责葛罗斯特的话出于不公或自私的动机。轻信因而心碎的葛罗斯特将其所闻告诉了心中猜疑并怀复仇之念的瑞干和康沃尔。爱德蒙已经获胜：在康沃尔心目中，爱德蒙以其德性和服从，已证明自己值得他和瑞干最深切的信任（2.1.113-114）。然而，瑞干和康沃尔不确定怎么对待李尔，他们接到了贡纳莉和李尔的来信，并征询葛罗斯特的意见。尽管贡纳莉自信妹妹同意自己对待李尔的方式，但此时，康沃尔和瑞干仍然极有可能接纳李尔一行人。也就是说，他们可能会站在奥尔巴尼一边，避免内战的爆发。而内战的谣言已经流传开来了（参2.1.6-13）。

　　由于这类谣言的存在，坎特在抵达葛罗斯特宅邸时的举动就不那么令人困惑了。他同奥斯华打架，使用了［150］全剧中最多、最好笑的粗俗之言。此举意在挑起康沃尔与奥尔巴尼之间的战争。他因为诚实、独立、勇敢、谦卑、深爱、忠于国王李尔而反对奥斯华。就像爱德蒙一样，坎特在此也在自然与法律或约定之间做了区分，他奚落奥斯华道：

　　　　你哪儿好算是人：是裁缝把你缝出来的。（2.2.55）

　　然而对坎特而言，遵循自然意味着要勇敢、强壮、诚实和真诚。奥斯华当然证实了坎特的指控。他不仅尖声呼救,还告诉上场的瑞干和康沃尔说,因为坎特年老,自己已经饶了他一命(2.2.62-63)。然而,坎特在此确如被指控的那样是个无赖,他试图为自己愤怒的举动辩护,却不能(或不愿)告诉康沃尔自己反感奥斯华的恰当理由。他说自己只是讨厌奥斯华的脸,他骂他是条狗(也就是说,他不经思考、犹如奴仆般地效忠于人)。康沃尔因而开始怀疑坎特表面的直率背后有着某种谋划,而我们也会这么想。他命令把坎特关进磨坊,瑞干则下令将他整晚关在里面。坎特所作所为在政治上所产生的显著影响,就是证实了奥斯华带来的关于李尔手下放荡行为的报告,这正是坎特的意图所在。这使康沃尔相信贡纳莉而非李尔的信——他相信贡纳莉反对李尔确有恰当理由(2.2.139-140),从而对局势做出了与奥尔巴尼不同的判断:他认为考狄利娅带着法国军队归来是为了让李尔复位。坎特实际上带着一封考狄利娅的来信(2.2.165-170)。但他甚至不让可怜的葛罗斯特代自己去说情。看来坎特与考狄利娅同心,恰如他与李尔同心一样。他要通过考狄利娅来挽救李尔。

* * * * *

在此之前始终诚实不欺的(尽管他像爱德蒙一样蔑视占星术——参 1.2.138-151)埃德加,此时表现出必要的足智多谋。他装成一个来自贝特兰(Bedlam)的疯癫乞丐。① 他知道自己已经失去

---

① [译注]贝特兰(Bedlam),指贝特莱姆皇家医院(Bethlem Royal Hospital, 俗称 Bedlam)。该院从 1547 年正式成为专门收治精神病人的医院。此后,英国人一度传说乞丐和流浪汉都是从贝特莱姆皇家医院放出来的。这些人自称"可怜的汤姆"(Poor Tom),因而被称为"贝特兰的汤姆"。

了依照习俗或法律归他所有的东西,在首次发现习俗那脆弱、具有欺骗性的性质后,现在他为求自保利用了习俗的外衣(2.3)。

与此同时,李尔在磨坊里找到了乔装打扮的坎特,随即斥责康沃尔和瑞干:他的愤怒和报复的誓言构成了这一场的内容。傻子提供了更为马基雅维里式的意见(2.4.46-55),但令人惊讶的是,他随后变了调子:他宣称自己不会变成"聪明人",而就是一个傻瓜,也就是说,他忠于李尔(2.4.82-84)。李尔要[151]同康沃尔说话,但康沃尔没有出现,李尔试图为他找借口:

> 也许他当真是不舒服呢,
> 有了病痛,就顾不得平时那许多
> 应尽的本分;人的自然一旦受到抑制,
> 心神也跟着它遭难,那时候,我们也就
> 由不得自己了。我得忍耐些。(2.4.105-109)

李尔再次表现出感同身受的耐心,他认为康沃尔的"自然"等同于肉体,与其更为脆弱的"心神"相对立。因为心神通常不履行其职责,所以就屈从于肉体而得病。然而,想起磨坊里的坎特,他又改变了宽恕的立场(2.4.112):

> 去他妈的我的王权!是什么道理
> 罚他坐在这儿?这回事提醒了我
> 公爵和她俩此番出门,是存心
> 避开我。(2.4.112-115)

然而,李尔的反应依赖于坎特关于自己怎么被关进磨坊的陈述。坎特的叙述绝不完整，还经过了夸大（参 2.4.40-42）。李尔怒火越来越盛，但他就像奥德修斯一样，要求自己怒气冲天的心平静下来（2.4.121-122；参《奥德赛》20.18）。由于希望再次取悦瑞干，他忘了坎特所受的不公（2.4.132-133）。然而瑞干指责他没有正确评判贡纳莉的价值，没有认识到贡纳莉是个负责任、乐于助人的女儿。贡纳莉削减李尔那惹事的手下是出于"好目的"。她总结说（这也回应了爱德蒙的话），李尔已经年老，应接受统治，他还应该为自己的不公正求得贡纳莉原谅。李尔嘲弄这一要求，并且再次呼唤神明为贡纳莉的忘恩负义降下神罚（2.4.162-164）。由此，瑞干内心确认，李尔正如姐妹俩所言，焦躁而易怒（2.4.169）。

李尔期盼着瑞干"天性温柔"（2.4.171），与贡纳莉不同。他宣称自己绝不会诅咒她，因为她温柔，知晓自然的责任、父女的血缘并懂得感恩。然而瑞干不为所动。李尔于是再次想起了坎特（2.4.182、188-189）。他取悦瑞干的期望落空了，也就是说，他遭遇了不公待遇并被要求改正行为。贡纳莉的到来使李尔再次向上天祈祷；他发誓自己宁愿忍受困窘，也不会回贡纳莉那里。然而这誓言以及他对贡纳莉表面上的宽恕，只是因为他希望能和他那数百名骑士一同留在瑞干这里（2.4.225-231）。然而瑞干基于贡纳莉将骑士减半时同样的理由，要将骑士数量削减到 25 名，[152] 于是李尔还是决定回到提供 50 名骑士的贡纳莉那里（2.4.255）；他愿意搬走。然而两姐妹随即质疑李尔为何还需要有骑士（2.4.263），这使李尔几近绝望。在其著名的一段话中，他解释道：

> 唉，别跟我谈"需要"！最下贱的乞丐
> 捧着最破烂的东西，也会是多余的。
> 不许生命超过它活命的需要，

> 人生就跟那畜生一般的低贱。你是个贵妇人；
> 穿暖了就算豪华，
> 就无需这豪华的丝绸上你的身，
> 这一身衣裳能给你添多少暖气。可是说到真正的需要——
> （2.4.264-270）

我们自然的需要很少，多余之物展现出一种价值，它超越了单纯的自然需要，且与自然需要对立。对这多余之物的限制会使人的生命"跟那畜生一般的低贱"。自然首先是肉体；人类真正的价值超越了自然那低贱的需要。华丽的衣着尽管不利于保暖，牺牲或无视这类自然需要，却反映着等级的差别。

然而，李尔即便说着这样的话时，听上去仍像是面对狠心女儿的乞丐。因此他停下来，转而向诸神祈祷：

> 天哪，教给我忍耐，我需要咽下这口气！
> 你们瞧吧，天上的神明，一个可怜的老头儿
> 满头白发，满腔辛酸。
> 如果这是你在煽动这两个女儿狠心
> 对付亲生的父亲，那么别只管愚弄我，
> 使我忍气吞声；激发我刚强的火性吧，
> 别叫女人家的武器，两行泪珠，
> 沾湿我男子汉的脸！没良心的丑婆娘，不，
> 我要向你们两个好好地报我的仇
> 全世界都要——我干得出——
> 怎么干，我还没想好，可是干出来，
> 叫全世界都吓得直发抖！你们还道我要哭了：

不，我才不哭呢。
虽然我确确实实有哭一场的理由，我这颗心
爆裂成十万个碎片
我的泪珠才掉下来。傻子啊，我要疯啦！（2.4.271-286）

　　李尔向诸神祈求，他要将高贵的愤怒当作武器，反抗所发生的一切。这是一个男子汉的选择。他没有哭泣。哭泣就会确证一个人的生命事实上低贱如畜生。温驯地忍受所发生的一切就会被诸神愚弄，进而认为自己毫无尊严，或者［153］认为我们并不真的比畜生高贵。这会让他自己被一种绝望的想法触动，即没有神能帮助人。李尔想以人的尊严、价值、等级次序来反抗这种想法。他会报复那些将他的尊严贬至畜生的人，但令人沮丧的是，为了实现这种报复，此时无力的李尔需要"叫全世界都吓得直发抖"的诸神。

　　李尔几乎就要哭了，他完全有理由哭泣。那他为什么要呼唤那个曾告诉他不要放弃权力的傻子呢？李尔此时正受着某种困扰，这使他超脱了复仇的愤怒渴求。神灵也许会如他所愿，实现复仇——然而，他们为什么要先允许这种事发生呢？为什么他们会欺骗他，或者扰乱他女儿的心神？他们真的是神吗？傻子说人不应让诸神所允许的尊严感或应得感来指引自己，而应让利益来指引自己，为自己打算，而非由设想中的神意引导。或许他是对的？

　　瑞干与贡纳莉、康沃尔达成了一致。她担心李尔的骑士会发动进攻，便下令将门锁上。而奥尔巴尼并不在场。

第 三 幕

　　李尔的一名骑士向坎特说起了李尔的下落和状态。李尔不但揭示了黑夜的严酷，还与其"吵架"，"他小小的内心世界——另一番冲突／比外界的风吼雨啸更激烈"。唯有傻子与他在一起（3.1.4-17）。坎特如今正在紧张地与考狄利娅及法兰西密谋。他相信骑士从仆人那里收集到的关于奥尔巴尼与康沃尔素有冲突的情报，并派他秘密前往多佛的法军营地——考狄利娅也在那里——将"那些没心肝的怎样／把老王折磨得快气疯了"的消息带去（3.1.38-39）。

　　我们随后亲眼看到骑士所说的李尔的状态，也亲耳听到他在此状态下的声音。莎士比亚大胆地表现了发疯的国王如何在可怕的风暴之中，立于荒野之上。李尔恳求狂风吹来雷电，"把造化的模型捣个粉碎"，摧毁"造下那忘恩负义的人"的世界（3.2.1-8）。他对忘恩负义的女儿的愤怒，如今变为对忘恩负义之人的愤怒。他召唤风雨雷电来完成诸神的破坏。可是他发现自己为暴风雨所奴役，成了"一个不中用了，没人理睬的，苦命老头儿"，于是他又称风雨雷电是他那"两个狠毒的女儿"的"狗腿子"（3.2.21-22）。随后他决心忍耐，平静下来。

　　[154] 找到李尔的坎特称，这是他所见过最糟糕的夜晚，是人的本性所无法忍受的夜晚。他的话促使李尔再度开口。这一次，他评论了暴风雨，还向诸神发出明晰的请求：

> 伟大的神明，
> 只顾在我们头顶上大发雷霆，
> 但愿这会儿查获了那与天为敌的坏人。战栗吧，你罪行

还没败露,正逍遥法外的
奴才!快躲起来吧,血腥的凶手;
你背信弃义的人,你道貌岸然
却是乱伦的伪君子!你不动声色,
暗中杀人的恶棍,
快抖成一团吧!藏着一肚子罪恶的奸贼
快吐露真情,供出隐私,求
威严的天庭格外开恩吧。我是个
犯不了多大罪,却受尽了罪孽的人。(3.2.49-60)

李尔此时坚持暴风雨不仅针对忘恩负义,也不只是在反对他的女儿;暴风雨针对的是假装有德性的人即隐藏的罪恶之人;真正的德性为那些配受公正的神灵眷顾的人带来安全。所以李尔并不害怕风雨,因为他是一个"犯不了多大罪,却受尽了罪孽"的人。但因为寒冷,他仍然接受坎特的意见,去了茅屋。在听说坎特被拒之门外时,他再次表达了对自己理智的怀疑:"我的神志不清楚了。"(3.2.67)

与此同时,葛罗斯特试图在爱德蒙的协助下帮助李尔。爱德蒙假装赞同父亲的看法,认为李尔的女儿们对李尔的处置"不近人情"(3.3.1-2)。葛罗斯特还告诉爱德蒙,自己将法国方面寄来的信放在了哪里,信中说法国军队是来为李尔报仇的。但对爱德蒙来说,父亲礼待李尔——李尔的女儿们禁止这么做——以及他隐藏起来的那封信都是"立功讨封的好机会"(3.3.23),即为自己谋取赏赐的好机会。爱德蒙曾经思考过应得的问题,并且得出结论:能够阻止自己的那种正义仅仅是出于习俗。为了取代父亲的位置,他一再假装有德,背叛父亲。这就是说,爱德蒙想要更进一步,但他所使用的手段正是李尔方才呼唤神罚的手段。诸神会惩罚他吗？

让我们回到荒野。坎特告诉李尔，没遮没拦的黑夜是个暴君（比如，神圣正义在此无所体现），"太无情／血肉之躯怎拼得过"（3.4.2-3）。然而李尔不愿进茅屋。与坎特不同，他仍然受到困扰，感受不到暴风雨对肌肤的影响：

> 如今我心中正起着大风大浪
> 把我其余的、五官的感觉都淹没了，
> 只有这儿在捶打——忤逆父母。（3.4.12-14）

李尔仍在摇摆不定：[155]想着自己是要在这样的夜晚咆哮哭泣，还是下定决心忍受这一切，像个男子汉一样，不再自怜自艾，并设法让女儿们得到惩罚：

> 岂不像这张嘴一口咬碎了这口手
> 因为手把吃的送进了嘴里？我要啊，好好出这一口气。
> 不，我不哭啦。这么个夜晚
> 把我关在门外头？只管倒下来吧，我一切都能忍受。
> 在这么个夜晚？噢，瑞干，贡纳莉！
> 老人家真是疼你们，没什么舍不得，心都能掏出来——
> 哎哟，尽那么想，可要疯啦，我赶紧打住吧！
> 不许再想了。（3.4.15-22）

李尔"心都能掏出来"，回报他的却只是忘恩负义。他不会让自己陷入悲伤，也不会——像他第二次所说的那样——变得疯狂。他已经公开决定——与那种使他悲伤、疯狂的想法相反——不再祈祷，随后他便睡觉去了（3.4.27）。他宣称自己"心都掏出来了"，即他牺牲了自己的善，这与他想要由此获得回报的期待相互矛盾。他是否感觉到这种矛盾，并为此而畏缩不前呢？这种矛盾事实上或许表明，他向之祈祷的正义的神灵并不存在。

在进入茅屋之前，李尔为摆脱愤怒迈出了重要的一步，愤怒来自要求得到尊严，这体现在"不要和我说什么需不需要"那段台词中。他坚持认为，傻子，"你们那些无家可归的男人"应先进茅屋，随后又想到类似情况的人：

> 可怜你们赤身裸体的穷鬼呀，没处可躲，
> 逃不了狂风刮，暴雨淋，
> 头上没一片瓦，肚里没半粒米，
> 披一片，挂一块，千疮百孔，
> 怎对付眼前这天气？唉，我几曾
> 想到这许多！荣华富贵，把这剂苦药吞下去，
> 到外面去，领受一下穷人受的罪吧，
> 也好把你们多余的散布给他们，
> 好显得上天还有些公道。（3.4.28-36）

无论对李尔还是全剧而言，这段都是关键点所在。李尔想到穷苦人的境况，为自己忽视了他们而责备自己；他自己的穷困经历，如今使他摆脱了迄今被激起的自怜自艾和愤怒情绪，转而想要更好地表现天道正义。自身尊严或等级的外在标志再也不是他价值的必要证明，那些不过是浮华，是正义的障碍。为了正义，他应该摆脱掉这些。[156] 不过，这一新想法自然地使这样的认识成为必要，即上天需要被表现得"更公正"，也就是说，按现状来看，神圣正

义似乎并没有在此世生效。那些因为"多余之物"的散布而获益的人终究都像李尔一样,"犯不了多大罪,却受尽了罪孽"。李尔在痛苦时曾经呼唤过正义的诸神,为什么诸神听不到他们的哀哭呢?这世上是否并不存在正义的神明?自此开始,直到同考狄利娅一起被押往监狱时鼓励考狄利娅,李尔都没再提到神圣正义,而是转向另一个方向:理解自然必要性和"不被接纳的"人。

当装成可怜的疯汤姆的埃德加从茅屋里走出,与李尔相遇时,李尔对此已经下定了决心。李尔问埃德加:他这个样子是因为把一切都给了女儿吗?汤姆在回答中抱怨说,"魔鬼"使其迷路、使其烦恼。李尔重复了自己的问题,并诅咒汤姆的女儿患上瘟疫。坎特说汤姆并没有女儿,这使李尔话语尖刻起来:

> 该死啊,畜生!谁能把好好的人
> 糟蹋成这个模样,除非他那没良心的女儿。(3.4.70-71)

李尔的移情具有相当荒谬的彻底性:汤姆的低贱生活必定来自与自己相同的经历,他李尔不是个例,而是典型。在一些简单的废话之后,汤姆背诵了一些(出自圣经的)戒律:

> 留神恶魔吧。顺从爹娘,
> 言而有信,别赌咒,有夫之妇不可奸淫,
> 不可把情妇打扮得妖妖娆娆。
> 汤姆好冷啊。(3.4.80-83)

也就是说,他宣称正为自己的罪而受苦。

李尔的兴趣被激发出来,他问汤姆原来是什么样。汤姆则啰里

啰嗦答以一系列罪过——自傲、荒淫、伪誓、再次荒淫、嗜酒、更多的荒淫、虚伪、血腥、懒惰、贪婪、残忍、掠夺。致命的罪过使人变成畜生,汤姆建议所有人都要避开这些罪过;也就是说,他表示自己之所以承受当下的命运,就是在为这些罪过受惩罚。鉴于李尔在荒野上的言语,我们也许以为李尔会强调汤姆确实受到了公正的惩罚。然而他的回答却正相反:

> 天气如此极端,你却拿一个光光的身子去抵挡,
> 倒不如躺进坟墓里好呢。(3.4.101-102)

李尔之前曾以自身的德性或无罪来抵挡暴风雨,此处却认为汤姆没有物质保护才是唯一真正的问题所在。当然我们可以说,鉴于汤姆所承认的一系列罪过或恶德,他除了身体之外已无所依靠。但是,既然他具有如此之多的恶德,那他又是如何逃脱上天的神罚而存活至今的呢?还是说,李尔那不虔诚的或专业的术语"天气如此极端",指的不正是神明的缺席?

[157] 李尔陷入了沉思,随后他又模仿起裸体的汤姆来:

> 难道人只不过是这么一个样儿吗?把他上上下下看一
> 　下吧。
> 你不曾借光蚕儿一根丝,不曾欠畜生一张皮,
> 也不欠羊儿身上一根毛,雄猫身上什么香。哈?这儿三个人
> 都已经改头换面。只有你才是原来的本色:
> 没穿没戴的人原来就是这么一个可怜巴巴、
> 赤条条的两脚动物,跟你一个样。去你的吧,你们这些身
> 　外之物!

来，把纽扣解开，这儿。（3.4.102-109）

李尔撕开了自己的衣服，而衣服正是习俗的标志。他变得和汤姆一样，"原来的本色：没穿没戴的人"。迄今为止，他寻求以人类技艺获得的习俗作为价值的象征，同时，他也在寻求诸神对他尊严的支持。如今，他不再寻求这些，并表示这些本是属于畜生身上的东西，只不过被人巧妙地盗去了而已。他得出结论说，人的真实状态是，既不在自然女神的仁慈眷顾下，也不为诸神所佑助，而是无依无靠的匮乏。匮乏正是技艺和发明产生的原因，人类由此脱离了自然状态，用尊严的外表装点自己的生活。在严酷的自然的刺激下，人类不得不通过劳作和技艺使自己脱离自然的穷困状态。[①] 他的自然需求并不容易满足，他的生命也得不到神明的眷顾。出于对天启神明的信仰而使李尔感到厌恶的东西，随着他信仰的动摇，成了合理的真相。但他对诸神的信仰使他对理性此时所示真相感到不满，以其荒谬不实而加以拒绝。

葛罗斯特来了。他无视两姐妹的命令，提出带李尔回自己的住处，并说那里已经生了火，准备好了食物。但这没能使李尔摆脱出来，他仍一门心思地追求自己新获得的洞见的后果。"让我先跟这一位哲学家说句话，"他问这个光着身子的人，"天为什么要打雷？"（3.4.154-155）李尔曾经相信惊雷是"伟大的神明"之力（3.1.49-51），

---

① 见 Aristophanes, *Plutus* 507-534, 并可考虑 Aristotle, *Politics* 1253a30-37, 1253b33-1254a1, 1255b13-15, 1256a30-1256b9,1257a33-38; Plato, *Republic* 341c4-c42d7, 369b-372e, 373d1-2; Plato, *Laws* 676a1-682d1, 尤 其 是 680d4-7; *Protagoras* 320c-322b; Lucretius, *De Rerum Natura* V.805-1447; Cicero, *De Republica* I.24-25. 亦见 Leo Strauss, *Socrates and Aristophanes*（Chicago: University of Chicago Press, 1966）, 297 and 319 n98; Wayne Ambler, "Aristotle on Acquisition," *Canadian Journal of Political Science* 17.3（September 1984）, 487-502。

如今这信仰被对原因、对必然性的寻求所取代。坎特请求和李尔一同前往葛罗斯特的宅邸，但李尔坚持"我还得跟这位博学的底比斯人说句话"。他问汤姆研究些什么，汤姆回答说，"怎么样对付魔鬼，和怎么清除害虫"（3.4.157-159）。也就是说，他研究正义，这意味着——他一直在暗示——研究避免遭受厄运的方法。李尔要与他单独对话。坎特让葛罗斯特再次去请李尔，因为他"神志又不清楚了"。

葛罗斯特对李尔感同身受：悲痛的李尔在其女儿手上的遭遇，与他因为埃德加背叛自己的爱所感到的悲痛相类。埃德加的背叛"都把我气疯了"。但这彬彬有礼的回答与其说揭示出[158]葛罗斯特与李尔之间的相似，不如说揭示了二人之间的差异。葛罗斯特有个"自然的"儿子（参 2.1.84），他取代了葛罗斯特所爱的埃德加的习俗位置；李尔则亲自驱逐了最爱的女儿，又被另两个女儿抛弃在风雨中。葛罗斯特以为，李尔目前的状态表明他正在摆脱女儿们给他带来痛苦这一事实（参 4.6.279-283），但实际上，李尔在女儿手上的悲痛，借着葛罗斯特（伪装的）合法儿子的推波助澜，此时已深化为对诸神的质疑和对自然的探询。葛罗斯特却还未开始这样的质疑；当他开始质疑时，他绝望到要自杀，但改头换面的埃德加将恢复他对诸神的信仰（在下一场中，葛罗斯特绝望的原因在于，爱德蒙告发了葛罗斯特的背叛，并说服康沃尔相信，自己这么做是为王国的善而抛弃了孝顺[3.5]）。李尔狂躁地追求着问题的答案，这问题使他一再坚持要与汤姆这"高贵的哲学家""我这位哲学家""好雅典人"（3.4.172-180）同行。于是，所有人不得不一起进入茅屋。李尔在那里继续着他的哲学追问，也对瑞干和贡纳莉展开"审判"。

李尔在傻子的帮助下，"审判"他缺席的女儿。他任命汤姆为"精通律法的判官"。贡纳莉首先受审，但她很快逃脱了。李尔接下来的话表明，两个女儿事实上都将"脱"罪：

> 让他们把瑞干拿来剖心挖肺;倒要看看
> 那一颗狠心里面究竟藏着些什么。老天叫这些人长着一副
>   铁石心肠,
> 难道也有个道理在内的吗?(3.6.76-78)

李尔现在寻找着瑞干铁石心肠的物质原因,但李尔现在寻找的原因将开脱瑞干的罪责。这会剥夺正义的基础,因为正义需要道德自由(因此爱德蒙始终坚持这一点)。审判结束,李尔入睡。在葛罗斯特的调解下,他被抬到担架上,送往多佛的法军那里。我们下一次见到他时,他已经从自己所受的折磨即内心风暴中恢复过来,但他仍然将自然与技艺相对照,承认雷雨并没有服从他的命令(4.6.86-105)。他成了一个可以宽恕一切不公,尤其两性方面的不义的国王(4.6.108-131);他甚至说,世间并无正义:

> 谁也没犯罪,没有谁,我说没有谁。
> (4.6.149-172,特别是168)。

* * * * *

李尔放弃了复仇的愤怒要求,也放弃了对支持这要求的诸神的信仰,此时,康沃尔开始以复仇之名实施本剧中最为可怕的行动。他下令逮捕葛罗斯特,以谋逆之罪来审判他。瑞干建议对葛罗斯特实行绞刑,[159]贡纳莉则建议弄瞎他的双眼。康沃尔让贡纳莉带信给奥尔巴尼,通知他法军已经登陆。康沃尔还让爱德蒙和她一起去,让爱德蒙去向奥尔巴尼提议,有必要尽快准备应对法国人——

他认为，报复葛罗斯特时爱德蒙还是不在场"为好"。值得注意的是，考虑到即将发生的事，康沃尔并非不知道何为适宜（尽管他并不了解爱德蒙），我们也不应忽视葛罗斯特的确犯了背叛之罪的事实。葛罗斯特是在与 35 名骑士前往多佛的路上被抓获的，他原本要去那里与法军会合。葛罗斯特对李尔的效忠，与两姐妹对李尔异常粗暴阴险的对待相比，自然为我们所同情，而本场赢得了我们更多的同情。然而，这不应使我们无视他在法律上是一个叛徒的事实，也不应忽视这一事实对于康沃尔的行为所起到的重要作用。但康沃尔在同瑞干的简短交谈中暴露出残忍的暴君立场：

> 尽管我们没法判他死刑
> 如果不过堂，不抬出法律的名义；可是这会儿那生杀大权操在"震怒"的手里，别人的
> 非难怎么能拉得住我。（3.7.24-27）

康沃尔不会让自己复仇的欲望受到法律的限制，法律对他只是形式而已；他会装模作样。因为自己是被迫的，因而也就不受控制，他据此使自己的报复合理化。然而，如若人类能够这样被迫行事不义，那么他自己的愤怒——基于葛罗斯特关于道德自由的预设——将具有可疑的立场。瑞干同样指责葛罗斯特忘恩负义（3.7.28），她似乎丧失了自知。鉴于这种混淆或不谐，李尔最近的"疯狂"（特别是他要为女儿的忘恩负义寻找物质方面的原因或必然性）似乎相当合理。

葛罗斯特称康沃尔和瑞干是自己的"朋友"，这可以理解，因为他想要向他们隐瞒自己的行动。康沃尔的手下怠于执行将年迈的葛罗斯特手臂绑住这种可悲的任务，这使已经管葛罗斯特叫"忘恩

负义的老狐狸"的狂怒的瑞干尖叫道：

>绑紧些，绑紧些，嗯，这卖国的臭贼！

她粗暴地拔葛罗斯特的胡子，践踏他的尊严，这使葛罗斯特因她辜负了她受到的热情款待而向"仁慈的老天爷"起誓。然而——由于爱德蒙的告密——瑞干和康沃尔已经拿到了那封证据确凿的信函。葛罗斯特起初宣称该信得自一个无关的人，这当然不可能。此外，葛罗斯特确信他已经将瑞干所谓"疯疯癫癫的老王"李尔送往多佛。瑞干问［160］他为什么这么做，但没等葛罗斯特回答，她就痛斥他无视自己的权威："送到多佛，为的什么缘故？不是早警告你不准——"康沃尔只好打断她，好让葛罗斯特回答第一个问题。

葛罗斯特在回答中称他们的统治残忍不公，对这统治提出了质疑。葛罗斯特说，无论李尔做了什么，他都不应该受到那样的对待，被他们抛弃在暴风雨中。鉴于他们的残忍，葛罗斯特发誓将"看到报应降落到这样的儿女的头上"（3.7.66）。但康沃尔残忍地逮住那个动词，说："你这辈子看不到。"他踹瞎了葛罗斯特的一只眼睛。针对暴行，葛罗斯特凄惨地请求帮助，包括向诸神祈求（3.7.69-70）。瑞干的回应则是：弄瞎他的另一只眼睛。没有神明降临。但一名长期侍奉康沃尔的手下为这恐怖的场面所震动，拒绝服从康沃尔的命令，并叫他住手。这手下宣称（就像坎特对李尔那样）自己并非反叛，而是真正的效忠。也就是说，他是效忠于主人真正的善，而真正的善就是正义。瑞干的回应就是将这个手下叫做"狗"，而后者高傲地拒绝了这种称谓。随即瑞干从背后刺死了他，但他也给康沃尔造成了致命伤。康沃尔最后的举动就是剜出了葛罗斯特剩下的那只眼睛。

当康沃尔这么做时,葛罗斯特哭求爱德蒙的帮助("我儿爱德蒙,把你的孝心都化作复仇的火焰,/为这惨酷的暴行")。于是瑞干指出,爱德蒙恰恰正是他们消息的来源:"你在叫他,他却恨你……凭他这么个好男儿,怎么会可怜你。"瑞干并非没有道德,对她而言,要坚定效忠于她所统治的王国的善,甚于效忠"自然的"血缘关系。如果说李尔混淆了正义与孝顺,那么瑞干正反过来说,她将二者相分离。葛罗斯特在失明之时看到了他儿子的真实面目,他请求"仁慈的神"原谅他对埃德加的虐待。那些幸存的手下——他们没有勇气去挑战残暴的主人——意识到,在这些事情之中,最具争议之处是人间正义与神圣正义的地位:如果像康沃尔和瑞干那样可怕的邪恶之人不受惩罚——反过来说,如果这些统治者越发兴旺——那么正义就成了邪恶的。他们转而照顾失明的葛罗斯特,并决定让疯汤姆来充当葛罗斯特的眼睛,从而在不知不觉中为他们所想要的正义的统治者的复兴做了准备(3.7.83-107)。

第 四 幕

扮作乞丐的埃德加思考着国王所处的困境。在荒原上的最后一席话中,他注意到所目睹的这出悲剧有其有益的结果,即 [161] 它减轻了人的苦痛。他自己的苦痛已经缓和。他决定在适当的时机揭晓自己的身份,证明自己无罪,并与父亲和解(3.6.102-115)。当我们再次见到他时,他仍继续探讨着这个充满希望的主题:居于高位的人生活在阿谀奉承之中,担心在暗地里遭到鄙弃,而像他这样最低贱的人则怀抱希望,因为他们已到最低点,唯余向上之路。但看到失明的父亲由一名忠诚的老仆陪同时,他不得不在相当程度上修改了自己的想法:

> 我的父亲，让一个穷汉来领路？世道啊，世道啊！
> 要不是世上的事反复无常，叫人怨你，恨你，
> 谁会甘愿老去。（4.1.9-12）

这新增的伤痛使埃德加宣称，我们学着去仇恨世界，希望世界在我们年老时消失，否则生命——作为一种力量——就不甘老去；我们仍然会年轻。但埃德加并未绝望，在一场似乎没有尽头的演出中，他即将为了拯救自己陷于绝望的父亲，布置一场最为重要的骗局。

埃德加听到葛罗斯特为自己的愚蠢向忠诚的老仆忏悔，并要求在死前能摸到一次埃德加，此时，他的痛苦愈发深切：

> 天哪！谁能说，"我已经哭到了尽头？"
> 我这会儿苦，比原来还要苦……
> 说不定还有更苦的在我后头呢：这苦还算不得苦
> 在我们嘴里说"苦到极点"的时候。（4.1.24-27）

生活预言了无尽的痛苦。埃德加现在还不能揭示自己的真实身份，还不能实现父亲的渴望，给予父亲最后的快乐。葛罗斯特前一晚同疯乞丐在一起时曾想起埃德加，只是彼时他对情况一无所知，对埃德加并不友好。当我们知晓这一点时，这悲怆就更深了。我们要记得，葛罗斯特因为看不见，没法认出这个赤裸乞丐就是自己的儿子，在他心目中，埃德加是个穿着衣服的贵族，而此时他说，看到汤姆后，他认为人就是虫子。而且正如他刚才对老人所言，他看得见的时候被人绊倒了，也就是说，他因为没能认识到埃德加灵魂的真面目，而被爱德蒙的表现所欺骗了。如今想起自己此前错待了

埃德加,葛罗斯特的思想灰暗起来:

> 人在天神的手心里,就像苍蝇落进顽童的手里,
> 他伤害一条命,只是为了好玩儿。(4.1.36-37)

我们就像柏拉图《法义》(709a1-3;参644d7-e4和803c4-5)中雅典异乡人所说的诸神的玩物一样,是无关紧要的玩具。埃德加听闻至此,遗憾自己不得不继续扮演乞丐,"在哀痛当中装疯作傻",给自己和他人带来愤怒,而非慰藉。

葛罗斯特命令老仆离开,但求他"顾念多年的交情",在前往多佛的路上给汤姆带件衣裳。埃德加很难继续伪装下去,"可是还得装下去"(4.1.54);[162]他也是这么做的。葛罗斯特将自己的钱交给伪装成汤姆的埃德加,并为自己一直以来的无知做出了完全错误的解释:

> 来,拿了这个钱袋吧,你这辈子啊,给天降的灾难
> 折磨得抬不起头来。我如今遭了难
> 才想到给你些好处。(4.1.64-66)

葛罗斯特的意思似乎是说,他因为自己的不幸,才对类似的受上天折磨的人表示同情,汤姆这才得了好处,获得了他的钱财。但他的钱财终归将是埃德加的。葛罗斯特无意中表达的另一个意思,或许就是埃德加在荒原上时所表达的想法(3.6.102-115),即目睹伟大之人遭受悲剧性的痛苦会有所裨益。但埃德加自己的痛苦是因为看到李尔的苦痛才得到缓和的;看到父亲的受辱和苦难,他并不能得任何缓解。虽然如此,他在父亲的话语中或许发现了拯救父亲

的开端。

葛罗斯特此时重新解释了自己的苦难和神灵在这苦难中的地位。上天并不以他为玩物，而是以正义之名折磨他和汤姆：

> 天上的主宰呀，永远这么安排吧！
> 那穷奢极侈、花天酒地的人，
> 只把上天的告诫当作了虚文，他们有眼看不到
> 周围的疾苦，只因为那颗心麻木了，感觉不到了；
> 损有余，补不足，
> 让每个人都有吃有穿。（4.1.66-71）

葛罗斯特如今认为，自己遭受被弄瞎眼的痛苦是神圣正义的表现。那些为了追求自己的快乐而回避神法的肆意放纵之人，可以从中感受到诸神的力量，那样他们也会感受到他人所受的痛苦，就像他现在这样。葛罗斯特要求损有余以补不足。李尔曾经也是这样，但他自责忽视了穷苦人，从而没能表现上天的正义；他的想法并不表示他恢复了对神圣正义的信仰，而是质疑神圣正义的开始，随后他无情地追求对神法的质疑，以发现和效法"赤条条的人"。相反，葛罗斯特则因新获得的智慧而陷于绝望：他要汤姆带他去多佛的峭壁边，在那里他的惩罚"也就到此为止了"（4.1.78）。埃德加仔细倾听着父亲绝望的虔敬之语。埃德加将在那儿拯救他。

* * * * *

关于奥尔巴尼和康沃尔不和的谣言传遍了四方。不和的原因，以及贡纳莉对丈夫的不忠和 [163] 对爱德蒙的爱慕，此时都凸显

出来。出于对贡纳莉尽职的爱,奥尔巴尼颇为犹疑地反对贡纳莉最初对李尔的处置,或者说反对他所知道的那些处置(参 1.4.311-312)。但正如奥斯华此时对贡纳莉和爱德蒙所言,奥尔巴尼像"换了个人"。奥尔巴尼了解了贡纳莉对李尔的处置(参 4.2.29-50),这使他感到不满。"我向他报告,"奥斯华报告说,

> 有支大军登陆啦;
> 他笑笑。我向他禀报你快到啦;
> 他接口说"可糟啦"。那葛罗斯特私通敌国
> 难为他儿子一片忠心,
> 我跟他这么一说,他破口骂我蠢东西,
> 倒说我颠倒了是非。(4.2.4-9)

贡纳莉错误却诚实地向爱德蒙(在奥斯华在场时)解释道,

> 这个人胆小怕事
> 没有什么敢作敢为的志气;他宁愿忍受侮辱,也不肯挺身而出(4.2.12-15)

她和爱德蒙已经密谋甩开奥尔巴尼并反对他,所以她将爱德蒙派回到康沃尔身边,而不是让他将康沃尔的信交给奥尔巴尼。她表示自己会扮演男人的角色,随后吻了爱德蒙,并将自己的项链戴在他脖子上,向他承诺,只要爱德蒙敢为了自己的好处行事,他们的计划就完全能实现。他回答说:"我死心塌地,为你效命。"(4.2.26)贡纳莉则宣称像他这样的男人值得女人为之效命。

奥尔巴尼上场。他对贡纳莉说:"看你还抵不上给大风 / 刮到

你脸上的砂子。"（4.2.30-31）他解释说，她对李尔的所作所为已经表明她自己的邪恶无所限制。如此斥骂自己父母的人必然像树木的断枝一样枯萎、被烧毁。他表示，最为真诚和最为重要的自然情感同样也是最为基础、最为根本的：如果她对待自己的父亲这般糟糕，她的本性"还依靠什么呢"。贡纳莉斥责奥尔巴尼是在说教，她对此表示轻蔑。奥尔巴尼于是宣称，她所理解的智慧和善都属于"野兽"，是堕落的、野蛮的。与葛罗斯特一样，他宣称贡纳莉对李尔这"慈祥的老人家"的处置比野兽对待李尔还要恶劣。如同康沃尔的手下，他担心神圣正义迟来的后果：

> 上天要不是趁早降威显灵
> 制止这邪恶的行为，
> 人类，
> 迟早有一天落到人吃人，
> 就像那海怪。（4.2.46-50）

[164] 那么，奥尔巴尼会在即将到来的战斗中加入李尔一方吗？

贡纳莉称奥尔巴尼是个"没有血性的东西"，缺乏荣誉感，分不清什么应当承担、什么应当反对，而且愚蠢地怜悯那些"受罚的／他们的坏事还没干成"。她第二次认可了先下手为强、在人犯罪之前就予以打击的智慧。她管奥尔巴尼叫"讲道德的傻瓜"，因为他只想知道为什么法兰西会对国家造成威胁，而不是做他该做的，即拿起武器来抵抗。她暗示奥尔巴尼是认为他们应该（像葛罗斯特或麦克德夫一样）因为受到苦难的威胁而自责——由于他们这样对待李尔——而不是像个男子汉一样说那些造成苦难的人是"错误的"。

在她看来，就像麦克白夫人的想法一样，男子气概包括反抗一切羞辱伤害的能力。既然如此，先发制人是完全合适的。与布鲁图斯不同，贡纳莉不需要以任何"说得过去"的借口说服自己采取先发制人之举。蠢货才为道德所限。这就证明了奥尔巴尼是正确的：贡纳莉的行为没有底线，而她的想法确实引向了一切人反对一切人的无限战争。

在奥尔巴尼看来，忠诚就如仁慈，是发自内心的。如果家庭——它将对老人和祖先的尊敬视作自然之事——这一自然的亚政治组织不能维持，如果对国家的忠诚与自然的孝心不能如李尔和葛罗斯特所追求的那样并存——如果与此相反，人们优先且强烈地捍卫个人利益，其结果便是人们的行为不再受约束。对奥尔巴尼而言，这些约束正是葛罗斯特所称的"上天的告诫"。当信使报告说康沃尔被其手下刺死时，奥尔巴尼对诸神的希冀与对诸神将迅速报复的希冀得到了确证，他为葛罗斯特辩护：

> 可见头上有青天，
> 赏罚分明的神明啊，人间的罪恶
> 这么快就得了报应！（4.2.78-79）

这种想法使他在尊敬葛罗斯特的同时，忽略了那个正义的手下人的死亡。

贡纳莉完全不为奥尔巴尼所谓神圣正义的信仰所动。她仍然热切地关注着把爱德蒙弄到手。在关于康沃尔之死的旁白中，她说道，

> 一方面我很高兴。
> 可是她做了寡妇，我那爱德蒙爵爷又跟她在一起，
> 这一着说不定就此整个儿推翻了我的空中楼阁，

毁了我这条苦命。再一想，

还不是那么糟。（4.2.82-87）

当然，另一个办法就是杀死瑞干，与爱德蒙共享英格兰王位。奥尔巴尼似乎又一次是对的：贡纳莉为实现自己的野心，会不择手段，毫无约束。

在这一场最后，奥尔巴尼从信使处得知，爱德蒙知晓即将发生的罪恶，而他离开了城堡，任由其发生。[165]奥尔巴尼发誓要活着去感谢葛罗斯特对李尔的爱，也要为葛罗斯特失去的双眼报仇。与贡纳莉所言不同，他显然并不胆小。他要——正如他相信众神会这么做——报复别人所受的虐待，而不是自我轻慢。然而，他可能去参与叛乱吗？

* * * * *

忠于国家，还是忠于妻子和岳父，这个问题在第三场中延续。坎特从李尔手下的一名侍臣处得知，法兰西国王因为心系自己国家的"安危"，突然返回了法国，而留下元帅统率部队（4.3.1-8）。国王是应妻子考狄利娅的祈求而来。她希望能救出父亲，使他免于苦难（参 4.4.25-29）。国王的缺席当然无助于军队的士气，但这并没有引起坎特的警觉。他自己想要知道信如何感动了考狄利娅，侍臣说，哀伤似乎就要称王，但考狄利娅是管束哀伤的王后（也就是说，她能在公开场合自我克制）。侍臣随后又说到，具有无可抵御之美的考狄利娅如何为这封信所动：

还不致失去了控制，克制和忧伤［彼此在竞争］

谁把她表现得最优美。你也看见过
西边日出东边雨；正这样
她一边儿掉泪一边儿笑：那美妙的微笑
逗留在两片红透的樱唇上，好像不知道
在她那一双眼窝里有谁在作客，泪珠儿终于往下掉，
就像水晶宫洒落了两串珍珠儿。一句话，
要是人间都把悲哀表现得这么美，
那悲哀将是最宝贵的珍品。（4.3.16-24）

坎特对考狄利娅落泪的反应，使我们发现他深爱着考狄利娅。坎特的信激起了考狄利娅对李尔深深的怜惜；同时，他还讲到在李尔需要时，自己是其忠诚和令人欣慰的仆人，这使考狄利娅向他致谢。为此，坎特想要确切地知道考狄利娅为何哭泣，而我们也由此知道了信的内容：

有一两次她喘着气，吐出了一声"爸爸"
好像心头给压得太重了；
又嚷道："姐姐，姐姐！女人的羞耻，姐姐！
坎特！爸爸呀！姐姐！什么，在狂风暴雨中？在黑夜？
有一丝天良的怎么能信得过。"说到这里，从她那
天仙般的眼星里洒落了圣洁的清泪，
润泽了哭泣声，于是她移步入帐，
跟忧伤独个儿做伴。（4.3.25-32）

[166] 坎特在信中对考狄利娅提到暴风雨，提到他如何保护李尔使其免于两姐妹所施加的命运；他就像每个基督教圣徒效忠于圣

母玛利亚那样效忠于考狄利娅。后来，考狄利娅确实把自己没法对父亲说的话（至少在姐姐们奉承了李尔之后没法说）对他说了：

> 好坎特啊，我这一生该怎么报答
> 你的恩德才好呢？只怕凭我有限的岁月，
> 竭尽心力也是枉然。（4.7.1-3）

尽管这位善良忠诚的仆人——他的所作所为要求存在需要消除的邪恶——回答说"知道……超过了应得的酬劳"（4.7.4），但他显然想要自己的作为被其心爱的女士知晓。他想要被认为配得上她的爱。

坎特告诉那位侍臣，李尔有时知道正在发生的事情，但他因为曾对考狄利娅不仁而感到"羞耻"，不愿去见她。羞耻，"灼人的羞耻"——而非在诸神前的罪恶感——驱动着李尔。他甚至请求考狄利娅原谅（4.7.83；5.3.10-11）。但与葛罗斯特不同，李尔从未请求诸神谅解。另一方面，流着泪的考狄利娅则要找到李尔。她说，他用"五谷中间"生长的种子的花装饰了自己（4.4.6），这与他重新变成"赤条条的人"的状态相符。她命令一百名士兵去寻找他。医生向她保证药草有助于安眠，而睡眠是自然为李尔的病症指定的护理。在经历了如此巨大的心灵风暴之后，李尔确实需要睡眠。孝顺的考狄利娅在此做出了她在本剧开头未曾有过的夸张之举：

> 谁能救了他，我身边的财富都拿来送给他作酬谢。（4.3.10）

* * * * *

奥斯华让瑞干知道自己手上有封贡纳莉写给爱德蒙的信，而瑞干则试图反击说,她知道那是姐姐给自己爱人的情书。贡纳莉的信——奥斯华尽责地不让瑞干拿到这封信——对本剧的结果非常重要。它很快就落到了埃德加手中。那时,奥斯华根据瑞干在此所下达的杀死葛罗斯特的命令,试图取葛罗斯特的命。瑞干下达这样的命令,是因为人们怜悯葛罗斯特,使"我们失尽了人心"(4.5.9-11)。葛罗斯特一死,他的苦难就终结了,也就不会有人再怜悯他。此外,她还害怕爱德蒙因为怜悯自己父亲的痛苦而自杀,她相信她所爱的爱德蒙是那样的人。当然这并不是真正的爱德蒙。

但在奥斯华找到葛罗斯特之前,埃德加已经演出了自己的大骗局。这骗局的意图与爱德蒙的骗局相反,与普洛斯帕罗——或者说与莎士比亚——更为相近。他和葛罗斯特[167]此时已抵达多佛。埃德加为失明的父亲描述了高耸的悬崖的想象画面,使他相信他们已经濒临深渊。"眼看他心碎成这样,我还要戏弄他,"他在旁白中说,"原为了要医好他那颗心。"(4.6.32-33)我们会说,这是诗人在为悲剧写作辩护,悲剧就是让我们想象那些有益却不真实的东西。葛罗斯特跪了下来,向"威严的神明"祈祷。他要放弃这个世界,因为它悖逆神的意旨。自己的天性遭到诸神的厌恶,也将自燃而尽。尽管他并没有质疑诸神严苛的正义,但他发现自己已不再能忍受这种正义。人唯有希望公正的诸神能赦免其罪过,(怜悯地)提供救赎,才能继续忍受,从而生活下去。葛罗斯特"跳下""悬崖"后,埃德加假装下到海岸边,说他看到葛罗斯特掉落,或者说像鸟儿一样飞下悬崖之巅。他说,"有这样稀奇的事"(4.6.55)。葛罗斯特很失望;他本希望(像卡修斯一样)以死亡来"对付暴君的欺压,挫折那骄横的意志"(4.6.63-64)。他指的是神吗?然而埃德加教导他,使他明白自己的得救就在于奇迹般地摆脱了魔鬼。埃德加所做的这一切,就像普罗帕斯洛想要教导他意志之下的众人一样。不过,埃德加不是通过展现魔法，而是利用父亲的目盲：

> 在那高崖上，刚才从你身边走开的
> 是什么东西呀？……
> 我站在山脚下，只见他那双眼睛
> 像两轮满月；他有一千个鼻子，
> 头上长满了那高高低低的角，像起伏不平的海洋。
> 他是个魔鬼吧；所以我说，你这位老大爷有福气，
> 想想吧，是明察一切，
> 借奇迹显灵的天神保全了你。（4.6.67-74）

这些话成了葛罗斯特的主调：

> 现在我想起来了。从此我可要把痛苦忍受
> 直到有一天它喊出了
> "够啦，够啦"才死去。你说起的那东西
> 我还道是个人呢；嘴里老念着
> "恶魔呀恶魔！"——他把我领到了那地方。（4.6.75-80）

现在葛罗斯特将会继续忍受折磨，以至于死。这就是埃德加的计划——使葛罗斯特对有天意、予以补救的、制造奇迹的神产生希望。埃德加通过杜撰的故事，将德性的一种敬神的形式教给父亲，而他自己则具有这德性的健全、清晰而清醒的形式：忍受必要的苦难，不必要求更美好的世界，因这种要求会导致愤怒或失望。埃德加认识到［168］获得如此德性所面临的巨大困难，因此他设法利用自己的大骗局，提供了此德性的一个更温和、更能予人希望的版本。

既然埃德加的智慧能够拯救自己的父亲，他能够找到戴着花冠的李尔也就不令人惊讶了。此时出场的李尔疯疯癫癫，不过用我们前面引用过的李尔关于正义的言辞来说，他虽完全"疯了，却自有道理"（4.6.175）。李尔弃绝了法律和正义，认为其不过是一种伪装，尤其是与性相关的法律；他拒绝婚姻，或者说否定通奸的非法性，要将人类的性爱贬低成野兽的交媾；他否认好色真的可耻，因为羞耻或要求端庄贞洁只是为了掩盖色欲。然而，他最终还是对这种想法表示厌恶。在认识到自己终将一死之后，他决心不再去爱（4.6.133-139）。随后他教导失明的葛罗斯特不要相信正义。他亲身认识了"锦袍轻裘"可以使人不受审视，并知道如何给罪过披上金甲，"折断那王法的长枪"，他宣称没有人犯了罪（4.6.164-166）。谁会相信正义"假装看见了没看见的东西"（4.6.171-172）。同埃德加一样，李尔建议葛罗斯特忍耐。他说这个世界"全是傻子的大舞台"（4.6.183）。考狄利娅的人找到了李尔，他认为自己是个囚徒，自称是"命运玩弄的自然的倒霉人［比如，玩物］，——而不是神的玩物（4.6.191；对比 4.1.36-37）。他跑了开去。葛罗斯特祈求"慈悲的老天爷"，唯在神乐意时让他去死。与这位虔诚的父亲形成显著对比的是，埃德加说他自己是"一个穷苦人，接二连三的折磨叫他认了命，／只因为饱经忧患，／对别人有一颗富于同情的心"（4.6.221-223）。他和李尔一样，在他们的运气和不幸背后看到了命运而非诸神。

然而此时他们遇上了奥斯华。奥斯华要杀死葛罗斯特，他宣称瑞干悬赏要这个叛徒的头。埃德加不得不杀了奥斯华——他虽然看不上奥斯华对贡纳莉那种恶劣的效忠，但压根儿没想过处死此人。随后埃德加取走了信。奥斯华临死时求他将信交给"葛罗斯特伯爵爱德蒙"。正如爱德蒙觉得，弄到法国阴谋者寄给葛罗斯特的信是"一桩美事",能够使他得赏(参3.3.23),同样,埃德加也认为这封给爱德蒙的信"会是我的朋友"。他以爱德蒙和奥斯华毕竟是自己不共戴天的敌人为由,打消了自己对于拆信的犹疑不决。贡纳莉想要爱德蒙杀死奥尔巴尼,并取代他而与自己共枕,成为她新的丈夫。这令埃德加愤怒。当然,这消息确使此信成了他的朋友。他埋葬了奥斯华,尽管奥斯华不过是"替万恶的淫妇奸夫做牵线的"。他决心在时机适当时把贡纳莉的信交给奥尔巴尼。但什么时候合适呢?

[169] 在这一幕结尾,正如我们已看到的,考狄利娅再三感谢坎特对父亲的效忠(4.7.1-3)。她相信"慈悲的神明"将治愈"他那一团乱麻般的神经"(4.7.13-16),考狄利娅同葛罗斯特和奥尔巴尼一样虔诚。她在李尔面前斥责姐姐们毫无怜悯之心,李尔也表示赞同。他正在康复,正如医生所言,"巨大的愤怒,/……已经被他杀死"。他请求考狄利娅宽恕自己(4.7.77-84),也就是说,他完全认识到了自己对考狄利娅所为的愚蠢,悔恨于自己对她造成的伤害。

第 五 幕

当法军与英军即将交战之时,代替康沃尔出征的爱德蒙对于奥尔巴尼是否可靠表示怀疑,他担心奥尔巴尼"反反复复"。瑞干以为爱德蒙这是要开始谈及奥尔巴尼之妻贡纳莉。她直接问爱德蒙:

可是你没有踏着我姐夫的脚迹
闯进那一圈禁地?

爱德蒙以其荣誉加以否定。瑞干请求他不要和贡纳莉交好，她"怎么也容不得"这个女人。两姐妹都想要得到爱德蒙。我们差不多可以说，两人都与爱德蒙甚为般配。与奥尔巴尼一同到来的贡纳莉在旁白中宣称，她宁可战败，也不会让瑞干"把他和我拆开"。这种态度令人惊讶——毕竟战败意味着法兰西将统治贡纳莉和整个英格兰。这与其说证实了奥尔巴尼的观点，即忠诚必然发自内心，不如说是表达了贡纳莉对爱德蒙的深情，以及对瑞干的嫉恨（5.1.1-19）。

奥尔巴尼对爱德蒙说，战争的原因是"我国的苛政"，这"迫使"那些跟随国王和他女儿的人们"高呼不平"。他明确表示自己赞同这一报告，并完美地总结了自己的立场，表示"除非问心无愧，/怎么叫我勇往直前"。与为了自己的利益而勇猛无畏的爱德蒙不同，奥尔巴尼只有在理由正当的时候才表现勇敢，然而此时，奥尔巴尼的正义面对着一个严峻的难题。如其所言，如果忠诚产生于内心，和孝心一样，其他感情也随心而生，那么当国家安全无法与孝心相一致时，又怎么办呢？现在必须回答他是否会加入叛军的问题了。他试图如此解决这个问题：

> 眼前此事，
> 是因为法兰西举兵侵犯我的国土，
> 至于拥戴老王，又招收逃亡者，倒还在其次，
> 他们反对我们只怕是理直气壮，振振有辞。（5.1.24-27）

[170] 他会与法军作战，因为法国人"侵犯我们的领土"；他不会与那只是前来支持李尔王的法国人作战，而人们之所以加入法军，是因为他们"理直气壮地"反对当前的统治者。然而，这是同

一个法国,绝非两类(正如布鲁图斯所刺杀的那个他爱的凯撒和野心勃勃的凯撒是同一个人)。法国人出于正义入侵英格兰土地;奥尔巴尼为了自卫,为了使英格兰土地不为外族占领,会与他们作战。但他知道侵入者并非为了奴役他们,相反是要解放他们。奥尔巴尼不可能既忠于妻子、妻妹及其国家,从而合于她们的正义,同时又忠于他所认知的正义。而法国人也正以一种正义的名义而来(5.1.20-27)。在此,他是要回避问题,而不是面对矛盾。

爱德蒙说奥尔巴尼"高见",但我们从他在本场最后的独白("眼前的处境/首先是保护自己,还考虑不到,应不应该的问题")中得知,这不过是装样子。他的勇气仍然源于自卫。这勇气使瑞干和贡纳莉对他着迷。他一门心思追逐自己的利益。这确实是解决奥尔巴尼所面临的问题的办法,后者只能通过虚假地区分出两类法兰西国王来解决问题。然而正如奥尔巴尼所指出的,随之而来的是分崩离析的野蛮。甚至就在这里,当瑞干和贡纳莉制止奥尔巴尼质疑她们行为的正当性时,她们私下里已经为爱德蒙产生了纷争。贡纳莉说,"共同出兵去杀退敌人",她并没有将姐妹俩对李尔的不公当作私事——她刚才还告诉自己,对她而言,不失去爱德蒙这件私事比不要战败更为重要。她想要和爱德蒙在一起,而不是和瑞干一起离开。她注意到瑞干试图将他们俩分开(5.1.28-37)。

仍然装作农人的埃德加将贡纳莉的信交给奥尔巴尼(5.1.40-50;参155-161)。他提出要求说,如果奥尔巴尼获胜,就要吹响军号,召唤那能(在决斗中)证明其所言真实可信的冠军。然而,爱德蒙的阴谋甚至比信中所言更大;他的计划充斥着杀戮。此刻,他在独白中揭露说,自己向心怀嫉妒的两姐妹都宣誓了爱意,因而必须让其中一人被杀。他会在战斗中利用奥尔巴尼,然后再按贡纳莉说的杀死他(尽管他并不一定会选择贡纳莉而抛弃瑞干)。战后他会杀死李尔和考狄利娅，免得奥尔巴尼恩赦他们，他说，这一切都是为了保护他的国家。

* * * * *

与父亲一同回来的埃德加仍然保持着伪装。他必须离开父亲，投入战斗，但他许诺自己会回来（5.2）。他对葛罗斯特说，"但愿正义[171]得胜吧"，也就是说，他仍在鼓励父亲要虔诚。但即便葛罗斯特为之祈祷，神灵也没有回应他：战斗失败了，李尔和考狄利娅被擒。埃德加斩钉截铁地说他和葛罗斯特必须离开。然而，坏消息使葛罗斯特再次陷入恐惧，"就在这儿等死也好"。埃德加不会让这一切发生，他们被迫紧急撤退，之后他指责葛罗斯特说：

> 怎么，又想不开了？死就像生
> 都得听天由命，但等时机来到，
> 就是了。来吧。

埃德加的行为清楚地表达了一种顺从，这正是他此前告诉父亲的那种虔诚的顺从。"都得听天由命"：准备好在时机到来时死去，但在此之前绝不放弃生命。有意思的是，葛罗斯特对此表示同意，但指出自己已经准备在此腐烂："这话倒也说得有理。"也就是说，他和埃德加的话都是对的，他如今认为自己去世的时间已到。但两者之间的差别在于，埃德加的顺从并不包括绝望，他只在时机到来时接受死亡，他不会自己跳进坟墓里。

在得胜后的英格兰军营中（5.3），爱德蒙命令看管好被俘的李尔和考狄利娅，直到别人来处决他们。考狄利娅为"受难的君王"

哀恸，但李尔则为能和考狄利娅在一起而满足。他由衷地回答说：

> 来吧，咱们坐牢去吧：
> 父女俩要像笼中的鸟儿般唱歌儿；
> 你求我祝福的时候，我就跪下
> 求你的宽恕。咱们就这么过日子
> 就这么祈祷，唱歌，讲古老的故事，笑
> 那班穿着得花蝴蝶般的廷臣，听那些可怜虫
> 谈论朝廷里的新闻；我们还要跟他们聊聊呢——
> 谁失势，谁得意；又是这个上任，那个下台——
> 自认为参悟了那变化无常的天道，
> 仿佛我们是上帝在世上的耳目；我们要
> 在四垛墙的牢狱里，冷眼看着那一帮钩心斗角的大人物，
> 随着那月圆月缺，而忽沉忽浮……
> 这么一份牺牲，我的考狄利娅，
> 天神也要撒上些仙香。我真的把你逮住了？
> 他从天上盗来了火把，
> 把狱中的我们当洞里的狐狸般熏烧，拆散咱父女俩。擦干
> 　　你的泪吧；
> 只怕保不住自己连皮带肉地给凶神吞了去，
> 他们想叫我们哭泣！我们先要看他们饿死。（5.3.8-25）

李尔满足于祈祷、歌唱，与考狄利娅讲述古老的故事；在他眼中，政治生活如今只不过是"那班穿着花蝴蝶般的廷臣"的生活，他嘲讽地说到"这个上任，那个下台"的事，看上去像是场文体活动。［172］当李尔沉思并想象自己与考狄利娅的狱中生活时，他与

这种政治生活拉开了距离。监狱根本不是监狱,而是从空洞的政治生活中解脱出来的安慰,让人有机会去参悟"那变化无常的天道／仿佛我们是上帝在世上的耳目"。"仿佛"一词非常重要:李尔在此所表达的一神论观点,与那种通常和伊壁鸠鲁主义紧密相关的对人世的立场相伴。他冷眼旁观所有人。但他所提及的这一点很快被对"神"的提及所取代。当然,李尔所说的这一切,部分也是为了安慰考狄利娅。她为李尔的失势和他们共同的困境而哭泣。"擦干你的泪吧",李尔对考狄利娅说。他将他们的受困视作"神圣的牺牲",作为献给诸神的祭品。他表示,唯有"天上的火把"把他们像狐狸一样熏烧,才能将他们分开。他们会比他们的敌人活得更长,这些敌人从来不能使他们哭泣。他自己期待着会免除一切政治苦难,还让考狄利娅也如此期待。

然而事实并非如此,退至监狱并不能拯救他们。爱德蒙随即打算让一名野心勃勃的军官去杀死他们。他以马基雅维里式的关于正义需要具有适应性或可变性的游说说服了这名军官(5.3.26-34;参《君主论》第 25 章)。军官称自己不过是一匹马、一头骡,以此让自己服从杀人命令的举动变得合乎正义。但他会去做"男子汉的事",并因此得到奖赏(5.3.38-40)。我们发现,爱德蒙的统治会是如此:从未来的发展来看,忠实地遵循正义似乎完全是种负担。

但是,爱德蒙无法统治。奥尔巴尼与瑞干和贡纳莉一同到来。他向爱德蒙打招呼的话经过了仔细掂量:

> 伯爵,今天你真是大显威风,
> 命运女神又对你格外地照应。(5.3.39-40;参 103)

他暗示爱德蒙具有一种德性,即勇敢。即使这一点,他也宣称是机遇引领他获得成功,从而予以撤销。他态度如此冷漠的原因,随着他询问爱德蒙对俘虏"他们怎么样处理／我们要按照他们的情节轻重／再决定",变得明显了。谁应统治的老问题回来了。奥尔巴尼不会让爱德蒙去决定应做什么,而是会为了囚徒的德性和"我们的安全",自己做出决定。为了继续应对那与李尔的正义观相悖的谜题,他在此将国王和考狄利娅的功罪与叛乱分离开来。

但爱德蒙此时试图掌握权力。关于如何处置李尔和考狄利娅才合适这个问题,他说了自己的判断:监禁起来,派人看守。他给出两个理由。首先,如此就能防止士兵们因为李尔的年老和名号而起来反对他们。他并没有表示李尔本人会试图这么做,但习俗——李尔的年龄和名号——会吸引"人心",使士兵们起来反对"命令"他们的人。爱德蒙的居心由此开始暴露。如他所想,因考狄利娅和李尔的死讯被封锁,[173]两姐妹站在他一边,而自己又是战斗的胜利者,他相信自己握着所有的牌,进而也就毫不犹豫地区分了他的占支配地位的情感和能打动普通人的情感。要将李尔和考狄利娅囚禁并派人看守的第二个理由是,好让他们在第二天或此后"听候你的审问"。爱德蒙对这一拖延给出的公开理由当然非常得体:战斗之后没时间决定他们的命运。我们流血流汗,心怀悲痛,而纷争也需要平复。他诉诸合宜和自制,公开反对奥尔巴尼所陈述的想让他交出李尔和考狄利娅的想法。

怀揣贡纳莉信函的奥尔巴尼礼貌而坚定地拒绝了爱德蒙的抗议:

> 伯爵,请别见怪,
> 此番出兵,我只把你当作我的一个部下,
> 并没跟你称兄道弟。

也就是说，两人既不对等，也非亲戚（5.3.59-61）。如果说他此时的意图不仅在于刺激爱德蒙，还要刺激两姐妹，那么他成功了。瑞干此时也站在爱德蒙的利益一边。贡纳莉恼火起来，这并非针对爱德蒙，而是因为瑞干如此急切地为爱德蒙说话。瑞干宣称，爱德蒙是为她办事、率领她的军队、掌握她的权力。因此，他确实可与奥尔巴尼"称兄道弟"。贡纳莉希望爱德蒙能够独自行事，而不是为瑞干办事。（我们记得爱德蒙告诉过贡纳莉："我愿为你效死。"）贡纳莉已经给瑞干下了毒（参5.3.96），此时她开始嘲讽瑞干。她宣称，"如果他娶了你［瑞干］，就会完全享有瑞干的特权。瑞干反驳说："笑话儿往往证明是日后的预言。"这场恶毒而激烈的争吵本会持续下去，然而瑞干服下的毒药开始起效。这使她没有回应贡纳莉，而是公开宣称爱德蒙是自己的君王和主人，只要他愿意，她可以将自己和统治权奉献给他。吃惊的贡纳莉质问瑞干道："你一心想把他弄到手吗？"贡纳莉的反应使奥尔巴尼证实了自己关于贡纳莉爱着爱德蒙的想法。

奥尔巴尼此刻让事态处于危机时刻："这回事使得使不得，轮不到你来管。"

爱德蒙则驳斥道："也不必你来管，伯爵。"

对于爱德蒙如此直接地违抗自己的权威，奥尔巴尼予以粗鲁的答复："私生子，我管得到。"

瑞干因为毒药发作，身体更为虚弱。她打算正式宣布爱德蒙的头衔，但奥尔巴尼得体而坚定地揭露了他所掌握的信息：

爱德蒙，我逮捕你
以叛逆的罪名，和你同案逮捕的

> 还有这一条色彩鲜艳的毒蛇〔贡纳莉〕。好姨妹,请你收
> 　　回你提出的要求,
> 我要维护我妻子的权利;
> 她早就私下跟这位大爷订下了婚约,
> 我,她的丈夫,要出面反对你的结婚预告。
> 你要嫁人,把爱情用在我身上吧,
> 我太太另有主顾啦。(5.3.82-89)

〔174〕贡纳莉维持着她那有教养的轻蔑,嘲笑奥尔巴尼的话是出"好戏"。然而,自此开始,一切都变得极为严肃。奥尔巴尼命令吹起军号,召唤证明爱德蒙叛逆的证人;瑞干被毒死;奥尔巴尼宣布,如果证人不出现,他就要脱去手套,亲自决斗。爱德蒙接受了挑战,但仍坚决否认自己是叛徒。

* * * *

应军号的召唤,埃德加登场了。当传令官问他的名字、身份以及响应召唤的原因时,他宣称自己因为遭人背叛而失去了名号,声明自己出身"高贵",来此就是为了与爱德蒙以剑对决。与奥尔巴尼一样,埃德加宣称爱德蒙仅有的德性就是勇猛。尽管如此,尽管爱德蒙最近因为命运而取得了胜利,他仍然是个叛徒,

> 背弃神明,出卖父兄,
> 串通了要谋杀这位尊贵的王爷,
> 从你头顶心
> 到你脚下的尘土,

你像个癞蛤蟆，一身丑恶的奸贼。（5.3.135-139）

埃德加要亲自证明诸神的正义。爱德蒙给出了非常愚蠢的答复：

> 我本该郑重些，问一问，你姓什名谁，
> 可看你这外表长得英俊勇武，
> 听你的出言吐语，倒还有些教养；
> 我尽可以拒绝决斗，不失去我的体面，
> 凭着骑士的规章，可是这一套去他的吧。
> 奸贼的罪名，我扔还给你顶着吧，
> 魔鬼诅咒你，撒下这弥天大谎，
> 你却不当回事，不放在心上，
> 让我这把剑替你在胸口劈开一个缺口，
> 叫它们永远留在你心头吧。军号手，吹号！（5.3.142-151）

爱德蒙并非必须决斗，因为埃德加还没有说出自己的名字。爱德蒙决斗失败后，莎士比亚让贡纳莉再次指出这一点：

> 这完全是践行［阴谋］，葛罗斯特［即爱德蒙］。
> 凭着那决斗的规章，你原可不必去应战，
> 对方无名无姓。你没有输，
> 你是中了计，受了骗。（5.3.152-154）

[175] 此外，埃德加一旦说出自己的名字，他就会被捕。因此问题在于：爱德蒙为什么不要求埃德加说出他的名字呢？

根据埃德加的指控，答案似乎在于爱德蒙欺瞒了神明。我们记

得，爱德蒙为"自然"女神效力，如此效力不受法律和习俗约束，只是极力使事物"适宜"。根据法律和骑士的习俗，他可以询问决斗者的姓名，但他没有这么做，而是仰赖于自己所能理解和判断的：从决斗者的外形和言词来看，他是高贵的。这对爱德蒙就足够了。他确实证明——当然是向自己——他并非只是假冒，而是自始至终受女神的指引，始终真诚。约束着爱德蒙的是自然女神而非人间法律。埃德加冒险前来，但他准确地猜到爱德蒙会接受决斗。我们已经看到，埃德加同样像爱德蒙那样理解了自然和习俗之间的巨大分歧。随后我们还将再看到这一点。

面对扑倒在受伤的爱德蒙身上的贡纳莉，奥尔巴尼非常粗鲁地骂道：

> 闭嘴，奶奶，
> 不然我只好拿这信来堵住你的口了。且慢，骑士。——
> 你这个十恶不赦的女人，读一读你亲笔写下的罪状吧。
> （3.5.155-157）

贡纳莉知道这封信暴露了她的背叛。但当被问到是否知道这封信时，她厚颜无耻地轻蔑答道：

> 我认得又怎样，法律在我的手心里，不由你做主；
> 谁能问我的罪？（5.3.159-160）

她和爱德蒙的确是绝配；她表示，她有不受法律约束的自由，法律是为她自己的利益服务，而不是来约束她的。奥尔巴尼认为她的回答"真骇人听闻"，饶恕她的罪简直就是十足的暴君之举。但他仍再次问她是否识得此信，贡纳莉轻蔑地回答说："别问我知道些什么。"这是她在台上最后的话。奥尔巴尼担心她会自杀，命人去"盯着"她。有趣的是，没有人退场。

垂死的爱德蒙此刻向所有人承认，他做了被指控的事，以及还有"多得多"的事"将来自会暴露"。然而他并没有为此表示悔恨，他此时仍然指望有关李尔和考狄利娅的计划能获得成功。他提到"时间"，尤其表明了这一点（对比 245-248）。他并没有寻求被宽恕，反倒宽恕了获胜的对手，"只要你出身高贵"。埃德加在此表明了自己的身份，宣称神是公正的：

> 我们彼此都别记仇吧。
> 说到出身，我不比你低；
> 要说我比你高，你更对不起我了。
> 我就是埃德加，你父亲的儿子。
> 上天赏罚最公正，当初寻欢作乐犯下的罪孽
> 成了日后的报应：
> 想父亲在昏天黑地的场合生下了你，
> 却因此叫他丧失了一双眼睛。（5.3.167-174）

［176］爱德蒙对这段关于神圣正义的说法表示赞同：

> 你说的对，没有错。
> 命运的轮子如今转满了一圈，我落到原来的地步。

但他们证明神圣正义存在的证据相当薄弱。我们被期望相信，葛罗斯特之所以在生命的最后一年被康沃尔弄瞎，是因为他在黑暗

中生下了爱德蒙！爱德蒙关于（命运）"轮子"的说法也并不怎么虔诚。

奥尔巴尼与埃德加友好交谈，之后，埃德加解释了自己藏在何处以及如何知道了父亲所受的苦难，而这使我们的疑虑进一步加深。

> 是我在照料他的苦难啊，殿下。且听我三言两语交代一下，
> 等我把故事讲完，我的心也碎了！
> 我一逃出家门，无情的通缉令
> 就紧紧地追捕我（噢，一个人的生命多么宝贵啊！
> 我们宁愿时时刻刻忍受那死亡般的痛苦
> 只要活下去！），我只得换一身
> 疯叫花穿的破衣裳，改扮成
> 连狗子都要欺侮的穷模样；在逃亡中
> 我却碰上年迈的父亲，只见他双眼失落了两颗宝珠，
> 只剩下鲜血淋漓的两个空眶子；我给他领路，
> 扶着他，讨饭来养他，把他从绝望之中救出来；
> 却始终没有吐露我是谁（啊，真不该呀），
> 直到半点钟之前，那时我穿戴盔甲，
> 但愿吉人天相，却不知此去祸福怎样，
> 便跪下来求他祝福，才从头至尾
> 把我的经历都讲了。谁知他的心儿早就有裂痕啦
> （呜呼，衰弱的心无法承受这冲突！）
> 经不起悲喜交集，
> 只见他微微一笑。

对于知道更为完整情节的读者而言，这段"故事"表明埃德加此前关于相信神圣正义的说法是种伪装。假如埃德加认为失明是通奸的父亲"在昏天黑地中"生下爱德蒙所应得的惩罚，那么，他就不会因为父亲失明而可怜他——但他表明自己确实可怜父亲。况且，埃德加在此也没有提到他碰上并杀死奥斯华，从而拿到信，此事纯粹是靠运气。要是没有这些信，获胜的就是爱德蒙而非埃德加，"轮子"也不会转动。埃德加确实表示他使父亲不再绝望，但他并没有说他是怎么做到的——我们记得，他的办法就是在多佛给父亲创造了奇迹，也就是欺骗父亲，让他以为自己在神道天意的掌握之中。为什么埃德加半个小时前不在父亲面前揭晓自己的身份呢？［177］他表示，自己一直在等待，直到"穿戴盔甲"，准备决斗；也就是说，他以前和现在都没有误以为自己手握正义就能获得胜利——以为没有武装的正义也足以获胜——那是麦克德夫的错误，也是信赖神圣正义之人的典型错误。在本剧开头，埃德加错以为爱德蒙是这样的人。最后，按照埃德加的说法，葛罗斯特"有裂痕的心无法承受这冲突"——他所谓的冲突交织在"悲喜"之间，但这冲突不也会发生于表象与实际之间，即埃德加所教导的天意与他现在所揭示的人意之间吗？

自从开始逃离爱德蒙的算计后，埃德加一直在思考生死问题。这段话无例外也是关于同一主题的，而且本剧最后的台词也是他对这一主题的论说。他在此插了一段话：

> 噢，一个人的生命多宝贵啊！
> 我们宁愿时时刻刻忍受那死亡般的痛苦，
> 只要活下去！

生活如此甜美，以至于我们都留恋生活，尽管我们时时都在死于死亡的痛苦，即死于我们的悲痛中。死亡之所以可怕，不在于它是痛苦，而在于它是生活的甜蜜的终结。但正如下面这段文字所言，也正如埃德加最初见到失明的父亲时说的话所示，甜蜜最终也会消失：

> 世道啊！要不是世上的事反复无常，叫人怨你、恨你，
> 人生何至于老得这么快。

他表示，我们最终会憎恨这个世界，于是，生命就会屈服于年老。经历了生活中一系列令人厌弃的失望和痛苦之后，生命走向终结。这话与埃德加的顺从相一致，但在某种程度上，这段话低估了自然衰老和人体衰弱的重要性。无论如何，这里没有任何对于天佑的盼望。

爱德蒙宣称，自己为父亲的苦难遭遇和埃德加平缓这苦难的努力所动，"说不定对我有好处"（5.3.200-201）。然而他没有做点好事——尽管他知道宝贵的时间正在流逝——他注意到埃德加还有话要说，请求他说下去。奥尔巴尼则请求埃德加不要说了，因为他所听到的已经够悲伤的了。但埃德加还是继续说了下去——他完全知道悲痛会伤人，知道唯有喜好不幸的人才会想要听到更多，即使他现在准备讲述另一个悲痛使人软弱的故事！他说了在父亲赴死的喧闹之中，坎特如何找到他，而在得知可怜的汤姆就是乔装打扮的埃德加这一真相之后，父亲又如何高声啼哭，详细述说着自己和李尔的虔敬故事，"越说，／越伤心，那生命之弦／都快崩断了"。在讲述这个故事的时候，埃德加不得不提到坎特"看见过我行乞求食的光景，／本想避开我这个倒霉人"（5.3.205-219）的事实。他在第

一个故事里从未提到自己与坎特和李尔在荒野上的互动,这一点被他忽略了;他在此又间接暗示了这一点,使我们想起李尔与可怜的汤姆交谈的中心话题,那就是李尔发现了摆脱习俗的自然之人。[178]我们在此也想起,坎特最后与葛罗斯特一样,最终承受了来自习俗的苦难。坎特像葛罗斯特一样,因为重新审视真相而变得虚弱。只是当埃德加能够披甲上阵,参加决斗时,他才与埃德加接近。习俗通常向坎特和葛罗斯特这样的人掩藏了自然的可怕真相,而埃德加则承受了这一真相。看起来,埃德加与爱德蒙对于自然的看法相同。不同于身边的人,他们从这种看法中汲取力量,能够倾听和忍受令人痛苦的消息,并不期待这个世界能够毫无麻烦。对于埃德加而言,他也不期望得到任何神灵的帮助。

* * * * *

作为始终信赖着神圣正义的政治中庸派,奥尔巴尼仍然是这一场的主导。此时他接到了妻子自杀的消息。她承认自己毒杀了瑞干。爱德蒙也承认,他确实与两姐妹都定下了婚约。奥尔巴尼对这消息的反应令人印象非常深刻:

> 把两人抬出来,看她们是活的还是死了。
> 这是上天的判决,好不叫人胆战心惊,
> 可唤不起我们的怜悯。(5.3.231-233)

真正虔诚的奥尔巴尼相信,这都是神罚。他对此不表怜悯。这证实了我们的怀疑:埃德加对于葛罗斯特的失明以及更多的事情所表现的对神圣正义的信仰,不过是种假象。

奥尔巴尼很快为自己的礼数不周向坎特致歉。坎特此来是请"主上和我的主公诀别"。他提到了李尔，这最终使奥尔巴尼要求爱德蒙说出国王和考狄利娅的下落。当瑞干和贡纳莉的尸体被抬出后，濒死的爱德蒙终于迸发出怜悯，道出了自己最后的阴谋：

> 总算爱德蒙还有人爱！
> 为了争夺我，这一个毒死那一个，
> 接着又杀死了自个儿……
> 我快断气了。让我做一件什么好事，
> 违反我本性。快派人
> （要赶紧）到城堡里去，我下了一道密令
> 要伤害李尔和考狄利娅的生命。
> 别问，等不得了。（5.3.240-248）

爱德蒙此时意识到，尽管他有着邪恶的"本性"——他将自己犯下的罪归咎于这本性，他还被人所爱。唯有瑞干和贡纳莉那无情的死，或者说，唯有贡纳莉为了他而毒杀妹妹的意志，又因为无法得到他而采取的绝望自杀，使他意识到这一点。贡纳莉情愿做这些事——蔑视最为神圣的法律——这使爱德蒙确信她确实爱他，而不仅仅是利用他。[179] 他有关应得的认识最终在谋杀与自杀的可怕行为中得到证实。他做了件好事。

奥尔巴尼曾经忽视了李尔和考狄利娅这件"大事"，此时仍然显得心不在焉。他让埃德加前往城堡，却忘了问爱德蒙接受指令的人是谁。一向沉着的埃德加向爱德蒙询问，也向他要收回命令的凭证。埃德加自己不受习俗所限，但即使在最为紧急的事务中，他仍然最为关心习俗的位置。

然而，这徒劳无益。奥尔巴尼发出最后的祈祷："上天保佑她吧。"但这没有得到回应。李尔抱着已死的或濒死的考狄利娅上台。他的话伤感而矛盾，正如他在知识和期望之间摇摆：

> 嚎吧，哭吧，哭吧！你们全都是铁石心肠！
> 要是我长着你们这许多舌头、眼睛，我哭得
> 它天崩地裂。她一去不回了！
> 我懂得人怎样是死了，怎样还活着；
> 她死了，跟泥块一样。拿镜子给我，
> 凑在她嘴边，如果那镜面上生起一层薄雾，
> 那她还有一口气。（5.3.258-264）

他为她的"一去不回"哀悼，正如他指责其他人不像他那样嚎哭。他知道她已经死了，但希望使他找寻着她还活着的证据。本场中三名主要的目击者对此反应强烈。坎特想知道这是否意味着此世的终结。对此，埃德加回答说："还是末日恐怖的一幅缩影？"这表明，一个人死亡的景象对自己而言或许就是世界的终结。奥尔巴尼呼唤终结的来临；对他而言，这样的世界太过残忍，不应被容许继续存在。李尔没有使用镜子，而是用了羽毛。他以为自己看到羽毛动了，又心生期待。他宣称这将挽回一切不幸，但事实并非如此。

坎特此时想要李尔认出自己，让李尔知道自己的所作所为，但李尔只关心已经死去的考狄利娅。其他人"全都是杀人的凶犯、奸贼"。李尔再次想象自己听见她开口说话，"柔声细气"。所有人随后得知李尔为考狄利娅最后所做的动人之举："我亲手宰了那把你绞死的奴才。"人们对此事的认可使李尔的心放下考狄利娅，回到了他曾经有力而高贵的过往。那时他做过很多这样的事。随后，他

又想到了自己的年迈,由此又想到坎特。后者仍然想要李尔认出自己来。在坎特提到命运对他们的宠爱与厌弃之后,李尔确实认出了他。但坎特想要李尔意识到,装成凯厄斯(Caius),不久前还照料着李尔的人是他。令人惊讶的是,李尔称凯厄斯"已死了,烂了"。坎特纠正了他,而李尔则宣称"欢迎"坎特。

[180] 但坎特利用这话的字面意思,回答说此处没人"好欢迎";"全都是些伤心事,阴惨惨,一片昏黑"。他随后告诉李尔,瑞干和贡纳莉已死。他说这两人都是自杀。李尔同意她们是自我毁灭,或者说是绝望而死——爱德蒙和贡纳莉曾希望如此设计考狄利娅的死(参 5.3.255)。至少贡纳莉是为绝望所毁灭,因为她发现不能和爱德蒙在一起,未来的生活也就没有快乐的希望。埃德加或许会说,这两人最终都在生活的打击和逆境下屈服。他似乎同意奥尔巴尼的看法,即此时给李尔看两人的尸体已属徒劳("那是不可能的",他回答说)。不过,在埃德加心目中,这么做的原因不在于(奥尔巴尼所认为的)李尔不知道自己在说什么,而在于李尔的生命也将终结。考狄利娅的丧生对李尔而言也太过沉重,击溃了他已开始体验的快乐,也摧毁了他的生活。

听闻爱德蒙的死讯,奥尔巴尼将之视为"在目前无足轻重的事儿"而不予理会。奥尔巴尼本会视为对神圣正义的确证的事,现在被贬低为一桩琐事,因为考狄利娅之死的巨大悲痛,以及悲痛对年迈的、受到惊吓的李尔的影响吸引了他全部的注意力。奥尔巴尼认为他已尽己所能把权力转交给李尔,他还要对埃德加和坎特"另有封赏,以偿你们的一片忠诚","聊表谢忱",从而为政治王国带来宽慰。他要达到这样的目的,使人人"得其所应得"——无论朋友还是敌人(5.3.297-305)。在此,我们想起他立场的含混;他还不清楚曾经参与叛乱的坎特、埃德加和李尔是否算他所谓的敌人。

当然，其他人已经死了。不管怎样，在他所能实现之事，即对有德者的奖赏，与诸神之所为之间存在着尖锐的对立。考狄利娅率军为李尔所受的不公进行报复，她死了，而她的死如今即将杀死李尔。坎特也——他自己就要说到——即将死去。德性的奖赏究竟何在？

李尔的遗言使我们难以忽视这个问题：

> 可怜我这丫头，给他们绞死了！完了，完了，没有一丝生命了！
> 为什么一条狗，一匹马，一只耗子，都有生命，
> 偏是你没一丝儿气息？你一去再也不回来了，
> 永远，永远，永远，永远，永远不回来了。
> 请你快给我解开这颗纽扣。多谢。
> 你看见吗？看看她！瞧她的嘴唇，
> 你瞧，你瞧！（5.3.305-312）

考狄利娅之死的结局使他想要知道——在临终之前他想要知道——为什么畜生能够拥有生命这种奇特的东西，而她却失去了。因果报应似乎对人的命运毫无影响。

[181] 疲惫而半衰的坎特说李尔的心将碎，而他必须粗暴地阻止埃德加去鼓励李尔"抬头看"，也就是离开考狄利娅那一动不动的双唇。"别去打扰他的灵魂了，放他去吧，他准会憎恨那个／硬是要他在这苦恼的人世／多挨一会儿酷刑的折磨。"埃德加并没有心怀哀戚。他在事实层面确认了坎特的话："他真的去世了。"坎特则柔声回应说："万万想不到，他居然撑到了现在，／他硬是支撑着，生命却早就空了。"与他们相反，奥尔巴尼关注的是此事的哀

痛、悲伤。他此时要把国家让给坎特和埃德加。但坎特宣称自己的死期将近。"殿下,我马上就要动身上路:／老主人在召唤我,我不敢有误。"忠诚到死的坎特认为李尔的死是对自己死亡的召唤,暗示自己希望死后还能为其效力。这希望使他的忠诚继续下去。

即将成为统治者的埃德加以一段台词结束了本剧,表明他某种程度上需要自由自在地说一说悲哀:

> 苦难的担子只得由我们挑起,
> 要说我们真正所感而不是说那应当说的:
> 想年长的受尽了折磨;我们小辈
> 绝不要经历那些,绝不要活这么些年岁。(5.3.324-27)

他在本剧中常常说的不是他真正所感,而是他"应当"说的话——特别是在神意方面——以及他同极度的绝望抗争。他发现,如今需要允许人们表达真实的感觉,放下"艰难时世"的担子。和《麦克白》中的玛尔康一样,埃德加在此彻底表达了自己的哀痛,而没有像大多数人那样只是用僵硬的上嘴唇作出无益的伪装。然而,他最后的台词自相矛盾。他表示,艰难时世会缩短自己和其他年轻人的生命;他似乎是指振作起来的能力在普遍衰落,也可能指他们这一代仍将面对更大的痛苦。他真正的立场似乎是,他和其他年轻人所要承担的苦难太早来临,太过沉重,使他们无法维持生活的甜蜜,因而也丧失了对生活的渴求。无论如何,他如今要来统治了。只有他能够忍受,即便这缩短了他几年生命。这样一位精明的统治者知道维系民众的道德期待和希望需要什么。他给人们带来希望,以结束阴郁的一切。

《李尔王》为我们展现了一位思虑周到且适应能力惊人的前任

国王的努力。他的经历使他主动否定了神法,经由内心的"风暴",他开始理解"赤条条的"人。他本质上正是这种人,没有任何人为的习俗以支持对天意的信仰。尽管他认为这是条"疯狂的"道路,而这确也使他的头脑承受了无法忍受的负担,却可能使他[182]因更能接受自然的困境而获得更为平静的生活——如果不是心爱的女儿的死的话。埃德加观察着李尔的经历,这得益于他的灵魂更为年轻和柔软。这使他更能承受苦难,也让他为自己的父亲,随后也为自己未来的臣民提供了有益的、充满希望的、虔敬的真相。我们即将转向《暴风雨》。在这出剧中,莎士比亚向我们展示了普洛斯帕罗的教育计划。他因为自己对博雅学术的哲学研究而失去了米兰的统治权,又为了女儿和自己而冒险惩恶扬善,教导那些来到他统治之地的人。他的方式正如爱德蒙对其父亲的教导——利用天意。但我们会看到,这教导来自对人类在无情天地间真实处境来之不易的认知。这一认知将像普洛斯帕罗那诗意的幻象一样彻底消失。

第五章

《暴风雨》：一位哲学家 – 诗人对公民的教化

[183]《暴风雨》是莎士比亚唯——部以自然现象命名的剧作，而这一自然现象在剧中却并非自然发生。就像剧中绝大部分其他内容一样，这场暴风雨从头到尾都是为了一个人物的计划和行为而起。该剧与柏拉图的对话最为相近，尽管本剧的中心人物普洛斯帕罗并没有运用苏格拉底的辩证法。他确实将大量时间花在研究"博雅学术"而非统治米兰上。普洛斯帕罗的全部努力都旨在使自己和女儿从流放之地返回意大利，并确保女儿同那不勒斯的继承人之间已经约定的婚姻。那不勒斯国土同普洛斯帕罗的弟弟结盟，阴谋篡夺了普洛斯帕罗在米兰的统治。为了达到目的，普洛斯帕罗在剧中必须对诸多不同的人物展开教育。什么是最好的道德和政治教育，以及什么是达致这一教育的最好方式，成为全剧两大主题之一。

另一个主题则与谁应统治的问题相关。这个问题在戏剧性的开场就得到了清晰而突出的表达，并在此后每一场中都有表达。本剧的魔幻效果来自普洛斯帕罗偶然获得的魔力，而在那获胜的总结中，他又宣称这是自己的"计划"（5.1.1；参收场白12）。不过，无论这些魔力源自何处，他对魔力的运用则取决于自己的智慧，包括他对人类道德教育的前提和方法的认知。然而，这智慧显得并不完备，所以有必要通过对他那（非人的）奴隶卡力班（Caliban）行为的观察来加以完善。在收场白中，我们不由得不去思考哲人—诗人普洛斯帕罗的"计划"与［184］莎士比亚本人同时教导市民和潜在哲人的"计划"之间的关系。

* * * * *

第 一 幕

开场以戏剧形式精彩地表现了国家之舟这一古典比喻。在暴风雨中，船长命令水手长（"招呼水手们"）做好准备，迅速执行那些经过反复练习的程序，而水手长随即向水手们传达了命令（"把中桅帆收起来，留心听着／船长的哨子"）。显然，为了将船只驶出暴风雨，人们需要关于风、阻力、压舱物等的知识。这种基于必要性的知识真实而无可争议，因而它的传达不依靠言词，而是通过船长的哨子——即只通过声音传达。哨声是技术性的、非政治的。基于此类知识，船长鸣哨要求水手按照程序行动，通过公认的层级发令指挥（"在这儿呢，船长；干吗呀？"），并且通过指出当前的紧急状况来发号施令（"好好干一场，／要不然，咱们可要撞到岩岸上啦"）。

正当水手们执行程序之时，那不勒斯国王亚朗索（Alonso）和米兰大公安东尼（Antonio）这两个政治统治者出现在了甲板上。他们害怕暴风雨，要求水手长告诉他们船长在哪儿，并命令他赶紧让手下干活。没人听他们的，他们甚至连被忽略都算不上。令他们震惊和气愤的是，他们被告知要闭嘴，站到一边去。暴风雨的紧急状况剥夺了他们的权威。"好好呆在底下吧。"水手长一开始这么对统治者说。他们甚至没意识到船长正在鸣哨指挥（"你们没听到他吗？"）。由于安东尼一再坚持要求，水手长渐渐失去了耐心："你们太碍手碍脚啦……你们这是帮着暴风雨一起来捣乱。"（1.1.11-14）暴风雨是大家显而易见的敌人。懂行的人才能在暴风雨中将船只救出，其他所有人都是妨碍。如果暴风雨是个人，水手长的话就相当于在指控为王的造反。亚朗索的大臣贡扎罗（Gonzalo）要求水手长不要发火。"叫海洋别生那么大的气吧，"水手长尖刻地回答说，"给我走吧！眼前的大风大浪可不管你国王不国王！下船舱去！别闹！别跟我们添麻烦啦！"自然之力在其最凶猛之时，对"国王"之类单纯的名号毫不在意。水手长不得不随着暴风雨的样，不去理会这一名号，像对待诸多任性的年轻人一样对待国王一行人。

贡扎罗最后告诫水手长说："老兄，可别忘了，在你这条船上的都是些什么人。"这使水手长彻底澄清了谁统治这条船，以及什么引导他行动的问题：

> 我谁都顾不得，只顾得我自个儿。你这位
> 枢密大臣；要是你能叫这大风大雨
> ［185］也听你的吩咐，马上太太平平，安静下来，那我们
> 从此不碰缆索，不干水手这一行啦。摆出你的威风来呀。要是
> 你办不到，那么感谢老天，让你活了这一把年纪，快快
> 钻进船舱里，准备万一出什么事吧
> ——别慌，弟兄们！——快给
> 我们让开些，我说。（1.1.19-27）

水手长（像遭受暴风雨压力的其他人一样，他的台词并不押韵）不但再次表示大自然并不尊崇人间的权威，此时还直接挑战贡扎罗，要他利用自身权威让天"安静下来"。只有贡扎罗能够成功，水手长才会和水手们都停下手里的活。水手长挑衅地用了"我们"一词，

与王者所用的"朕"（the royal "we"）相对，他运用这一代词是为了将水手们（他再次简短地呼唤他们）包括进去。水手长专注于自己的职责，即听从船长的指挥，他坦白地表示，他专注于执行命令是为了自己，他对自己理应效忠的统治者的价值和尊严毫不关心。他认为暴风雨是坏运气所致，而非上天所降。在贡扎罗看来，这些话可以让水手长被绞死（"他那副神气，道道地地是个该绞死的坯子"）。

当面对紧急状况或迫切需要之时，人们不得不将服从所谓的合法上级（或者将法律），将礼貌用语、习俗或正确的形式置诸一旁，当作无足轻重的细枝末节。我们所有人都可能经历这样的情况，而水手长的处境则是极端而戏剧化的表现。生活在自由民主国家之中，我们甚至会倾向于为卑微而辛苦的水手长所表现的轻蔑而高兴，因为他直接向无能而自负的国王一行人表达了不满。然而，目前的问题较之使人免责的必然和君主统治的愚蠢更为深刻。毕竟，驾驶船只就像统治王国一样，由船长统治着水手长，而水手长则统治着水手们。船长就像国王一样，拥有自己的指挥系统。在这样位子上的人必须令行禁止，无所阻碍。那不勒斯国王自己知晓这一点，在命令之下，他待在船舱里，和自己的亲王儿子一同祈祷（1.1.53）。当其他人回到甲板，再次争执起统治权，而他的兄弟西巴斯显（Sebastian）和安东尼因为水手长不服从而愤怒地恶语相向之时，他充耳不闻（1.1.40-46、56-58）。莎士比亚所展示的问题就是谁应当统治。而在这种情况下，显然应当由知识或科学作主。他要我们去问：一般而言，统治者是否应该掌握政治技艺或政治科学，才具有统治的资格呢？统治是否和航海一样是一项技术活呢？还是说，统治还需要具备其他要素？国王一行人的反抗仅仅只是荒谬无理吗？还是说，他们体现了服从于合法权威的合理要求？这种权威，唯有在面对巨大危机之时才会失去或受到质疑。

开场中诸多的独特之处进一步促使我们提出这个问题。首先，这一场大量运用了"好"一词。这个词前后出现了五次，[186]每次所指又各有不同。①在这样极端的处境中，什么是善/好这一问题是显而易见的，或者说应该是明显的：那就是迫切要做的事。然而，事情通常并不这么显而易见。在所有的地方，关于何为真正好的斗争都是政治生活的特征所在。即便"何为好"这一问题并不难把握，也不会产生争议，好的特定内容也会随着时空的变化而有所不同。比如，贡扎罗在本场中最后的台词就表达了在此种情况下"把一千顷海水换得一亩荒地"的意愿（1.1.65-66）。通常来说，紧急事态能够取代更合乎自然的欲求。水手长两次提到机运，机运也能够打破我们获取自己所认为的好的既定计划。最后，统治一艘船的科学或技艺是服从而非建构性的知识——根据何为好或最好，运行良好的船只会驶向何方，或者应该驶向何方，甚至人类是否应该利用船只的问题，这些都不属于那样的技艺。

水手们哭喊着"全完了！求求老天吧，求求老天吧！"，而贡扎罗先命令水手们陪国王父子一同祈祷，又在倒数第二句话中惊呼"照上天的旨意行事吧"（1.1.51-53）。与人类最终命运相关的问题在这哭喊、命令和惊呼之中被提了出来。这些话与安东尼的立场显著地相悖。安东尼指责是他人的错误才导致所有人都陷入险境，他还遵循西巴斯显的意见，在船只沉没之前离开了国王（1.1.40-64）。那么，是否存在一个有意来解救他们的神，让他们去祈求呢？贡扎

---

① [译注]第一幕第一场共出现了六次 good，分别是船长的"Good, speak to the mariners"（好，对水手们说），亚朗索的"Good boatswain"（好水手长），贡扎罗的"Nay, good, be patient"（得啦，老兄，别生那么大的气）、"Good, yet remember whom thou hast aboard"（好，可别忘了，在你这条船上的都是些什么人）和"Stand fast, good Fate"（别放过他，慈悲的命运），以及水手长的"Cheerly, good hearts"（出力啊，好弟兄们）。

罗显然相信有：他反复表示，他们所有人获救的希望寄托在水手长那应得的命运——被绞死——之上（1.1.28-33、46-48、58-60）。他期望正义会占据优势；如果不是这样，"我们可就糟啦"。然而，唯有当他们能逃过暴风雨，从而将水手长绞死之时，正义才能居于优势——正如水手长明确表示的，贡扎罗的权威并不能确保这一点。用贡扎罗的话说，这只能取决于"上天"。

不过，如果神真的存在，他们对我们又有何要求？对水手长的攻击——骂他亵渎上帝、无情，是个私生子，无耻之徒，还是个酒鬼——皆是恶名；那么与此相反的德性——虔敬、仁慈、贞洁、有礼、节制——就是神的要求吗？这些德性会造就一个值得人类尊敬的人吗？会造就配为统治的人吗？此类德性所表现的品性是服务于他人这一正义的目的，对于我们希望统治者所具备的素质，这种品性就像船长和水手长要掌握的技艺或科学一样重要。然而，政治统治者所需要的这种建构性的知识支持这些尽心尽职的德性，支持这一正当的目的吗？

无论是谁，只要能为善政，他显然就在这些问题上具有一定的智慧，能够给出具有说服力的答案。然而，即使人显然需要这样的智慧，仍存在其他的问题。一个人从何获得此类智慧？水手长在如此危机情况下尚且遭遇到对自己的统治这样激烈的反对，那么在和平时期，统治者即便明智，又会面临何种反对呢？[187]为了统治，值得费力平息这些反对吗？如果可以做到的话，这就是智者想要的吗？智慧之人真的想要统治国家之舟吗？

* * * * *

这些问题为本剧最长的一场（1.2）做了准备。在这一场中，我们见到了普洛斯帕罗和他的女儿蜜兰达（Miranda），这位普洛斯帕罗的魔法招致了此后所有的一切；我们看到了他那非人的奴仆爱丽尔（Ariel）和卡力班；随后又看到了那不勒斯国王之子腓迪南（Ferdinand）。蜜兰达怀疑是父亲的"法术"招致了可怕的暴风雨，这使她怜悯那些在海难中丧生的人。他们无疑都是"高贵的人儿"和"可怜的人儿"。她说，要是自己"是个神"，就会沉下海去救他们。对于一个小小的、可见的、珍贵的部分的关切可以使她毁掉整体。她若是个有威力的神，也显然会是个愚蠢的神，因为她过于怜悯他人。普洛斯帕罗表示确是自己招致了暴风雨，但他试图让蜜兰达的怜悯之心平静下来。"你且定一定神吧，／别惊慌。跟你那柔软的心说／什么事都不会有。"当蜜兰达固守着她的痛苦时，他重复道："没事儿。"他正在执行一个计划。尽管蜜兰达毫不知情（或者说，如我们此后将看到的，她对他此生所做的其他许多事都不知情），他仍然告诉她说，这一切都是为了"我的心肝儿，我的女儿"（1.2.17）。他的情感似乎同蜜兰达的怜悯一样狭隘，但他注意到与此相关的潜在伤害，因而更为宽宏："没事儿。"

"没事儿"的保证与普洛斯帕罗的名字相一致：他可以使事业兴旺（prosper），可以带来善。尽管要处置自己的敌人，他也并不想对他们造成伤害。在此，他的话使我们想起在柏拉图的《理想国》中苏格拉底使波勒马霍斯（Polymarchus）得出的一个结论（335b-e）：正义之人不会伤害任何人，哪怕是自己的敌人。无论苏格拉底出于何种目的而让波勒马霍斯得出这样不同寻常的结论，这都表现了他严肃的观点：惩罚性的正义应当有益于受罚者，而并非加以严苛惩罚或满足报复的愤怒渴望的手段。正如蜜兰达将会说的，普洛斯帕罗不同凡响，即便偶尔感到有必要假装愤怒，也不会发怒（1.2.496-499、4.1.144-445）。他之所以批评蜜兰达，并不在于她心生怜悯。

普洛斯帕罗也认为怜悯是一种"美德"（1.2.27），但蜜兰达在这一件事情上用错了对象。他向女儿保证，自己已经运用法术将海难那可怕的奇迹"安排妥当"：

> 一个人也不会遭到——
> 不，哪怕是一根毫发
> 也不会受到损伤
> 尽管你眼看船儿快沉了，只听见船上的人在大哭大喊。
> （1.2.29；参《路加福音》21：18）

[188] 设若正如蜜兰达所言，普洛斯帕罗的魔力有似神明，那他也类似于一个仁慈、温和的赐福的神明。除了女儿所见之外，他还运用法术，使万物都免于伤害，趋向善。然而，此种善的巅峰并非对他本人的崇拜，而是他心爱的女儿的幸福。她是"我生命的三分之一，/我活着，就为她"（4.1.3-4）。莎士比亚似乎要让我们以为，如果普洛斯帕罗是一位杰出的统治者，那么他的统治——异乎寻常地——没有贯彻船上国王一行人所特有的惩罚精神，也——或许与此有关——没有任何对"天意"的敬畏。事实上，他至少是为了实现自己某方面的善而统治的。

不过，普洛斯帕罗向蜜兰达隐瞒的不仅是自己当前的计划，还有她本人的情况（"你／还不清楚你是谁"）以及自己从前的高贵身份（1.2.17-18）。在这一点上，蜜兰达引人注目地宣称，自己对此并不好奇，她满足于现在的生活，满足于同她所认识的父亲在一起（1.2.19-22）。不过，对普洛斯帕罗而言，教导蜜兰达的"时机到了"。所以他卸去了自己的"法衣……我的法术"（1.2.24-25）。他很快又会穿上，不过那只是在他教导蜜兰达，使她对自身有所了解之后。

可是，为什么只有在现在呢？我们可以从蜜兰达此时所得知的内容中辨识出答案。普洛斯帕罗曾经是米兰大公，直到他兄弟安东尼同普洛斯帕罗的"旧恨宿怨"那不勒斯国王结盟，篡夺了大公之位。他们将普洛斯帕罗和蜜兰达扔到一艘漏水的小船上，两人由此来到了岛上。普洛斯帕罗之所以至今都克制自己没有说出这段事情，也许是因为对于蜜兰达温顺的心灵来说，这故事太过可怕；他或许希望女儿对这样的邪恶始终全然无知。但是现在，她必须听闻恶行，因为她就要被搭救，被人带回意大利，当上王后，佩戴后冠。当然，在普洛斯帕罗讲述这段故事时，蜜兰达仍然显得太有怜悯心，甚至天真（见 1.2.116、118-120、132-135、150-152），但她也表明自己对邪恶有所了解（"他们为什么／不就趁着那黑夜把咱们俩杀害了？"）。普洛斯帕罗对此也表示赞同（"问得好，姑娘"）。蜜兰达也想知道父女俩是怎么来到岸边的（1.2.138、59）。她并非对邪恶一无所知，而普洛斯帕罗也不会尽力让她始终如此。或许，他过去之所以不将此事告诉她，仅仅因为他不知道他们能否得救，并且希望不要摧毁蜜兰达在岛上的幸福状态。她要是知道自己曾经失去了什么，也许会为此而感到难过。实际上，蜜兰达记得自己三岁时曾经拥有四五个保姆（1.2.41-47）。无论是哪种原因，普洛斯帕罗都表明，他要小心避免蜜兰达获悉那些会妨碍她幸福的知识。他精心地教育女儿，包括教导她信仰"赐福之神"和"上天"（1.2.159、174），这都是为了她的最大利益（1.2.171-174）。不过，在穿回法衣后，普洛斯帕罗转而声称"幸运女神如今做了我恩人"，因为她带来了那场"巧合"（accident），将自己的敌人带到了小岛附近（柯里尔抄本［Collier ms.］①1.2.169 以下；［189］177-179）。普洛斯帕

---

① ［译注］柯里尔（John Payne Collier, 1789—1883）是 19 世纪上半叶重要的

第五章 《暴风雨》：一位哲学家-诗人对公民的教化

罗习惯于向蜜兰达隐瞒真相，代之以有益的谎言。他认为，这是为了蜜兰达好。我们将会看到，这一点同样适用于他对本剧其他所有人的教育。

但蜜兰达如今必须知晓他们在米兰的过去，那时普洛斯帕罗是米兰大公。不过，他关于自己被兄弟的阴谋诡计推翻的解释也揭示出，是他自己的研究使安东尼能够轻而易举篡位成功：

> 我弟弟，就是你叔叔，叫安东尼——
> 请你听好了——天底下竟会有
> 这么奸诈的兄弟！——除了你
> 在这个世界上我最爱的就是他，我把
> 国家大权交托给他，在当时，
> 所有的城邦要推米兰最强大，
> 而普洛斯帕罗公爵在公爵中独一无二，他
> 威名远扬，论博雅学术
> 那更是举世无双；我既然专心致志，研究学问，
> 把邦国大事都交托给兄弟，
> 对朝政便越来越荒疏，自己却废寝忘食
> 沉溺在玄秘的魔法中……
> 我这么摆脱了俗务，抛却了杂念，
> 过着修身养性的隐士的生活

莎士比亚评论家。他于1831年开始为德文郡公爵管理图书，得以接触有关英国早期文学的藏书。1852年，他出版了"佩金斯对开本"（Perkins Folio），声称此为1632年对开本的手抄本（佩金斯是抄本扉页所书名字），并依据所谓"一个老收藏家"的校文作了诸多校改。这些校改全部收入其《莎士比亚著作详注和校订》（*Notes and Emendations to the Text of Shakespeare*）和《莎士比亚文库》（*Shakespeare's Library*，即莎士比亚戏剧集）中。但这些校改随后被证实为伪作。

> 要不是得与世隔绝，我这门学问
> 胜过众生的一切……
> ［而安东尼］不乐意，要做
> 绝对的公爵——我呢（可怜的人）一间书房
> 便是我够大的领土了。（1.2.66-77、89-92、108-110）

相较于统治米兰，普洛斯帕罗更喜欢研读书籍，从事博雅学术的研究来教化自己的心灵。他现在仍然如此，他说，当贡扎罗在他流放的小船上放置供给品时，"知道我爱书本儿，让我／从我的书房里把心爱的书带走，这些书对于我／比一个公国还宝贵"（1.2.166-168）。最后的动词是现在时。普洛斯帕罗珍视自柏拉图《理想国》（521d-536e）以来所称的"博雅学术"，这种学问探究如何成为真正的自由人，为哲学生活做好准备。他就是柏拉图笔下的苏格拉底所谓的"哲人王"。既然——正如苏格拉底本人所极为清楚地表示的——该词前后两部分相互冲突，那么他就不得不选择其一。他走向了前者而非后者。在对哲学生活——对心灵之善和精神提升——的追求中，他失去了有名无实的统治；他所学的越多，就越不关心自己的民众。他弟弟的背信弃义［190］只不过是这出戏的收场；更重要的原因在于，普洛斯帕罗自己日益失去了统治的兴趣。

* * * *

然而，由于同女儿被困在岛上——在他们身处困境之时，女儿维系着他的决心（1.2.152-158）——普洛斯帕罗不得不施行统治，成为蜜兰达的"导师"（以及爱丽尔和卡力班的主人）。父女俩要想回到意大利，就必须立即借助爱丽尔的帮助开始行动。穿上法衣

(我们不知道这件衣服从何而来)后,他让蜜兰达陷入梦乡,并召唤出自己的异教精灵奴仆爱丽尔。那场暴风雨就由爱丽尔掀起。爱丽尔在每个人的脑海中显现,并报告说所有人都平安无事。他说水手们都陷入了沉睡,而其他船只都以为国王的船已经沉没,已驶向那不勒斯(1.2.187-218)。爱丽尔尽心尽职,办得漂亮。

但爱丽尔与普洛斯帕罗之间产生了争执。原因在于爱丽尔想要自由。我们此时得知,爱丽尔令人愉悦的效劳是出于强迫,而普洛斯帕罗已承诺即将给予其自由(1.2.245-249)。普洛斯帕罗也许从自身的经历中认识到严厉的必要性,他称呼爱丽尔为"坏东西"和"我的奴隶"(1.2.257、270),并提醒爱丽尔——按照普洛斯帕罗的说法,爱丽儿是健忘的——他是在受折磨之时被自己解救的。由此,我们稍许知晓了普洛斯帕罗法力的来历,知道他是如何让爱丽尔等精灵服从于自己的。爱丽尔曾是西考拉克斯(Sycorax)的奴仆。后者是个女巫,过去统治着这个岛。但爱丽尔"经不起她呼来喝去,粗暴蛮横的奴役"。她因此将爱丽尔囚禁在一颗开裂的松树里十余年。在此期间,她死了,仅留下"满身斑疤"的儿子卡力班在岛上。普洛斯帕罗运用自己的"法术"将爱丽尔从树缝中救出(1.2.291);他并没有说自己怎么突然有了法力,不过,他可能是从卡力班所藏的那些书中学会了魔法。他遇见卡力班时,后者既不能说话,也没读过书。(卡力班知道这些魔法来自"书本",尽管他不知道仅来自一本书——见 3.2.89-95 和 5.1.57 以及 3.1.94;对普洛斯帕罗而言,他当然也是岛上诸多其他好东西的来源——见 1.2.331-374、2.2.148-173、3.2.42-53、89-103)。忘记自己被奴役之因的或许不只有爱丽尔。无论如何,普洛斯帕罗此时出于自身目的而要暂时继续奴役爱丽尔,用胡萝卜加大棒促使他去办事。按照习俗,爱丽尔——普洛斯帕罗已经承诺给予他自由,而且他也能够自治——显然不应被奴役。

普洛斯帕罗的另一奴隶卡力班如今只能靠大棒来统治。普洛斯帕罗曾经信任他,给予其自由,让他住在[191]他自己的洞里,直到他试图强暴蜜兰达——他对此仍然毫无悔意。"噢唭,噢唭,要是干成了该多好!"他无耻地宣称,"你把我拦住了;要不然,我早让这个岛 / 布满了大大小小的卡力班。"(1.2.349-351)蜜兰达也严厉地对他。她说,自己曾经出于怜悯之心(除了怜悯心之外,蜜兰达还有什么?)才教他说话。为什么她唯一的导师普洛斯帕罗认为卡力班是个奴隶呢?这从蜜兰达的判断中清晰表现出来:"可恨可恶的奴才, / 你的心,善良,留不下半点痕迹, / 坏事儿样样会!"(1.2.351-353)正如对于自己弟弟那样,普洛斯帕罗在卡力班这件事上似乎过于信任他人。卡力班看上去没有悔恨的能力。这两个事实似乎使得普洛斯帕罗坚持对卡力班态度严厉。他认为卡力班本性完全是坏的,无法通过教育来克服(参 4.1.87-90)。无论如何,卡力班如今因为害怕普洛斯帕罗"法术"的威力而听从于他,这也是使爱丽儿臣服于普洛斯帕罗的力量(1.2.373)。但爱丽尔过去曾被奴役和囚禁,如今已得了承诺即将获得自由,而卡力班曾经拥有自由,却因自己的所作所为而失去了。莎士比亚在此向我们提出了问题:什么样的行为,或表现出什么德性,使我们获得自由或被奴役?两者对我们都可能吗?这是我们在前四部剧中所见问题的一个特殊形式。这个问题就是:一个人拥有什么样的德性才配进行统治,甚至才配统治自己?

* * * *

按照普洛斯帕罗的计划,在爱丽尔的忠实效力下,亚朗索之子斐迪南此时被引诱来到了普洛斯帕罗和蜜兰达所在的地方。他以为爱丽尔那诱惑的歌声是天神美妙的音乐。当他为心爱的父亲溺亡的残忍命运哭泣之时,这音乐使他的心情得以平静。此时,这音乐包含了他的歌声。蜜兰达看到了斐迪南,她以为他是个精灵,随后又认为"他是个天神,我还没瞧见过天地间／有这么高贵的人物"(1.2.419)。(这与年老的普洛斯帕罗所看到的肯定相当不一样。)普洛斯帕罗坚称这个男人"也吃,也睡,也感到温暖寒冷／跟我们一样",而且宣称他若不是面带"摧残美貌"的忧愁,或许可以称作"美少年"。尽管如此,蜜兰达还是将他视作天神。斐迪南本人则将蜜兰达视作女神(1.2.423)。这一点更令人印象深刻,因为斐迪南曾见过很多美人。在这样的语境下,斐迪南无意间说出了关于蜜兰达名字的双关语,揭示了他的想法("啊,你神奇啊!"参 3.1.36-37:"令人爱慕的蜜兰达"①)。斐迪南发现蜜兰达尚未婚配,而且她还说着自己的语言。他看到蜜兰达对自己心怀怜悯,看到她向普洛斯帕罗请求对自己温柔相待,便提出要让蜜兰达做那不勒斯的王后。也就是说,他要娶她。这得满足两个条件:她还是处女,以及"她的情意还没奉献给别人"(1.2.448-449)。

[192] 普洛斯帕罗此时必须干预了。在他的安排下,魔法的力量使这一对走到了一起,然而此时,这具有魔力的自然欲求——爱情——开始生效。普洛斯帕罗对此没有加以控制,也不愿操控。正如他在旁白中所表示的(1.2.420-422、439-443、451-453、491-500),他对这一结果深感高兴。两个恋人互相成了对方的奴隶。普洛斯帕罗(还有我们)因而目睹了恋人间的奇妙举动:他们相互顺从,宣誓永远忠贞不渝。爱情的力量究竟是什么,竟有如此的效

---

① [译注]蜜兰达(Miranda)这个名字出自拉丁文 mirus,意为"奇妙的"。

果？爱情是对幸福的许诺，同时也像爱丽尔对普洛斯帕罗的服从那样，是对可怕的不幸的恐惧。而就像爱丽尔必须证明自己配得到自由一样，恋人们也想要证明自己配得上对方的爱。他们可以牺牲其他一切来取悦爱人，以此证明自己配得上对方的爱。所以斐迪南表示，只要每天能见到蜜兰达一次，他心甘情愿被囚禁（1.2.487-493）。这正是普洛斯帕罗之所愿。而将斐迪南监禁起来，这可以使他难以得到蜜兰达，从而验证他是否真的爱蜜兰达。换而言之，爱情几乎同时预设了道德自由。这是一个人为了达致那至高无上的纯粹的善而放弃自身之善的能力。普洛斯帕罗此时正是利用这一预设。而他许诺给爱丽尔的则是另一种自由："你从此就自由自在／像山上的风，可先得——替我／把差使都办到了。"

当然，不仅爱丽尔这样的精灵，包括人类，至少是严肃的人，都具有这样独特的感觉：他们可以获得幸福，而且幸福一定是理所应当的。这似乎产生于爱欲的追求。普洛斯帕罗也依靠着这种感觉，并且在自己的指导下证明其正确性。但这种感觉有真正的基础吗？如果公正的神灵统治着世界，就像情人统治着有情人那样，那么这种基础就存在，但如果统治着一切的是对人类毫无关切的自然，又会怎样？自然会明确揭示谁值得我们效忠、谁不值得吗？普洛斯帕罗自己并不这么认为，他要测试斐迪南。他深知，让斐迪南爱恋的对象——蜜兰达——显得难以获得，斐迪南就会更想得到她；他必须借助人的技艺，让蜜兰达成为付出努力才能得到的人。但蜜兰达认为自然径直为她区分了价值："这一座神殿怎么能容得下奸邪，"她这么谈说斐迪南，"假使奸邪也拿庙堂当藏身之所，／那美德要赶来跟它做个伴了。"（1.2.458-460）她认为自然会通过外表将内在价值表现出来。这种乐观显然没有根据。但蜜兰达为斐迪南所动。这使她违背智慧的父亲的命令（2.467 以下）。普洛斯帕罗甚至必须警告她,如果她坚持这么做,就会让他恨她。她确实应受这样的责备。正如普洛斯帕罗对她说的:"傻丫头,/跟多数人一比,他只算得卡力班,/别人比了他,可成为天使啦。"(1.2.41-82)她对于人知道些什么?然而,同样也可以说,正如大多数的爱情[193]使恋人们除了自己的爱人看不到其他人一样,这座岛当然也使蜜兰达看不到其他所有人。

第 二 幕

在第二幕中,我们再次遇到了亚朗索国王及其随从们,随即又见到了他那些上了船的仆人——斯蒂番(Stephano)和特伶口(Trinculo)。普洛斯帕罗在这一幕中并未现身,尽管在爱丽尔执行其计划的时候,他警觉地关注着。最为诚实和忠诚的大臣贡扎罗试图给国王打气,在困境中寻找着一线希望,而塞巴斯显和安东尼则拿他的努力开玩笑。贡扎罗真的为这个小岛而高兴。与感到这里不宜居住的阿德连(Adrian)领主不同,贡扎罗宣称这里"对生活样样都好"(2.1.50)。他确实为小岛郁郁葱葱的环境所目眩,而塞巴斯显和安东尼则认为他"完全不对头"(1.2.58)。也就是说,他们认为所有人都是被困在这荒芜人迹的岛上。不过,似乎盲目乐观的贡扎罗注意到了其他人没发现的事情:他们的衣服依然鲜艳夺目。他并不是塞巴斯显和安东尼口中喋喋不休的老笨蛋,他确实注意到好的和奇妙的事情。他也了解自己国家的神话和历史。他讲说着迦太基(Carthage)女王狄多成为寡妇的事情——开始是因为丈夫、腓尼基人西凯奥斯(Sychaeus)被害,后来是由于爱人埃涅阿斯离她而去。而突尼斯(Tunis)就是今天的迦太基。

贡扎罗此时还是不断犯着外交错误。他提醒了亚朗索三次,亚朗索的女儿克拉莉蓓（Claribel）嫁给了突尼斯国王。因为突尼斯在那不勒斯正南方的地中海对岸，这桩婚姻似乎完全是出于政治考虑——与亚朗索控制米兰的行动一样，这也是他确保整个意大利置于自己统治之下的宏大计划的一部分。贡扎罗不幸地试图以克拉莉蓓的婚姻来激励国王：我们是安全的，而您的女儿已经顺利出嫁。知足常乐，因为事情本来可能更糟糕。但亚朗索没有心情听这些话："你尽把这些话往我的耳朵里灌／不知道我多么不受用。但愿我从不曾／把女儿出嫁到那里！"（2.1.107-109）如果亚朗索没有去突尼斯，他那作为那不勒斯和米兰的继承人的儿子斐迪南就会还活着。他的计划被毁，他心爱的儿子死了。尽管法朗西斯科（Francisco）领主宣称看见斐迪南平安地游到了岸上，亚朗索还是深陷于自责之中，看不到希望。斐迪南的死本是个意外，但亚朗索显然认为，如果不是他不自量力，这事就不会发生。他弟弟塞巴斯显此刻又强调了这一点：你应该受到指责，我们求你将女儿嫁给一个欧洲人，她也这么求你，甚至想悖逆于你，但你都听不进去。你已经失去了儿子；你应该受到指责（2.1.110-128）。

当然，除非亚朗索将暴风雨视作神罚，否则他的绝望便毫无意义。他可以反驳塞巴斯显的观点，[194]说他不过是马后炮：塞巴斯显当初反对这桩婚姻，难道是因为他们由突尼斯返回时会遭遇暴风雨，因为斐迪南会被淹死吗？如果不是这样，那他此时指责亚朗索又是因为什么呢？但亚朗索没有这么反驳。他确实坚信自己应该受到某种程度的指责。在此，我们看到，由爱引起的值得尊重的欲望或应得到幸福的欲望具有另一面：当无法获得幸福时，我们就会后悔。亚朗索听说自己犯了错误之后，回答说："最叫人痛心的，也就是在这里。"（2.1.136）简而言之，他感觉自己正在受罚。正如我们将看到的，这种悔恨使他顺从于普洛斯帕罗的教育。

贡扎罗认为亚朗索应该受到指责。他说塞巴斯显所言是"实话",尽管缺了"几分婉转"(2.1.138)。也就是说,现在不是说这个的时候。贡扎罗此时试图让国王从悔恨中摆脱出来。他提出如何统治这个岛的问题,并由此展现了他眼中的最佳政制或共同体(2.1.148-168)。他表示,那里不会有商业和贸易,没有治安官,没有文字和学术,没有富人和穷人,没有奴隶和仆人,没有(永远归某群人所有的)葡萄园,没有金属、谷物、酒、油、劳动和工作。所有的男人都无所事事,而女人也是,但他们都天真纯洁。塞巴斯显和安东尼指出他想法中的问题:谁来为这种无政府状态立法呢?如果贡扎罗要将自己的想法落实,那么他就要是统治者。

贡扎罗的最佳政制是共产社会,却非马克思主义式的。他拒绝征服自然,他放弃技术。而马克思后来论述说,技术有助于整个人类摆脱农村生活的愚昧状态。贡扎罗指望慷慨的"自然"会满足人类的一切需求(2.2.16-65),但马克思不会如此想。假如为所有人供给充裕物资这件事实际不过就是分配问题,那么,贡扎罗的设想或许具有合理性。然而是这样吗?没有人的技艺,自然肯定提供不了充裕的物资。况且,即使自然能够提供,人类也不想只是无所事事,仅仅满足基本需求。正如贡扎罗所设想的,为他所驱逐的"叛逆和烧杀抢窃"之举不仅出自需要,还出自想要获取更多的野心。人类的爱或爱欲的渴望不只满足于有用。这(正如我们已经看到的)使得人们野心勃勃地追求价值,由此而追求等级和配对。想要消除竞争、嫉妒、复仇、憎恨,只有以消除此种渴望为代价,但人类大多数的道德生活也会随之消失。无论塞巴斯显和安东尼的批评多么刻薄,就超越贡扎罗所说的"黄金时代"而言,他们都比贡扎罗冷静,更为深思熟虑。正如我们在其他剧作中所见,贡扎罗相信黄金时代真实存在,而这与他的道德预设[195]相一致。那预设就是我们当前的世界是道德败坏的产物，而非无思想的自然毫无规划的结果。

贡扎罗的完美共同体当然打动不了亚朗索，还引起塞巴斯显和安东尼的嘲笑。这几乎使贡扎罗失去了冷静。但爱丽尔使他和除塞巴斯显与安东尼之外的其他人都睡去了。我们看到了贡扎罗所忽视的那种野心的生动表现。此时，安东尼劝说塞巴斯显做自己曾经做过的事：杀死自己的哥哥，夺取王位。安东尼用一套简单的论证说动了塞巴斯显：只有你哥哥死了，你才有希望实行统治。塞巴斯显唯一的反驳与曾经一直影响国王的问题有关："可是，你的良心呢？"安东尼篡夺兄长之位的时候，没有感到不安吗？"我并不感觉到／我胸膛里供奉着这一位神明。"安东尼冷冷地回答，"即使有二十颗良心，／横在我和米兰之间，都是绷硬的，／早都融化了！"（2.1.275-280）他表示，良心本身指向对神的信仰，而他则清楚地说出毫无良心的推论：

> 令兄躺在这儿，
> 不比他躺着的泥地好多少，
> 假如他真像他这会儿看来这样——那是说，死了，
> 用这把我得心应手的刀，只消三寸够了，
> 就管叫他从此再不会醒来；你呢，来这么一下，
> 一并儿叫
> 老古董，这位谨慎大爷
> 永远睡他的大觉，再不会来编派我们的不是。至于其余那班人，
> 就像猫儿舔牛奶，一呼就来了；
> 只消我们说哪个时辰办好事，
> 他们就马上去撞钟。（2.1.280-289）

杀死亚朗索不过就是让他化作尘土,他实际上并不具备("谨慎大爷")贡扎罗相信他具备的高尚品质。有说服力的言辞能轻易使一切批评无声。塞巴斯显同意了这个无情的大胆计划。他和安东尼是与亚朗索以及贡扎罗极不相同的人。安东尼没有良心,因而既不敬神,也不尊敬人。他和塞巴斯显完全一样。他们毫不关注自己所应受的惩罚,因而所作所为也没有负罪感。

但在他们动手之前,爱丽尔唤醒了贡扎罗。他立刻上前帮助国王。普洛斯帕罗已经预见到——事实上,他为此提供了机会——这出密谋。这是一场测试,而安东尼和塞巴斯显没有通过。普洛斯帕罗不再为弟弟的背信弃义而惊讶——正如他曾对蜜兰达所说的;他甚至预测到了这一点。正如爱丽尔所言,普洛斯帕罗的"法术"将此揭示出来(2.1.297-299)。而贡扎罗英勇地保护[196]亚朗索这一点也在普洛斯帕罗意料之中。然而,在贡扎罗想象的共同体中,这种高贵的行为不可能产生,因为这个共同体消灭了道德德性的需要。密谋者在最后一刻还能够隐藏自己的计划,等待另一个机会。一行人此时开始寻找斐迪南,因为亚朗索仍然对儿子没死抱着希望(2.1.300-325)。

* * * * *

另一个阴谋正在小岛的另一边酝酿。它更具有喜剧效果,但意图同样可怕(2.2)。卡力班正忙着收集木头。他埋怨普洛斯帕罗对自己的折磨。用他的话说,普洛斯帕罗用了"种种恶作剧"。为了欢迎贵族的两位仆人特伶口和斯蒂番,他无疑过上了足够悲惨的生活。卡力班起初误将特伶口认作普洛斯帕罗的精灵,他平躺在地上以免被发现。因为担心暴风雨,特伶口躲到了卡力班的皮外衣下。

喝醉了的斯蒂番又误将两人看成四条腿的野兽,想将其带回去,作为怪物卖掉。他随后又将卡力班灌醉。酒精使卡力班将斯蒂番当做神,愿意为之效力(2.2.115-116、125-126、148-149)。他显得——至少在喝醉之时——需要神,需要自己为之屈身的主人。卡力班向斯蒂番俯首,并不是出于自己相较于普洛斯帕罗的无力而有的算计(参 5.1.295-298),这一举动表明他真正尊崇且敬畏烈酒所带来的新颖体验以及提供酒的人。他对斯蒂番的效忠既忠诚又审慎。这也使普洛斯帕罗重新评估了自己对卡力班的严苛判断。

第 三 幕

按照普洛斯帕罗的命令,斐迪南正在劳作。这会使他的爱显得理所应得,也会使蜜兰达成为那应得的人,只有为了和她在一起而愿接受卑贱工作的人,才能得到她。斐迪南在拖木头。正如他和蜜兰达所言,这是个本质上既低贱又令人讨厌的活。它只需要膂力,不要求技巧,而甚至畜生也有膂力。不管有多么必要,他已经快要沦为畜生了。追随着基督教或(接续其后的)马克思主义的教导,劳作本质上并非善。对斐迪南而言,劳作之所以好,全在于他认为这是为了蜜兰达。因她父亲对自己很严苛,所以她对自己显得更加温柔。他知道,蜜兰达为自己的处境落泪。她无意间为自己所表露出的情感显然让斐迪南感到高兴。(他认为[197]自己应当做比拖木头更高级的事,并且高兴地意识到蜜兰达也是这么想的。我们想起了坎特在考狄利娅流泪时的快乐。)

蜜兰达上场。她表现了自己深切的情感,以及这情感如何在高贵的心灵中成为拟人化的诗句。她说到了木柴:"这些木柴,在生火的时候,/可要淌下了泪,只因为劳累了你。"(3.1.18-19)她显得想要赋予这无生命的世界以某种意识和意图，提高她恋人的重要性，就像李尔在自己的爱受挫之后，在荒野上向大风和闪电呼号一样。她提到，自己的父亲（他正在暗地里观察着这一幕）要"专心读书"三个小时（因此我们得知，这对他而言并非异常）。因此，斐迪南应该休息。她要自己来干活，斐迪南当然不会允许，他宁可压断自己的背，也不让她做这种丢脸的事。如果蜜兰达鄙夷他，他还会这么想吗？我们不会知道。因为此时，（用普洛斯帕罗的话来说）蜜兰达已经受到感染，她受到了感动，要回报斐迪南爱的表白。

　　普洛斯帕罗考虑到蜜兰达为人谦逊，曾经禁止她向陌生人透露自己的名字。但当斐迪南向她询问名字，"只为了在祈祷的时候我好称呼你"时，她回答道："蜜兰达——啊，爸爸，／我这话一出口，就违反了你的盼咐啦。"（3.1.37-38）斐迪南随即向她求爱，告诉她，自己曾经喜欢过别的女人，因为她们具有一些德性，但和她们不同，蜜兰达拥有全部德性。她高贵的风度之中没有任何可争议的缺陷。蜜兰达的回答非常直白：除了自己，她不认识一个女人，而除了斐迪南和她"亲爸爸"，她也不认识一个男人；她"不知道"外面什么样。（我们记得，普洛斯帕罗不得不既做父亲，又做母亲。）她也以同样的方式答复了他的赞美之辞：

> 可是凭我的贞洁起誓
> （贞洁就是我嫁妆中的珍宝），这世上我再不希望
> 跟别人做伴，除了你；
> 也想象不出我还能喜欢上
> 另一个形象，除了你。可是我越扯越远了，把爸爸的告诫
> 全忘啦。（2.1.53-59）

蜜兰达并没有完全失去冷静或变得孟浪。尽管违反了父亲的告诫，她仍对那天些告诫表示尊敬。我们也从这些告诫之中了解到她父亲精心教育她的目的所在。为了使她结交合适的年轻人，普洛斯帕罗的教育［198］最终的目标在于培养她举止端庄。这种德性我们今天几乎再无人赞同，有时甚至被斥责为压迫的工具。因此，我们需要特别努力地理解莎士比亚对此德性表示认同的描述。这不是哲学德性，而是道德德性。作为其反面的傲慢会使人不辨善恶，对他人不生同情，因而挥霍他人给予的恩惠。这表明一个人缺乏自尊，不顾一切地要得到所有人的关注和爱，而不是使自己成为最配得上的人。这会贬低一个人的价值，由此也会减少能够与之结成稳固而有爱的夫妻之人的关注。

　　端庄也是文明的要求。人类较其他动物需要接受更长时间的教育，而培养高尚的人事实上需要整个青春期的漫长时间。因为与其他动物不同，我们需要能够指引我们生活的判断能力，这种能力在青春期尤其容易走偏。我们从父母那里学习这一能力，我们信赖他们能指导我们，然而，如果与他们的关系不能长久，他们也不能提供此种指导。使他们之间长久而非短暂地在一起的是忠诚的德性，这种德性为公开宣誓所支持。总之，性对于动物来说是再生产活动，但对于人而言，如果随时随地都能轻易交媾，无须负责，那么男男女女（尤其是男人）就没什么理由维持他们之间的关系。在性问题上遵循礼节，正如蜜兰达所言，是"装腔作势的娇羞"（3.1.81）。女人曾经出于自尊，为了间接统治男人、保存文明而以之教导别的女人。我们在第四幕中会看到，普洛斯帕罗试图通过自己的法术所制造的戏剧，向斐迪南和蜜兰达两人灌输贞洁的观念。而贞洁是端庄的近亲。

　　在此，让普洛斯帕罗高兴的是，蜜兰达的爱情超越了她的端庄。她对斐迪南所表达的爱慕促使斐迪南向她说出了自己"发自灵魂的"话：

> 我第一眼瞧见你，
> 我的心就飞向你身边，再也走不开
> 只想伺候你，情愿做你的奴隶，只因为你
> 我甘心做一个搬木工。(3.1.64-67)

蜜兰达随即非常急切地问斐迪南是否爱自己。斐迪南要天地作证，他是真的爱她："世界万物怎么深，怎么高，也比不上，／我爱你，疼你，敬你。"这表白使她出于"纯洁又圣洁的天真"而宣称：

> 我是你的妻，要是你愿意娶我；
> 要不，我一辈子都做你的侍女。跟你做伴侣
> [199] 也许你会拒绝我，可是我情愿做你的奴婢，
> 不管你要不要我。(3.1.83-86)

斐迪南表示自己要"永远崇拜你"，而作她的丈夫正是"求之不得／就像那奴隶巴不得能做自由人"(3.1.63-90)。因为他们已经表示愿意成为对方的奴隶，这最后一句话揭示了他们之间情爱的悖论；他们一心一意，准备为对方牺牲——但同时也希望自己能够愉快地得到满足，就像追求自由的奴隶。普洛斯帕罗目睹了这场谈话，也为之高兴，"没别的事……更大"(3.1.93-94)

* * * * *

普洛斯帕罗有"很多事"要处理，但他对卡力班、斯蒂番和特

伶口的进展并不知情（3.2）。"奴隶"卡力班因同这两人相遇而时来运转，试图获取普洛斯帕罗并不想给予自己的自由。他如今会通过自己的言行向我们表明，正如他最终向普洛斯帕罗所表明的那样，就像任何理性的人那样，他不应再受奴役。他感到，对自己效忠能力有所怀疑的特伶口不如斯蒂番勇敢，因此他不会为其效力；他认为特伶口和他属于同一阶层，比不上斯蒂番。他拒绝被特伶口戏弄，并且要求斯蒂番给予特伶口适当的惩罚；他有尊严感和价值感——认为自己应该得到某种方式的对待——并且希望统治者能够给予他与他价值相当的赏与罚（这正是普洛斯帕罗在米兰所不愿承担的统治负担之一）。也就是说，他对分配正义和惩罚正义有着清晰的认识。

令人印象更为深刻的是，卡力班明显有能力策划一场针对普洛斯帕罗的阴谋。他告诉斯蒂番和特伶口说——这不是第一次了，他显然一心惦念着这个事——普洛斯帕罗运用法术，使他得不到原本属于他的小岛。此时，他请斯蒂番报复"暴君"普洛斯帕罗，成为小岛的主人。卡力班正在基于他自己的正义观念选择主人。这一点以及他的计划表明他能够做出政治判断，具有审慎的品格，而这种能力属于一个自由人。他自己甚至将放弃对小岛的领导权，为"尊贵的主人"斯蒂番效力。他提出了一个计划，就是趁普洛斯帕罗睡着时将其杀死。此时来到他们身边的爱丽尔试图以口技发言，指控他撒谎，以阻止他们的阴谋。但结果不过是，在卡力班的要求下，特伶口遭到斯蒂番更多的拳击。这让卡力班感到高兴。他此时甚至想要在社会等级上升至第二层。当斯蒂番停手后，他上前去接着打特伶口。[200] 他表示有很多方法可以杀死睡着的普洛斯帕罗，却再三提出有必要拿到他的书，并（最终）"烧毁"它们。当然，此举也会使卡力班免于被新主人的法术所困。

第五章 《暴风雨》：一位哲学家－诗人对公民的教化

最后，卡力班向斯蒂番评价了一番蜜兰达，表明他事实上有能力抑制自己的性欲：

> 最要紧的却是为了
> 他女儿长得真美啊。老头儿
> 夸她是天字第一号。我可从没见过女人，
> 除了我那老娘西考拉克斯和她；
> 可是她比我那老娘好看得多了，
> 就像天比了地。（3.2.98-103）

由此，卡力班指出了推翻普洛斯帕罗的最大诱惑，也表明他自己之所以试图强暴蜜兰达，不仅因为他想要"这个岛布满了大大小小的卡力班"，还因为他——和斐迪南一样——为美貌所动。"让她躺在你床上，我担保，／给你养一窝棒极了的小鸟儿。"（3.2.104-105）最终，这一条说动了斯蒂番，使他接受了卡力班的计划。他想要成为小岛之王，使蜜兰达成为自己的皇后，而卡力班和特伶口作自己的总督（此前被降级了的特伶口如今开心地接受了任命）。

爱丽尔听见了整件事，他此刻要向普洛斯帕罗去汇报（3.2.115）。在此之前，他用歌声引领三人离开。这歌声一开始让特伶口（"噢，饶恕我的罪过吧！"）和斯蒂番恐惧，但卡力班不为所动，他还减轻了两人的恐惧：

> 别害怕，这岛上老是听得到响声啊，
> 声音啊，甜蜜的曲调啊，很好听，不伤人。
> 有时候，一千种乐器叮叮咚咚的
> 在我的耳边响；有时候

> 我听见了一阵阵歌声，使我一觉醒来，
> 又睡熟了，于是一个梦境出现了，
> 我仿佛看见，天上的云彩裂开了，忽然显现出
> 那么多金彩银彩，要纷纷落到我身上，等我醒来
> 我直哭着要再回到梦乡中。（3.2.135-143）

卡力班对美妙音乐的漂亮描述更向我们表明，他不应受奴役。但这也告诉我们，他在普洛斯帕罗僭政之下的生活并不那么悲惨。卡力班仍然想要从奴役中获得解放。他对斯蒂番的警告最后展现了他的能力。他警告说，除非杀掉普洛斯帕罗，否则斯蒂番不可能统治这个被施予法术的小岛。[201] 卡力班非常清楚对于"暴君"应该做什么，并且在实际的尝试中表现得更为突出。在这一尝试中，他和普洛斯帕罗将更为了解对方。

* * * * *

斯蒂番、特伶口和卡力班这场穿插进来的（结果还是喜剧的）阴谋为普洛斯帕罗所忽略。他必须处理国王一行人的教育问题。国王一行人正在岛上寻找斐迪南（3.3）。贡扎罗不能继续寻找了；亚朗索也累倒了；塞巴斯显和安东尼仍然密谋杀死国王。普洛斯帕罗对敌人的挽救教育此刻真正地展开了。他"在岩顶出现，隐身"，命令精灵奏响迷人的乐曲，随后又为疲乏饥饿的一行人设下盛宴，由一群奇形怪状的东西奉上。这一景象使他们每个人都相信，这世上确有奇迹，这正是普洛斯帕罗的目的所在。也就是说，他们恢复了对奇迹的信仰，胃口也被吊起。但当他们要抓起食物吃的时候，爱丽尔化身鹰身女妖，在雷电交加中降临。宴席也消失了。他随即

第五章 《暴风雨》：一位哲学家－诗人对公民的教化

警告亚朗索、安东尼和塞巴斯显，指出他们需要忏悔：

> 你们三个是有罪的人，只因为
> 那主宰人间祸福的命运有令，
> 永远填不饱肚子的大海
> 才从喉头吐出了你们，把你们抛到这小岛上
> 渺无人烟的荒岛——居住在人群中，
> 你们才不配呢。我弄得你们发疯；
> 人们临到上吊、投河了，也拿出
> 那么一股勇气。（3.3.53-60）

他们拔出了剑。但爱丽尔向他们保证，他们的武器对"命运的随从"无用，并且提醒他们曾经对普洛斯帕罗做过的事，以此来解释他们当前的遭遇：

> 好好回想吧
> （我就是来唤起你们心里的记忆）你们三人，
> 当初把善良的普洛斯帕罗从米兰撵走了，
> 把他，他和无辜的婴儿，流放在海洋里（现在大海算是把
> 　　旧账清算了）。
> 你们干下罪行
> 就逃不了报应，只早些与晚些罢了，上天
> 指使大海、陆地——对，一切的精灵，
> [202] 来粉碎你们的安宁。你的儿子，亚朗索，
> 已给大海永远夺走了；我宣布你
> 要一步紧接一步，喘着气，去尝尝

> 地狱里的煎熬（让你当场就死，那太便宜你了）
> 上天把你们抛弃到
> 这个最荒凉的岛上；他的谴责已经降临到
> 你们的头上，你们再逃不了，除非
> 痛悔前非，重新做一个人。（3.3.68-82）

暴风雨是迟到的神罚，要报复他们之于普洛斯帕罗父女的愚蠢之举。除非他们忏悔（"痛悔前非"）并改过自新，否则将继续承受可怕的惩罚。

虔诚的贡扎罗并没有看到这一幻象。他对亚朗索的反应感到困惑不解："凭着神圣的名义，陛下，你怎么站在那里／瞪着眼睛发愣？"亚朗索因为他所听到的一切，以及斐迪南和他自己的命运而感到极为痛苦："轰隆隆的可怕的管风琴，震荡着／普洛斯帕罗的名字；宣布了我过去的罪恶。"（3.3.98-99）另一方面，塞巴斯显和安东尼则决心同"大队的"魔鬼交战，"一个个来"（3.3.103-104）。贡扎罗猜测他们的所作所为都在于绝望背后"那深重的罪孽"，但在这一点上他只说对了一部分。一个人要感到罪恶，就需要有良心，但正如安东尼所言，"我并不感觉到／我胸膛里供奉着这一位神明"。他和塞巴斯显会因为最初宴席的幻象而重新相信旅行家们口中独角兽之类生物的故事，但这不是宗教信仰；他们没有良心，而在第二个幻象所呈现的神罚威胁面前，他们也没有开始忏悔，反倒小心地进行反抗。良心是人们树立对神之信仰的基础。相应地，普洛斯帕罗也会利用更为世俗的威胁来对付他们。

第 四 幕

　　普洛斯帕罗此时开始了另一场教育演出。这不是针对敌人，而是针对自己的女儿和未来的女婿。在"惩罚"过斐迪南之后，他宣称，如果惩罚过于严厉的话，那么他现在就会将蜜兰达的手交给他，将女儿嫁给他，以为补偿。蜜兰达对他而言，是"我生命的三分之一／我活着，就为她"（4.1.3-4）。但普洛斯帕罗随即表明，他的所作所为事实上并非意在惩罚他。"你受了烦恼，你这一切／无非为了试探你的爱情，难得你这么坚定，经受了考验。"（4.1.5-7）他为了实现自己的意图，此前一直隐瞒着，而此时则揭示出来。倘若斐迪南知道普洛斯帕罗的真实意图，那么他克服这种人为挑战的欲求就会减退，因为他承受这种低贱的活是为了取悦普洛斯帕罗，而非为了蜜兰达而心甘情愿地忍受不公。[203] 在这一点上，普洛斯帕罗对斐迪南之所为，正是他一直想要对国王一行所做的。要想成功获得预想的道德影响力，普洛斯帕罗就不能让国王一行人知道操纵幻象的人是自己。与此相反，在普洛斯帕罗接下来的尝试中，他不仅要让这一对恋人知道自己通过法术来制造效果，而且为了达到幻象（所谓的）目标——他要表现出"海市蜃楼"——他需要他们知道这一点（4.1.40-42）。

　　普洛斯帕罗在将蜜兰达交给斐迪南之前，首先向天发誓，但为了他们在一起的幸福，有一项重要的附加条件和警告：

　　　　但是
　　　　如果你先玷污了她白璧无瑕的贞操，
　　　　在神圣的婚礼，

> 庄重、圣洁的仪式举行之前,
> 那么上天再不会降临,
> 祝你们婚姻美满;只有那不结果实的憎恨,
> 反目不和,反唇相讥,使得
> 合欢床变成了野草丛生的荒地,
> 叫你们两个变成了一对冤家。留意吧,
> 喜神快举着火炬来接引你们了。(4.1.13-23)

普洛斯帕罗呼唤上天批准他的礼赠。此时,在紧接着提到婚礼"庄重、圣洁的仪式"之后,他请求上天严厉地惩罚婚前性行为。前一场已足够清楚地表明,普洛斯帕罗并不认为,如果没有人的巧计(这巧计将自身展现为神意),诉诸上天会有什么用。不过,他此时所说意在影响斐迪南:

> 我但愿
> 过着和睦的光阴,有长进的子女,白头偕老,
> 和永保鲜艳的爱情,哪怕在那最幽暗的山洞里,
> 最方便的场合,最强烈的煽动,
> 邪神妖魔所为,也不能诱惑我,
> 叫清白变成淫欲,使得
> 新婚之夜的欢乐都黯然失色,
> 我只怕不是太阳神的骏马跑垮了,
> 便是黑夜上了镣铐,被幽禁在冥城里。(4.1.23-31)

斐迪南坚定地表明,他要在婚礼之前保持贞节。可是如果他不这么做呢?普洛斯帕罗所召唤的那些可怕后果都会成真吗?这仍然

是问题。在进一步考虑之前,我们会问:为什么禁止婚前性行为?

[204] 孩子是通过两性关系所孕育,但由于现代医学技术的发展,我们已经忘却了这一点,将其抛诸脑后。值得注意的是,在可靠且广泛适用的生育控制措施产生以前,我们相对宽松的性道德并未出现。这些控制措施极大地增强了人们的信心,使他们相信性行为将无后顾之忧。而堕胎合法化的要求更支持了这种信心。人们要求保持贞洁的主旨之一是——或者说曾经是——为了日后的孩子。因为端庄的主导思想,更不用说贞节的主导思想,是孩子应该孕育于婚礼之后,以确保能够成功地养育后嗣。婚礼的公开仪式能够确保父亲的真实身份,因而也能够保证他承担抚养后代的负担,因为人类倾向于将自己的孩子视作自己及其爱人在后世的延续。最后——这显然也是普洛斯帕罗计划的一部分——保持婚前贞操是学会自制的一种方法。这样心灵就能控制激情,而不是相反。爱欲就像其他激情一样,也许还有过之无不及,它一旦统治了理性,就会带来麻烦。如果激情操控了我们,我们就会害怕在脑袋里嗡嗡乱叫的苍蝇,变得酗酒,睚眦必报,对笑声或关注无所畏惧,或诸如此类的情况。我们不会变得受人敬佩、自尊和公正。其他人不得不为了清理我们在物质或精神上造成的大大小小的麻烦而费时费力。简而言之,我们会压迫他人。怜悯促使我们去帮助他人,通常被视作最为高贵的激情。但即便是这种激情——正如我们在蜜兰达身上所看到的——如果要如其所愿真正帮助他人,也必须为我们的理性所规范。我们看到普洛斯帕罗是如此制约着自己的激情,并要求未来的女婿也这样。

然而,这样的制约如何产生呢?因为事实上,理性是我们相当薄弱的一部分。对于斐迪南保持贞节的誓言,普洛斯帕罗的回答开始为这个问题提供了答案:"说得好,"他说(4.1.31)。这尽管是在表扬,却相当薄弱,它可以暗示"但说得轻巧"。接下来的话表明他的意思确实如此。普洛斯帕罗让斐迪南同蜜兰达说话,而自己则与爱丽尔交谈,准备他向这对恋人承诺的"我的法术"制造的奇迹(4.1.40-41)。但当他同爱丽尔说话结束时,他又转向年轻的恋人:

> 要管住自己;别让感情
> 成了脱缰的野马。最坚定的誓言碰上了
> 热辣辣的欲念,也就等于干柴遇上了烈火。克制一些儿,
> 否则,再见吧,你的盟誓!(4.1.51-54)

这对恋人间情意绵绵的拥抱已经向发生关系的方向发展。言辞确实轻巧,相较性冲动而言,即便誓言也是脆弱的。因此,[205]除誓言之外,还需要别的什么。"别开口!睁着眼瞧!静下来!"(4.1.59)就保持贞节这一目的而言,普洛斯帕罗所要展现的较之任何劝诫和论证都更好。这目的是理性所支持的。通过自己对精灵们君王般的统治(参 4.1.36-41),普洛斯帕罗此时将利用他们完成"一件这样的把戏",就像他们在国王一行人面前所精彩完成的那样。在他们的表演中,上天或命运是公正的,而忏悔则会带来救赎。这对恋人自己爱的体验将会在一个更广阔的(幻想的)整体中重新展现在他们面前。这个整体中包括了神。在这场表演中,正如我们已经看到的,爱情自然而然的倾向被赋予诗化表现。利用这一表现,那些爱的经历被重新解释,并得到指导。

普洛斯帕罗已经警告说,失贞将导致生活不幸福,"反目不和,反唇相讥"(参 4.1.17-20)。这个可怕的劝告,通过技艺而非理性,此时也以保持贞节所带来的更有希望的金色结果做了补充;普洛斯帕罗将会发掘出爱情伟大而有力的承诺,以及这承诺使我们所

想象到的一切，包括爱情与我们自身及周围世界的关系。朱庇特（Jupiter）（宙斯）之妻朱诺（赫拉）的信使伊利斯（Iris）请丰产女神刻瑞斯（Ceres）（得墨忒尔，Demeter）来庆祝一场真爱的订婚礼，赐福给这对幸福的爱人。刻瑞斯并不确定她是否想来：维纳斯（阿芙洛狄忒）及其子丘比特（爱洛斯）必须不在，她才肯来。她这样做的原因，也许在《奥德赛》有关阿芙洛狄忒的故事中得到了最好的解释。根据这则故事，阿芙洛狄忒在与阿瑞斯（Ares）偷情时，被她那个戴了绿帽子的丈夫赫菲斯托斯（Hephaistos）用网抓住，成了目睹这一幕的所有神明的笑柄。然而阿芙洛狄忒是如此诱人，以至于赫耳墨斯（Hermes）向阿波罗表示，如果能这样和阿芙洛狄忒在一起，那他也乐意蒙受这样的羞辱（《奥德赛》8.266-369）。阿芙洛狄忒及其魅惑使人变得毫无廉耻，使人去做那注定要被人嘲笑的事。在此，刻瑞斯只是说到维纳斯（阿芙洛狄忒）和她那令人毛骨悚然的儿子丘比特（爱洛斯）阴谋将自己的女儿珀耳塞福涅（Persephone）抓到冥府（Dis）（哈得斯），最终成功地使珀耳塞福涅每年有一半的时间待在地府。这全是他们母子的错（4.1.60-91）

伊利斯回答刻瑞斯说，那对无耻的母子并不在，他们曾想前去，而且之前曾在这里（即在普洛斯帕罗必须向这对热恋中的人警告激情抵制誓言的力量之时），但他们在失败中离开了（4.1.91-100）。这对恋人刚刚成功战胜了激情，保住了贞节，这也被编排进了他们所见的幻象之中。当他们要这样被故事吸引之时，朱诺（赫拉）出场了，她来为兴盛荣耀之事祝福。她和刻瑞斯唱起了歌。这歌中有丰收、有秋天，没有冬天。她们歌唱春季的耕耘和秋季的收获。仙女和水仙们（Nymphs and Niades），以及收割庄稼的农夫（收割者）也被请来。整个金灿灿的场面正是自然繁育人类所耕种之物的景象。其寓意就是这对恋人婚前的贞节，他们对爱洛斯和 [206]

阿芙洛狄忒的抵抗，他们之间的真爱，会使他们最终能够得到这样金色的丰收场景。这就是普洛斯帕罗创造的"浮华"的未曾明言但意图明显的效果。

　　然而，奇迹突然中断了。因为普洛斯帕罗想起了卡力班的小阴谋。他宣称，"我倒是已经忘了"卡力班及其同伙正在阴谋杀他。因为想起这一点不安，普洛斯帕罗需要处理这个阴谋。普洛斯帕罗没想到，斐迪南瞥了他一眼。蜜兰达说，她过去也从未见过他这样发脾气（4.1.139-162）。普洛斯帕罗仍在震怒。他说出了本剧中最难忘的台词，为自己做出解释，并试图向斐迪南保证：

> 我的儿子，我看你有点儿慌张，
> 像有不舒心的事儿；放高兴些吧。
> 舞剧已经结束。我们这些个演员
> （我说过）原是一群精灵，
> 全都化成一缕烟，淡淡的一缕烟，
> 正像一场无影无踪的幻梦，
> 那高入云霄的楼台，辉煌的宫殿，
> 宏伟的庙宇，以至整个儿地球，
> 地面上的一切，都将烟消云散，
> 也会像虚无缥缈的热闹场面
> 不留下半点影像。论我们这块料
> 也就是凭空织成那梦幻的材料；我这匆匆一生
> 前后左右都裹绕在梦中。王子，我心中烦躁；
> 原谅我衰老了，我的头脑乱糟糟的，
> 别看我年老不中用，而感到不安。
> 要是你们乐意，且进洞府里休息吧。

我去散散步

走那么一两圈，清一清脑。（4.1.146-164）

普洛斯帕罗对斐迪南的命令（"放高兴些吧"）表明，斐迪南是因为他所创造的幻象消失而沮丧。确实如此——不过，斐迪南同样对制造幻象的普洛斯帕罗感到惊惧。普洛斯帕罗试图宽慰斐迪南，但在震怒的状态中，他随即转而说出了他本要保密的真相。他没有仅仅指出演员们都将化作烟尘，而是将世界的命运和他们的命运与"一场无影无踪的幻梦"相对比。他脱口而出说道，一切都将消失，我们非常渺小，我们那"匆匆一生"注定会像"虚无缥缈的热闹场面"一样消失，"不留下半点影像"。我们赋予自己的生命以本不具有的意义（以及他以法术维持的景象）。宗教——庙宇、诸神等等——会消失，就像政治事物（高塔、宫殿等）一样。而那些怀着希望的[207]人相信这些会永恒不灭。普洛斯帕罗简要地述说了自己心灵之眼看到并告诉他的一切的最终结局，即万事万物本质上都不可弥补，无法赎回。他说出了万物终有尽的可悲事实。

普洛斯帕罗发觉自己说了错话，立刻转了回去，或者如我们今日所言，"澄清"——也就是要通过解释来取消——自己方才所言。但他所说的事实始终存在。普洛斯帕罗感到震惊。在自己宏大的计划中，他本没有料到卡力班的阴谋。而他在被告知这一阴谋之后，也忘记了它。一个智慧的人忘却了事出偶然却重要的变化。普洛斯帕罗因为想起这件事而震惊，他泄漏了自己记得却从未说出口的真相：我们在万事万物中感受到的秩序全是偶然，甚至缺乏像他自己所设计的计划，纯粹是一场梦。我们总会死去；我们此前从未存在，也将回归虚无。万事万物皆是如此，无论现在看来多么巨大、光荣。也许可以说，宇宙万物并不受任何人类计划和希望的影响。他"衰老的头脑"中的物质使他遗忘；他的精神不能瞬间囊括一切。因此，在表演法术的中途，他想起了万物易于朽坏的性质。

* * * * *

普洛斯帕罗此时转而注意卡力班及其同伙。爱丽尔报告说，他引这群人走上了一条脏兮兮的路，他们走过了野茨和荆棘，最后趟过了污水的池塘。"这事办得好"，普洛斯帕罗回应说（4.1.184）。他此时的计划是在路上用精美的衣裳吸引密谋者，引他们走入圈套，将其抓获。在爱丽尔带着衣服回来之前，普洛斯帕罗对阴谋者卡力班做出了最为严厉的评价：

> 是个恶魔，天生的恶魔，他的本性
> 怎么扭也扭不过来；我有心感化他，
> 这心血花在他身上，可完全白费了；
> 他一年年越长越是个丑东西，
> 越丑心眼儿越坏。（4.1.188-192）

卡力班似乎已经无药可救，人的一切努力都毫无用处。然而，当三个阴谋者在普洛斯帕罗和爱丽尔秘密监视下上场时，一个比普洛斯帕罗所认为的更聪明、更为伟大的卡力班出现了。面对不满而怀恨在心的斯蒂番和特伶口的威胁，卡力班以谨慎的祈求答复说：

> 我的好大爷，再赏我一些面子吧！
> 耐性些，我自会给你带来好处，
> 把方才的倒霉事儿一笔都勾销；所以，说话要轻轻地，

第五章 《暴风雨》：一位哲学家－诗人对公民的教化 303

像半夜三更，听不见一点声响。（4.1.204-207）

［208］在特伶口叫他们注意到衣服之后，斯蒂番自己想要喝更多的酒，想要穿上那些衣服（4.1.217-223）。卡力班劝他们不要碰那些衣服，"这堆布片儿"，但特伶口嘲笑他像个分不清破布片和珍宝的怪物。卡力班坚持己见：首先要杀死普洛斯帕罗。他担心，因为另两个人被衣服吸引，自己整个计划都会泡汤（4.1.2.224-249）。爱丽尔及其精灵随后化作猎犬，向三人发起攻击，将他们赶跑。但卡力班已经出人意料地通过了这场不在意想之内的测试。由于对手最终会由自己摆布，普洛斯帕罗向爱丽尔重申了他即将获得自由的承诺（4.1.264-266），并且即将向悔改的卡力班作出类似的表示。

第 五 幕

在制造出暴风雨的三个小时以后，普洛斯帕罗此刻为"计划"的收场做准备（5.1.1-6，以及186）。爱丽尔向他报告说，国王一行人仍然被强大的咒语所困。亚朗索、塞巴斯显和安东尼"疯疯癫癫"，而其他人则对他们满怀悲伤沮丧之情。他专门提到贡扎罗说：

> 主人，那一位你称的，"好心的老大人贡扎罗"，
> 只见泪珠从他的胡须上滚下来，像冬天的雨珠
> 从茅屋檐上挂下。（5.1.15-17）

爱丽尔猜想，如果普洛斯帕罗看到他们，他的情感就"会变得温和下来"。于是，他引出了不同寻常的对话。

普：你这么想，精灵？

爱：我心里会这样，主人，如果我是人。

普：那我更不用说了。

你不过是一阵风，对他们的痛苦

尚且有感触，抱同情，

我是他们的同类，跟他们一样地

有喜怒哀乐，一样地知疼知痒，难道能不比你更受感
　　动吗？

他们罪孽深重，虽说叫我感到心痛，

但是我听从高贵的理性，压制了我

胸中的怒火。难能可贵的是

以德报怨，而非那以怨报怨。既然他们忏悔了，

我唯一的目的也就达到，不必再紧皱着眉头。

去放了他们吧，爱丽尔。（5.1.19-30）

　　正如对斐迪南那样，普洛斯帕罗对国王一行人也是一样。他施加惩罚的借口——也就是化身鹰身女妖的爱丽尔所说的借口，就是命运招致复仇的借口——掩盖了他真实的目的。对于斐迪南，他的目的是检验他的爱情，也就是看看斐迪南是否会为了证明自己配得上蜜兰达而自我牺牲。对于 [209] 国王一行人，他的目的是引发他们忏悔，也就是让他们认为自己应受惩罚，并且期望通过自我牺牲来纠正自己对他人所做的坏事，从而人生走上正轨。普洛斯帕罗宣称感受到了他们"罪孽深重"的侵犯，使自己和蜜兰达以及卡力班待在岛上许多年，但他并不想因为他们的恶行而惩罚他们——他的"理性"反对这么做，而他受到对自己而言与理性相一致的"德性"的指引。他的理性反对施以他们应受的惩罚；只要他们悔过，也就

是说，只要合于公正，惩罚就会停止。但这就意味着，普洛斯帕罗要让国王一行人为罪有应得的观念所引导，而他自己并不认为这种观念合于理性。换而言之，普洛斯帕罗本人并不受神圣正义的信仰所指引，虽然他让他们确信这一点——这种信仰不是诉诸理性，而是通过他们为幻想所迷惑来加以确证的。即便使他们确信这一信仰的期望，也不过是他为了蜜兰达的利益而设计的整个"计划"的一部分（参1.2.16）。再说一遍，蜜兰达对于普洛斯帕罗而言，是他"生命的三分之一，我活着，就为她"。所以，和爱丽尔不同（这似乎也会和神及精灵不同），当他怜悯国王一行人时，他的做法是出于理性而非怜悯之心，因而也是出于一种"稀有的"德性。

普洛斯帕罗此时宣誓要放弃那使自己达致目标的类神的法力，他称其为"广大的法力"和"兴风作浪的法力"。根据他对自己运用法力的描述，他的法力似乎大多都强而有力。他不但制造了暴风雨，"用天神的霹雳／劈开天神的庙前合抱的橡树"（5.1.45-46；参《李尔王》3.2.5），就像他从松树中解放爱丽尔一样，甚至还让死者复生："我的命令／惊醒了墓穴里长眠的人，墓门打开，放出了许多阴魂／以我广大的法力。"（5.1.48-50）异教法术使他能够做到基督教许诺上帝在末日审判之时所做之事，或者说，当莎士比亚将幽灵甚至历史人物搬上舞台时，可以说他也做到了这一点。但普洛斯帕罗要毁掉自己的魔杖，"我将那魔法书抛进／埋进地底的深处，／那深到不可测量的万丈深底"（5.1.55-57）。不清楚他是否认为（使他人）死而复生是一件坏事——毕竟，他没有告诉我们被复活的人是什么样——但有一点很清楚，他认为自己强大的法术不能落到其他那些更为低贱的人手中，而这世上充斥着这样的人（参3.3.32-35）。人不是要征服自然，而是如他所要指出的，要把自然作为向导。

国王一行人进入了普洛斯帕罗在地上画的魔法圈，随后慢慢从咒语中解脱出来。普洛斯帕罗依次向仍处在迷乱之中的一行人致意。普洛斯帕罗看到"圣洁的贡扎罗,可尊敬的大人"流泪,他第一次落下了热泪。他承诺犒赏这位"活命的恩人,你是所追随的君主的[210] / 忠心臣子"(5.1.62-70)。贡扎罗所做的有价值的两件事——保全了普洛斯帕罗和忠于亚朗索——当然相互冲突,但普洛斯帕罗显然不会让也并不期待这个"圣洁的"人在其懦弱之时为他做事。贡扎罗会谈论理想的共同体,但他并没有站出来反对亚朗索的放逐普洛斯帕罗之举。在评估贡扎罗在普洛斯帕罗眼中价值的时候,我们尤其应当想到他将普洛斯帕罗心爱的书从书屋带给了他——贡扎罗是普洛斯帕罗探讨哲学的朋友,并支持普洛斯帕罗这么做。

对于亚朗索,普洛斯帕罗只是宣称他对自己和女儿"太狠毒了"。对亚朗索的弟弟西巴斯显,他说到这人"做了你的帮凶, / 你现在不由得要叫苦了"。对于自己的弟弟安东尼,普洛斯帕罗提到了他所违背的"自然":

> 同胞手足,
> 你,我的亲兄弟,为了野心,
> 就扔了良心,再不顾骨肉至亲(nature),你跟西巴斯显两个
> (这人所受的良心责备,因此也最严厉)
> 方才又谋算着杀害国王,我饶恕了你,
> 尽管你伤天害理。(5.1.75-79)

普洛斯帕罗区分了人对兄弟的自然感情和作为良心活动的悔恨,他指控安东尼丢掉了这两样。他先饶恕了弟弟对自己曾经的所作所为,之后再次指控安东尼丧失了人的自然。正如我们已经看到的,普洛斯帕罗认识到,良心并不是通过理性对自然的关注,而是

通过幻想得以维持的。但另一方面，他发现，人把兄弟当做自己的"亲骨肉"这样一种自然情感，提供了人所合理跟随的倾向——就像人们爱自己孩子的情感那样合理。

普洛斯帕罗如今穿上米兰大公的服饰，他派爱丽尔将船长和水手长找回。他们和水手以及国王的船只在一起。在魔法的作用下，这些人都安然无恙。爱丽尔欢欣地期待着即将到来的自由，"兴高采烈地"歌唱着未来无忧无虑的生活，因此他乐于效劳。"嗳，真是我那乖巧的爱丽尔！我可舍不得你，"普洛斯帕罗说，"但是怎么也得让你恢复自由。"（5.1.95-96）主奴之间完全融洽的关系要求向奴隶许诺自由，而主人由此也就失去了自己的奴隶。自然并不支持奴役。

贡扎罗是一行人中第一个恢复理解力的人。我们看到，他所承受的折磨已经磨灭了他原先认为[211]小岛完全适于人类生存的观点。"求老天引导我们／离开这可怕的地方吧。"（5.1.105-106）我们已经知道，对普洛斯帕罗来说，这位忠诚的老仆是多么可贵，因此，普洛斯帕罗没有立刻与他拥抱，这有点出人意料。相反，他首先关注的是恢复自己的头衔这件大事。他自己宣布恢复自己的头衔（"瞧吧，陛下，／这里是受害的米兰公爵普洛斯帕罗"），与亚朗索拥抱。这并非出于感情，而是要让亚朗索感到普洛斯帕罗是真实的。清醒过来的亚朗索宣布放弃米兰公国，并请求普洛斯帕罗宽恕（5.1.119）。对国王的教育获得成功，其结果是普洛斯帕罗恢复了对米兰的统治。随后，也只是在这之后，他才与贡扎罗拥抱，"高贵的朋友，／……你的荣誉／是难以衡量，不可限量的"（5.1.120-122）。这个先后次序的原因随后变得明确。在将所有人作为"朋友"致意之后，普洛斯帕罗在旁白中警告西巴斯显和安东尼，他会"让陛下对两位拉下脸来／证明原来你们是两个奸臣。可眼前／我且不揭穿你们"（5.1.127-129）。当西巴斯显如预料之中宣称是"魔鬼借他的嘴说话"时，普洛斯帕罗简单地回了一个"不"，随即转向安东尼：

> 讲到你，最狠毒不过的人，称你做兄弟
> 真不怕脏了我的嘴，我宽恕了
> 你最卑鄙的罪恶——既往不咎；只问你要还
> 我的公国，我知道
> 你是非交还不可的。（5.1.130-134）

公国已经由亚朗索交还给普洛斯帕罗（亦见 5.1.168）。对于亚朗索而言，有关正义的幻象教育已经奏效。由于西巴斯显和安东尼对化身鹰身女妖的爱丽尔的话的反应——他们明显没有悔过之心——普洛斯帕罗没理由预期对他们取得同样的成功（尽管他也许仍有如此期待）。他显然认为，如果想要对他们加以束缚，那么仍然有必要让他们处在阴谋将要被揭穿的世俗恐惧中。这是否足以制止他们今后的阴谋尚属可疑，安东尼没有说过一句悔过的话。

由此，计划的第一部分得以完成，达到了可能获得的最佳结果。普洛斯帕罗随即转向第二部分。亚朗索说到儿子的死，而普洛斯帕罗则含糊不清地表示自己失去了女儿。他说话的样子起初使凄凉的亚朗索觉得，有必要寻求女神或（如果他是个基督徒的话）忧苦之慰玛利亚（Mary Comforter of the Afflicted）[①]的帮助，来使他摆脱郁郁不乐的状态（参 5.1.187）。

---

① ［译注］"忧苦之慰"是《圣母德叙祷文》（Litany of the Blessed Virgin Mary）所收录的圣母玛利亚的称号之一。

> 我倒是认为
> 你还没有向她求助
> 我遭受了同样的损失,她善意地慰抚,
> 使我心平气和。(5.1.141-144)

[212] 普洛斯帕罗解释说,"同样的损失"是指自己失去女儿,这个消息使再次受到教育的亚朗索期待这一对年轻人已经成婚,成了那不勒斯未来的国王和王后。普洛斯帕罗随后能够双倍恢复亚朗索的快乐。他——在向众人保证自己确实是普洛斯帕罗之后——让大家看到,斐迪南和蜜兰达两情相悦,正在小屋里下棋。亚朗索害怕这又是"岛上的幻景",而西巴斯显——对他的教育如今似乎也有些效果——宣称这是"最高妙的奇迹"。斐迪南后悔自己曾咒骂过他如今称作"有良心"的大海。他向曾以为已经遇难的父亲下跪。亚朗索想知道蜜兰达是否就是引导他们来到这里的"女神",但斐迪南纠正了他:她是人,不过是"上天的神明"给予我的人(5.1.45-189)。斐迪南最初将蜜兰达奉若神明,此时则得到纠正,信仰了神意。

在斐迪南亲切地说到米兰大公、他新的"第二个父亲"普洛斯帕罗后,亚朗索开心地称自己是蜜兰达的第二个父亲。"可是,唉,我这话怎么说呢/倒要求我的孩子们担待我几分。"普洛斯帕罗大方地加以制止。"好了,陛下,别再提了。/过去的种种我们也不必追究/把它放在心头了。"(5.1.197-199)普洛斯帕罗并不想要羞辱国王,利用亚朗索的悔恨来满足自己的复仇感。而一直噙满泪水,不曾开口的贡扎罗此时祈祷道:

> 天上的神明，请往下界看吧，
> 把一顶有福的王冠降落在这一对有情人的头上吧！
> 分明是你指点一条路，
> 引着我们到这儿来。

亚朗索答道："阿门。"他为那些不期望这对年轻人快乐的人感到悲伤。对此，贡扎罗也答以"阿门"（5.1.201-215）。"圣洁的"贡扎罗坚定的虔诚此时也就是国王的虔诚。普洛斯帕罗对他的教育获得了圆满成功。

贡扎罗所代表的虔诚与统治的结合，此时也经普洛斯帕罗之手，在国王一行人中占据优势。当爱丽尔引导着船长和水手长时，这结合变得更为明显。贡扎罗提醒每一个人，在暴风雨中，他曾经预言了水手长的"咒天骂地"将带来恐惧——他希望惩处水手长，因为水手长显然不尊重国王及其手下。但是，这一重罪并未遭到重罚。不是因为贡扎罗还是其他什么人说出了宽恕了水手长的话，而是因为水手长提到国王的船和水手们都安然无恙的神奇命运，这使所有人都感到惊讶，惩处之事则被忽略［213］和遗忘了。亚朗索宣称："天下哪有这样的道理呢。"当他从水手长那里听到更多的消息时，他表示"今天这事情单凭人力和常情／可办不到"（5.1.227、243）。伴随水手长的话始终的，是普洛斯帕罗在旁白中对爱丽尔的表扬——爱丽尔急于听他们说话——这最后一次强烈地提醒我们，那些受到上天眷顾照管的人真正应该感谢的是普洛斯帕罗。慷慨大方的他并没有要求他们感谢自己，这当然使他成为最具吸引力的人物。但我们不应该无视这个事实，即他的渎神之举比水手长可要严重得多，因为他事实上成了赐予神意的人，尽管其他人虔诚地向神明祈祷。亚朗索以为这样的奇迹需要"修正我们"对自然不可能导

致这些事件"的认识",此时普洛斯帕罗确实把自己作为替代:

> 待有了空闲,
> 且过一阵,我私下为你谈一下
> (那你就会觉得)这发生的一切
> 倒也合乎情理呢。(5.1.247-250)

但这一许诺却没有保证他会道出全部真相以及只说事实。我们肯定会认为,对亚朗索来说,"似乎合理"的事与普洛斯帕罗给予他的当虔诚对待神意的教育相一致。"有了空闲"之时,普洛斯帕罗会加以解释。而正如我们已经看到的,唯有在需要专心处理的急迫危机干扰心智之时,他才会将真相泄露。

* * * * *

根据普洛斯帕罗的命令,爱丽尔将卡力班及其两个同伙从咒语中解脱出来(5.1.252-253)。这三人搞笑地穿着普洛斯帕罗的衣服上场,散发着沼泽的味道。斯蒂番和特伶口仍然醉着。卡力班大谈他的恐惧,他怕主人会严厉地处罚自己,会"惩罚到死"。但普洛斯帕罗命令他和两个同伙去装扮他的住处,暗示他已经原谅了卡力班(5.1.262-263、276、292-294)。卡力班在离开时表示为自己愚蠢的行为感到后悔:

> 好,我就去;以后我可得学乖了,
> 要讨人的喜欢。我真是双料的蠢驴
> 才会拿这个醉鬼当做了神,

才会跪下去向这个蠢东西叩头！（5.1.295-298）

［214］卡力班在离场时与主人的关系比爱丽尔与主人的关系更加友好。在本剧的最后，爱丽尔再次被许以自由，却被告知只有在第二天，在他为这些人乘船返回那不勒斯制造好天气之后才能获得。毫无疑问，自由的一再延宕令他感到失望，他一言不发（考虑到收场白［4-11］的话，我们甚至不清楚爱丽尔是否执行了最后的命令）。相反，被宽恕的卡力班要么与他们一同返回那不勒斯，要么在他们走后成为小岛之王。尽管普洛斯帕罗并没有称赞他，但也没有对他恶语相向，没有如他此前所说的任凭卡力班顺从自己的本性。普洛斯帕罗的立场最好通过与安东尼相对比来估量。后者——在他第五幕仅有的台词里——冷冷地嘲笑卡力班像条鱼，可以卖给任何人（5.1.265-266）。我们记得，普洛斯帕罗曾经尽心尽力地教化卡力班，只是在他试图强暴蜜兰达并且始终不为此悔过时，才变得严厉。普洛斯帕罗认为卡力班不可教。他从未想到，他没有直接教给卡力班的东西——尊重普洛斯帕罗的智慧以及自制的必要——卡力班可以通过别的经历获得，只要他有足够的自由和可资比较的别的主人。普洛斯帕罗此时似乎意识到了这个错误，因而决定饶恕已显露悔意的卡力班。卡力班谋害普洛斯帕罗的阴谋以对双方的教育而告终。

普洛斯帕罗向所有人许诺，他们可以安然休息一晚。在这一晚上，

> 我会有一番话给诸位解闷，
> 会很快消磨时光——你们会听到我一生的波折，
> 我来到岛上之后，

第五章 《暴风雨》：一位哲学家-诗人对公民的教化 313

那种种经历。（5.1.304-307）

普洛斯帕罗确实用迷人的福音招待了这行人，但无论他们怎么将那些显然神奇的事件与他联系在一起，他都没想成为他们眼中的神。他要在米兰恢复的政治权威——他生命的三分之一——此时将取代他发誓放弃的法术。他首先希望看到斐迪南和蜜兰达——他生命的另外三分之一——在那不勒斯成婚。而在米兰，他要"把我三份中一份的思念，奉献给我的坟墓"（5.1.312）。如果正如我们所看到的，普洛斯帕罗将自己乃至整个世界都将最终毁灭的意识置诸脑后，如果像柏拉图笔下的苏格拉底所说，真正追求哲学（philosophizes truly philosophy）的人不过是在践行死亡（《斐多》64a），[215] 那么我们可以说，普洛斯帕罗会继续将三分之一的生命投身于哲学。

* * * * *

《暴风雨》的收场白由普洛斯帕罗向观众述说。它转变了（但没有破坏）本剧的假象。看上去，普洛斯帕罗把自己变成了诗人。这不仅为本剧，也为我们所讨论的五部剧作提供了合适的总结："我的一切魔力，如今都一齐抛弃，／剩下的只是我本来的力气，／已年衰体弱。"（收场白1-3）正如年老的普洛斯帕罗放弃了自己的法力，年长的莎士比亚也宣称自己气力不济（尽管他此后又写了两部剧作）①。但在宣布放弃法力之后，普洛斯帕罗立刻诱人地声称观众掌

---

① ［译注］《暴风雨》一剧作于1611年（因此剧于当年11月1日在詹姆斯一世宫廷内演出，这一年莎士比亚47岁），其后的两部剧作指《亨利八世》（*Henry VIII*）和《两贵亲》（*The Two Noble Kinsmen*）。由于黑死病流行，1603—1608年间，伦敦戏

握着魔力：

> 那么说实情
> 全凭你们；把我在这岛上监禁，
> 还是放我去那不勒斯。
> 我重又登上我公国的宝座，
> 害我的同党，我已经把他们饶恕，
> 那么别让我把这个荒岛当做老窝。（收场白 3-8）

小岛不再是个梦，也不是诗人的创造；就像那不勒斯对观众而言真实存在一样，说话者正是观众的囚徒。不过，说话的是普洛斯帕罗，还是莎士比亚呢？莎士比亚正像普洛斯帕罗一样在想办法退休。接下来的台词清楚表明，说话的是诗人：

> 把我从困住我的魔法中解放
> 全靠各位帮忙，多鼓几下掌。
> 你们喝声好，便把我的帆
> 吹饱，否则我就达不到我的目标，
> 那是讨诸位喜欢。（收场白 9-13）

鼓掌的风将会使他航向那不勒斯，甚或将表明他的"计划"获得成功，目标已经达成。然而，这意味着事实上莎士比亚将观众陷于自己的咒语之中；只是因为莎士比亚给观众施加魔法，讨他们欢心，观众才有力量将他解放。他说，他全部的目的就是"取悦"。

剧演出几乎完全中止。一般认为，这个时期莎士比亚开始寻求退休，直到 1616 年去世。

第五章 《暴风雨》：一位哲学家－诗人对公民的教化

他能够做到这一点，是因为他具有一种强大的力量，强大到他可以理解人类灵魂，并理解人最深层的希望和恐惧。

但与此同时，他的力量必然受到观众意见和品味的限制。这种限制会威胁到他，使他（或任何需要掌声的诗人）成为时代的奴隶、道德的仆人。莎士比亚接下来的话语表明，他已经解除了这一威胁。[216]既然得不到掌声就意味着失败，他必须（为了确保获得掌声）请求他们原谅自己的罪过：

> 如今我再没有
> 精灵的驱使，再没有魔法和符咒，
> 我的下场只落得伤心苦恼，
> 除非依靠向上天多多祷告，
> 祈祷有一股力量，直冲天堂，
> 慈悲的上天便把过失原谅。
> 你们有罪过，希望能得到宽宥，
> 愿你们也宽大为怀，放我自由。（收场白 13-20）

毋庸置疑，这是在回应主祷文。不过，莎士比亚犯了什么罪呢？

至少有三种可能的罪。第一种非常明显：戏剧批评家可能会觉得剧作者别出心裁的设计效果不如预期，感到这段或那段台词有待改进，因此他祈求他们的宽容，这样可以不影响他们对他的支持。第二种可能略有点隐晦：普洛斯帕罗肆意干涉自然，由此篡夺了天恩上帝之位——尽管剧中人物那种多神崇拜的异教言辞会使基督徒观众更乐意于接受这种罪行。这指向了第三种也是更为隐晦的可能：莎士比亚对本剧的某些观众进行了哲学教诲，设法让这个世界上再多几个莎士比亚,但这要冒着让其他观众感到不快的风险。

回想起普洛斯帕罗对国王一行人的教育,我们就会接近这第三种可能。这种教育终究是通过爱丽尔化身鹰身女妖的幻象所取得,(像《李尔王》中埃德加对葛罗斯特的教育一样)通过欺骗而实现的。要使这种教育继续生效,骗局就需要延续下去。国王一行人并不知道居于高处的普洛斯帕罗是这些幻象的创造者,也不知道这一切都是幻象。但就蜜兰达和斐迪南而言,普洛斯帕罗则是以法术展现出诸神前来为他们的婚姻祝福的戏剧场面,并让他们知晓或挑明这一切是由法术创造,从而实现对他们的教育。在这一点上,后一景象而非前者更像是莎士比亚本人所上演的剧作。尽管它同样表现为仅仅取悦观众的演出,表现为不过是普洛斯帕罗法术创造的"浮华"(4.1.41),而其直接的效果确实也使斐迪南对普洛斯帕罗更为崇敬(4.1.118-123),但演出本身的意图显然并不止于此。它用一些神性存在迷住了年轻观众的心灵,这些神性存在有助于解释年轻观众的欲求、情感、思想和行动,并且以有益的方式引导他们的希望。显然,莎士比亚自己的剧作也是如此;只不过仅仅想要取悦观众的说法并不真实。[217]但在普洛斯帕罗这个角色中,他也向我们表明,无论这两个年轻观众所看到的对他们有多大益处,这些也并非真实。莎士比亚所做的甚至不止于此:在演出中断之时,他让我们从暂时揭去面具的普洛斯帕罗那里听到那令人不快的真相,而普洛斯帕罗为了继续对观众施以有益但并不真实的教诲,随即又把真相打了个折扣("王子,我心中烦躁;原谅我衰老了。")。

按照第三种可能,莎士比亚的罪过就在于他在自己所有作品里那些令人最印象深刻的台词中公开陈述了真相。他并不乐于成为当时多数人意见的奴隶,成为大多数人意见和品味的仆从。他想要做的不只是取悦观众,甚或通过逢迎他们最深层但又并不真实的意见来施加有益的教诲。因此，他宁愿冒着让多数人耿耿于怀的风险，说出真相——正如我们已经看到的，这真相会使李尔王那样令人敬佩的人心中掀起风暴。当然，我们也看到，他在其他剧作中也一遍遍地传达着真相。这些真相并不受人欢迎，但对我们明智地指引自己的生活极为必要。不过，这些真相通常在字里行间表达出来。在本剧中，最为重要的真相却明白地向坚决拒绝真相的民众表达出来，无论剧作的其他部分如何使民众满意。于是，莎士比亚请求观众原谅自己过于明确地表露了不朽，他就像笔下的普洛斯帕罗一样，从未让自己忘却这一真相。然而，我们生活在这样的时代——它由征服自然的科学和倾向于让我们遗忘不朽真相的政治生活所定义，因而我们只会感激莎士比亚的这项罪过。

图书在版编目（CIP）数据

莎士比亚的政治智慧／（美）伯恩斯（Timothy W. Burns）著；袁鹏译.
－－北京：华夏出版社有限公司，2021.7
（西方传统：经典与解释）
书名原文：Shakespeare's Political Wisdom
ISBN 978 - 7 - 5222 - 0094 - 1

Ⅰ.①莎… Ⅱ.①伯…②袁… Ⅲ.①莎士比亚（Shakespeare，William 1564 - 1616）– 戏剧文学 – 文学研究 Ⅳ.①I561.073

中国版本图书馆 CIP 数据核字（2021）第 017202 号

First published in English under the title
Shakespeare's Political Wisdom by T. Burns, edition：2
Copyright © Timothy W. Burns, 2013
This edition has been translated and published under licence from Springer Nature America, Inc..
Springer Nature America, Inc. takes no responsibility and shall not be made liable for the accuracy of the translation.

版权所有　翻印必究
北京市版权局著作权合同登记号：图字 01 - 2020 - 3191 号

莎士比亚的政治智慧

作　　者	［美］伯恩斯
译　　者	袁　鹏
校　　者	张　霄
责任编辑	李安琴
助理编辑	朱绿和
责任印制	刘　洋
出版发行	华夏出版社有限公司
经　　销	新华书店
印　　装	北京汇林印务有限公司
版　　次	2021 年 7 月北京第 1 版 2021 年 7 月北京第 1 次印刷
开　　本	880 ×1230　1/32
印　　张	11.25
字　　数	264 千字
定　　价	79.00 元

华夏出版社有限公司　地址：北京市东直门外香河园北里 4 号　邮编：100028
网址：www.hxph.com.cn　电话：（010）64663331（转）
若发现本版图书有印装质量问题，请与我社营销中心联系调换。

西方传统：经典与解释
Classici et Commentarii
HERMES
刘小枫◎主编

古今丛编

克尔凯郭尔　[美]江思图 著
货币哲学　[德]西美尔 著
孟德斯鸠的自由主义哲学　[美]潘戈 著
莫尔及其乌托邦　[德]考茨基 著
试论古今革命　[法]夏多布里昂 著
但丁：皈依的诗学　[美]弗里切罗 著
在西方的目光下　[英]康拉德 著
大学与博雅教育　董成龙 编
探究哲学与信仰　[美]郝岚 著
民主的本性　[法]马南 著
梅尔维尔的政治哲学　李小均 编/译
席勒美学的哲学背景　[美]维塞尔 著
果戈里与鬼　[俄]梅列日科夫斯基 著
自传性反思　[美]沃格林 著
黑格尔与普世秩序　[美]希克斯 等著
新的方式与制度　[美]曼斯菲尔德 著
科耶夫的新拉丁帝国　[法]科耶夫 等著
《利维坦》附录　[英]霍布斯 著
或此或彼（上、下）　[丹麦]基尔克果 著
海德格尔式的现代神学　刘小枫 选编
双重束缚　[法]基拉尔 著
古今之争中的核心问题　[德]迈尔 著
论永恒的智慧　[德]苏索 著
宗教经验种种　[美]詹姆斯 著
尼采反卢梭　[美]凯斯·安塞尔-皮尔逊 著
舍勒思想评述　[美]弗林斯 著
诗与哲学之争　[美]罗森 著
神圣与世俗　[罗]伊利亚德 著
但丁的圣约书　[美]霍金斯 著

古典学丛编

赫西俄德的宇宙　[美]珍妮·施特劳斯·克莱 著
论王政　[古罗马]金嘴狄翁 著
论希罗多德　[古罗马]卢里叶 著
探究希腊人的灵魂　[美]戴维斯 著
尤利安文选　马勇 编/译
论月面　[古罗马]普鲁塔克 著
雅典谐剧与逻各斯　[美]奥里根 著
菜园哲人伊壁鸠鲁　罗晓颖 选编
《劳作与时日》笺释　吴雅凌 撰
希腊古风时期的真理大师　[法]德蒂安 著
古罗马的教育　[英]葛怀恩 著
古典学与现代性　刘小枫 编
表演文化与雅典民主政制
[英]戈尔德希尔、奥斯本 编
西方古典文献学发凡　刘小枫 编
古典语文学常谈　[德]克拉夫特 著
古希腊文学常谈　[英]多佛 等著
撒路斯特与政治史学　刘小枫 编
希罗多德的王霸之辨　吴小锋 编/译
第二代智术师　[英]安德森 著
英雄诗系笺释　[古希腊]荷马 著
统治的热望　[美]福特 著
论埃及神学与哲学　[古希腊]普鲁塔克 著
凯撒的剑与笔　李世祥 编/译
伊壁鸠鲁主义的政治哲学
[意]詹姆斯·尼古拉斯 著
修昔底德笔下的人性　[美]欧文 著
修昔底德笔下的演说　[美]斯塔特 著
古希腊政治理论　[美]格雷纳 著
神谱笺释　吴雅凌 撰
赫西俄德：神话之艺
[法]居代·德拉孔波 编
赫拉克勒斯之盾笺释　罗逍然 译笺
《埃涅阿斯纪》章义　王承教 选编
维吉尔的帝国　[美]阿德勒 著
塔西佗的政治史学　曾维术 编

古希腊诗歌丛编
古希腊早期诉歌诗人 [英]鲍勒 著
诗歌与城邦 [美]费拉格、纳吉 主编
阿尔戈英雄纪（上、下）
[古希腊]阿波罗尼俄斯 著
俄耳甫斯教祷歌 吴雅凌 编译
俄耳甫斯教辑语 吴雅凌 编译

古希腊肃剧注疏集
希腊肃剧与政治哲学 [美]阿伦斯多夫 著

古希腊礼法研究
宙斯的正义 [英]劳埃德-琼斯 著
希腊人的正义观 [英]哈夫洛克 著

廊下派集
剑桥廊下派指南 [加]英伍德 编
廊下派的苏格拉底 程志敏 徐健 选编
廊下派的神和宇宙 [墨]里卡多·萨勒斯 编
廊下派的城邦观 [英]斯科菲尔德 著

希伯莱圣经历代注疏
希腊化世界中的犹太人 [英]威廉逊 著
第一亚当和第二亚当 [德]朋霍费尔 著

新约历代经解
属灵的寓意 [古罗马]俄里根 著

基督教与古典传统
保罗与马克安 [德]文森 著
加尔文与现代政治的基础 [美]汉考克 著
无执之道 [德]文森 著
恐惧与战栗 [丹麦]基尔克果 著
托尔斯泰与陀思妥耶夫斯基
[俄]梅列日科夫斯基 著
论宗教大法官的传说 [俄]罗赞诺夫 著
海德格尔与有限性思想（重订版）
刘小枫 选编
上帝国的信息 [德]拉加茨 著
基督教理论与现代 [德]特洛尔奇 著
亚历山大的克雷芒 [意]塞尔瓦托·利拉 著
中世纪的心灵之旅 [意]圣·波纳文图拉 著

德意志古典传统丛编
论荷尔德林 [德]沃尔夫冈·宾德尔 著
彭忒西勒亚 [德]克莱斯特 著
穆佐书简 [奥]里尔克 著
纪念苏格拉底——哈曼文选 刘新利 选编
夜颂中的革命和宗教 [德]诺瓦利斯 著
大革命与诗化小说 [德]诺瓦利斯 著
黑格尔的观念论 [美]皮平 著
浪漫派风格——施勒格尔批评文集 [德]施勒格尔 著

美国宪政与古典传统
美国1787年宪法讲疏 [美]阿纳斯塔普罗 著

启蒙研究丛编
浪漫的律令 [美]拜泽尔 著
现实与理性 [法]科维纲 著
论古人的智慧 [英]培根 著
托兰德与激进启蒙 刘小枫 编
图书馆里的古今之战 [英]斯威夫特 著

政治史学丛编
克服历史主义 [德]特洛尔奇 等著
胡克与英国保守主义 姚啸宇 编
古希腊传记的嬗变 [意]莫米利亚诺 著
伊丽莎白时代的世界图景 [英]蒂利亚德 著
西方古代的天下观 刘小枫 编
从普遍历史到历史主义 刘小枫 编
自然科学史与玫瑰 [法]雷比瑟 著

地缘政治学丛编
克劳塞维茨之谜 [英]赫伯格-罗特 著
太平洋地缘政治学 [德]卡尔·豪斯霍弗 著

荷马注疏集
不为人知的奥德修斯 [美]诺特维克 著
模仿荷马 [美]丹尼斯·麦克唐纳 著

品达注疏集
幽暗的诱惑 [美]汉密尔顿 著

欧里庇得斯集
自由与僭越 罗峰 编译

阿里斯托芬集
《阿卡奈人》笺释　[古希腊]阿里斯托芬 著

色诺芬注疏集
居鲁士的教育　[古希腊]色诺芬 著
色诺芬的《会饮》　[古希腊]色诺芬 著

柏拉图注疏集
挑战戈尔戈　李致远 选编
论柏拉图《高尔吉亚》的统一性　[美]斯托弗 著
立法与德性——柏拉图《法义》发微　林志猛 编
柏拉图的灵魂学　[加]罗宾逊 著
柏拉图书简　彭磊 译注
克力同章句　程志敏 郑兴凤 撰
哲学的奥德赛——《王制》引论　[美]郝兰 著
爱欲与启蒙的迷醉　[美]贝尔格 著
为哲学的写作技艺一辩　[美]伯格 著
柏拉图式的迷宫——《斐多》义疏　[美]伯格 著
哲学如何成为苏格拉底式的　[美]朗佩特 著
苏格拉底与希琵阿斯　王江涛 编译
理想国　[古希腊]柏拉图 著
谁来教育老师　刘小枫 编
立法者的神学　林志猛 编
柏拉图对话中的神　[法]薇依 著
厄庇诺米斯　[古希腊]柏拉图 著
智慧与幸福　程志敏 选编
论柏拉图对话　[德]施莱尔马赫 著
柏拉图《美诺》疏证　[美]克莱因 著
政治哲学的悖论　[美]郝岚 著
神话诗人柏拉图　张文涛 选编
阿尔喀比亚德　[古希腊]柏拉图 著
叙拉古的雅典异乡人　彭磊 选编
阿威罗伊论《王制》　[阿拉伯]阿威罗伊 著
《王制》要义　刘小枫 选编
柏拉图的《会饮》　[古希腊]柏拉图 等著
苏格拉底的申辩（修订版）　[古希腊]柏拉图 著
苏格拉底与政治共同体　[美]尼柯尔斯 著

政制与美德——柏拉图《法义》疏解　[美]潘戈 著
《法义》导读　[法]卡斯代尔·布舒奇 著
论真理的本质　[德]海德格尔 著
哲人的无知　[德]费勃 著
米诺斯　[古希腊]柏拉图 著
情敌　[古希腊]柏拉图 著

亚里士多德注疏集
《诗术》译笺与通绎　陈明珠 撰
亚里士多德《政治学》中的教诲　[美]潘戈 著
品格的技艺　[美]加佛 著
亚里士多德哲学的基本概念　[德]海德格尔 著
《政治学》疏证　[意]托马斯·阿奎那 著
尼各马可伦理学义疏　[美]伯格 著
哲学之诗　[美]戴维斯 著
对亚里士多德的现象学解释　[德]海德格尔 著
城邦与自然——亚里士多德与现代性　刘小枫 编
论诗术中篇义疏　[阿拉伯]阿威罗伊 著
哲学的政治　[美]戴维斯 著

普鲁塔克集
普鲁塔克的《对比列传》　[英]达夫 著
普鲁塔克的实践伦理学　[比利时]胡芙 著

阿尔法拉比集
政治制度与政治箴言　阿尔法拉比 著

马基雅维利集
君主及其战争技艺　娄林 选编

莎士比亚绎读
莎士比亚的政治智慧　[美]伯恩斯 著
脱节的时代　[匈]阿格尼斯·赫勒 著
莎士比亚的历史剧　[英]蒂利亚德 著
莎士比亚戏剧与政治哲学　彭磊 选编
莎士比亚的政治盛典　[美]阿鲁里斯/苏利文 编
丹麦王子与马基雅维利　罗峰 选编

洛克集
上帝、洛克与平等　[美]沃尔德伦 著

卢梭集

- 论哲学生活的幸福　[德]迈尔 著
- 致博蒙书　[法]卢梭 著
- 政治制度论　[法]卢梭 著
- 哲学的自传　[美]戴维斯 著
- 文学与道德杂篇　[法]卢梭 著
- 设计论证　[美]吉尔丁 著
- 卢梭的自然状态　[美]普拉特纳 等著
- 卢梭的榜样人生　[美]凯利 著

莱辛注疏集

- 汉堡剧评　[德]莱辛 著
- 关于悲剧的通信　[德]莱辛 著
- 《智者纳坦》（研究版）　[德]莱辛 等著
- 启蒙运动的内在问题　[美]维塞尔 著
- 莱辛剧作七种　[德]莱辛 著
- 历史与启示——莱辛神学文选　[德]莱辛 著
- 论人类的教育　[德]莱辛 著

尼采注疏集

- 何为尼采的扎拉图斯特拉　[德]迈尔 著
- 尼采引论　[德]施特格迈尔 著
- 尼采与基督教　刘小枫 编
- 尼采眼中的苏格拉底　[美]丹豪瑟 著
- 尼采的使命　[美]朗佩特 著
- 尼采与现时代　[美]朗佩特 著
- 动物与超人之间的绳索　[德]A.彼珀 著

施特劳斯集

- 苏格拉底与阿里斯托芬
- 论僭政（重订本）　[美]施特劳斯 [法]科耶夫 著
- 苏格拉底问题与现代性（增订本）
- 犹太哲人与启蒙（增订本）
- 霍布斯的宗教批判
- 斯宾诺莎的宗教批判
- 门德尔松与莱辛
- 哲学与律法——论迈蒙尼德及其先驱
- 迫害与写作艺术
- 柏拉图式政治哲学研究
- 论柏拉图的《会饮》
- 柏拉图《法义》的论辩与情节
- 什么是政治哲学
- 古典政治理性主义的重生（重订本）
- 回归古典政治哲学——施特劳斯通信集

***

- 施特劳斯的持久重要性　[美]朗佩特 著
- 论源初遗忘　[美]维克利 著
- 政治哲学与启示宗教的挑战　[德]迈尔 著
- 阅读施特劳斯　[美]斯密什 著
- 施特劳斯与流亡政治学　[美]谢帕德 著
- 隐匿的对话　[德]迈尔 著
- 驯服欲望　[法]科耶夫 等著

施米特集

- 宪法专政　[美]罗斯托 著
- 施米特对自由主义的批判　[美]约翰·麦考米克 著

伯纳德特集

- 古典诗学之路（第二版）　[美]伯格 编
- 弓与琴（重订本）　[美]伯纳德特 著
- 神圣的罪业　[美]伯纳德特 著

布鲁姆集

- 巨人与侏儒（1960-1990）
- 人应该如何生活——柏拉图《王制》释义
- 爱的设计——卢梭与浪漫派
- 爱的戏剧——莎士比亚与自然
- 爱的阶梯——柏拉图的《会饮》
- 伊索克拉底的政治哲学

沃格林集

- 自传体反思录　[美]沃格林 著

大学素质教育读本

- 古典诗文绎读　西学卷·古代编（上、下）
- 古典诗文绎读　西学卷·现代编（上、下）

柏拉图读本（刘小枫 主编）

- 吕西斯　贺方婴 译
- 苏格拉底的申辩　程志敏 译

中国传统：经典与解释
Classici et Commentarii
华夏叢書
刘小枫 陈少明 ◎ 主编

知圣篇 / 廖平 著
《孔丛子》训读及研究 / 雷欣翰 撰
论语说义 / [清]宋翔凤 撰
周易古经注解考辨 / 李炳海 著
图象几表 / [明]方以智 编
浮山文集 / [明]方以智 著
药地炮庄 / [明]方以智 著
药地炮庄笺释·总论篇 / [明]方以智 著
青原志略 / [明]方以智 编
冬灰录 / [明]方以智 著
冬炼三时传旧火 / 邢益海 编
《毛诗》郑王比义发微 / 史应勇 著
宋人经筵诗讲义四种 / [宋]张纲 等撰
道德真经取善集 / [金]李霖 编撰
道德真经藏室纂微篇 / [宋]陈景元 撰
道德真经四子古道集解 / [金]寇才质 撰
皇清经解提要 / [清]沈豫 撰
经学通论 / [清]皮锡瑞 著
松阳讲义 / [清]陆陇其 著
起凤书院答问 / [清]姚永朴 撰
周礼疑义辨证 / 陈衍 撰
《铎书》校注 / 孙尚扬 肖清和 等校注
韩愈志 / 钱基博 著
论语辑释 / 陈大齐 著
《庄子·天下篇》注疏四种 / 张丰乾 编
荀子的辩说 / 陈文洁 著
古学经子 / 王锦民 著
经学以自治 / 刘少虎 著
从公羊学论《春秋》的性质 / 阮芝生 撰

刘小枫集

城邦人的自由向往
民主与政治德性
昭告幽微
以美为鉴
古典学与古今之争 [增订本]
这一代人的怕和爱 [第三版]
沉重的肉身 [珍藏版]
圣灵降临的叙事 [增订本]
罪与欠
儒教与民族国家
拣尽寒枝
施特劳斯的路标
重启古典诗学
设计共和
现代人及其敌人
海德格尔与中国
共和与经纶
现代性与现代中国
现代性社会理论绪论
诗化哲学 [重订本]
拯救与逍遥 [修订本]
走向十字架上的真
西学断章

编修 [博雅读本]

凯若斯：古希腊语文读本 [全二册]
古希腊语文学述要
雅努斯：古典拉丁语文读本
古典拉丁语文学述要
危微精一：政治法学原理九讲
琴瑟友之：钢琴与古典乐色十讲

译著

普罗塔戈拉（详注本）
柏拉图四书

经典与解释辑刊

1. 柏拉图的哲学戏剧
2. 经典与解释的张力
3. 康德与启蒙
4. 荷尔德林的新神话
5. 古典传统与自由教育
6. 卢梭的苏格拉底主义
7. 赫尔墨斯的计谋
8. 苏格拉底问题
9. 美德可教吗
10. 马基雅维利的喜剧
11. 回想托克维尔
12. 阅读的德性
13. 色诺芬的品味
14. 政治哲学中的摩西
15. 诗学解诂
16. 柏拉图的真伪
17. 修昔底德的春秋笔法
18. 血气与政治
19. 索福克勒斯与雅典启蒙
20. 犹太教中的柏拉图门徒
21. 莎士比亚笔下的王者
22. 政治哲学中的莎士比亚
23. 政治生活的限度与满足
24. 雅典民主的谐剧
25. 维柯与古今之争
26. 霍布斯的修辞
27. 埃斯库罗斯的神义论
28. 施莱尔马赫的柏拉图
29. 奥林匹亚的荣耀
30. 笛卡尔的精灵
31. 柏拉图与天人政治
32. 海德格尔的政治时刻
33. 荷马笔下的伦理
34. 格劳秀斯与国际正义
35. 西塞罗的苏格拉底
36. 基尔克果的苏格拉底
37. 《理想国》的内与外
38. 诗艺与政治
39. 律法与政治哲学
40. 古今之间的但丁
41. 拉伯雷与赫尔墨斯秘学
42. 柏拉图与古典乐教
43. 孟德斯鸠论政制衰败
44. 博丹论主权
45. 道伯与比较古典学
46. 伊索寓言中的伦理
47. 斯威夫特与启蒙
48. 赫西俄德的世界
49. 洛克的自然法辩难
50. 斯宾格勒与西方的没落
51. 地缘政治学的历史片段
52. 施米特论战争与政治
53. 普鲁塔克与罗马政治
54. 罗马的建国叙述
55. 亚历山大与西方的大一统
56. 马西利乌斯的帝国
57. 全球化在东亚的开端
58. 弥尔顿与现代政治

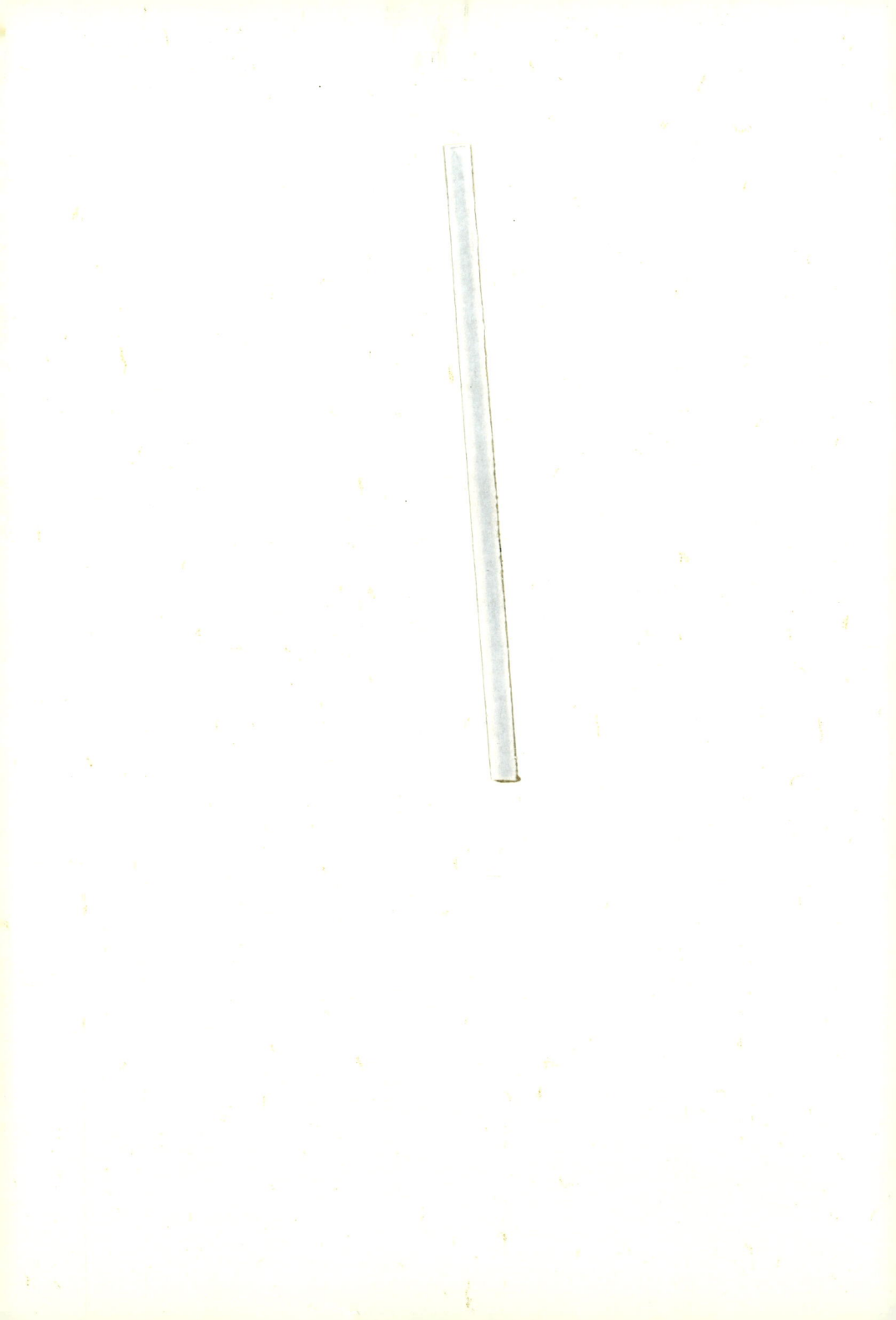